BASTEI
LÜBBE

Von Kate Charles erschienen bei Bastei Lübbe

13939 Die Saat der Lüge
14148 Die Schlingen des Bösen
14192 Die Feinde der Priesterin

KATE CHARLES

In der Stille der Nacht

Aus dem Englischen von
Britta Evert

BASTEI
LÜBBE

BASTEI LÜBBE TASCHENBUCH
Band 14391

1. Auflage: August 2000

Vollständige Taschenbuchausgabe

Bastei Lübbe Taschenbücher ist ein Imprint der Verlagsgruppe Lübbe

Deutsche Erstveröffentlichung
Titel der englischen Originalausgabe: APPOINTED TO DIE

Lektorat: Melanie Blank
Titelillustration: Bavaria
Umschlaggestaltung: Gisela Kullowatz
Satz: KCS GmbH, Buchholz/Hamburg
Druck und Verarbeitung: Brodard & Taupin, La Fleche
Printed in France
ISBN: 3-404-14391-4

Sie finden uns im Internet unter
http://www.luebbe.de

Der Preis dieses Bandes versteht sich einschließlich
der gesetzlichen Mehrwertsteuer.

Anmerkung der Autorin

Diözese, Stadt und Kathedrale von Malbury sind ebenso wie die Figuren der Handlung frei erfunden. Jegliche Ähnlichkeit mit realen Ereignissen, Örtlichkeiten und Personen ist rein zufällig.

Das Stöhnen der Gefangenen dringe zu dir,
Befrei die Todgeweihten durch die Kraft deines Armes.
Psalm 79,11

Prolog

Gerät alles ins Wanken,
was kann da der Gerechte noch tun?
Psalm 11,3

Eines Abends im November …

Das schrille Heulen der Sirenen zerriß die gewohnte nächtliche Stille des Domquartiers der Kathedrale von Malbury. Kanonikus John Kingsley, der noch nicht lange im Bett lag und zu beunruhigt war, um zu schlafen, stand rasch auf und ging ans Fenster. Die rotierenden Blaulichter der Polizeiwagen, die an diesem Ort ebenso aus dem Rahmen fielen wie das grelle Kreischen der Krankenwagensirene, warfen unheimliche Lichter und Schatten auf das graue Mauerwerk der Kathedrale.

Dennoch schien dieses Ende unausweichlich gewesen zu sein, dachte John Kingsley, während die Ereignisse, nur wenige Häuser weiter, ihren Lauf nahmen. Es schien wie der letzte Akt einer Shakespeare-Tragödie – nur daß dies hier nicht der letzte, sondern der vorletzte Akt war. Denn in der Realität, wenn auch nicht bei Shakespeare, mußte der Gerechtigkeit Genüge geleistet und der Schuldige vor Gericht gestellt werden.

Aber wer ist der Schuldige? fragte sich John Kingsley erschüttert. Tragen nicht wir alle die Schuld? Wir haben uns als Bewohner des Kathedralengeländes wie in einem Märchenland gefühlt, in einem zweiten Garten Eden, gefeit vor dem Bösen der restlichen Welt. Doch wir alle hätten erkennen müssen, daß das Leben im Schatten eines geweihten Ortes auch keinen

Schutz gegen das Böse im Menschen bietet, gegen Sünden wie Ehrgeiz, Hochmut … und sogar Mord.

Der kalte Schein des Blaulichts, der bizarre, ins Groteske verzerrte Schatten an die Ostseite der Kathedrale warf, deutete an, was geschehen war. Zwei Männer waren heute abend in der Dekanei gewesen, so viel wußte Kanonikus Kingsley – zwei Männer, die schwerwiegende Gründe hatten, einander zu hassen und zu fürchten. Einer von ihnen wurde in diesem Augenblick, betreut von Sanitätern, auf einer Trage herausgebracht; der andere würde bald folgen, flankiert von Polizisten.

Wie war es dazu gekommen? Wie nur hatte ihre kleine heile Welt zerbrechen können? Denn als die beiden Männer, einer am Leben, der andere im Sterben liegend, an diesem Abend die Dekanei verließen, wußte John Kingsley mit Sicherheit, daß ihre behütete Welt nie wieder dieselbe sein würde.

Blicken wir ein paar Monate zurück, in den Juli, als alles begann …

Kapitel 1

Du deckst mir den Tisch
vor den Augen meiner Feinde.
Du salbst mein Haupt mit Öl,
du füllst mir reichlich den Becher.
Psalm 23,5

Niemand auf der Dinnerparty erwähnte den leeren Platz bei Tisch, aber registriert wurde die Lücke deutlich, das merkte Lucy Kingsley an den nachdenklichen Blicken, die von den Gästen gelegentlich auf den leeren Stuhl geworfen wurden. Ihre Gastgeberin hatte lediglich gesagt, daß Kanonikus Brydges-ffrench indisponiert sei und nicht an dem Essen teilnehmen werde.

Lucy war von dieser Mitteilung überrascht. Sie hatte einen Großteil des Nachmittags mit Kanonikus Brydges-ffrench verbracht und keinerlei Anzeichen eines körperlichen Unwohlseins bemerkt. Aber für Lucy – und die meisten anderen Gäste – war die Abwesenheit des Kanonikus lediglich Anlaß für Neugier und müßige Spekulation. Für die Gastgeberin hingegen war es eine Katastrophe.

Rowena Hunt betrachtete verzweifelt den leeren Stuhl am Kopfende der Tafel; da war nichts zu machen, dachte sie bitter. Nicht nur, daß Kanonikus Brydges-ffrench als Subdekan und folglich ranghohes Mitglied des Domkapitels und als mutmaßlicher nächster Dekan der Malbury Cathedral theoretisch der Ehrengast war; nicht nur, daß ihr Plan, das gesamte Domkapitel üppig zu bewirten und somit auf subtile Weise von ihren

Kochkünsten zu überzeugen, ins Wasser gefallen war; nicht nur, daß der Eröffnungszug ihrer sorgfältig angelegten Kampagne trotz aller Planung mithin ein Fehlschlag war. Nein, dachte sie, unangenehm war vor allem, daß sie eine ungerade Gästezahl hatte. Ein Mann zu wenig bei Tisch: Das ruinierte alles. Der Kanonikus hatte nicht einmal den Anstand gehabt, rechtzeitig Bescheid zu geben, sondern erst kurz vor dem Dinner angerufen, und Rowena damit nicht genug Zeit gelassen, das zusätzliche Gedeck und den überzähligen Stuhl zu entfernen, geschweige denn, in letzter Minute einen Ersatz aufzutreiben.

Das wahre Problem war allerdings diese Kingsley. Als Rowena vor Wochen diese Dinnerparty geplant hatte, schien es zunächst, als würde ein Mann zuviel erscheinen, was vielleicht nicht ideal, aber auch nicht allzu schlecht war. Dann hatte vor ein paar Tagen Kanonikus Kingsley angerufen, um sich zu entschuldigen und die Einladung abzusagen. Er habe gerade erfahren, sagte er, daß seine Tochter Lucy über das Wochenende komme. Zufällig habe er Kanonikus Brydges-ffrench gegenüber neulich erwähnt, daß seine Tochter Künstlerin sei, und der Subdekan habe sofort darauf bestanden, daß Kanonikus Kingsley seine Tochter anrief und zum Wochenende einlud. Brydges-ffrench war mit der Planung für sein Musikfestival bedenklich im Hintertreffen, und die künstlerische Begabung Lucy Kingsleys war genau das, was im Augenblick gebraucht wurde.

Rowena hatte selbstverständlich darauf bestanden, daß Kanonikus Kingsley seine Tochter zu der Dinnerparty mitbrachte. Er hatte eingewandt, daß sie Vegetarierin und somit ein schwieriger Gast bei einer Essenseinladung sei, aber Rowena hatte erklärt, daß sie ohnehin vegetarische Speisen für Kanonikus Thetford und seine Frau zubereiten müsse – Vegetarismus war eines der vielen Anliegen, für das dieses Ehepaar vehement eintrat.

Sie hatte natürlich nicht ahnen können, daß Lucy Kingsley nicht nur eine begabte Künstlerin, sondern auch eine ausgesprochen attraktive – manche würden sogar sagen schöne – Frau war, eine anmutige Erscheinung mit einer überwältigenden Fülle schulterlanger rotgoldener Locken. Farbe und Lockenpracht schienen sogar echt zu sein, stellte Rowena verdrossen fest, während sie mit einer Hand über ihr eigenes schimmerndes schwarzes Haar strich, dessen modische Wellen ebenso wie die tiefe Farbe mit großem Kostenaufwand erworben und erhalten wurden. Und diese Kingsley schien außerdem keinen Tag älter als fünfunddreißig zu sein!

Jeremy Bartlett, der rechts von Rowena saß, konnte den Blick nicht von Lucy Kingsley wenden. Es war ein Fehler gewesen, erkannte Rowena – leider zu spät –, Lucy den Platz rechts von Jeremy zuzuweisen. Sie hatte natürlich vorausgesetzt, daß Lucy als Fremde in dieser kleinen Runde, sich mit ihrem Vater unterhalten würde. Aber Kanonikus Kingsley war in ein angeregtes Gespräch mit Evelyn Marsden vertieft, die durch Arthur Brydges-ffrenchs Absage keinen Tischnachbarn hatte. Durch ihren Platz zwischen John Kingsley und dem leeren Stuhl ergab es sich von selbst, daß Miss Marsden sich dem Kanonikus zuwandte und er sich verpflichtet fühlte, sich der allein gelassenen Dame zu widmen und es seiner Tochter zu überlassen, selbst für ihre Unterhaltung zu sorgen

Sie machte ihre Sache recht gut, mußte Rowena zugeben, während sie mit der Gabel wütend ihr Estragonhühnchen bearbeitete. Jeremys Rücken vor der Nase, blieb ihr kaum etwas anderes übrig, als ihre Gäste zu beobachten und zu versuchen, etwas von ihren Gesprächen aufzuschnappen. Kanonikus Greenwood, der zu ihrer Linken saß, sprach zwar unaufhörlich, jedoch nur vage an sie gerichtet, und da sie an dem, was er sagte, kein Interesse hatte, reichte es völlig, wenn sie hin und wieder zustimmend nickte.

Rowena bezog eine Art perverser Genugtuung aus der Tatsache, daß Kanonikus Brydges-ffrenchs Abwesenheit Evelyn Marsden beinahe ebenso in Unruhe versetzen mußte wie sie selbst. Es schien vor allem an ihr zu nagen, wie Rowena aufgefallen war, daß sie nicht die geringste Ahnung von einer »Indisposition« gehabt hatte, bis Rowena dies verkündet hatte. Miss Marsden, die den Subdekan gewissermaßen als ihr Privateigentum betrachtete, hätte erwartet, daß er sich zuerst bei ihr melden und ihr sein Leiden, worum es sich auch handeln mochte, *en détail* schildern würde, damit sie anschließend die Tischgesellschaft hätte informieren können – oder auch nicht, je nachdem. Aber sie tappte unverkennbar ebenso im dunkeln wie alle anderen, bezüglich der Ursache für Kanonikus Brydges-ffrenchs Fernbleiben von diesem festlichen Anlaß, und ihre Verstimmung war nicht zu übersehen.

Wäre sie nicht selbst so gereizt gewesen, hätte Rowena beinahe Mitleid mit Evelyn Marsden haben können. Es mußte schrecklich sein, so alt, so arm und so unattraktiv zu sein, dachte sie – abhängig von der Gnade und Barmherzigkeit des Dekans und des Domkapitels für ein Dach über ihrem Kopf sowie ohne Aussicht, je einen Mann zu finden. Es war kein Geheimnis in der Gemeinde, daß Miss Marsden gern Mrs. Brydges-ffrench werden wollte; die Wahrscheinlichkeit, daß es je dazu kommen würde, erschien Rowena aber denkbar gering. Zugegeben, Arthur Brydges-ffrench war nicht unbedingt das, was man als gute Partie bezeichnen würde, aber zumindest hatte er eine gute Stellung – vor allem, wenn er zum Dekan ernannt würde –, und Evelyn konnte kaum hoffen, es noch besser zu treffen. Anfang Sechzig und mittlerweile im Ruhestand, sah Miss Marsden genau nach dem aus, was sie war: ehemalige Direktorin der hiesigen Grundschule. Sie war immer gut, wenn auch ohne jeden Schick gekleidet und trug ihr rotbraun gefärbtes Haar in einer altmodischen Außenrolle. Das Kleid, das sie heute abend trug, verbarg beinahe ihre unglückliche Neigung zur Korpulenz, die sie ihr Leben lang erfolglos bekämpft hatte, und als sie ihr Gesicht Kanonikus Kingsley zuwandte, registrierte Rowena ihre leicht gestelzte Redeweise, eine Folge ihrer Angewohnheit, die Oberlippe über ihre leicht vorstehenden Vorderzähne zu ziehen. Sie war zweifellos ein bemitleidenswerter Mensch, ebenso wie der arme Kanonikus Kingsley, der an diesem Abend ganz unerwartet ihre Gesellschaft ertragen mußte.

Kanonikus Kingsley jedoch ließ sich keinerlei Unbehagen anmerken. Er schien ihren Worten mit Interesse zu lauschen und nickte gelegentlich, während er seine Mahlzeit verzehrte. Kein Zweifel, das Essen schmeckte ihm, stellte Rowena fest, und das machte ihn ihr lieb und wert – sie hoffte, wenn der Zeitpunkt gekommen war, würde er sich erinnern, was für eine gute Köchin sie war. Als jüngstes Mitglied des Domkapitels und erst seit wenigen Monaten im Amt, war John Kingsley ihr noch relativ fremd. Aber was ihr über ihn bekannt war, gab keinen Anlaß, ihn nicht zu mögen – abgesehen von seiner Tochter, wohlgemerkt. Sein Benehmen war auf eine etwas zerstreute Art immer höflich und zuvorkommend, und es lag etwas Gelassenes und Vergeistigtes in seinem langen, blassen Gesicht, das von einem weichen Schopf silbriger Haare gekrönt wurde. Hochgewachsen und gertenschlank, wirkte er so ätherisch wie einer der entrückten Heiligen auf einem Gemälde von El Greco.

Seine Tochter war ebenfalls schlank und groß, stellte Rowena fest. Auch den hellen Teint hatte sie von ihrem Vater, und sie unterstrich ihn vorteilhaft mit einem pastellfarben gemusterten Kleid von Laura Ashley. Lucy fand das Gespräch mit Jeremy offenbar sehr anregend, wie Rowena an ihrer Miene zu erkennen glaubte. Gerade wandte Lucy sich zu Jeremy Bartlett um, heftete ihre blaugrünen Augen auf ihn und verzog ihre

Lippen zu einem Lächeln. Sie flirtet schamlos, dachte Rowena giftig. Jeremy sollte sie innerhalb einer Minute durchschauen.

Jeremy schien allerdings durchaus von Lucy Kingsleys Gesellschaft angetan; er zeigte Rowena unerbittlich die kalte Schulter. Am liebsten wäre sie in Tränen ausgebrochen. Wochenlang hatte sie an der Planung für diesen Abend gearbeitet, nicht nur, um die Mitglieder des Domkapitels mit ihren Kochkünsten zu beeindrucken, sondern auch, um Jeremy auf subtile Art zu demonstrieren, was für eine gute Ehefrau sie für ihn abgeben würde. Sie wäre mit ihrer Eleganz und ihrem guten Geschmack eine Zierde für sein Heim und seine Tafel. Sie könnte seine Gäste empfangen und ihm helfen, sich in der Welt von Malbury Cathedral einen Namen zu machen. Er war noch relativ neu in der Gemeinde; erst vor einem knappen Jahr hatte er sein Architekturbüro in London aufgegeben, um als Dombaumeister nach Malbury zu kommen. In dieser Zeit hatte Rowena bei ihm kaum Fortschritte gemacht – im Grunde genommen kein Wunder, da er erst seit kurzem verwitwet war und vermutlich immer noch trauerte –, doch sie hatte sich große Hoffnungen gemacht, demnächst einen »Durchbruch« zu schaffen. In letzter Zeit glaubte sie in seinem Verhalten ihr gegenüber winzige Hinweise entdeckt zu haben, daß er für ihre Reize nicht unempfänglich war, und bis zum heutigen Abend hatte ihr das beinahe gereicht. Er war ein faszinierender Mann, mit äußerst vielseitigen Interessen, und sie hatte den Eindruck, daß sich hinter der zurückhaltenden und unverbindlichen Fassade eine leidenschaftliche Natur verbarg, der ihren ähnlich. Außerdem war er für einen Mann, der auf die Fünfzig zugehen mußte, unbestreitbar attraktiv mit seinem aschblonden Haar, das sich allmählich silbrig verfärbte, und mit dem ordentlich gestutzten Bart über einem gutgeformten Kinn. Sie spitzte die Ohren, um ein paar Gesprächsfetzen aufzuschnappen. Die beiden sprachen über Musik. Rowena unterdrückte einen Seufzer und wandte sich Kanonikus Greenwood zu; ebensogut konnte sie ihm zuhören.

Jeremy Bartlett, der einzige Nichtgeistliche unter den männlichen Gästen, war zwar der interessanteste Mann, doch Rupert Greenwood war zweifellos der gutaussehendste; und Rowena ließ sich einen Moment lang ablenken, während sie seine Schönheit bewunderte. Obwohl er über dreißig war, hatte er die Art von jungenhaftem guten Aussehen, das gemeinhin für typisch englisch gehalten wird: ebenmäßige Gesichtszüge, ein langes Kinn, unschuldige blaue Augen und feines Haar wie gesponnenes Gold. Unglücklicherweise galt das Interesse des Kantors von Malbury Cathedral ausschließlich der Musik. Er konnte stundenlang über dieses Thema sprechen, ohne sich auch nur im mindesten bewußt zu sein, daß er seine Zuhörer fast zu Tode langweilte. Jetzt gerade erzählte er ihr voller Enthusiasmus von den diversen Musikstücken, die er für das neue Musikfestival in Malbury ausgewählt hatte – Sachen, die noch nie zuvor in England gehört worden waren.

Wahrscheinlich mit gutem Grund, dachte Rowena, die nicht im geringsten musikalisch war. Sie setzte ein Lächeln auf, hörte Greenwood aber nicht weiter zu, und wandte ihre Aufmerksamkeit dem unteren Tischende und der dort geführten Unterhaltung zu.

Vielleicht war Unterhaltung nicht das richtige Wort, entschied sie, nachdem sie einen Moment lang gelauscht hatte. Kanonikus Thetford dozierte, unterstützt durch passende und zeitgerechte Kommentare seiner Frau. Thema schien die Überbevölkerung in der Dritten Welt und die Haltung der Kirche zu dieser Frage zu sein.

Alle waren sich einig, so dachte Rowena, daß Philip Thetford ein langweiliger Mann war – auf seine Art genauso ermüdend wie der einseitige Rupert Greenwood. Jammerschade, daß er nicht dort sein konnte, wo er sehnlichst zu sein wünschte: irgendwo in Afrika, um sich um die Bedürfnisse der ›Leidgeprüften Eingeborenen‹ zu kümmern. Aber ein Brustleiden hinderte ihn daran, persönlich als Missionar zu arbeiten, und jeder, der ihn kannte, war sich der Tatsache bewußt, daß sein Amt als Kanonikus für Missionsfragen in der Malbury Cathedral bestenfalls eine klägliche Alternative und eine Vergeudung seiner Talente war. Rein äußerlich war er extrem unscheinbar, mit dünnem, rötlich blondem Haar, dessen Ansatz ebenso stark zurückwich wie sein Kinn, und mit blassen Augen. Seine nahezu farblosen Augenbrauen und Wimpern gaben seinem Gesicht einen Ausdruck ständigen Erstauntseins, und obwohl er nicht auffallend klein war, vermittelte er den Eindruck von Schwächlichkeit. Seine Stimme war zwar tief und volltönend, hatte aber einen wehleidigen Unterton, den Rowena ausgesprochen enervierend fand.

Zu Kanonikus Thetfords Linken saß seine Frau, Claire Fairbrother, welche die Argumente ihres Mannes mit vehementem Nicken und gelegentlichen Randbemerkungen bekräftigte. Wie nicht anders zu erwarten, gehörte auch Feminismus zu den Dingen, die Ms. Fairbrother – sie hatte bei der Eheschließung nicht den Namen ihres Mannes angenommen – zu ihrem Anliegen gemacht hatte. Obwohl sie mit ihrem Mann am Kirchplatz wohnte und am Leben dieser abgeschotteten Gemeinschaft teilhatte, war sie nie das gewesen, was man unter der typischen Frau eines Geistlichen verstand; Ihre eigene Karriere als Leiterin der Malbury-Klinik für Familienplanung war ihr weit wichtiger als die Dompolitik, und sie war von Natur aus viel zu kompromißlos, um sich auf Machtspielchen einzulassen. Mit vierzig, ein paar Jahre jünger als ihr Mann, war sie eine hübsche Frau, groß und gut gebaut. Sie hatte ein rundes, eher flächiges Gesicht mit hohen Wangenknochen und weit auseinanderstehenden goldbraunen Augen, die Art Gesicht, das mit fünfzig nicht viel anders aussieht als mit zwanzig, auch ohne Make-up, das sie aus feministischen Gründen ablehnte. Ihr hellbraunes Haar war kurzgeschnitten, aber die natürlichen Wellen, in denen es um ihr Gesicht fiel, standen ihr gut, ebenso wie ihre Kleider von Oxfam. Heute abend trug sie ein Kleid aus dunkler indischer Baumwolle, über und über mit winzigen Spiegeln besetzt, und selbst ihre nackten, unrasierten Beine und die Füße, die in Sandalen steckten, konnten den Eindruck von Eleganz nicht verwischen.

Von der armen Judith Greenwood konnte man das nicht gerade sagen. Mit niedergeschlagenem Blick stocherte sie in ihrem Essen und ließ Kanonikus Thetfords Vortrag zur Überbevölkerung über sich ergehen. Rupert Greenwoods Frau als Vogelscheuche zu bezeichnen wäre unfreundlich, dachte Rowena bei sich, aber nicht weit von der Wahrheit entfernt. Bestenfalls war sie unscheinbar zu nennen – mit ihrem strähnigen mausbraunen Haar und dem formlosen selbstgenähten Hängerkleid. Auch heute abend war sie keine Schönheit, obwohl sie sich an diesem Abend offensichtlich Mühe gegeben hatte; normalerweise benutzte sie kein Make-up – nicht aus Überzeugung, sondern weil es ihr nicht wichtig war – doch heute abend waren ihre Wangen unnatürlich rosa und ihre Augenlider unnatürlich blau. Die Farben, stellte Rowena fest, waren schon längst aus der Mode; wahrscheinlich war es dieselbe Schminke, mit der sie als Schulmädchen herumexperimentiert hatte, um sie dann bis heute abend unbenutzt in einer Schublade liegenzulassen. Was findet der schöne Rupert nur an dieser farblosen Frau, fragte sich Rowena – und das nicht zum erstenmal –, abgesehen von der Tatsache, daß sie ihn unverkennbar anbetete? Das war für viele Männer ein starkes Aphrodisiakum, wie sie selbst gut wußte.

Philip Thetfords Stimme drang in ihr Bewußtsein. »Und nicht nur in der Dritten Welt ist die Überbevölkerung ein Problem«, behauptete er. »Hier bei uns, in Malbury ... nun, Claire könnte Ihnen Geschichten erzählen, haarsträubend, sage ich Ihnen. Mädchen, die selbst kaum mehr als Kinder sind. Wenn sie zu Claire kommen, ist es natürlich schon zu spät.«

Claire Fairbrother lehnte sich über ihren Mann. »Ich hoffe, es stört Sie nicht, Judith, wenn ich Ihnen sage, daß ich nicht begreife, wie ein normal denkender Mensch heutzutage Kinder in die Welt setzen kann. Das ist unentschuldbar, wenn Sie mich fragen. Unsere Ressourcen sind nicht unerschöpflich, wissen Sie. Als Philip und ich heirateten, waren wir uns von Anfang an einig, keine Kinder zu bekommen, und diesen Entschluß haben wir ganz bestimmt nicht bereut.«

Judith Greenwood, deren größter Kummer es war, bislang noch nicht schwanger geworden zu sein, starrte auf ihren Teller und verkniff sich die Bemerkung, daß es – wenn jeder so dächte – bald gar keine Bevölkerung mehr geben würde.

Beim Dessert fiel Lucy Kingsley auf, daß der Blick ihrer Gastgeberin auf ihr ruhte. Allerdings kein besonders freundlicher Blick, wie sie feststellte. »Schmeckt köstlich«, bemerkte sie liebenswürdig und beugte sich vor, um Rowena ansehen zu können. »Welche Sorte Schokolade nehmen Sie dafür?«

Rowenas Lächeln war eisig. »Ich verwende ausschließlich Schweizer Schokolade.«

»Ob Sie wohl so nett wären, mir das Rezept zu verraten?«

»Ich gebe meine Rezepte nie weiter«, erwiderte Rowena scharf.

Lucy hielt es für klüger, das Thema zu wechseln; das Stichwort lieferte ihr die Diskussion, die am Tisch stattfand, und das Foto eines jungen Mädchens mit dunklen Locken, das ihr auf dem Kaminsims aufgefallen war. »Sie haben Kinder, Mrs. Hunt?«

»Ja, eine Tochter. Sie ist im Moment …« Lucy registrierte ein winziges Zögern. »… auf der Schule.« Auf dem Wort »Schule« lag eine gewisse Betonung.

»Wie lange leiten Sie schon den Verein der Freunde der Kathedrale? Mein Vater hat mir erzählt, daß Sie Ihre Sache hervorragend machen.« Lucy lächelte auf eine Weise, die, wie sie hoffte, freundlich und ermutigend war, und Rowena taute tatsächlich ein wenig auf.

»Seit über sechs Jahren, seit dem Tod meines Mannes. Es hat mir ermöglicht, auf dem Kathedralengelände zu bleiben und das Haus zu behalten«, erklärte sie.

»Ich verstehe. Ihr Mann war also Geistlicher?«

»Er war einige Jahre lang Kantor. Kanonikus Greenwoods Vorgänger. Er starb ganz unerwartet bei einem Abendgottesdienst – ein schwerer Herzanfall.« Rowena starrte auf ihre makellos manikürten Fingernägel und fügte schnell hinzu: »Er war natürlich viel älter als ich.«

»Ja, natürlich. Sie müssen bei der Hochzeit ja noch ein halbes Kind gewesen sein«, sagte Lucy im Brustton der Überzeugung und wurde dafür mit einem selbstgefälligen Lächeln Rowenas belohnt.

Nach dem Käse und den Biskuits war es an der Zeit, die Männer dem Portwein zu überlassen. Rowena hatte eine sehr gute Flasche aus dem Keller geholt, hauptsächlich Jeremy zuliebe, der so etwas zu schätzen wußte, und für den abwesenden Kanonikus Brydges-ffrench, einen unbestrittenen Kenner guter Weine. Nach der Art zu urteilen, wie die anderen Männer während des Dinners mit dem Sherry und den Weinen umgegangen waren, dachte sie verächtlich, kannten sie wahrscheinlich nicht einmal den Unterschied zwischen einem erstklassigen Jahrgang und einem billigen Wein aus dem Supermarkt. Auch Rowena selbst hatte nichts gegen ein Gläschen Portwein, in aller Stille genossen, einzuwenden; vielleicht würde etwas übrig bleiben.

»Nun, meine Damen«, sagte sie forsch und beobachtete, wie sich Claire Fairbrother bei dem vermeintlichen Affront aufplusterte, »Zeit, daß wir uns in den Salon zurückziehen. Jeremy, könntest du vielleicht den Portwein herumreichen?« Sie stellte die Karaffe vor dem Architekten auf den Tisch.

»Oh, ich denke, ich lasse den Portwein heute abend ausfallen«, sagte er unbekümmert, während er aufstand und sich streckte. »Ich habe schon genug getrunken.«

»Aber du mußt doch nicht Auto fahren«, protestierte Rowena.

»Nein, aber ich möchte einen klaren Kopf behalten.« Er nahm ihre Hand und lächelte sie mit hochgezogenen Augenbrauen ein wenig spöttisch an. »Rowena, es war ein schöner Abend, und ich habe mich sehr gut unterhalten, aber wenn du uns freundlicherweise entschuldigen würdest, ich habe Miss Kingsley eine Besichtigung der Kathedrale bei Mondlicht versprochen. Und da ich glaube, daß der Mond bald untergehen wird, sollten wir uns lieber auf den Weg machen.«

Rowena Hunt war sprachlos.

Kapitel 2

Umkreist den Zion,
umschreitet ihn, zählt seine Türme!
Betrachtet seine Wälle,
geht in seinen Palästen umher,
damit ihr dem kommenden Geschlecht erzählen könnt.
Psalm 48,13–14

Der Abend war mild und schön, einer jener traumhaft langen Sommerabende; die Sonne war eben erst untergegangen, als Lucy Kingsley und Jeremy Bartlett aus Rowena Hunts georgianischem Stadthaus auf den Kirchplatz hinaustraten. Der Mond stand wie eine blaßsilberne Scheibe hoch am Himmel, kaum sichtbar vor dem dunkler werdenden Himmel. Tiefe Schatten türmten sich über dem gewaltigen Steinbau, der das Zentrum des Kirchplatzes beherrschte.

Lucy hob den Blick. »Sagten Sie nicht, der Mond würde bald untergehen?«

Ihr Begleiter grinste verschwörerisch. »Ich habe gelogen.«

»Warum denn?«

»Sagen wir einfach, daß ich Mrs. Hunt zeitweise ein bißchen strapaziös finde. Ich habe den unbestimmten Verdacht, daß sie gewisse Absichten mir gegenüber hat. Außerdem möchte ich lieber mit Ihnen zusammensein«, fügte er hinzu.

Lucy ließ es dabei bewenden und wechselte das Thema. »Nun, was können Sie mir über die Kathedrale erzählen?«

»Wieviel wissen Sie schon?« Jeremy führte sie durch Rowenas Gartentür auf den Kirchplatz hinaus; sie befanden sich fast genau gegenüber dem Osttrakt der Kathedrale.

»Nicht sehr viel«, gestand sie. »Ich bin natürlich schon hier gewesen. Ich bin nämlich in dieser Diözese aufgewachsen; die Pfarrgemeinde meines Vaters war ungefähr zwanzig Meilen von hier entfernt. Aber Ludlow war näher zum Einkaufen, deshalb sind wir nicht besonders oft nach Malbury gekommen.«

»Dann als Einstieg vielleicht ein bißchen Geschichte?« schlug er vor und deutete auf eine bequeme Bank, von der aus man direkt auf die Kathedrale blickte.

»Gern.« Lucy setzte sich rasch hin.

»Unterbrechen Sie mich, wenn ich etwas erzähle, das Ihnen bereits bekannt ist. Ich neige dazu, kein Ende zu finden, wenn ich anfange, über die Kathedrale zu sprechen.« Er setzte sich neben sie. »Ursprünglich war es eine Benediktinerabtei, die 1088 gegründet und St. Malo geweiht wurde. Die Mönche behaupteten, den Leichnam des Heiligen zu besitzen oder zumindest einen großen Teil davon, obwohl die Abtei von Bath dasselbe für sich in Anspruch nahm.« Jeremy grinste. »Damals waren diese Dinge an der Tagesordnung. Auf jeden Fall befand sich im ursprünglichen normannischen Osttrakt ein großer Schrein für St. Malo.«

»Frischen Sie mein Wissen über St. Malo auf«, unterbrach Lucy ihn verlegen, beschämt über ihre Unwissenheit.

»Oh, er war der Apostel der Bretagne. Ein Bischof, lebte im sechsten Jahrhundert. Aber er war Waliser und daher in dieser Gegend immer beliebt. Ein seltsamer Mann, nach allem, was über ihn bekannt ist. Er pflegte lauthals Psalmen zu singen, wenn er auf seinen Missionierungen zu Pferde durch die Lande zog.«

»Scheint ein Original gewesen zu sein.«

»Oh, ein paar Feinde hatte er angeblich auch. Aber wie gesagt, die Mönche hier bauten eine gewaltige normannische

Kirche und Abtei, die sie ihm weihten.« Jeremy zeigte auf den massiven rechteckigen Vierungsturm. »Der Turm ist natürlich von allem, was geblieben ist, am besten erhalten. Obwohl die Viktorianer es natürlich wie üblich nicht lassen konnten, daran herumzupfuschen.« Die viktorianischen Krenelierungen wirkten im samtblauen Zwielicht wie riesige verfärbte Zähne. »Ungefähr ein Jahrhundert später wurde Thomas Becket nach seinem Märtyrertod ein ungewöhnlich beliebter Heiliger, und die Mönche beschlossen, ihn ebenfalls zu ehren und neben St. Malo auch Thomas Becket zum Schutzpatron der Kirche zu ernennen. Damals wurde das große Fenster im südlichen Querschiff eingesetzt, das Becket-Fenster.«

»Es ist noch da, oder?«

»Ja, und es ist der größte Schatz der Kathedrale.« Jeremy zeigte nach links, auf das südliche Querschiff. »Von außen kann man es aber nicht gut sehen. Sehen Sie die Mauer, die direkt auf das Querschiff stößt? Das ist meine Gartenmauer. Sie wurde im vorigen Jahrhundert errichtet, als man die Chorschule baute, die jetzt mein Haus ist. Infolgedessen kann man das Fenster nur von meinem Vorgarten aus gut sehen. Oder«, fügte er mit einem trockenen Lächeln hinzu, »von meinem Schlafzimmerfenster aus. Von dort hat man den besten Blick auf das Becket-Fenster. Vielleicht könnte ich Ihr Interesse so weit wecken, daß Sie es sich irgendwann einmal anschauen.«

Wieder ließ sich Lucy nicht dazu verleiten, näher auf seine Bemerkung einzugehen. »Vielleicht.« Sie strich sich die Haare aus der Stirn, betrachtete eingehend die Kathedrale und wechselte das Thema. »Was ist mit dem Osttrakt? Er ist im Perpendikularstil gehalten, nicht wahr?« Das Ostfenster, das ihnen gegenüberlag, war ein hoch aufragendes Spitzbogenfenster mit filigranem Maßwerk, und die Strebebogen hoben sich deutlich vor dem Nachthimmel ab.

»O ja, relativ spätes Perpendikular. Während der Rosenkriege, nach der Schlacht von Ludlow im Jahre 1459, zogen die Anhänger des Hauses Lancaster durchs Land und tobten sich aus, wie sie es schon immer gern taten. Ein paar von ihnen landeten hier und nahmen, aus welchem Grund auch immer, Anstoß am alten St. Malo. Sie rissen seinen Schrein nieder und richteten im Osttrakt ziemlich viel Schaden an. Später wurde er im hochgotischen Stil wiederaufgebaut. Er ist ziemlich eindrucksvoll mit dem Fächergewölbe im Retrochor. Die Mönche bauten den Schrein nicht mehr auf. Sie stellten St. Malos Kopf sicher und verwahrten ihn in einem goldenen Reliquiar auf dem Hochaltar. Angeblich war es ein wundervolles Kunstwerk, geformt wie ein Kopf und mit Edelsteinen besetzt.«

»Es hat die Reformation wohl nicht überlebt?«

»Nein, aber es gibt eine Legende darüber. Als die Abtei 1538 aufgelöst wurde, waren die Beamten des Königs vor allem hinter diesem Reliquiar her. Aber einer der Mönche, ein Bruder Thomas, versteckte es vor ihnen. Man drohte ihm den Tod an, doch er sagte nur, er sei bereit, seinen Kopf zu opfern, um den von St. Malo zu retten – wie es scheint, war er wie sein Namensvetter Becket bereit, den Märtyrertod zu sterben. Sie nahmen ihn beim Wort und richteten ihn auf der Stelle hin. Er wurde geköpft.«

Lucy überlief ein leichter Schauer. »Und der Reliquienschrein wurde gefunden?«

»Ja, natürlich. Bruder Thomas' Opfer war daher vergeblich. Ein anderer Mönch händigte das Reliquiar sofort aus. Es wurde pflichtgemäß zerstört; das Gold wurde geschmolzen, und die Juwelen wanderten in die Schatullen Heinrichs VIII.« Jeremy hielt einen Moment lang inne. »Dem Gebäude selbst erging es nicht viel besser. Es gibt Hinweise, daß die Kirche selbst hätte verschont bleiben können, daß sie möglicherweise zur Auswahl jener Abteikirchen gehört hatte, die Heinrich VIII. später, im Jahre 1540, zu Kathedralen erhob. Doch nach Bruder Thomas'

Gegenwehr und seinem sinnlosen Märtyrertod bestand dafür nicht mehr die geringste Chance. Man überließ sie den Stadtbewohnern als Pfarrkirche, nachdem die verbliebenen drei Joche am westlichen Ende abgeschlagen worden waren. Daher auch die jetzige, leicht abgestumpfte Form – es sind nur zwei Joche des Hauptschiffs übrig.«

»Und wann wurde die Kirche tatsächlich zur Kathedrale?«

»1868, als die Diözese Malbury aus Teilen der Diözesen Worcester, Hereford und Lichfield gebildet wurde. Und damit«, sagte er mit einem Lächeln und stand auf, »endet die Geschichtsstunde, Miss Kingsley. Wie wäre es jetzt mit einer Besichtigung des Kathedralengeländes?«

Die gewundene Straße führte um den Ostteil der Kathedrale, so daß sie von ihrem Standpunkt aus einen Großteil des Kirchplatzes überblicken konnten. »Wie ich bereits sagte«, begann Jeremy, »ist dort drüben, hinter der Mauer, mein Haus. Die Mauer verläuft quer über die Straße, weiter geht es in der Richtung also nicht. Es gibt nicht einmal einen Zugang vom Kirchplatz in das Haus; man muß um das Westende der Kathedrale herumgehen.«

»Wie lästig für Sie.«

»Ein bißchen, aber ich gehe nicht oft auf den Kirchplatz, und ich kann den Weg durch die Kathedrale nehmen, wenn sie offen ist.«

»Sie haben keinen Schlüssel?«

Jeremy lachte. »Ich bin nur ein kleiner Architekt. Einen Schlüssel vertraut man mir doch nicht an.«

»Das Gebäude, das an Ihre Mauer stößt, sieht sehr alt aus. Oder ist es pseudogotisch?« Sie deutete auf einen langgestreckten, zweistöckigen Steinbau mit einer Reihe von Fenstern, aber keiner sichtbaren Tür.

»Nein, das ist im Grunde der einzige Teil der Abtei, der erhalten geblieben ist. Es war die Krankenstation der Mönche.

Ich weiß nicht genau, warum es nicht abgerissen wurde – ich glaube, es wurde jahrelang als Lagerraum genutzt. Um 1870 wurde es in ein Schulhaus umgewandelt. Dann in den Zwanzigern, als in der alten Dekanei Büroräume eingerichtet wurden, wurde aus der früheren Krankenstation und der späteren Schule die neue Dekanei. Der Eingang befindet sich auf der anderen Seite.«

»Es steht jetzt wohl leer?«

»Im Moment ja, doch es wird jeden Tag mit einer Ernennung gerechnet. Wir könnten schon im Frühherbst einen neuen Dekan in Amt und Würden haben.« Jeremy schüttelte belustigt den Kopf. »Ich weiß nicht, wieviel Sie von der Politik innerhalb einer Kathedrale verstehen, Lucy, aber die meisten Leute setzen darauf, daß Kanonikus Brydges-ffrench ernannt wird – Malbury Cathedral ist nicht unbedingt fortschrittlich, und das wäre der beste Weg, den Status quo zu erhalten. Und auch Kanonikus Brydges-ffrench selbst rechnet damit.«

»Das habe ich schon vermutet. Für Miss Marsden scheint außer Frage zu stehen, daß es jemand anders werden könnte. Das hat sie mir vor dem Dinner gesagt.«

»Miss Marsden … nun ja. Ja, sie ist auch überzeugt davon«, lachte er. »Sie hätte außerdem nichts dagegen, die Frau des Dekans zu werden.«

»Oh. Ich verstehe.«

»Nicht daß diese Ehe zwangsläufig geschlossen wird, ob er den Posten nun bekommt oder nicht«, fügte Jeremy mit einem zynischen Lächeln hinzu. »Soweit ich weiß, vertröstet er sie schon seit Jahren.« Er zeigte auf das Haus an der Rundung des Kirchplatzes, links von der Dekanei, ein rotes Backsteinhaus aus dem achtzehnten Jahrhundert mit steinernen Simsen. »Da drüben wohnt Evelyn Marsden, gleich neben der Dekanei. Sie lebt schon seit einer Ewigkeit dort.«

»Und da?« Direkt gegenüber dem Osttrakt der Kathedrale

stand eine Zeile von drei Häusern, in den zwanziger Jahren im neugeorgianischen Stil in rotem Backstein erbaut. Das Haus in der Mitte war klein, mit nur einem Geschoß und Mansardenfenstern; die beiden angrenzenden Häuser waren größer und zweistöckig, wirkten in den Proportionen allerdings leicht gedrungen.

»Kanonikus Brydges-ffrench wohnt in dem auf der rechten Seite, neben Miss Marsden. Das in der Mitte gehört Ivor Jones, dem Organisten. Und links ist das Haus des Kantors«, erklärte Jeremy. Als nächstes kam die Zeile georgianischer Stadthäuser – wozu auch Rowenas Haus gehörte – ein Stück von der Straße entfernt und nach Südwesten ausgerichtet. Alle drei Häuser hatten schöne schwarze schmiedeeiserne Tore, aber geringfügige Unterschiede im Äußeren, die die jeweilige Persönlichkeit des Bewohners widerspiegelten, bewahrten sie vor Gleichförmigkeit. Das Haus von Lucys Vater war das erste rechts; in den wenigen Monaten, die er dort lebte, hatte er – abgesehen von dem eher halbherzigen Versuch, seine Eingangstür mit einem Tontopf voller welkender Petunien und Alyssum zu schmücken – kaum etwas getan, um seinem Heim eine persönliche Note zu geben. Vor dem Nebenhaus hingegen wachte über dem Eingang eine Holzskulptur, unverkennbar afrikanischer Herkunft, die eine schwarze Frau mit ihrem Säugling darstellte. Dies verriet ebenso wie die wild gemusterten Rollos an den Fenstern, daß es sich hier um das Heim des verhinderten Missionars Kanonikus Thetford handelte. Im Gegensatz dazu wurde Rowena Hunts Haustür von zwei kunstvoll gestutzten Lorbeerbäumchen in eleganten Übertöpfen flankiert, und an allen Fenstern hingen dichte Raffrollos.

Jeremy zeigte auf einen alten, aus Stein gebauten Stall, der ein Stück vom Kirchplatz abgesetzt war und zum größten Teil von den Wohnhäusern verdeckt wurde. »Die Kantine der Kathedrale, das sogenannte Refektorium«, erklärte er. »Ein umgebauter Stall; fällt ein bißchen aus dem Rahmen, erfüllt aber seinen Zweck.« Sie schlenderten gemächlich weiter. »In diesen Gebäuden dort befinden sich heute Geschäfte. Sie wurden im siebzehnten Jahrhundert als Armenhäuser errichtet und vor nicht allzu langer Zeit umgebaut.« Sechs hohe Schornsteine ragten über den einstöckigen Häusern auf, vor denen sie nun ankamen. Die Fronten wiesen große Schaufenster und drei hübsche Eingangstüren auf. »Das eine ist heute ein Buchladen – sogar ein recht guter –, das andere ein Modegeschäft, wie Sie sehen. In der Mitte befindet sich der Andenkenladen der Kathedrale.« Sie blieben einen Moment stehen und betrachteten in der Auslage die Anhäufung von Malbury-Cathedral-Bechern, -Geschirrtüchern und -Ansichtskarten.

Das nächste Gebäude war von ganz anderer Art, ein neugotischer Prachtbau aus dem achtzehnten Jahrhundert aus rosa Stuck, massiv und doppelgiebelig. »Das war die alte Dekanei«, sagte der Architekt. »Jetzt befinden sich dort die Büroräume der Diözese – für die Rechtsabteilung, den Standesbeamten und so weiter.«

Ein ebenso großer Steinbau aus dem siebzehnten Jahrhundert stand links davon. »Das war früher eine Schule«, erklärte Jeremy. »Jetzt sind es Büroräume, die von der Kathedrale vermietet werden. Trägt alles dazu bei, Rechnungen zu bezahlen«, fügte er hinzu.

An diesem Punkt, gegenüber der Westfront der Kathedrale, ging der Kirchplatz in einen Rasen über. Sie begannen, diese weite Grünfläche vor der Kathedrale zu überqueren, ein freies Stück Land, auf dem sich früher einmal die ursprüngliche Westfront der Abtei an die Kirche angeschlossen hatte.

»Das Bischofspalais ist auf der anderen Seite«, sagte Jeremy, »neben meinem Haus. Möchten Sie vielleicht noch auf einen Schlummertrunk hereinkommen?«

Lucy nickte zustimmend. »Aber ich kann nicht lange bleiben. Mein Vater wird auf mich warten – ich habe keinen Hausschlüssel.«

»Die Westfront ist ziemlich unspektakulär«, bemerkte Jeremy abfällig, als sie daran vorbeigingen. »Viktorianisch. Man hat damals diese Seitenflügel hinzugefügt, um die Front zu vergrößern, deshalb wirkt sie täuschend breit.« Das Bischofspalais, das jetzt vor ihnen lag, war recht eindrucksvoll, ein großer neoklassizistischer Bau aus grauem Stuck und mit gewaltigen ionischen Säulen geschmückt. »Es wurde im neunzehnten Jahrhundert für einen reichen Bankier gebaut. Für den Bischof ist es angenehm nahe zur Kathedrale. Er hat sogar einen eigenen Eingang, durch den Ostflügel des Kreuzgangs, das einzige, was von dem Kloster geblieben ist. Er ist sogar relativ gut erhalten.«

»Ich war schon einmal im Bischofspalais«, bemerkte Lucy. »Bischof Willoughby und mein Vater sind alte Freunde.«

Jeremy führte Lucy am Bischofspalais vorbei zu der Ecke, wo der Kreuzgang begann. »Ehrlich gesagt, ich habe da so eine Idee, was den Kreuzgang angeht«, vertraute er ihr an. »Ich glaube, er könnte eine sehr schöne Teestube abgeben, wenn man die offenen Fronten verglast und alles ein bißchen aufmöbelt. Außerdem hätte sie eine viel bessere Lage als die Kantine, und es wäre ein nettes, kleines Projekt für mich. Das hielte mich davon ab, Unfug zu treiben, wissen Sie.« Er zog seine Augenbrauen hoch.

»Scheint mir eine gute Idee zu sein«, erwiderte sie doppeldeutig. »Aber was sagen die anderen dazu? Sind die Leute nicht der Meinung, daß dies die Kathedrale verschandeln würde?«

»Oh, ich habe noch mit niemand darüber gesprochen.« Jeremy grinste. »Bloß mit Ihnen. Doch Sie haben wohl recht, die Idee wird nicht gut ankommen. Veränderungen stehen in Malbury nicht sehr hoch im Kurs. Ich werde eben den richtigen

Zeitpunkt abwarten müssen.« Er blieb vor dem Torbogen des Kreuzgangs stehen. »Man kommt nur durch diesen Eingang zu meinem Haus.« Mittlerweile war es Nacht geworden und wirklich dunkel; sie blieben stehen, um den mittelalterlichen Kreuzgang mit seinen Bögen und Gewölben zu betrachten, die im Mondlicht fahlgrau schimmerten. »Es soll übrigens im Kreuzgang spuken. Ich selbst habe nie ein Gespenst gesehen, aber ich habe mit Leuten gesprochen, die schwören, Bruder Thomas gesehen zu haben, wie er kopflos herumirrte. – Und das ist wörtlich gemeint – auf der Suche nach St. Malos Kopf.«

Lucy erschauerte, während sie durch den Kreuzgang liefen. »Bei diesem Licht kann ich es fast glauben. Armer Kerl, was für ein sinnloses Opfer.«

Jeremy nahm ihren Arm und führte sie aus dem Kreuzgang heraus zu seiner Haustür. »Kommen Sie. Ich glaube, wir können beide einen Brandy vertragen.«

Das Wohnzimmer war schön eingerichtet und gemütlich, stellte Lucy beiläufig fest. Überall waren Bücher, außerdem fand sich in den Regalen, die sich über zwei Wände erstreckten, eine stattliche Schallplattensammlung. Durch eine halboffene hohe Tür konnte Lucy einen weiteren Raum sehen, der von einem Konzertflügel beherrscht wurde. »Sie spielen Klavier?« fragte sie, als er eine Karaffe und Gläser brachte.

»Eigentlich Cello.«

»Schatten von Barchester*«, lächelte sie. »Mr. Harding und sein Cello. Wie nett.«

»Spielen Sie Klavier?«

»Früher einmal. Ich habe seit Jahren nicht mehr gespielt – mein Haus in London ist zu klein für ein Klavier.«

* Anspielung auf ›The Warden‹ und ›Barchester Towers‹ von Anthony Trollope

»Wir müssen irgendwann einmal ein Duett probieren.«

»Ich bin sicher, daß ich nicht gut genug spiele.«

»Dieses Urteil müssen Sie schon mir überlassen.« Jeremys Lächeln verblaßte plötzlich und wich einem versonnenen Blick, der nicht frei von Schmerz war. »Mein Frau und ich … wir haben oft zusammen musiziert. Das vermisse ich wirklich sehr.«

»Wie … wie lange ist es her?« Lucy war sich nicht sicher, ob Jeremy darüber sprechen wollte, doch er hatte schließlich das Thema angeschnitten.

»Über ein Jahr.« Jeremy starrte in sein Glas und fuhr nach einem Moment fort: »Sie hatte Krebs. Ziemlich weit fortgeschritten und sehr schmerzhaft. Nach ihrem Tod … na ja, ich wollte nicht mehr in London leben. All der Stress und der Konkurrenzkampf … es schien einfach keinen Sinn mehr zu haben. Deshalb gab ich mein Architekturbüro auf und kam hierher. Es war eine gute Entscheidung; mir gefällt es hier. Die Kathedrale und ihre Geschichte faszinieren mich. Vom architektonischen Standpunkt aus gesehen, ist sie ein ziemlicher Mischmasch, aber ich liebe das Gebäude trotzdem. Und im großen und ganzen mag ich auch die Menschen hier.« Er gab sich einen Ruck, um seine in sich gekehrte Stimmung abzuschütteln, und wandte sich mit einem Lächeln zu ihr. »Apropos Menschen, was halten Sie von uns allen – nach der Dinnerparty?«

Lucy lachte. »Jetzt bringen Sie mich aber in Verlegenheit!« Sie nippte an ihrem Brandy. »Meinen Sie, als Kollektiv oder als Einzelperson?«

»So oder so. Beides.«

Er wartete, und sie versuchte, ihre Gedanken in Worte zu kleiden. »Es ist eine erstaunlich isolierte Gemeinschaft, nicht wahr? Abgeschottet, fast selbstgenügsam.«

»Sehr. Man könnte fast sagen, inzestuös.«

»Seltsam finde ich diese Sache mit Kanonikus Brydges-ffrench. Er schien sich heute nachmittag noch ganz wohl zu fühlen.«

»Kanonikus Brydges-ffrench *ist* ein bißchen seltsam.« Jeremy grinste. »Er ist schon geradezu verboten antiquiert in seiner Art. Sie wissen schon, der Typ, der Kreuzworträtsel und obskure theologische Rätsel liebt. Er war hier einmal Chorknabe, früher, in den dreißiger Jahren. Und wenn es nach ihm ginge, würden wir alles genau so machen, wie es damals gemacht wurde.«

»Klingt ein bißchen überholt. Dieses Musikfestival ...«

»Das war natürlich seine Idee. Er hat es nie verwunden, von dem Three-Choirs-Festival ausgeschlossen zu sein.«

»Tatsächlich?«

Jeremy zog die Augenbrauen hoch. »Hereford, Worcester und Gloucester – warum nicht auch Malbury? Warum nicht das Four-Choirs-Festival? Er versucht es schon seit Jahren, ist bis jetzt aber mit seiner Idee auf keine Gegenliebe gestoßen. Deshalb hat er jetzt beschlossen, es allen zu zeigen – er will seine eigenen Festspiele, die besser sind als das Three-Choirs-Festival. Und natürlich«, fügte er hinzu, »wird es sich gut in seinem Lebenslauf machen, wenn es zur Wahl des nächsten Dekans kommt. Etwas in der Art wie: zeigt ein bißchen Initiative und macht Malbury einen Namen.«

Lucy machte ein zweifelndes Gesicht. »Aber stimmt das auch? Nach dem heutigen Treffen bin ich nicht sicher ...«

»Nein, natürlich nicht. Eines der Probleme ist zum Beispiel, daß keiner hier eine realistische Vorstellung von den Kosten der ganzen Sache hat. Alles wird in großem Rahmen ausgeführt und ich kann mir nicht denken, daß damit viel Geld zu verdienen ist. Aber das Hauptproblem ...« Jeremy brach ab und sah sie über den Rand seines Glases hinweg an. »Das Problem ist, daß alle Beteiligten nicht gut genug sind. Nicht nur, daß die für die Planung Zuständigen unorganisiert und chaotisch sind, auch die Musiker haben einfach nicht das entsprechende Niveau. Sie haben Ivor Jones kennengelernt, den Organisten?«

Sie nickte. »Er war bei der Besprechung.«

»Nun, er ist bestenfalls Durchschnitt – sowohl als Organist als auch als Chorleiter. Und der Chor ist natürlich auch professionell, in dem Sinne, wie es die meisten Chöre großer Kathedralen sind. Die Chorschule wurde vor Jahren geschlossen, und die Jungen werden aus dem hiesigen Gymnasium rekrutiert. Zumindest sind keine Mädchen dabei – das würde Kanonikus Brydges-ffrench nie dulden. Und die Männer im Chor – die Laienpriester – werden nicht einmal bezahlt. Es sind einfach Burschen, die genug Freude am Singen haben, um ihrem Hobby etwas Zeit zu widmen. Ein paar davon singen ziemlich grauenhaft, aber wir mußten nehmen, was wir kriegen konnten.«

»Sieht so aus, als hätte man für das Festival einige sehr ambitionierte Musikstücke ausgewählt«, bemerkte sie.

»Das ist Teil des Problems. Es sind schwierige Stücke, die nur bei einem speziell interessierten Publikum Anklang finden. Wenn der Chor sie wenigstens gut und sauber ausführen könnte, wäre es etwas anderes … Ach, Rupert Greenwood ist so engstirnig. Er läßt sich einfach nichts sagen.«

»Ist er ein guter Musiker?«

»Oh, er ist ein echter Profi. Lebt und atmet nur für Musik. Aber er hat einen sehr engen Horizont. Er hat die Musik ausgesucht, und meiner Meinung nach sind die Sachen alle reichlich abgehoben.«

Lucy dachte an die Besprechung zurück, an die Wirkung, die Rupert Greenwoods jungenhaft gutes Aussehen auf sie gehabt hatte, und wie überrascht sie gewesen war, als sie später seine unscheinbare, schüchterne Frau kennenlernte. Das Gespräch bewegte sich in eine andere Richtung. »Rupert Greenwoods Frau … war nicht ganz, was ich erwartet hatte.«

Jeremy lachte. »Ja, Rupert ist wohl der Pfau der Familie. Aber unsere Judith ... nun, unterschätzen Sie sie nicht, Lucy. Es würde mich nicht überraschen, wenn sie verborgene Tiefen hätte.«

Etwas später begleitete Jeremy Lucy zum Haus ihres Vaters. »Es war ein schöner Abend, Jeremy. Ich habe die Besichtigung der Kathedrale und die Zusammenfassung ihrer Geschichte wirklich genossen«, sagte sie aufrichtig. »Ich freue mich darauf, Sie wiederzusehen, wenn ich nächsten Monat zu den Festspielen komme.«

Er zögerte einen Moment. »Ich würde Sie gern vorher sehen, Lucy.«

»Was meinen Sie damit?«

»Es ist nicht unmöglich für mich, nach London zu kommen.« Er grinste. »Die Züge verkehren ziemlich regelmäßig, wissen Sie. Falls ich für einen Tag nach London komme, dürfte ich Sie dann zum Essen ausführen?«

Lucy ließ sich Zeit mit ihrer Antwort. »Nein«, sagte sie schließlich. »Nein, ich glaube nicht, daß das eine gute Idee wäre.«

Jeremy runzelte die Stirn. »Sie sind nicht verheiratet.« Es war eher eine Feststellung als eine Frage.

»Nein, ich bin nicht verheiratet.« Sie machte eine Pause. »Aber ich bin ... gebunden.«

»Verlobt?«

»Nein ...«

»Gut.« Er nickte befriedigt. »Dann lasse ich ein Nein nicht als Antwort gelten. Und wenn Sie glauben, ich würde kampflos aufgeben, Lucy Kingsley, dann müssen Sie noch viel über mich lernen.«

Kapitel 3

Ob ich gehe oder ruhe, es ist dir bekannt;
du bist vertraut mit all meinen Wegen.
Psalm 139,3

Kanonikus Kingsley hatte die Tür für seine Tochter unversperrt gelassen; er war gerade im Studierzimmer und telefonierte, als sie nach Hause kam. Lucy sah auf ihre Uhr; kurz vor Mitternacht. Bißchen spät für einen Anruf, dachte sie. Und ihr Vater war nicht unbedingt jemand, der bis in die Nacht aufblieb. Sie machte es sich im Wohnzimmer in einem Sessel bequem, um auf ihn zu warten.

Nach einigen Minuten tauchte er auf, die normalerweise faltenlose Stirn sorgenvoll gefurcht. »Oh, hallo meine Liebe. Du bist schon da.«

»Ja, aber noch nicht lange. Ist etwas nicht in Ordnung?«

Er nickte geistesabwesend. »Ich fürchte, ja. Eine Angelegenheit der Kathedrale. Magst du vielleicht etwas heiße Schokolade?«

»Ja, gern, Daddy. Ich mache uns welche«, bot sie an.

»Das ist lieb von dir, mein Kind.«

Lucy machte sich in der ihr fremden Küche auf die Suche nach der Dose mit Trinkschokolade, während sie die Milch langsam erhitzte. Wie sie ihren zerstreuten Vater kannte, konnte die Dose überall sein; schließlich fand sie sich überraschenderweise unter der Spüle. Als Lucy das Tablett ins Wohnzimmer trug, saß ihr Vater in seinem Lieblingssessel und starrte mit demselben sorgenvollen Blick wie zuvor ins Leere. Aber er schenkte Lucy ein Lächeln, als er nach seinem Becher griff. »Danke, mein Liebes.«

Sie setzte sich ihm gegenüber. »Was ist los, Daddy? Oder kannst du nicht mit mir darüber sprechen?«

Er strich mit einer Hand über sein silbriges Haar und überlegte einen Moment. »Doch, ich denke schon. Solange du es nicht weitererzählst ...«

»Natürlich nicht.« Lucy pustete auf ihre Schokolade, um sie abzukühlen, und nahm einen Schluck.

»Arthur Brydges-ffrench ...« fing er an, brach dann ab und fing noch einmal an. »George rief mich an, kurz nachdem ich zu Hause war. Er machte sich Sorgen um Arthur.« Dr. George Willoughby, der Bischof von Malbury, war John Kingsleys engster Freund.

»Warum? Was fehlt Kanonikus Brydges-ffrench? Heute nachmittag schien es ihm noch gutzugehen.«

»Das ist es ja. Heute nachmittag *ging* es ihm auch noch gut, bis George mit ihm sprach. Kurz vor der Dinnerparty.« Lucy machte ein verwirrtes Gesicht, und ihr Vater fuhr fort. »George wollte ihm die schlechte Nachricht selbst mitteilen, bevor er es aus anderen Quellen erfahren würde. Man hat einen neuen Dekan gewählt. Und zwar nicht Arthur.«

»Du meine Güte. Soweit ich weiß, hat er fest mit der Ernennung gerechnet.«

John Kingsley schüttelte bekümmert den Kopf. »Allerdings, meine Liebe. Es sollte die Krönung seiner Karriere in Malbury sein. Eine Bestätigung seines Wirkens hier. Er hat dieser Kathedrale sein Leben geweiht, und er war überzeugt, daß er dafür belohnt würde. Und das Amt hätte ihm zugestanden«, fügte der Kanonikus hitzig hinzu. »Er hätte es verdient. Während der letzten zehn Jahre hat er hier quasi als Dekan fungiert – nur ohne den Titel. Es war natürlich vor meiner Zeit, aber George hat mir erzählt, daß der vorige Dekan ein hoffnungsloser Fall war. Er war schon viel zu alt und überließ alles Arthur. Es wäre nur recht und billig gewesen, jetzt Arthur zum Dekan zu ernennen, zumindest für die paar Jahre, bis er sowieso in den Ruhestand geht.«

»Und wer wurde gewählt?« fragte Lucy.

»Oh, jemand aus London. Sein Name ist Stuart Latimer. Zur Zeit ist er Pfarrherr einer exklusiven Londoner Gemeinde – Fulham, sagte George, soweit ich mich entsinne.«

»Du kennst ihn nicht?«

»Ich bin ihm vor kurzem begegnet, als er die Kathedrale besuchte. Er bestand darauf, hierherzukommen und alle kennenzulernen. Kein übler Bursche, fand ich. Er ist jung und dynamisch. Aber wir dachten alle, Arthur würde das Rennen machen, nach allem, was er für die Gemeinde getan hat.« Das Domkapitel hat aber bei der Ernennung im Grunde natürlich kein Mitspracherecht, genausowenig wie der Bischof – die Entscheidung liegt beim Premierminister.

Lucy wickelte eine Locke um ihren Finger, während sie die Neuigkeit verarbeitete. »Und warum hat der Bischof dich angerufen?«

»Wie gesagt, er macht sich Sorgen um Arthur. Er hat es nicht besonders gut aufgenommen. George meinte, ich könnte vielleicht mit ihm reden. Ich kenne Arthur schon einige Jahre, weißt du.«

»Und hast du mit ihm gesprochen?«

»Ja, ich habe ihn gerade eben angerufen. Ich weiß, daß es spät ist, aber George meinte, Arthur sei noch auf. Das war er natürlich auch. Völlig außer sich. Armer Arthur.« John Kingsley seufzte mitfühlend, nahm seine Brille ab und rieb sich den Nasenrücken. »Viel konnte ich ihm nicht sagen. Ich konnte ihm nur zuhören und Anteil an seinem Kummer nehmen.«

»Ich bin sicher, das hat ihm viel bedeutet«, sagte Lucy mit einem Aufwallen von Liebe für ihren sanften, mitfühlenden Vater.

»Ich wünschte, es wäre so. Es war ein schlimmes Jahr für ihn, weißt du – seine Mutter starb letzten Winter.«

Lucy starrte ihn an. »Seine Mutter? Aber sie muß doch uralt gewesen sein!«

»Oh, das war sie – weit über neunzig, glaube ich. Aber sie hatte ihm den Haushalt geführt, seit er in Malbury lebte. Sie war bis zuletzt kerngesund. Arthur behauptet, sie sei in ihrem ganzen Leben nicht einen Tag krank gewesen. Dann bekam sie eine Grippe und war innerhalb einer Woche tot. Es war ein furchtbarer Schock für ihn. Und jetzt noch diese Enttäuschung. Ich weiß einfach nicht, wie er damit fertig werden soll.«

»Du glaubst doch nicht, daß er … eine Dummheit macht?«

»O nein«, sagte Kanonikus Kingsley. »Nein, das glaube ich nicht.« Doch seine Miene war noch sorgenvoller geworden.

Sie bemühten sich, für den zweiten Becher Schokolade ein weniger belastendes Gesprächsthema zu finden. Aber da sie sich über das bevorstehende Musikfestival unterhielten, gelang es ihnen nicht ganz, das Thema Arthur Brydges-ffrench zu umgehen.

»Was genau sollst du eigentlich für das Festival machen?« fragte der Kanonikus seine Tochter. »Arthur schien sehr erpicht darauf zu sein, dich bei dieser Besprechung dabeizuhaben. Was schwebt ihm denn vor?«

»Oh, er möchte, daß ich ein Bild für das Cover des Programmhefts male. Irgend etwas, das sie dann auch auf Postern, Handzetteln und so verwenden können«, erklärte Lucy.

»Aber das Festival ist Ende August, nächsten Monat. Wird das nicht ein bißchen knapp mit der Zeit?«

»Und ob.« Lucy lachte und strich ihr Haar zurück. »Zum Glück habe ich im Moment nicht besonders viel zu tun, und ich glaube, daß wir mit diesem Auftrag ziemlich schnell fertig werden – wahrscheinlich innerhalb der nächsten Woche.«

»Sie werden dir doch etwas zahlen, oder?« fragte der Kanonikus beunruhigt. »Ich habe Arthur gesagt, daß du eine professionelle Künstlerin bist und er nicht von dir erwarten kann, daß du gratis arbeitest.«

Sie lächelte. »Oh, ich werde schon eine Rechnung schicken. Aber ich verlange natürlich nicht den gängigen Preis und warte auch nicht mit angehaltenem Atem auf die Bezahlung!«

Die vorgerückte Stunde und die Ereignisse des Abends bewirkten eine seltene Nähe zwischen Vater und Tochter, als sie zusammen im Wohnzimmer saßen. Das Zimmer selbst war Lucy nicht vertraut, aber die Möbel waren liebgewonnene Erinnerungsstücke aus der Landpfarrei, in der sie ihre Kindheit verbracht hatte. Sie saßen in trauter Zweisamkeit bei ihrer Schokolade und sprachen nur wenig, da keiner von ihnen die Stimmung zerstören wollte.

Lucy liebte ihren Vater aufrichtig, aber sie hatten nie die Art Beziehung gehabt, die vertrauliche Gespräche einschloß. Kanonikus Kingsley war ein zurückhaltender Mann, der sich nie in das Leben seiner Kinder eingemischt hatte, und Lucy, die von Natur aus verschwiegen war, fand es schwierig – und auch unnötig –, ihr Privatleben mit anderen zu erörtern, schon gar nicht mit ihrem stillen, weltfremden Vater.

Doch plötzlich, vielleicht ermutigt durch das Gefühl der Nähe zwischen ihnen, schnitt der Kanonikus ein sehr privates Thema an, und Lucy wurde bewußt, wie sehr ihm ihr Wohlergehen am Herzen lag.

»Du hast dich heute abend anscheinend recht gut mit Jeremy Bartlett verstanden«, deutete er vorsichtig an.

Lucys Antwort war wenig mitteilsam: »Ja. Er scheint ein sehr netter Mann zu sein.«

»Er ist seit dem Tod seiner Frau sehr einsam gewesen.« John Kingsley machte eine Pause, legte die Kuppen seiner langen, blassen Finger aneinander und fuhr behutsam fort: »Ich bin in Sorge, daß du auch einsam bist, mein Liebes. London ist so groß, und du bist ...«

»Nicht mehr so jung, wie ich einmal war, Daddy?« Lucy lachte. »Du mußt dir um mich keine Sorgen machen.« Sie hatte seit langem das Gefühl, ihrem Vater von David erzählen zu müssen; jetzt schien der richtige Zeitpunkt. »Ehrlich gesagt, es gibt da einen Mann, den ich ... sehr mag.« Ihr Vater nickte ermutigend, sagte aber nichts, und nach einem Moment fuhr Lucy fort: »Sein Name ist David. David Middleton-Brown. Er ist Anwalt. Ich kenne ihn seit ungefähr einem Jahr.«

»Er lebt also in London?«

»Eigentlich ist er in Norfolk zu Hause. Aber er zieht demnächst nach London. Er hat dort eine neue Stellung bei einer Anwaltsfirma in Lincoln's Inn. Das ist eine sehr angesehene alte Kanzlei«, fügte sie hinzu, unfähig, einen Anflug von Stolz in ihrer Stimme zu unterdrücken. »Sie arbeiten unter anderem auch für die Church of England.«

»Das ist sehr schön, mein Liebes.« Kanonikus Kingsley lächelte sichtlich erleichtert und verfiel wieder in Schweigen. Auch Lucy schwieg. Sie dachte an David. Sie hatte vorgehabt, dieses Wochenende mit ihm in Norfolk zu verbringen, um sein Haus zum Verkauf bereitzumachen. Doch sie hatte diesen Plan aufgegeben, als ihr Vater sie anrief und eindringlich um ihre Hilfe bei den Vorbereitungen für das Musikfestival bat. Und sie wollte ihrem Vater diese Bitte nicht abschlagen – er bat so selten um einen Gefallen. Aber es tat ihr leid, daß sie David hatte absagen müssen. Sie konnte verstehen, daß er über die Änderung ihrer Pläne in letzter Minute verstimmt und enttäuscht gewesen war. Das Haus selbst war zwar gut in Schuß, denn David hatte bereits nach dem Tod seiner Mutter im Vorjahr einiges dort erneuert und verbessert. Außerdem war er von Natur aus ein ordentlicher Mensch und von seiner Mutter stets darauf gedrillt worden, Ordnung zu halten. Mit dem Garten sah es jedoch anders aus; David verbrachte die Wochenenden meist bei Lucy in London, und infolgedessen war sein Garten vernachlässigt worden. Sie hatte sich eigentlich darauf gefreut, ein befriedigendes – wenn auch wenig spektakuläres – Wochenende damit zu verbringen, in der heißen Julisonne Unkraut zu jäten und Büsche zu beschneiden. Doch statt dessen war sie hier in ein Gewirr aus enttäuschten Ambitionen und unerfüllten Leidenschaften geraten.

Als sie einander schließlich vor der Tür des Gästezimmers, das Lucy bewohnte, gute Nacht sagten, gab Kanonikus Kingsley seiner Tochter einen Kuß auf die Stirn. »Danke, daß du gekommen bist«, sagte er. »Gute Nacht, Lucy, mein Liebes. Gott segne dich.«

Sein freundlicher Segen, der Erinnerungen an so viele Nächte ihrer Kindheit wachrief, versetzte Lucy in eine nachdenkliche Stimmung, als sie sich in dem ihr unvertrauten Zimmer zum Schlafengehen zurechtmachte. Es war ein langer Tag gewesen, angefangen mit einer langwierigen Zugfahrt von London nach Malbury, jetzt beendet in einem fremden Bett. In der Zwischenzeit war viel geschehen, viele neue Gesichter waren aufgetaucht, mit denen sie sich vertraut machen mußte.

Da war einmal der bedauernswerte Kanonikus Brydges-ffrench, dessen Erscheinung ebenso außergewöhnlich war wie sein Ruf. Er war von auffallend hagerer großer Statur, hatte vorgebeugte Schultern und eine hohe, gewölbte Stirn über ausdrucksvollen, buschigen Augenbrauen. Die Stirn wäre auch mit einem normalen Haaransatz ungewöhnlich hoch gewesen, aber in seinem Fall ging die Stirn nahtlos in eine schimmernde Glatze über – beschränkte sich auf die Seiten und den Hinterkopf.

Bei der Besprechung hatte sie außerdem den gutaussehenden Rupert Greenwood getroffen und den kleinen Organisten Ivor Jones, der so still war, daß er fast schon mürrisch wirkte. Und auf der Dinnerparty hatte sie schließlich Jeremy kennengelernt.

War sie ihm gegenüber unfair gewesen? Hatte sie ihm etwas vorgemacht? Während des Essens hatte sie nicht das Gefühl gehabt, ihn an der Nase herumzuführen – sie hatte ihn als angenehmen Tischnachbarn empfunden und den Abend genossen. Und die Gespräche über gemeinsame Interessen hatten Lucy ebenso erfreut wie die Aussicht, von seinem beträchtlichen Wissen über die Kathedrale und über alles, was damit in Verbindung stand, zu profitieren. Sie war gar nicht auf den Gedanken gekommen, er könnte sich mehr erwarten. Ihre Bindung an David, die Tiefe ihrer Beziehung, waren für sie so selbstverständlich, daß sie nicht einmal auf den Gedanken gekommen war, dies zu erwähnen, ehe es zu spät war. Aber hatte sie sich wenigstens dann klar und deutlich ausgedrückt? Jeremy schien nicht bereit, ihre Erklärung als endgültig zu akzeptieren.

Wahrscheinlich dachte er – fiel Lucy jetzt ein –, daß der Umstand, daß sie und David nicht verheiratet oder verlobt waren, sich so erklären ließ, daß David ihr keinen Antrag gemacht hatte. Doch das war weit von der Wahrheit entfernt, denn David hatte sie wiederholt inständig gebeten, ihn zu heiraten. Sie war einfach ein gebranntes Kind, das das Feuer scheute: Eine kurze verfrühte Ehe mit einem Mann, der nicht zu ihr gepaßt hatte, ließ Lucy davor zurückschrecken, nochmals den Schritt einer Heirat zu wagen – obwohl sie David liebte. Sie wußte, daß ihre Ablehnung David schmerzte; er war ein zutiefst konventioneller Mensch und sehnte sich nach der Sicherheit, die eine Ehe bot. Aber Lucys Bemühungen, ihre tief verwurzelte Abneigung gegen diese Institution zu überwinden, waren bislang erfolglos geblieben. Andererseits war ihr gegenwärtiges Arrangement, die Wochenenden miteinander zu verbringen, alles andere als befriedigend, aber bald würde David ja nach London ziehen. Das Haus, das er geerbt hatte, würde er zwar noch eine ganze Weile nicht beziehen können, doch in der Zwischenzeit sollte er dann bei ihr wohnen. Das würde fast so sein, als wären sie verheiratet, sagte Lucy sich – und hoffte, daß David es ebenso sehen würde.

Und Jeremy? Er war sehr nett und unbestreitbar attraktiv. Vielleicht wäre es daher besser, ihn nicht zu erwähnen, wenn sie mit David sprach. David war immer noch unsicher, was ihre Beziehung anging, so daß es ihm Probleme bereiten würde, sich mit dem Gedanken an Jeremy, einen vermeintlichen Rivalen, anzufreunden. Lucy selbst wußte, daß Jeremy keine Versuchung für sie darstellte, aber David würde sich und ihre Beziehung trotzdem als bedroht ansehen, und diese Sorge wollte sie ihm ersparen.

Kurz vor dem Einschlafen dachte Lucy an David, der jetzt einsam und allein in seinem Bett lag. Auf einmal fehlte er ihr schrecklich. Wann würde sie ihn wiedersehen? Bis zum nächsten Wochenende konnte sie nicht warten. Sie beschloß, nach dem Frühgottesdienst in der Kathedrale und nach dem Sonntagslunch – sie waren beim Bischof zum Mittagessen eingeladen – zu ihm zu fahren; sie würde den Zug zurück nach London nehmen und von dort zu Davids Haus fahren. Sie würde erst spät abends eintreffen, aber sie könnte ja ein paar Tage bei ihm bleiben. Kanonikus Brydges-ffrench und sein Programmheft konnten warten – sie brauchte David.

Jeremy Bartlett blieb sehr lange Zeit vor Kingsleys Haus am stillen Kirchplatz stehen. Er hatte sich in den Schatten zurückgezogen, wo er nicht zu sehen war und von wo er die Fenster des Hauses im Auge behalten konnte. John Kingsley hatte sich nicht die Mühe gemacht, die Wohnzimmervorhänge zuzuziehen, deshalb konnte Jeremy das Gespräch zwischen Vater und

Tochter beobachten. Da er nicht von den Lippen lesen konnte, entging ihm zwar das Thema, aber darauf kam es nicht an.

Lucy Kingsley. Vom ersten Augenblick an hatte Jeremy sie faszinierend gefunden. Nicht, daß sie es auf einen Flirt abgesehen hatte oder ihren Charme bewußt eingesetzt hatte; nein, vielmehr lag ein Großteil der Anziehungskraft, die sie auf ihn ausübte, gerade in ihrer Natürlichkeit. Seit dem Tod seiner Frau – und auch schon vorher – hatten viele Frauen Interesse an ihm gezeigt … auf mehr oder weniger subtile Weise – wie Rowena Hunt etwa. Im Lauf der Jahre war er dieser direkten Form der Annäherung gelegentlich erlegen – schließlich war er auch nur ein Mensch. Doch Lucy Kingsleys Verhalten war ganz anders. Während ihres gemeinsamen Abends hatte er sie auf die Probe gestellt, hatte ihr eine Reihe von Eröffnungszügen für einen Flirt angeboten, aber sie hatte nicht ein einziges Mal angebissen.

Und dann hatte sie ihm eröffnet, daß sie bereits gebunden war. Aber dies empfand Jeremy als geradezu prickelnde Herausforderung. Sie war die interessanteste Frau, die ihm seit langem begegnet war, und er wollte sie für sich gewinnen, auch wenn es schon jemand in ihrem Leben gab. Er würde nicht lockerlassen, beschloß er, und er würde sie erobern. Vielleicht würden sie ein paar Monate zusammensein, vielleicht auch nur eine Nacht, aber das war nicht entscheidend. Es war die Jagd, die ihn reizte.

Jeremy hielt den Atem an, als das Licht im Wohnzimmer endlich erlosch; kurz darauf ging das Licht in dem Zimmer direkt darüber an. Er konnte Lucys Gestalt erkennen. Er trat ein Stück zurück, um sie besser sehen zu können, aber zu seiner Enttäuschung ging sie direkt zum Fenster und zog die Vorhänge zu.

Mit einem Achselzucken drehte Jeremy sich um und schlug den Weg nach Hause ein. Als er an Rowena Hunts Haus vorbeikam, hob er automatisch den Blick zu ihrem vorderen Schlafzimmer. Rowena war nicht so diskret: Die Stoffrollos waren nur teilweise heruntergelassen. Rowena saß im Schein der Nachttischlampe vor ihrem Frisiertisch und zog mit sinnlichen Bewegungen eine Bürste durch ihr schimmerndes schwarzes Haar. Aus dieser Entfernung wirkte sie in ihrem schwarzen Spitzennachthemd wie eine junge Frau. Unter anderen Umständen wäre Jeremy vielleicht in Versuchung gekommen, doch nicht heute nacht. Rowena Hunt interessierte ihn nicht im geringsten.

Dennoch beschloß Jeremy, als er zu Hause angekommen war, bei Rowena anzurufen, da Kanonikus Brydges-ffrenchs Fernbleiben seine Neugier geweckt hatte. Vielleicht würde Rowena am Telefon mehr dazu sagen als vor ihren Gästen vorhin.

Sie nahm den Anruf am Nebenanschluß in ihrem Schlafzimmer entgegen. »Rowena Hunt am Apparat.«

»Rowena? Hier ist Jeremy. Entschuldigung, daß ich so spät noch anrufe«, begann er.

Rowena lächelte ins Telefon. »Kein Problem. Ich war noch auf.«

»Ich wollte dir für die phantastische Dinnerparty danken«, sagte er gewandt. »Das Essen war köstlich.«

»Freut mich, daß es dir geschmeckt hat.«

»Arthur Brydges-ffrench hat sich ein erlesenes Mahl entgehen lassen. Ich hoffe, er hatte einen guten Grund dafür.«

»Nun, ehrlich gesagt …« Rowena zögerte den Bruchteil einer Sekunde, bevor sie fortfuhr. »Jeremy, du mußt mir versprechen, daß es unter uns bleibt, aber ich weiß inzwischen, warum Arthur abgesagt hat.«

Jeremy behielt einen unbefangenen Tonfall bei. »Meine Lippen sind versiegelt.«

»Ich war ein wenig in Sorge, deshalb rief ich ihn an, als alle weg waren«, erklärte sie. »Es sieht Arthur doch eigentlich gar nicht ähnlich, unhöflich zu sein, und diese plötzliche Erkrankung klang nicht sehr überzeugend.«

»Und?«

»Du wirst es nicht glauben, Jeremy! Man hat ihn bei der Ernennung übergangen!«

»Mein Gott! Und wer …?«

»Jemand namens Stuart Latimer, aus London. Arthur hat es heute abend erfahren, offiziell soll es erst in ein paar Tagen bekanntgegeben werden.«

»Aha.« Eine lange, gedankenvolle Pause folgte, als Jeremy die möglichen Konsequenzen überdachte. »So, so. Das ändert alles, nicht wahr? Alle Wetten sind hinfällig. Nur interessehalber, Rowena: Wie siehst du es? Wird es dadurch leichter oder schwerer für dich, dein Ziel zu erreichen?«

»Ich weiß wirklich nicht, was du meinst«, erwiderte sie frostig.

»Ich bin sicher, du weißt es sehr gut. Diese Dinnerparty heute abend – das war doch nicht einfach ein geselliges Beisammensein unter Freunden, oder? So naiv bin ich nicht. Nein, Rowena, du willst irgend etwas, und du willst das Domkapitel auf deiner Seite haben. Warum erzählst du mir nicht, worum es geht? Vielleicht kann ich helfen. Dann könnte es zu unser beider Nutzen sein, wenn wir uns verbünden. Da uns beiden ja die Interessen der Kathedrale am Herzen liegen …«

»Was *du* willst, kann ich mir denken«, unterbrach Rowena ihn.

»Und zwar?«

»Was jeder Architekt will: Unsterblichkeit. Wie du das allerdings erreichen willst …«

Jeremy lachte. »Kluges Kind, Rowena. Zerbrich dir ruhig weiter deinen Kopf.«

»Und wenn du so schlau bist, wie du glaubst, solltest du wissen, daß ich letzten Endes immer bekomme, was ich will, ganz gleich, wer Dekan von Malbury wird.« Sie legte den Hörer auf und sagte leise zu sich selbst: »Und das gilt auch für dich, Jeremy Bartlett. Ich kriege dich schon noch.«

Kapitel 4

Wer auf rechten Wegen geht, der darf mir dienen.
Psalm 101,6

Einige Wochen später, als John Kingsley gerade in der Bibliothek der Kathedrale beschäftigt war, bekam er von der Sekretärin des Bischofs die Nachricht, er möge bitte, sobald es ihm möglich sei, Bischof Willoughby aufsuchen.

Eine von Kanonikus Kingsleys Aufgaben als Domherr von Malbury Cathedral war die Betreuung und Leitung der Bibliothek, die sich in einer langen, schmalen Kammer über dem Ostteil des Kreuzgangs befand. Die Bibliothek war zwar nicht groß, verfügte aber über einige seltene, kostbare Werke und eine Anzahl Bücher von historischem Interesse. Der Kanonikus verbrachte gern seine Zeit dort.

Es hatte eine Reihe von Jahren gedauert, ehe der Bischof seinen Freund Kingsley überreden konnte, eine Stelle als Domherr in Malbury anzunehmen. John Kingsley war in seiner ländlichen Pfarrei immer zufrieden und hatte nie den Ehrgeiz nach einem höheren Amt verspürt. Aber als er sich dem Pensionsalter näherte, hatte der Bischof ihn dazu bewegen können, seine Laufbahn in Malbury abzuschließen. Letzten Endes hatte er sogar zu einem Vorwand gegriffen; er hatte behauptet, John täte ihm einen Gefallen, wenn er sich um die Bibliothek kümmerte. Der Bischof hielt Kanonikus Kingsley – einen bescheidenen Mann, vergeistigt und ohne weltlichen Ehrgeiz – für eine große Bereicherung des von Egoismus geprägten Domkapitels. Gerade seine Bescheidenheit, seine Unvoreingenommenheit und seine Diskretion waren es, die den Bischof veranlaßt hatten, bei dieser Gelegenheit nach ihm zu schicken.

Bischof Willoughby öffnete die Haustür persönlich, auf dem Gesicht ein freudiges Lächeln. »John! Schön, dich zu sehen! Komm doch rein.«

»Ich komme doch nicht ungelegen, oder, George?«

»Nein, natürlich nicht.« Er lachte herzhaft. »Ich habe dich gebeten zu kommen, stimmt's? Eigentlich bin ich ganz froh über die Unterbrechung. Ich arbeite schon den ganzen Tag an meinem Buch, und ehrlich gesagt, allmählich habe ich genug von der Häresie der Albigenser! Aber erzähl das bitte nicht weiter!« Wieder lachte er, ein tiefes, dröhnendes Lachen. Dr. George Willoughby, untersetzt und rundlich, mit einem vollen weißen Bart und zwinkernden blauen Augen, sah wie eine Mischung aus dem Weihnachtsmann und einem recht vergnügten alttestamentarischen Jehova aus. Ungeachtet seiner jovialen Erscheinung war er ein Gelehrter von Ruf und anerkannter Experte auf dem Gebiet des Ketzertums in der Urkirche. Außerdem stand seine Befähigung als Seelsorger außer Frage, und er erfreute sich während seiner langen Amtszeit im Bistum stets allgemeiner Beliebtheit. Jetzt führte er seinen Freund durch das Haus und teilte ihm über die Schulter mit: »Pat ist im Garten. Setzen wir uns doch zu ihr nach draußen. Ich setze Wasser auf – ich glaube, wir können alle eine Tasse Tee vertragen.«

Die ehrenwerte Mrs. Patricia Willoughby, in der Diözese besser bekannt als Pat, stand gerade mit dem Rücken zum Haus, als der Bischof und der Kanonikus in den Garten traten. Sie schwenkte gekonnt und unbarmherzig eine ziemlich gefährlich aussehende Gartenschere, um einen ihrer preisgekrönten Rosenbüsche von verwelkten Blüten zu befreien.

»Pat!« rief der Bischof mit seiner tiefen, volltönenden

Stimme. »John ist zum Tee gekommen. Ich stelle den Kessel auf.«

Pat Willoughby drehte sich mit einem Lächeln um. »John! Es ist eine Ewigkeit her, seit du dich bei uns hast blicken lassen. Ich glaube fast, wir haben dich öfter zu Gesicht bekommen, bevor du nach Malbury gezogen bist, du Schlimmer!« Die Frau des Bischofs war groß und kräftig gebaut; sie trug einen breitrandigen Strohhut, um ihre helle Haut vor der Sonne zu schützen, aber ihre Arme waren unbedeckt und mit Sommersprossen übersät.

»Tut mir leid«, entschuldigte sich Kanonikus Kingsley. »Aber ich weiß doch, wieviel ihr beide um die Ohren habt, und ich störe euch nicht gern.«

»Unsinn!« lautete ihre energische Antwort. Wie ihr Mann hatte auch sie John Kingsley ausgesprochen gern. Obwohl er ungefähr im selben Alter war wie der Bischof, erweckte der Kanonikus den Eindruck, völlig außerstande zu sein, für sich selbst zu sorgen, und das rief sämtliche ihrer nicht unbeträchtlichen mütterlichen Instinkte auf den Plan. Sie war eng mit Elizabeth Kingsley befreundet gewesen, und bei ihrem Tod vor über zwanzig Jahren war Pat ein Bollwerk an Stärke gewesen. Sie hatte sich um das Neugeborene gekümmert, das seine Mutter das Leben gekostet hatte, und einem von Schmerz wie betäubten John und den drei anderen Kindern, Lucy und ihren zwei älteren Brüdern – damals noch Teenager – unendlich viel Trost und Hilfe zukommen lassen. John Kingsley hatte ihre Kraft und ihre Wärme in dieser unerträglichen Zeit niemals vergessen, und er war sich stets bewußt, wieviel er Pat schuldete.

Ebenso wie ihr Mann war auch Pat sehr beliebt in der Diözese Malbury. Zu ihrem großen Kummer hatte sie keine Kinder bekommen können, aber statt deshalb zu verbittern, hatte sie ihre natürlichen Instinkte in andere Bahnen gelenkt: Sie hatte in der Diözese eine große Schar von Patenkindern, die sie als eine Art Zweitmutter betrachteten. Den Rest ihrer überschüssigen Energie und Liebe widmete sie ihrem Garten, ihren Hunden und natürlich ihrem Mann.

Die Hunde hatten sich an diesem heißen, sonnigen Augustnachmittag unter einen uralten schattenspendenden Baum in einem Winkel des Gartens zurückgezogen und hechelten leise. Es waren Labradorhunde; der schwarze hieß Kain, der goldblonde Abel. Als ihre geliebte Herrin mit ihrem Gast näher kam, hoben sie die Köpfe und wedelten schwach, wobei ihnen ihre großen rosa Zungen aus dem Maul hingen. John Kingsley bückte sich, um sie hinter den Ohren zu kraulen, worauf das Schwanzwedeln stärker wurde. »Brave Jungs«, murmelte er.

Im Schatten standen vier Gartenstühle mit verblaßten, blumenbedruckten Kissen und ein ziemlich alter Holztisch. »Wir trinken den Tee hier draußen«, verkündete Pat; der Bischof ging daraufhin ins Haus, um Tee und Geschirr zu holen. Pat ließ sich auf einen der Stühle sinken und nahm ihren Hut ab, um sich damit Luft zuzufächeln. »Schweißtreibend, die Gartenarbeit«, bemerkte sie. »Vor allem bei diesem Wetter.« Ihr graues Haar war im Nacken zu einem unordentlichen Knoten geschlungen; einige Strähnchen waren entschlüpft und wehten ihr beim Fächeln ums Gesicht.

Kurze Zeit später kam der Bischof mit einem vollen Tablett zurück. Während der Tee zog, erkundigte sich Pat bei dem Kanonikus nach seiner Familie.

»Oh, es geht ihnen allen gut.«

»In Lucys Leben gibt es einen neuen Mann?«

»Das hat sie mir jedenfalls erzählt, auch wenn ich ihn noch nicht kennengelernt habe. Er ist Anwalt. Sie scheint sehr glücklich mit ihm zu sein. Ich bin froh darüber«, gestand der Kanonikus. »Ich mache mir wirklich Sorgen um Lucy. Sie sollte allmählich daran denken, eine Familie zu gründen.«

»Kommt er mit ihr zum Musikfestival?« wollte Pat wissen.

»Das weiß ich nicht genau.«

»Mußt du unbedingt auf das verflixte Festival zu sprechen kommen?« unterbrach der Bischof mit einem Stöhnen. »Ich mag nichts mehr davon hören.«

Seine Frau lachte. »Tut mir leid, Liebling.« Während sie den Tee einschenkte, wandte sie sich an John Kingsley und erklärte: »George wird ständig mit Anrufen belästigt. Vor allem von Arthur, aber auch von Rupert Greenwood und Ivor Jones. Ständig will einer dem anderen einen Schritt voraus sein, und jeder will dabei Georges Unterstützung.«

»Und ich sage ihnen immer wieder, daß mich das Ganze nichts angeht«, brummte der Bischof, während er seinen Tee nahm und nach einem Keks griff.

»Arthur scheint ... ganz gut zurechtzukommen«, warf der Kanonikus ein, bemüht, das Thema Festival damit abzuschließen. »Findest du nicht, George?«

Der Bischof schüttelte den Kopf. »Du meinst seinen ›verlorenen‹ Dekanposten? Ich weiß nicht recht, John. Arthur ist ein stilles Wasser – bei ihm kann man nie sagen, was in ihm vorgeht.«

»Ich fürchte, es wird schlimm für ihn – später.«

»Wenn der Neue kommt? Tja, John, die Zeit wird es erweisen. Das ist übrigens der Grund, warum ich dich sehen wollte.«

»Stuart Latimer? Aber ich habe ihn nur einmal gesehen.«

»Es geht nicht direkt um ihn«, erwiderte der Bischof, »sondern um das Domkapitel. Ich bin ein wenig in Sorge, wie es mit dem Kapitel weitergeht, wenn ein neuer Dekan sein Amt antritt.«

»Was meinst du damit?«

»Nun ja, es ist ein bißchen heikel, John.« Willoughby trommelte mit seinen Fingern auf den Armlehnen. »Eigentlich geht es mich nichts an, wie du weißt. Schließlich muß ich an die Tür klopfen, um in meine eigene Kathedrale eingelassen zu werden! Mein Geschäft ist es, die Diözese zu leiten, nicht die Kathedrale, und es war stets meine Politik, mich aus den Angelegenheiten des Domkapitels herauszuhalten. Aber ich fürchte, nun werden erhebliche Probleme auftreten.«

»George hat Angst, daß sich das Gleichgewicht der Kräfte verschieben wird, daß der neue Dekan nicht mit den übrigen Mitgliedern des Domkapitels übereinstimmen könnte«, erklärte Pat unumwunden; sie war immer als gleichwertige Partnerin angesehen worden, was das Amt des Bischofs betraf, und zögerte nicht, ihre Meinung frank und frei auszusprechen. »Arthur hatte jetzt so viele Jahre freie Hand.«

»Das Gleichgewicht der Kräfte ist in einem Domkapitel immer eine heikle Sache«, fügte der Bischof hinzu. »Seit etlichen Jahren hat sich im Grunde nichts verändert. Wie Pat sagt, Arthur hatte freie Hand – der frühere Dekan war mit allem einverstanden, was Arthur tat, daher hat sich durch seinen Tod in der Praxis nichts verändert. Und du fügst dich gut ein, deshalb hat dein Kommen das Boot nicht ins Schwanken gebracht. Aber nun kommt jemand, der höchstwahrscheinlich neue Ideen mitbringt – ich weiß einfach nicht, wie sich das auswirken wird. Vielleicht reagiere ich übertrieben, aber …«

Pat fiel ihm energisch ins Wort. »Das tust du keineswegs, George. Ich bin überzeugt, daß ein Konflikt ausbrechen wird. Doch du darfst dich nicht hineinziehen lassen! Du hast nicht die entsprechende Machtbefugnis, einen solchen Konflikt zu lösen. Deshalb würde bei einer Verwicklung deinerseits in eine solche Auseinandersetzung erst recht eine Katastrophe bevorstehen.«

»Deswegen habe ich ja John gebeten zu kommen«, erinnerte der Bischof sie.

Kanonikus Kingsley sah verwirrt vom Bischof zu seiner Frau. »Aber was kann ich schon machen? Du weißt, ich bin stets bereit, für dich zu tun, was in meiner Macht steht, George. Doch du hast selbst gesagt, ich sei das neueste Mitglied im Domkapitel. Niemand schenkt mir viel Beachtung, und was mich betrifft, ist es gut so. Ich strebe nicht nach Macht innerhalb des Kapitels.«

Dr. Willoughby lachte. »Bescheiden wie immer, John. Ich möchte auch nicht, daß du eine Palastrevolte anzettelst. Alles, worum ich dich bitte, ist, für mich die Situation im Auge zu behalten und mir Bescheid zu geben, wenn du den Eindruck hast, daß sich Ärger zusammenbraut. Mir wäre viel leichter ums Herz, wenn ich wüßte, daß ich innerhalb des Domkapitels ein verläßliches Paar Augen und Ohren habe.«

»Ja, natürlich, das kann ich tun«, versicherte John Kingsley ihm. »Obwohl ich nicht weiß, inwieweit ich von Nutzen sein kann.«

Pat nahm den Deckel der Teekanne ab und musterte den kläglichen Rest des Inhalts. »Sieht so aus, als wäre noch eine Tasse drin. Möchtest du, John?«

Kapitel 5

Ich will dem Herrn meine Gelübde erfüllen
offen vor seinem ganzen Volk.
Kostbar ist in den Augen des Herrn
das Sterben seiner Frommen.

Psalm 116,14–15

Die erste Veranstaltung im Rahmen des Malbury-Musikfestivals fand an einem Freitagabend Ende August statt. Es war eine Aufführung von T. S. Eliots *Mord im Dom*, inszeniert von der Laienschauspielgruppe Malbury. Der historischen Vorlage getreu, wurde es im südlichen Querschiff der Kathedrale gespielt, unter dem Becket-Fenster.

Die Besucherzahlen waren enttäuschend; der erhoffte Ansturm von Käufern, die in letzter Minute Karten an der Abendkasse lösten, um den spärlichen Vorverkauf aufzubessern, war ausgeblieben, und das Publikum im Querschiff war an diesem Abend dünn gesät.

»Im Grunde schon fast peinlich«, sagte Jeremy Bartlett in der Pause zu Lucy und ihrem Vater. Ein großes, gestreiftes Festzelt war auf der Rasenfläche vor der Nordseite der Kathedrale aufgebaut worden, doch es bildete sich darin keine Schlange vor der Bar, gierig nach Getränken; nur eine Handvoll Leute schlenderte in leicht gedämpfter Stimmung hin und her und trank billigen Weißwein.

»Gehen wir doch mit unseren Drinks nach draußen«, schlug Lucy vor. »Es ist so ein herrlicher Abend – viel zu schön, um in diesem stickigen Zelt zu bleiben.«

Andere waren auf dieselbe Idee gekommen, und man hatte draußen ein halbes Dutzend Tische aufgestellt. Jeremy führte sie an einen freien Tisch; er wollte Lucy heute abend nicht mit anderen Personen teilen, obwohl er notgedrungen bereit war, die Anwesenheit ihres Vaters in Kauf zu nehmen. »Cheers«, sagte er und hob sein Glas.

Lucy lächelte ihn an. »Cheers, Jeremy. Danke für den Drink.«

»Ja, wirklich, vielen Dank«, echote Kanonikus Kingsley. »Sehr nett von Ihnen.«

Jeremy stellte die Frage, die ihn am meisten beschäftigte. »Er ist also dieses Wochenende nicht gekommen – Ihr Freund, meine ich?«

»David? Nein.« Lucy schüttelte kurz den Kopf. Jeremy, der gern mehr erfahren hätte, sah sie fragend an, doch sie reagierte nicht.

Kanonikus Kingsley spürte die leichte Anspannung, die in der folgenden Gesprächspause in der Luft lag, und sprang in die Bresche. »Lucy hat mir erzählt, daß er demnächst umzieht und sich deshalb nicht freimachen konnte.«

»Wie schade«, sagte Jeremy mit gespieltem Bedauern und zog ironisch eine Augenbraue hoch. Lucy warf ihm einen undeutbaren Blick zu.

»Oh, da ist ja Arthur Brydges-ffrench«, sagte John Kingsley. »Ich hoffe, er ist nicht allzu enttäuscht über den schwachen Zulauf heute abend.«

»Vielleicht sollten Sie zu ihm gehen und ein paar Worte mit ihm wechseln«, schlug Jeremy vor.

»Ja, das werde ich wohl, wenn es Ihnen nichts ausmacht.«

»Ganz und gar nicht, Kanonikus.«

Lucy beobachtete, wie ihr Vater auf den hochgewachsenen Subdekan zuging. »Warum haben Sie das gemacht?«

»Um ein paar Minuten mit Ihnen allein zu sein. Ich wollte Sie etwas fragen.«

Sie war auf der Hut, als sie sich zu ihm umwandte. »Und zwar?«

»Wer ist er, dieser David? Der Typ, der ein älteres Anrecht auf Sie hat.«

Lucy runzelte die Stirn, verärgert über dieses Eindringen in ihre Privatsphäre. Sie schlang eine Locke um ihren Finger und ließ sich mit ihrer Antwort Zeit. »Sein Name ist David Middleton-Brown, und er ist Anwalt. Er und ich ...« Sie zögerte. »Tut mir leid, mehr über ihn zu sagen, bin ich nicht bereit. Es geht Sie ...«

»Anwalt? Klingt eher langweilig, Lucy. Sie als Künstlerin ...«

»... wirklich nichts an«, beendete sie ihren Satz mit einer gewissen Schärfe. »Und wenn Sie mich jetzt bitte entschuldigen würden, gehe ich auf ein Wort zu Kanonikus Brydges-ffrench.« Als sie aufstand, stellte Lucy fest, daß sich ihr Ärger mehr gegen sich selbst als gegen Jeremy richtete, weil sie sein anfängliches Interesse an ihr fälschlicherweise als reine Nettigkeit eines im allgemeinen umgänglichen Menschen ausgelegt hatte. Es sah immer mehr so aus, als hätte sie sich geirrt, aber der Schaden war bereits entstanden.

Arthur Brydges-ffrench war in ein angeregtes Gespräch mit ihrem Vater vertieft. Doch als Lucy näher kam, verzog sich sein hageres Gesicht zu einem Lächeln. Das war jedoch kein schöner Anblick; seine Zähne waren unregelmäßig, verfärbt und schadhaft. »Wie schön, Sie zu sehen, Miss Kingsley. Ich muß Ihnen zu Ihrem Entwurf gratulieren – ich habe schon so viele Komplimente zu hören bekommen. Das Programm sieht großartig aus!« Er hielt sein Exemplar des Malbury-Musikfestival-Programmhefts mit Lucys Bild auf dem Deckblatt hoch; es stellte das Becket-Fenster dar, aber in einem so abstrakten Stil, daß das Sujet nicht auf den ersten Blick zu erkennen war.

»Die Druckerei hat sehr gute Arbeit geleistet«, meinte sie bescheiden. »Es muß eine Stange Geld gekostet haben, das Deckblatt im Vierfarbdruck machen zu lassen.«

Kanonikus Brydges-ffrench runzelte unvermittelt die Stirn. »Ja.« Er zögerte einen Moment und fügte dann mit gesenkter Stimme hinzu: »Weit mehr, als wir erwartet hatten, um ehrlich zu sein. Wissen Sie, das Programm wurde von einer hiesigen Firma gedruckt, welche bislang alle Aufträge der Kathedrale erhalten hat. Man hat uns jedesmal einen Vorzugspreis gemacht. In diesem Fall hieß es sogar, man würde an eine Art Sponsorenschaft denken – das Programm praktisch umsonst drucken, sofern wir erlauben, daß auf der Rückseite eine ganzseitige Anzeige von ihnen erscheint. Aber wie Sie sehen, ist keine Anzeige da, und man hat mir eine Rechnung über den vollen Betrag geschickt, ohne jeden Preisnachlaß.«

»Aber wie konnte das passieren?« fragte Lucy.

Der Kanonikus beugte sich vor. »Der neue Dekan«, zischte er. »Seine Amtseinsetzung – sie findet in ungefähr einem Monat statt. Natürlich hat die hiesige Druckerei mit dem Auftrag für die Einladungen und die Gottesdienstordnung gerechnet, nach allem, was man dort im Lauf der Jahre für uns getan hat.« Wieder bildeten sich auf seiner hohen, gewölbten Stirn tiefe Furchen, und Bitterkeit schwang in seiner Stimme mit, als er fortfuhr: »Doch sie waren dem neuen Dekan anscheinend nicht gut genug. Er mußte sich an irgendeine Londoner Firma wenden, in der Bond Street. Deren Einladungen sind riesige Karten, aus steifem Papier – wir haben die Rechnung noch nicht erhalten, aber sie kosten bestimmt ein Vermögen.«

»Ich bin sicher, der künftige Dekan hatte seine Gründe«, sagte John Kingsley beschwichtigend, wenn auch naiv.

Der Blick, den Arthur ihm daraufhin zuwarf, war vernichtend. Mit ernster Miene wandte er sich wieder Lucy zu. »Und das ist noch nicht alles, Miss Kingsley. Wir haben zwei weitere Sponsoren für das Festival verloren! Der hiesige Partyservice, der eine Annonce im Programm bringen und uns einen guten Preis für das Catering des Festivals machen wollte, hat erfahren, daß der neue Dekan einen exklusiven Londoner Partyservice mit der Belieferung für die Gartenparty nach der Zeremonie der Amtseinsetzung beauftragt hat! Ich kann es ihnen nicht verübeln, daß sie verärgert sind.«

»Und wer noch?«

»Die Watkins-Brauerei – der größte Arbeitgeber hier in der Gegend. Sie hat eine Verbindung zu der Kathedrale, die viele Jahre zurückreicht. Es mag Ihnen neu sein, Miss Kingsley, aber die Brauerei hat das Geld zur Verfügung gestellt, mit dem die Stelle ihres Vaters in Leben gerufen wurde.«

»Das wußte ich nicht.«

»Man ist dort stets bereit, alle Ereignisse hier in der Kathedrale auf … direkte Weise zu unterstützen. Mit Geld, versteht sich, aber auch mit … Bier.«

»Bier?«

Kanonikus Brydges-ffrench nickte nachdrücklich. »Die Brauerei hätte uns Freibier für den Verkauf im Festzelt geliefert. Fässerweise, soviel wir gewollt hätten. So wie sie es immer getan haben. Aber …«

»Lassen Sie mich raten. Londoner Bier?«

Arthur schüttelte bekümmert den Kopf. »Nein. Überhaupt kein Bier, Miss Kingsley. Unser neuer Dekan ist der Ansicht, daß Bier kein passendes Getränk für seine Gartenparty sei. Es werde nur Wein serviert, hat er gesagt. Und Watkins … nun ja, man kann es ihnen nicht verdenken, wenn sie dies als Schlag ins Gesicht empfinden, wenn sie den Festspielen daher weder Freibier noch eine finanzielle Unterstützung zukommen lassen.« Wieder beugte er sich zu ihr vor. »Dieser Mann«, sagte er mit trauriger Würde, »hat viel zu verantworten.« Er stieß einen tiefen Seufzer aus. »Fast sieht es so aus, als hätte er es absichtlich getan – um *mein* Festival zu sabotieren!«

Vor dem Ende der Pause gesellte sich ein junges Pärchen zu ihnen – nicht unbedingt Leute, von denen man erwartet hätte, daß sie die Gesellschaft von Kanonikus Brydges-ffrench suchen würde, dachte Lucy, als die beiden näher kamen. Das Mädchen, das um die Zwanzig sein mußte, war sehr lebhaft und ausgesprochen hübsch mit ihren üppigen dunklen Locken, den tiefblauen Augen und ausdrucksvollen Händen, die beim Reden keine Sekunde stillhielten. Der junge Mann an ihrer Seite war groß, gut gebaut und breitschultrig; er hatte ein sympathisches, offenes Gesicht, und als er lächelte, hätte es zwischen seinen schönen, strahlend weißen Zähnen und denen von Kanonikus Brydges-ffrench keinen größeren Kontrast geben können. Beide waren leger gekleidet; sie in weißen Hosen und einem weiten, buntgeblümten Baumwollhemd, und er in einem T-Shirt mit dem Aufdruck OHIO STATE UNIVERSITY und den unvermeidlichen Jeans.

Das Mädchen lächelte Lucy an, nickte John Kingsley freundlich zu und warf sich zu Lucys Erstaunen so stürmisch in Kanonikus Brydges-ffrenchs Arme, daß sie beinahe beide ihre Drinks verschüttet hätten. »Oh, Onkel Arthur«, sprudelte sie hervor. »Ist es nicht absolute Spitze? Ich habe *Mord im Dom* noch nie gesehen, und ich finde es phantastisch!«

Der Subdekan fand sein Gleichgewicht wieder und lächelte das junge Mädchen liebevoll an. »Es gefällt dir also?«

»O ja. Daß sich der Erzbischof in dem Stück geradezu nach dem Martyrium sehnt – was für eine unglaubliche Interpretation! Mir ist unbegreiflich, wie sich jemand, der soviel hatte, wofür es sich zu leben lohnte, so sehr von dem Gedanken an den Tod faszinieren lassen konnte. Glaubst du, es war wirklich so?«

»Es war nicht der Tod, der ihn fesselte, meine Liebe, sondern das Märtyrertum. Das sind zwei verschiedene Dinge.« Der Subdekan schien im Begriff, sich ausführlich über dieses Thema auszulassen, besann sich dann aber auf seine Manieren. »Miss Kingsley, ich glaube, Sie kennen Kirsty Hunt und Todd Randall noch nicht. Todd ist ein Theologiestudent aus den Vereinigten Staaten, der ein Jahr hier bei uns in Malbury verbringt. Er hilft mir, meine Unterlagen zu katalogisieren.«

Lucy nickte den beiden freundlich zu. »Ich wußte gar nicht, daß Sie hier in Malbury eine Nichte haben, Kanonikus. Oder ist sie nur zu Besuch?«

Er machte ein verdutztes Gesicht, und das Mädchen lachte – ein fröhliches, überschäumendes Lachen. »Oh, er ist nicht mein richtiger Onkel, Miss Kingsley. Aber ich kenne ihn fast mein Leben lang, und für mich war er immer Onkel Arthur, stimmt's?« Sie hängte sich liebevoll bei ihm ein und fügte hinzu: »Meine Mutter ist die Leiterin des Vereins der Freunde der Kathedrale.«

Lucy starrte sie einen Moment lang an, ehe der Groschen fiel. »Ach, Sie sind Rowena Hunts Tochter! Tut mir leid, das war mir nicht klar. Aus irgendeinem Grund dachte ich, Rowenas Tochter sei … viel jünger als Sie.«

Wieder lachte Kirsty unbefangen. »Das wundert mich nicht. Mummy vermittelt gern diesen Eindruck.« In übertrieben zärtlichem Tonfall fuhr sie fort: »Sie mag es gar nicht, wenn die Leute denken, daß sie alt genug sei, um eine Tochter auf der Universität zu haben, wissen Sie. Wenn Sie könnte, würde sie mich hier in Malbury immer noch mit Zöpfen und Schuluniform herumlaufen lassen.«

Lucy, der das Ganze sowohl für das Mädchen als auch für die Mutter peinlich war, wechselte das Thema. »Sie studieren also?«

»Ja, in Cambridge. Ich bin gerade mit meinem ersten Jahr Jura fertig. Aber das ist eine andere Geschichte …«

Kanonikus Brydges-ffrench stellte nun rasch Lucy vor. »Miss Kingsley ist Malerin. Das Bild auf dem Cover unseres Programms ist von ihr.«

»Wow!« Der Amerikaner meldete sich zum erstenmal zu Wort. »Ich bin total beeindruckt!« Seine langgezogenen Vokale verrieten, daß er im Mittelwesten der USA zu Hause war; Lucy korrigierte ihr geistiges Bild von ihm, indem sie das imaginäre Surfbrett durch ein zutrauliches Kälbchen ersetzte. »Sie haben wirklich Talent«, fügte er hinzu.

Lucy gab die einzig mögliche Antwort auf ein derart naives Lob: ein freundliches Lächeln und ein leichtes Neigen des Kopfes. »Nun, Mr. Randall, gefällt Ihnen das Stück?«

Er machte ein entsetztes Gesicht. »Bitte nennen Sie mich Todd«, sagte er nachdrücklich. »Mr. Randall ist mein Vater!« Er grinste sie an und fuhr fort: »Es gefällt mir sehr. Ein Jammer, daß … na ja, daß nicht mehr Leute gekommen sind. Sie müssen schrecklich enttäuscht sein, Kanonikus«, fügte er hinzu.

Kanonikus Brydges-ffrench schüttelte den Kopf. »Ehrlich gesagt, ich habe heute abend kein großes Publikum erwartet. Immerhin ist heute der letzte Abend des Three Choirs Festivals.« Er gab ein verschämtes Kichern von sich. »Und wir sind nicht ganz so bekannt … noch nicht. Aber ich erwarte morgen einen größeren Ansturm, wenn die Leute Hereford verlassen. Wahrscheinlich werden eine ganze Menge von ihnen direkt hierher kommen. Mit dem Blumenfest der Freunde der Kathedrale am Nachmittag, dem festlichen Abendgottesdienst und dem großen Konzert danach wird unser Festival wohl ins Laufen kommen.«

Lucy bewunderte seinen Optimismus, hegte aber Zweifel, ob dieser berechtigt war. In diesem Moment kündigte ein Klingelzeichen das Ende der Pause an. Kanonikus Kingsley, der bislang kaum etwas gesagt hatte, sah auf seine Uhr. »Wir sollten uns langsam in Bewegung setzen, Lucy, mein Liebes.«

»War nett, Sie kennenzulernen, Lucy«, sagte Todd sofort, nachdem er ihren Vornamen aufgeschnappt hatte. »Ich schätze, wir sehen uns noch an diesem Wochenende.«

»Ja, ganz bestimmt.«

Als sich nun alle auf den Weg zur Kathedrale machten, warf Lucy noch rasch einen Blick auf den Tisch, wo sie mit Jeremy gesessen hatten. Er war immer noch da und wirkte sehr einsam und unglücklich; Lucy hatte sofort ein schlechtes Gewissen, weil sie so barsch zu ihm gewesen war. »Einen Moment, Daddy«, sagte sie impulsiv. »Ich muß kurz zu Jeremy und mich für etwas entschuldigen, was ich gesagt habe.«

Kapitel 6

Gepflanzt im Hause des Herrn,
gedeihen sie in den Vorhöfen unseres Gottes.
Psalm 92,14

Am nächsten Morgen, also am Samstag, wurdc Malbury Cathedral – oder um den vollen Namen zu nennen: die Kathedrale und Abteikirche der Heiligen Malo und Thomas à Becket zu Malbury – zum Schauplatz einer nahezu beispiellosen hektischen Betriebsamkeit, als die Freunde der Kathedrale die Blumenarrangements aufbauten. Normalerweise hätten diese am Abend vor dem Blumenfest angebracht werden sollen, aber die Theateraufführung im südlichen Querschiff am Freitag abend hatte das verhindert und diesen frühen Start am Samstag erforderlich gemacht. Das Blumenfest sollte mittags um zwölf eröffnet werden, und bis dahin mußte alles fertig sein.

Rowena Hunt als Leiterin des Vereins war als erste an Ort und Stelle, um das Areal vorzubereiten. Als die Blumenarrangeure eintrafen, fanden sie bereits alles geordnet vor: Blumen, passende Behälter und vorgewässerte Steckschwämme.

Die Vorbereitungen waren in vollem Gange, als John Kingsley eintraf, um die Acht-Uhr-Messe zu lesen. Der Gottesdienst sollte in der Marienkapelle stattfinden, in der Mitte des Retrochors am Ostende der Kathedrale, um möglichst wenige Blumenarrangeure bei der Arbeit zu behindern; nur Evelyn Marsden, die für den Blumenschmuck in der Marienkapelle verantwortlich war, wurde gestört.

Lucy hatte ihren Vater an diesem Morgen in die Kathedrale

begleitet. Es war eine Geste, die Kanonikus Kingsley ebenso freute wie überraschte; er hatte milde protestiert, daß dies nicht nötig sei, und ihr vorgeschlagen, lieber auszuschlafen, doch sie hatte darauf bestanden, mit ihm zu gehen.

Sie war selbst ein bißchen überrascht über sich. Obwohl sie natürlich mit der Kirche großgeworden war, hatte sie auf drastische Weise auf ihre christliche Erziehung reagiert. Mit achtzehn hatte sie sich in eine Ehe gestürzt, die bald wieder geschieden worden war. Später, in der Zeit, als sie allein in London lebte, war ihre Beziehung zur Kirche sehr lose gewesen, und der Besuch von Gottesdiensten hatte nur sporadisch stattgefunden. Aber seit einem Jahr, seit sie David kannte, und vor allem während der letzten fünf Monate, als sie ein Paar geworden waren, hatten sich sowohl ihre Einstellung als auch ihre Gewohnheiten langsam geändert. Kirche war David sehr wichtig, und David war ihr sehr, sehr wichtig. Daher war Lucy dazu übergegangen, an ihren gemeinsamen Wochenenden mit ihm in die Kirche zu gehen, und seine Empfänglichkeit für die Schönheit der Liturgie – und die Orte, an denen diese Liturgie zelebriert wurde – hatte sich auf sie übertragen. Daran mußte sie jetzt denken, als sie in der Marienkapelle saß und darauf wartete, daß der Gottesdienst anfing. Noch vor einem Jahr, überlegte sie, wäre sie nicht mit ihrem Vater gekommen. Vor einem Jahr hätte sie nicht erkannt, daß der vergoldete Englische Altar mit Baldachin und die restliche Einrichtung der Kapelle das Werk Sir Ninian Compers war – absolut typisch für diesen großen Architekten und Gestalter der zwanziger Jahre dieses Jahrhunderts. Jetzt nahm sie es bewußt wahr und freute sich über ihre Erkenntnis. Sie durfte nicht vergessen, es David zu erzählen, nahm sie sich vor.

David hatte sie an diesem Wochenende wirklich begleiten wollen. Er teilte Lucys Liebe zur Musik, und obwohl er wie sie der Meinung war, daß die Musikstücke, die man für das

Malbury Musikfestival ausgewählt hatte, reichlich verstiegen – ja, geradezu exzentrisch waren –, hatte er gehofft, daran teilhaben zu können. Außerdem waren sie sich beide einig gewesen, daß es höchste Zeit für ihn war, Lucys Vater kennenzulernen und dadurch den festen Platz, den er in ihrem Leben einnahm, noch deutlicher zu machen. Aber Davids bevorstehender Umzug kostete im Moment viel Zeit; sein Haus in Wymondham war verkauft, und vor der Übergabe mußte noch einiges erledigt werden. Er würde sämtliche Möbel auf Lager geben, bis die Zukunft klarer aussah. In Lucys kleinem Haus in London würde er sicher nicht viel mehr als seine Kleidung unterbringen können. Und abgesehen vom persönlichen Aspekt des Umzugs war er auch beruflich voll ausgelastet: Vor seinem endgültigen Ausscheiden aus der Kanzlei in Norwich mußte er viel Papierkram aufarbeiten und all seine Fälle geordnet hinterlassen. Deshalb hatte Lucy zu ihrer beider Bedauern auch diesmal wieder allein nach Malbury fahren müssen.

John Kingsley betrat die Kapelle. Das silbrige Grün seines Meßgewands betonte den Silberschimmer seiner Haare, und als er sich seiner kleinen Gemeinde zuwandte und grüßend die Hände hob, erinnerte er mehr denn je an einen mittelalterlichen Heiligen. »Der Herr sei mit euch«, sagte er feierlich und doch warmherzig. Die Messe hatte begonnen.

Evelyn Marsden, die ihre Arbeit an den Blumenarrangements in der Kapelle vorübergehend unterbrechen mußte, nahm zusammen mit einigen wenigen Touristen am Gottesdienst teil. Dicht bei Lucy saß noch eine Frau, deren selbstsicheres Auftreten ihre Zugehörigkeit zur Kathedrale verriet. Nach dem Schlußsegen, der Entlassung und einem kurzen privaten Gebet wandte sich die Frau an Lucy. »Hallo«, sagte sie mit einem forschen upper-class-Tonfall. »Sie müssen Kanonikus Kingsleys

Tochter sein.« Lucy nickte. »Ich bin Olivia Ashleigh. Die Sekretärin des Bischofs«, ergänzte sie.

Lucy versuchte, sich ihre Überraschung nicht anmerken zu lassen. »Freut mich, Sie kennenzulernen, Miss Ashleigh. Ich habe schon viel über Sie gehört.« Das entsprach der Wahrheit; der Bischof sprach von seiner Sekretärin immer mit einem an Ehrfurcht grenzenden Tonfall. Lucy hatte sich im Geist das Bild eines furchterregenden Dragoners gemacht, in mittleren Jahren oder älter, mit bohrendem Blick und einem grauen Dutt. Aber das hier war eine junge Frau – noch keine dreißig –, noch dazu auffallend attraktiv; sie war groß und schlank, und ihr Gesicht mit dem Profil, das wie aus Marmor gemeißelt wirkte, war von seltener klassischer Schönheit. Furchterregend war Miss Ashleigh trotzdem; sie strömte eine Aura unbestechlicher Tüchtigkeit aus, und sie schien alles Erdenkliche zu tun, um ihre körperlichen Reize zu verbergen, fast, als versuchte sie bewußt, unattraktiv auszusehen. Ihr blondes Haar war ziemlich kurz geschnitten, sie trug eine große entstellende Brille mit dicker schwarzer Fassung, und ihre Kleidung hätte eher zu einer doppelt so alten Frau gepaßt. »Arrangieren Sie heute auch Blumen?« fragte Lucy.

Miss Ashleighs blaue Augen funkelten hinter ihrer Brille. »Keine Chance«, erwiderte sie mit einem kurzen Lachen. »Obwohl ich wünschte, ich könnte es – oder vielmehr, daß ich die Zeit dazu hätte.«

»Das Festival hält Sie wohl ganz schön auf Trab?«

»Nicht das Festival.« Sie lachte unfroh. »Die Amtseinsetzung des neuen Dekans Ende September. Die Einladungen müssen noch diese Woche rausgehen, wissen Sie. Das Ganze ist ein Alptraum.«

»Inwiefern?«

Miss Ashleigh verdrehte die Augen. »Gott und die Welt sind eingeladen worden, einfach alle: der Lord Lieutenant, der High

Sheriff, der Bürgermeister, fast die ganze Grafschaft. Und all die politischen Freunde des Dekans – sein Schwiegervater ist Abgeordneter, wissen Sie. Die Gästeliste sieht aus wie die Mitgliedsliste der Konservativen. Ich weiß einfach nicht, wo wir all die Leute unterbringen sollen. So groß ist die Kathedrale nicht. Und dann noch die Gartenparty hinterher ...« Sie schauderte.

Jetzt war es Lucy, die lachte. »Klingt nach einer tollen Sache. Ich wünschte fast, ich könnte auch kommen.«

»Oh, das werden Sie. Zumindest sind Sie eingeladen.« Miss Ashleigh machte eine Pause, um ihr ausgezeichnetes Gedächtnis zu Rate zu ziehen. »Sie und ... Mr. Middleton-Irgendwas – auf Wunsch des Bischofs.«

»Oh ... na, gut. Ich komme gern.«

John Kingsley, der inzwischen sein Meßgewand abgelegt hatte, trat zu Lucy. »Wie ich sehe, hast du Miss Ashleigh bereits kennengelernt, meine Liebe. Sie hält den Laden hier am Laufen. Ohne sie ginge hier nichts.«

Die junge Frau gab einen abwehrenden Laut von sich, lächelte jedoch geschmeichelt. »Genug geplaudert. Ich muß mich wieder um die Einladungen kümmern. Der neue Dekan besteht außerdem darauf, daß alle handschriftlich adressiert werden.« Sie musterte kurz ihre Hände und machte sich forschen Schrittes auf den Weg.

»Frühstück?« schlug Lucy ihrem Vater vor.

»Noch nicht, mein Liebes. Ich möchte gern noch ein bißchen bleiben und mit den Frauen reden, die die Blumen arrangieren. Sie sollen wisse, daß ihre Arbeit geschätzt wird, weißt du.«

Evelyn Marsden war bereits wieder am Werk, vor der Comper-Statue der Jungfrau mit dem Kind, die seitlich vom Altar stand, neben dem Banner der Müttervereinigung. Ihr Arrangement hochstieliger blauer Iris mit Rosmarin schien nahezu vollendet; sie war zu vertieft in ihre Arbeit, um ihr Publikum wahrzunehmen. »Sehr schön, Miss Marsden«, murmelte Kanonikus Kingsley. Sie nickte geistesabwesend.

Der Retrochor im Perpendicular-Stil am Ostende der Kathedrale war mit seinem kunstvollen Fächergewölbe und dem schwarz-weißen Marmorboden der bei weitem attraktivste Teil des Bauwerks. Er bot Raum für drei Kapellen, die alle von Comper in den zwanziger Jahren neu gestaltet worden waren; nördlich der Marienkapelle befand sich eine kleine, abgeschiedene Andachtskapelle, südlich davon eine Regimentskapelle. Dort, wo unter den verschlissenen und verblaßten Standarten des Grafschaftsregiments eine ältliche Obristenwitwe an einem hübschen Sockelarrangement in den Regimentsfarben arbeitete, blieb John Kingsley als nächstes stehen. Dann folgte Lucy ihrem Vater durch den südlichen Chorumgang in den Chorraum.

Der Chorraum war eine komplette viktorianische Neugestaltung mit aufwendig geschnitztem Chorgestühl. Wie es der Ehefrau des Kantors zustand, war dort Judith Greenwood halbherzig damit beschäftigt das Chorgestühl mit Blumengirlanden zu dekorieren. In ihrem verwaschenen Sommerkleid in einer unkleidsamen Grünschattierung, das oben zu eng und um die Hüften zu weit war, und mit dem mausbraunen, offensichtlich schon längere Zeit nicht gewaschenen Haar war sie auf den ersten Blick zu erkennen.

Sie blickte auf. »Oh, hallo.«

»Das sieht sehr hübsch aus«, sagte Kanonikus Kingsley.

»Nein, gar nicht.« Sie schüttelte den Kopf und runzelte die Stirn. »Ich weiß, daß es nicht gut aussieht. Aber besser kann ich's nicht, fürchte ich. Ich habe einfach kein Talent zum Arrangieren von Blumen. Aber ich komme nicht drum herum – Rupert sagt, ich muß auch meinen Teil beitragen ...«

Lucy begutachtete das Problem mit dem Auge der Künstlerin. »Wenn Sie die Enden vielleicht einfach so befestigen ...«, schlug sie taktvoll vor und zeigte, was sie meinte. »Es würde dem Ganzen ein bißchen mehr Form geben, glaube ich.«

»O ja.« Judith Greenwood hob den Kopf und lächelte ihre Retterin an; ihr unscheinbares, fahles Gesicht verwandelte sich durch die Wärme ihres Lächelns in etwas, das an Schönheit grenzte. Außerdem – so fiel Lucy zum erstenmal auf – hatte die Frau erstaunlich schöne Augen, ein reines tiefes Blau mit samtigen schwarzen Pupillen. Aber es waren keine glücklichen Augen; Lucy kam es so vor, als läge hinter ihnen ein tiefer, verborgener Schmerz. Vielleicht hatte Jeremy recht, wenn er sagte, daß an Judith Greenwood mehr dran sei, als man auf den ersten Blick erkennen konnte, dachte Lucy. »Eine wirklich gute Idee! Es macht einen großen Unterschied, nicht wahr? Vielen, vielen Dank!«

Die Frau des Bischofs, die sich in der Nähe des Hochaltars im Bereich innerhalb der Altarschranken befand, hörte die Stimmen und blickte von ihrer Arbeit auf. »He, hallo!« grüßte sie. »Ihr seid aber früh auf den Beinen. Wollt ihr schon eine kleine Kostprobe unseres Könnens genießen?«

»Ich habe die Acht-Uhr-Messe gelesen«, erklärte Kanonikus Kingsley. »Und Lucy wollte mitkommen.«

»Dann seid ihr braver als wir übrigen«, lachte Pat Willoughby. »Es ist wirklich eine Plage, alles heute morgen machen zu müssen. Der Tag ist viel zu schön, um drinnen zu sein – ich wäre viel lieber in meinem Garten.« Sie war nahezu fertig damit, einen von zwei großen Sockeln zu beiden Seiten des Altarraums mit einem Gesteck zu schmücken, das sich nur aus weißen Blumen zusammensetzte.

»Es sieht phantastisch aus«, sagte Lucy begeistert. »Sind die Blumen aus deinem Garten?«

Pat hielt einen Moment inne und strich eine verirrte graue Haarsträhne in ihren Knoten zurück, während sie ihr Arrangement kritisch musterte. »Richtig. Der Garten war dieses Jahr sehr ergiebig, und es ist mir gelungen, die weißen Rosen bis jetzt am Blühen zu halten. Zum Glück.«

»Stammen alle Blumen aus eigenen Gärten?« wollte John Kingsley wissen.

»Wohl kaum«, erwiderte Pat trocken und zog die Augenbrauen hoch. »Es liegt mir fern, mich zum Richter aufzuspielen, aber … na ja, die Geschmäcker sind eben verschieden, nehme ich an. Ich schlage vor«, fügte sie hinzu, »wenn ihr etwas sehen wollt, das absolut einzigartig *und* aus eigenem Anbau ist, werft einen Blick auf Claire Fairbrothers Werk im südlichen Querschiff.«

Kingsley und seine Tochter befolgten ihren Rat. Das südliche Querschiff, Schauplatz der gestrigen Theateraufführung, hätte Teil eines völlig anderen Gebäudes sein können, so sehr unterschied es sich in seiner Architektur von den anderen Teilen der Kathedrale. Nach einem Brand im zwölften Jahrhundert war es im Early English Style, im Stil der englischen Frühgotik, wiederaufgebaut worden, mit Säulenschäften und überquellenden Knospenkapitellen. Das hohe Spitzbogenfenster war ein Meisterwerk: das berühmte Becket-Fenster. Irgendwie hatte dieses Fenster wie durch ein Wunder die Verwüstungen der Reformation und des Bürgerkriegs völlig intakt überstanden; alle übrigen ursprünglichen Glasfenster waren zerstört worden, um im neunzehnten Jahrhundert, als die Kirche zur Kathedrale erhoben wurde, ersetzt zu werden. Die Durchschnittlichkeit der restlichen Buntglasfenster der Kathedrale, trübe in den Farben und unbestimmt im Muster – »Dutzendware«, hatte Jeremy gegenüber Lucy abschätzig bemerkt –, bewirkte nur, daß die einzigartige Schönheit des Becket-Fensters mit seinen vollen, juwelengleichen Farben und seinen minutiös dargestellten Szenen aus dem Leben des Heiligen Thomas von Canterbury hervorgehoben wurde.

Claire Fairbrother, deren Platz unter dem Becket-Fenster war, war in der Tat dabei, ein Arrangement zusammenzustellen, das sich ungemein von allen anderen unterschied, die die Kingsleys an diesem Morgen gesehen hatten. Es schien gänzlich aus Unkraut, kahlen Zweigen und einer Ansammlung anderer dürrer Pflanzen zu bestehen und enthielt nicht eine einzige Blume. Claire richtete sich auf und gab den Blick auf weite, durchsichtige Pluderhosen und ein im Ethno-Look bedrucktes Baumwolltop frei. Stolz zeigte sie auf ihr Werk, als Kingsley und Lucy näher kamen. »Ganz schön beeindruckend, was?«

John Kingsley, taktvoll wie immer, nickte. »Eine höchst originelle Kreation.«

»Nicht wie der Rest.« Ihre Stimme klang verächtlich. »Was für eine Verschwendung, Blumen anzupflanzen, nur um sie abzuschneiden! Also wirklich! Wie kann man so etwas bloß rechtfertigen? Und das Geld, das manche Leute hier für Blumen vom Floristen ausgegeben haben – es ist direkt obszön. Man könnte ein ganzes Dorf in Afrika ein Jahr lang von dem Geld, das heute hier für Blumen verwendet wurde, mit Nahrung versorgen.«

»Ich nehme an, Sie haben recht«, räumte Kanonikus Kingsley ein. »Aber ganz sicher wird dieses Blumenfest genug Geld einbringen, um …«

»Darum geht es nicht«, unterbrach sie ihn. »Es geht um die Verschwendung. All das Geld für Blumen, die morgen oder übermorgen verwelkt sind. Wie heißt es doch in der Schrift: ›Das Gras verdorrt, die Blume welkt.‹«

Ein Mann, der einen Eimer voll Wasser trug, war unbemerkt zu ihnen getreten. »Sieht so aus, als hätte Ihr Gras den Dürreprozeß schon hinter sich«, lachte er. »Ich glaube, Wasser werden Sie keines brauchen.«

Claire durchbohrte ihn mit einem vernichtenden Blick und wandte sich, den Mann ignorierend, wieder ihrem Gesteck zu.

»Oh, hallo, Inspector Drewitt«, begrüßte John Kingsley den Neuankömmling. »Kennen Sie meine Tochter Lucy schon?«

»Nein, ich hatte noch nicht das Vergnügen.« Er musterte sie diskret mit einem abschätzenden Blick. Da ihm gefiel, was er sah, stellte er den Eimer Wasser ab. »Mike Drewitt«, sagte er und streckte die Hand aus.

Lucy erwiderte sein Lächeln. Sie schätzte den Inspector auf Ende vierzig. Sein offenes Hemd enthüllte eine breite Brust; er war untersetzt, beinahe stämmig, aber muskulös; es war nicht zu übersehen, daß er sich durch regelmäßiges Training in Form hielt. Sein leicht mit grauen Strähnen durchsetztes dunkles Haar war kurz geschnitten, und er hatte einen sorgfältig gestutzten ergrauenden Schnurrbart. Rein äußerlich war er der Typ Mann, der auf Lucy nie besonders gewirkt hatte, aber dennoch lag etwas Anziehendes in Mike Drewitts Lächeln.

»Inspector Drewitt ist einer der Glockenläuter an unserer Kathedrale«, erklärte ihr Vater. »Und Beamter bei der hiesigen Polizei.«

»Wozu das Wasser?« fragte Lucy. »Springen Sie in Ihrer Freizeit als Feuerwehrmann ein?«

Drewitt grinste beifällig. »Ich helfe nur aus, das ist alles. Ich habe Mrs. Hunt gefragt, ob ich mich irgendwie nützlich machen könne, und sie meinte, ich solle nachschauen, ob alle genügend Wasser für ihre Blumen haben. Ein schlichter Wasserträger, mehr bin ich nicht.«

»Sehr nobel.«

Während er seinen Eimer wieder aufhob, machte Drewitt mit einem Augenzwinkern eine scherzhafte Verbeugung vor

Lucy und nickte ihrem Vater zu. »Bis bald«, verabschiedete er sich.

Im viktorianischen Zeitalter hatte man im allgemeinen Überschwang einen soliden steinernen Lettner vor die Altarschranken gesetzt und somit den Altarraum gänzlich vom Mittelschiff der Kathedrale abgegrenzt. Laut Mr. Pevsners *Buildings of England: Shropshire* war es ein unbedachter Schritt gewesen, denn obwohl die Glasmalerei des Ostfensters ebenso düster und verwaschen war wie der Rest, war es doch ein gut proportioniertes Perpendicular-Fenster mit reich verziertem steinernen Maßwerk, und ohne den Lettner hätte es ein bißchen mehr Licht in das Mittelschiff gelassen. So hingegen war es dort genauso dunkel wie im Bauch eines Schiffs, von dem der Name für diesen Teil des Gebäudes ja stammte.

Die zwei Männer, die vor dem steinernen Lettner Blumen arrangierten, schienen jedoch immun gegen die Kälte zu sein, die das alte Mauerwerk im Halbdunkel ausstrahlte. Beide trugen knapp geschnittene Shorts, die unbarmherzig den Blick auf zwei behaarte Beinpaare freigaben und mit Müh und Not das Notwendigste bedeckten. Der jüngere der beiden, der mit den blond behaarten Beinen, hatte gewelltes blondes Haar und einen ziemlich dürftigen Schnurrbart in derselben Schattierung; sein fülliger Oberkörper steckte in einem T-Shirt, das nicht unbedingt dazu beitrug, seiner Figur zu schmeicheln. Sein Gefährte, ein paar Jahre älter als er, war kleiner, dunkelhaarig und drahtig, hatte scharfe Gesichtszüge und trug ein Hemd, das er weit genug aufgeknöpft hatte, um die zahllosen Goldkettchen, die sich in die krausen dunklen Haare auf seiner Brust schmiegten, zur Schau zu stellen. Ihre Blumen waren unbestreitbar schön, auffallend und mit großem Geschick angeordnet, aber sie umfaßten eine Farbskala, wie es sie in der Natur nicht gab.

Lucys Vater stellte ihr die beiden als Victor und Bert vor, die Pächter des Cathedral Shop. »Ich bin entzückt, meine Liebe«, sagte Victor, der Blonde.

»Und wie nett für Ihren lieben Papa, daß Sie hier sind, um ihn ein wenig in seiner Einsamkeit zu trösten«, fügte Bert hinzu. »Wenn auch nur für kurze Zeit.«

»Und schön für uns alle, eine solche Berühmtheit in unserer Mitte zu haben. Von Ihnen ist doch das Bild des Becket-Fensters für das Festivalprogramm?« erkundigte sich Bert. Lucy nickte. »Einfach atemberaubend, meine Liebe. Ein echter Knüller. Wir haben Sweatshirts mit Ihrem Entwurf bedrucken lassen – tausend Stück. Für den Laden, wissen Sie. Sie werden doch hoffentlich keine Prozente kassieren wollen, oder?« Victors Lachen klang wie das Gurgeln in einem Abfluß. »Wir erwarten uns von diesem Wochenende das ganz große Geschäft.«

Lucy sah auf die Uhr. »Um wieviel Uhr machen Sie den Laden auf? Werden Sie hier rechtzeitig fertig sein?«

»Oh, keine Sorge, meine Liebe. Wir haben jede Menge Zeit«, versicherte Bert ihr. »Und wir haben uns für heute eine Hilfskraft zugelegt, um mit dem Ansturm fertig zu werden.«

»Haben wir?« fragte Victor scharf.

»Ja. Ich bin *sicher*, daß ich es dir gesagt habe, Vic. Ich habe die kleine Hunt gebeten, uns auszuhelfen. Sie kommt mir zuverlässig vor.«

»Ach so.« Victor atmete erleichtert auf. »Hauptsache, du hast nicht diesen jungen Amerikaner gefragt.«

»Was ist mit ihm?« Lucy konnte sich die Frage nicht verkneifen.

Victor teilte es ihr augenzwinkernd mit. »Gar nichts. Das ist ja das Problem. Er ist einfach zu umwerfend für Worte, meine Liebe, viel zu attraktiv.«

»Total verschwendet an die kleine Hunt, wenn du mich fragst.« Bert schüttelte bekümmert den Kopf.

Victor grinste plötzlich. »Da wir gerade von Rowena sprechen ...«

»Tun wir das?« warf Bert ein.

»Du hast ihre Tochter erwähnt. Das ist Jacke wie Hose, Schätzchen. Da wir gerade von Rowena sprechen, haben Sie sie heute morgen schon gesehen, Kanonikus?«

»Nein, noch nicht. Warum?«

»Sie spuckt Gift und Galle!« verkündete Victor voller Genugtuung.

Der Kanonikus war betroffen. »Weil ich noch nicht bei ihr war?«

»Nein, natürlich nicht, mein Bester.« Victor senkte die Stimme, um zumindest den Anschein von Diskretion zu erwecken. »Es ist wegen des neuen Dekans.«

»Was hat er jetzt schon wieder gemacht?« wollte Lucy wissen.

»Na!« Victor machte eine große Show daraus, in alle Richtungen zu schauen, um sicherzugehen, daß niemand sie hören konnte, und fuhr in lautem, durchdringendem Flüsterton fort: »Sie hat gerade herausgefunden, daß er einen exklusiven Londoner Floristen mit dem Blumenschmuck der Kathedrale bei seiner Amtseinsetzung beauftragt hat. Den Freunden der Kathedrale hat er nur ein paar kleine Stellen im Kirchenschiff und den Chorgängen zum Schmücken überlassen. Und natürlich dürfen sie auch nicht die Gestecke für die anschließende Gartenparty arrangieren. Das wird ebenfalls die Londoner Crew übernehmen. Unsere Rowena hat wirklich einen Anfall bekommen, als sie es erfuhr. Hat natürlich versucht, sich nichts anmerken zu lassen, aber ...« Der Satz endete mit einem gurgelnden Lachen.

»Na, kein Wunder, sie muß schließlich mit Dorothy fertig werden. Und Dorothy kann der Dekan wirklich nicht an seinen Blumenschmuck heranlassen«, warf Bert ein.

»Heute ist Rowena aber sehr gut mit Dorothy fertig geworden, das mußt du zugeben. Hat sie einfach hinter das Taufbecken abgeschoben, wo sie kaum Schaden anrichten kann. Sehr clever, unsere Rowena.«

»Wer ist Dorothy?« fragte Lucy, die diesen Wortwechsel sehr unterhaltsam fand.

»Dorothy Unworth«, sagte Victor.

»Sie führt die Kantine«, fügte Bert hinzu.

»Und ihre Vorstellung von Blumenarrangements ... na ja, meine Liebe.« Victor verdrehte die Augen. »Drei rote Gladiolen, streng nach Vorschrift angeordnet.«

»Schauen Sie sich's an«, drängte Bert. »Hinter dem Taufbecken. Dann wissen Sie, was wir meinen.«

»Und wenn Sie ihre Blumen schon schaurig finden«, fuhr Victor fort, »dann sollten Sie einmal ihr Essen probieren! Ihre Würstchen im Schlafrock gelten als tödliche Waffe!«

»Und diese ekelhaften Bakewell Tarts, zuckersüß und mit kleinen Kirschen obendrauf ...« Bert schauderte.

»Aber wir wollen Sie nicht beeinflussen, meine Liebe«, schloß Victor gut erzogen. »Sie müssen sich ein eigenes Urteil bilden.«

Als Vater und Tochter weitergingen, flüsterte John Kingsley Lucy zu: »So schlimm sind sie gar nicht, weißt du.«

»Oh, ich fand sie eigentlich ganz süß.«

Einen Moment lang sah er etwas verdutzt aus, dann sagte er: »O nein, ich habe nicht Victor und Bert gemeint.« Er machte eine Pause. »Ich sprach von den Würstchen im Schlafrock.«

Doch bevor sie zu dem Taufbecken gingen, ermutigte Kanonikus Kingsley zuerst pflichtgetreu die Damen, die die Stationen rund um die Säulen des Mittelschiffs betreuten. Diese sechs Plätze waren den sechs größten Pfarrgemeinden der Diözese zugewiesen worden. Die preisgekrönten Blumenkünstler wetteiferten nun darin, ihr Können unter Beweis zu stellen; ein Arrangement war größer und prachtvoller als das andere. Aber irgendwie schaffte es der Kanonikus, jeder der Frauen das Gefühl zu geben, daß ihr Blumenschmuck allen anderen überlegen war.

Schließlich erreichten Kingsley und seine Tochter das neonormannische Taufbecken mit seinen überreichen Verzierungen im Zickzack- und Hundszahnmuster, das sich in einem dunklen Winkel am Südwestende der Kathedrale befand. Es erinnerte an eine große runde Badewanne. Die schwere hölzerne Abdeckung verbarg relativ erfolgreich das Triumvirat roter Gladiolen. Als Lucy und ihr Vater an dem massiven Taufbecken vorbeispähten, stellten sie fest, daß Dorothy Unworth soeben eine sorgsam ausgewählte ›Nebendarstellerin‹ hinzufügte, um ihre drei ›Stars‹ besser zur Geltung zu bringen. Sie hatte die Stirn in Falten gelegt und war völlig in ihre Arbeit versunken. Der Kanonikus und Lucy zögerten daher, Dorothy anzusprechen. Hätte sie es nicht besser gewußt, dann hätte Lucy fälschlicherweise Dorothy Unworth für die Sekretärin des Bischofs gehalten; sie wirkte wie die Sorte Frau, die sich von niemandem etwas bieten ließ, nicht einmal von einem Bischof. Sie schien Mitte bis Ende Fünfzig zu sein und war eher gut gepolstert als mollig zu nennen; Lucy vermutete, daß etwaige aufsässige Fettpölsterchen in ein strammes Korsett gezwängt wurden, ebenso wie ihr graues Haar in stramme Dauerwellen gelegt war. Ihr Mund war im Moment schmal und verkniffen vor Konzentration, doch es fiel schwer, sich vorzustellen, daß diese Lippen jemals etwas anderes als ein knappes Lächeln zustande bringen könnten. Sie hatte stämmige Beine mit plumpen Fesseln, die in dicken Stützstrümpfen steckten; ihr einziger Schmuck, falls diese Bezeichnung berechtigt war, war die blauweiß emaillierte Anstecknadel der Mothers' Union am Kragen ihres Polyesterkleids. Genaugenommen, stellte

Lucy mit einem hastig unterdrückten Kichern fest, ähnelte Dorothy Unworth' Körperform der des Taufbeckens, und das Zickzackmuster ihres Kleids unterschied sich nicht sehr von der Verzierung um den Rand des massiven runden Taufbeckens.

Miss Dorothy Unworth war keine Frau, die für irgendeinen bestimmten Menschen eine besondere Vorliebe empfand. Aber aus irgendeinem Grund – vielleicht weil er ihre Würstchen im Schlafrock mochte – hatte sie eine Schwäche für Kanonikus Kingsley. Als sie ihn beim Taufbecken entdeckte, blickte sie von den scharlachroten Gladiolen auf und entblößte ihre Zähne, was ihrer Vorstellung von einem Lächeln entsprach.

»Guten Morgen, Miss Unworth«, sagte Kingsley. »Sie haben hier ein schönes, ruhiges Plätzchen, nicht wahr?«

Er hatte das Falsche gesagt. Ihre Version eines Lächelns verschwand sofort und wich einem erzürnten Blick. »Diese Person!« blaffte sie – sie gestand Rowena nie die Höflichkeit zu, sie bei ihrem Namen zu nennen. »Was glaubt sie, wer sie ist? Sie hat mich in diese winzige Ecke abgeschoben …«

Bestürzt versuchte der Kanonikus, die Wogen zu glätten. »Aber das Taufbecken ist ein sehr wichtiger Platz, Miss Unworth. Der Ort, an dem wir zum erstenmal in das Haus Gottes aufgenommen werden. Es ist eine große Ehre beim Taufbecken …«

»Von wegen!« Sie durchbohrte ihn mit einem vernichtenden Blick. »Das hat sie auch gesagt – diese Person. Das wollte sie mir gern weismachen. Aber so leicht lasse ich mich nicht an der Nase herumführen. Dekorieren *im* Taufbecken oder *vor* dem Taufbecken – das wäre in Ordnung, aber *hinter* dem Taufbecken. Ich bitte Sie! Ist das der Dank für meine langen treuen Dienste für diese Kathedrale?«

»Ich bin sicher, es war nicht so gemeint …«

»Ich schon! Aber einer hat sie durchschaut!« Ein Ausdruck

von Genugtuung huschte über ihr Gesicht. »Der neue Dekan hat sie durchschaut. Haben Sie es schon gehört? Die Blumen für die Amtseinsetzung werden nicht von ihr arrangiert. Das ist ein Schlag ins Gesicht dieser Person!« Wie die meisten Menschen, die schwerhörig sind, sprach sie viel lauter, als ihr bewußt war.

Die Frau, von der Dorothy gerade sprach, wurde eben mit ihrem eigenen Arrangement fertig: zwei sechs Fuß hohe Türme ganz in Grün zu beiden Seiten des Westportals hatte Rowena angefertigt. Sie wäre nahe genug gewesen, um Dorothy Unworth' beißende Bemerkungen zu hören. doch sie befand sich im Gespräch mit Michael Drewitt. Sie bedankte sich gerade bei ihm für seine Unterstützung der Freunde der Kathedrale.

»Inspector, es war wirklich nett von Ihnen, uns Ihren Vormittag zu opfern.«

»War mir ein Vergnügen, Ma'am.« Er schlug die Hacken zusammen und grinste. »Und nennen Sie mich bitte Mike – wie alle meine Freunde.«

»Ihrer Frau hat es nichts ausgemacht, heute morgen auf Sie verzichten zu müssen?« Sie zog fragend ihre schön geschwungenen Augenbrauen hoch. »Mike?«

»Mein Frau«, sagte er mit einer gewissen Betonung auf dem zweiten Wort, »führt ihr eigenes Leben. Und sie ist es gewöhnt, daß ich *mein* eigenes Leben führe, Ma'am.« Seine Augen verweilten eine Spur zu lange auf ihr.

»Vielleicht …« Sie zögerte den Bruchteil einer Sekunde. »Vielleicht hätten Sie Lust, irgendwann nächste Woche auf eine Tasse Tee vorbeizukommen – damit ich Ihnen angemessen für Ihre harte Arbeit danken kann. Wenn Sie gerade dienstfrei haben, versteht sich …«

Mike Drewitt lächelte. »Ja, Ma'am, sehr gern.«

Kapitel 7

Wie köstlich ist für meinen Gaumen deine Verheißung,
süßer als Honig für meinen Mund.

Psalm 119,103

Während des verspäteten Frühstücks, das Lucy und ihr Vater einnahmen, kam eine Lieferung vom örtlichen Blumengeschäft, ein erlesener Strauß aus den Blumen, die nach dem Ansturm der Freunde der Kathedrale übriggeblieben waren – ein Versöhnungsangebot von Jeremy. Lucy hatte sich ohnehin schon wegen ihrer abweisenden Haltung schuldig gefühlt; und als Jeremy nachmittags vor der Tür stand, um sie einzuladen, mit ihm das Blumenfest zu besuchen, hatte sie erst recht das Gefühl, nicht gut nein sagen zu können.

»Daddy, möchtest du nicht auch mitkommen?« fragte sie schnell.

Dem enttäuschten Jeremy gelang es, seine Gefühle zu verbergen. »Ja, Kanonikus, Sie sind uns jederzeit willkommen«, sagte er mit einem Lächeln.

»O nein. Ich denke, ich habe genug von dem Blumenfest gesehen«, wehrte er ab.

»Dann sollte ich vielleicht bei dir bleiben …« schlug Lucy vor.

»Keineswegs, meine Liebe. Geh ruhig. Ich muß noch eine Predigt schreiben.« Er zögerte einen Moment. »Würde es dir etwas ausmachen, eine kleine Besorgung für mich zu machen?«

»Aber nein, Daddy.«

»Es ist kein Umweg. Wenn du so lieb wärst, in den Cathedral Shop zu gehen und eine Schachtel Crème de menthe Turkish Delight zu kaufen …«

»Was?« Sie sah ihn erstaunt an.

»Crème de menthe Turkish Delight«, wiederholte Kanonikus Kingsley. »Für Arthur Brydges-ffrench. Nur ein kleines Geschenk, um ihn aufzuheitern. Das ist seine große Leidenschaft«, fügte er hinzu. »Er kann dem Zeug nicht widerstehen.«

Lucy schüttelte den Kopf. »Wenn du meinst. Aber ich muß schon sagen, für mich klingt es ziemlich scheußlich.«

Inzwischen war es glühend heiß geworden; die Sonne brannte auf den Kirchplatz, und die Kathedrale in seinem Zentrum flimmerte in der Hitze. Ausnahmsweise war die Kühle im Inneren der Kirche eine willkommene Erleichterung, wenn auch fast ein Schock. Lucy hätte beinahe unwillkürlich nach Luft geschnappt, als sie eintraten; es war beinahe, als würde man in einen kalten, dunklen Teich eintauchen. Einen Moment lang blieben sie am Ende des verkürzten Kirchenschiffs mit seinen massiven runden normannischen Säulen und schweren Rundbögen stehen und warteten darauf, daß sich ihre Augen an das Zwielicht gewöhnten.

Bald war deutlich zu erkennen, daß recht viele Leute an diesem Nachmittag den Wunsch nach einem kühlen Ort empfunden hatten; die Kathedrale war voller Menschen. »Na so was«, sagte Jeremy leicht überrascht. »Sieht so aus, als hätte der gute Arthur Brydges-ffrench recht gehabt! Die Sache scheint wirklich in Gang zu kommen.«

»Ja«, ertönte eine Stimme direkt neben ihnen. Es war Rowena. Sie wirkte sehr selbstzufrieden – und sehr hübsch – in ihrem flammendroten Sommerkleid, das gut zu ihrem schwarzen Haar paßte und ihre makellos gebräunten Schultern betonte. Wäre Lucy ein unzufriedener Mensch gewesen, hätte sie Rowena um diese Bräune beneidet; sie selbst hatte die helle, cremefarbene Haut, die Menschen mit ihrer Haarfarbe so oft haben, Haut, die sich beim ersten Sonnenstrahl schmerzhaft rötete. An Tagen wie heute mußte Lucy besonders gut darauf achten, Schultern und Arme zu bedecken; ein ärmelloses Sommerkleid zu tragen, würde sie nie riskieren.

Rowena trug einen Stapel Programme. »Es läuft sehr gut«, sagte sie. »Das Wetter hat uns jedenfalls nicht geschadet – anscheinend sind eine ganze Menge Leute hier, um der Hitze zu entkommen. Und es waren auch etliche Besucher da, die erzählt haben, daß sie zuvor beim Three Choirs Festival waren. Kanonikus Brydges-ffrench hatte anscheinend recht, als er meinte, unser Festival würde die Leute, die sich auf dem Heimweg von Hereford befinden, zu einem Abstecher hierher veranlassen.«

»Ich muß zugeben, daß ich in diesem Punkt meine Zweifel hatte«, sagte Jeremy. »Aber es freut mich, daß ich mich geirrt habe.«

Rowena hielt ihm ein Programm hin und lächelte. »Wollt ihr euch nicht umschauen?«

»Du wirst uns doch kein Geld abknöpfen wollen?« Jeremy zog in gespieltem Entsetzen die Augenbrauen hoch.

»Ich fürchte, doch. Ein Pfund Eintritt pro Person, und ein weiteres Pfund für das Programm.«

»Kein Rabatt?«

»Kein Rabatt.«

»Eine beinharte Geschäftsfrau, unsere Mrs. Hunt.« Jeremys Ton war betont lässig, aber freundlich, als er sein Portemonnaie zückte. »Aber ich schätze, es ist für eine gute Sache.«

»Wenn wir jetzt auf einen Sprung in den Cathedral Shop gehen«, schlug Jeremy etwas später nach einer ausgiebigen Besichtigung des Blumenfestes vor, »bleibt uns vor der gesungenen Vesper immer noch Zeit für eine Tasse Tee im Refektorium.«

»Ist das Refektorium denn zu empfehlen?« fragte Lucy. »Ich bin gewarnt worden, von den beiden Typen, die den Laden führen. Victor und Bert.«

»Oh, Sie meinen Victoria und Albert?« Er zog scherzhaft die Augenbrauen hoch.

Lucys Lachen zeugte von echter Erheiterung. »Sagen Sie nichts weiter – diese Bezeichnung ist perfekt. Wissen die beiden, wie Sie sie nennen?«

»Das bezweifle ich.« Er grinste. »Aber ich glaube, alle anderen, die am Kirchplatz wohnen, wissen es. Im übrigen haben sie recht, was das Refektorium angeht. Ich würde niemandem raten, dort eine Mahlzeit zu sich zu nehmen – das Essen ist ziemlich grimmig. doch eine Tasse Tee kann man dort trinken.«

»Na schön, gehen wir.«

Der Cathedral Shop war nicht besonders voll, als Jeremy und Lucy dort ankamen. Bert kümmerte sich um einen Touristen, offenbar ein Amerikaner, nach der Menge der Kameras zu schließen, die um seinen Hals hingen und an seinen runden Bauch prallten, als er sich eifrig über den Ladentisch beugte. »Das heißt also«, sagte er mit einem Akzent, der seine Herkunft bestätigte, »daß Bruder Thomas nicht derselbe ist wie Thomas Becket.«

»Genau«, sagte Bert geduldig.

»Schön, das erklärt alles.« Der Mann nickte befriedigt. »Wir sind im Monk's Head Inn abgestiegen, hier im Ort, und ich war sicher, der Manager hätte gesagt, daß Bruder Thomas von Heinrich VIII. geköpft worden ist. Und das Stück gestern abend hat mich durcheinandergebracht.«

»Es handelt sich um zwei verschiedene Personen«, bekräftigte Bert mit einem weisen Nicken. »Zwei Märtyrer.«

»Ich bin wirklich froh, daß dies geklärt ist. Hast du das gehört, Honey?« rief er quer durch den Laden seiner Frau zu, die sich gerade mit Victor T-Shirts anschaute. Ohne ihre Antwort abzuwarten, fuhr er fort: »Ich nehme ein paar Ansichtskarten von diesem Becket-Fenster. Es ist ziemlich alt, nicht wahr?«

»Frühes dreizehntes Jahrhundert«, bestätigte Bert.

Der Mann stieß einen anerkennenden Pfiff aus. »Mann, das ist wirklich alt! Wo ich herkomme, gibt es solche Fenster nicht. Oder irgendwas anderes, das so alt ist, um genau zu sein. Dieses Fenster muß einen Haufen Geld wert sein! Wird irgendwas Besonderes gemacht, um es zu schützen?«

»Oh, es ist gut erhalten. Stimmt's, Mr. Bartlett?« wandte sich Bert an Jeremy, um den Spezialisten zu Wort kommen zu lassen.

»Absolut«, versicherte Jeremy dem Amerikaner mit einem Lächeln. »Immerhin ist es der größte Schatz von Malbury Cathedral. Wir passen sehr gut darauf auf. Es wurde vor nicht mehr als zehn Jahren komplett neu in Blei gefaßt, und das gesamte Steinwerk wurde erneuert.«

»Mr. Bartlett ist der Dombaumeister«, fügte Bert hinzu.

Der Amerikaner sah beeindruckt aus. »Na schön, dann können Sie mir bestimmt eine Frage über diese großen, massigen Säulen beantworten. Wenn man die wegnimmt, stürzt dann die Kathedrale ein?«

»Ganz gewiß«, sagte Jeremy feierlich, wobei nur ein leichtes Zucken seiner Augenbraue Lucy verriet, wie sehr er sich amüsierte.

Lucy, die persönliches Interesse an dem Verkauf der Malbury-Musikfestival-Sweatshirts verspürte – auch wenn sie finanziell nicht davon profitierte, würde es ihr eine gewisse künstlerische Genugtuung geben, ihr Bild auf zahlreichen Oberkörpern zu sehen –, belauschte diskret Victors Gespräch mit der Amerikanerin. Die Frau, deren tiefbraune Beine auf jeden Fall weit attraktiver als die blondbehaarten von Victor waren, schien mit der Auswahl an Kleidungsstücken nicht zufrieden zu sein. »Aber ich will kein Sweatshirt«, sagte sie störrisch zu Victor. »Es ist zu heiß für ein Sweatshirt. Ich will ein T-Shirt.«

Victor lächelte bemüht. »Ich fürchte, dieses Wetter hat uns alle ein bißchen überrascht. Ich meine, wer rechnet in England im August schon wirklich mit *Hitze*?«

»Und ich hatte gehofft«, fuhr die Frau mit ihrem aufdringlich nasalen Tonfall fort, »daß Sie auch T-Shirts für meine Enkel haben würden. Sie wissen schon, solche, auf denen steht: OMA UND OPA WAREN BEIM MALBURY MUSIKFESTIVAL, UND ALLES WAS ICH BEKOMMEN HABE, IST DIESES LAUSIGE T-SHIRT! – mit einem Union Jack drauf.«

»Bedaure. So etwas führen wir leider nicht.«

Die Frau drehte sich stirnrunzelnd um und wandte sich an Lucy. »Hätten Sie nicht gedacht, daß die offizielle Geschenkboutique der Kathedrale so etwas hat? Na?«

Lucy lächelte nichtssagend und flüchtete sich in die Ecke des Ladens, wo Kirsty Hunt hinter der Kasse stand. Kirsty strahlte sie freundlich an. »Hallo!«

»Hallo. Ich habe gehört, daß Sie heute aushelfen – um der Sturmflut von Kunden zu trotzen.«

»Na ja, eine Sturmflut war es bisher nicht gerade«, lachte Kirsty. »Eher ein Rinnsal.«

»Vielleicht kommt der Ansturm vor dem Gottesdienst.«

»Möglicherweise.« Kirsty zuckte die Achseln. »Suchen Sie etwas Bestimmtes?«

»Crème de menthe Turkish Delight«, sagte Lucy und schnitt eine Grimasse. »Mein Vater hat gesagt, daß ich sie hier bekomme.«

»Für Onkel Arthur, nehme ich an. Er ist absolut verrückt

danach.« Das Mädchen fuhr sich mit den Fingern durch die dunklen Locken. »Aber ich weiß nicht genau, wo die Jungs sie aufbewahren. Ich glaube, in den Regalen steht sie nicht. Nach dem Zeug besteht keine große Nachfrage, würde ich sagen, wenn man von Onkel Arthur absieht.«

»Ich kann warten, bis einer von ihnen fertig ist. Kein Grund zur Eile«, beruhigte Lucy sie.

Die amerikanischen Eheleute hatten sich bezüglich ihrer Souvenirs entschieden und gingen zu Kirsty an die Kasse; Lucy trat beiseite, als der Mann anfing, eifrig Münzen abzuzählen. Kurz darauf verließen sie den Laden; als sie durch die Tür gingen, schnappte Lucy die leise getuschelten Worte des Mannes auf: »Honey, glaubst du, die beiden sind ... du weißt schon?« Er wedelte schlapp mit der Hand. Die Antwort seiner Frau hörte Lucy nicht mehr.

Lucy unterdrückte ein Lachen und wandte sich an Victor, der in der Nähe stand und sie aufmerksam beobachtete. »Mein Vater hat mich gebeten, eine Schachtel Crème de menthe Turkish Delight zu besorgen«, erklärte sie. »Kirsty war sich nicht sicher, wo sie aufbewahrt wird.«

»Für Kanonikus Brydges-ffrench, kein Zweifel«, sagte Victor, während er sich hinkniete und unter den Ladentisch griff. »Wir stellen die Crème nicht in die Regale – denn der Kanonikus ist der einzige in Malbury, der sie ißt.«

»Warum haben Sie sie dann überhaupt vorrätig?« fragte sie.

»Aus Gefälligkeit für den Kanonikus. Er bekommt sie nirgendwo sonst in der Stadt.«

Bert gesellte sich zu ihnen und fügte hinzu: »Früher hat er die Crème in einer exklusiven Konfiserie auf der High Street gekauft. Aber der Laden wurde vor ein, zwei Jahren geschlossen, und er hat uns gefragt, ob wir sie für ihn besorgen könnten.«

»Er kauft also viel davon?«

Victor verdrehte die Augen. »Meine Liebe, haben Sie seine Zähne gesehen? Also wirklich!«

»Arthur ist gar nicht übel«, protestierte Bert.

»Er ist ein Goldstück, Darling«, gab Victor zurück. »Der gute alte Arthur, doch – wenn wir ehrlich sind, mein Lieber – er ist nicht gerade der Typ, bei dem einem das Herz schneller schlägt, oder?«

Bert konnte darauf nichts erwidern, weil in diesem Moment eine weitere Kundin eintrat – umhüllt von einer dicken Wolke billigen Parfüms, vermischt mit Zigarettenrauch. »Ich brauche eine Geburtstagskarte«, verlangte sie. Sie sprach mit Cockney-Dialekt, überlagert von breitem Shropshire-Akzent, und ihre Stimme war durch jahrelanges starkes Rauchen heiser geworden. »Für meine alte Dame«, fügte sie hinzu. »Nicht, daß sie es gern hören würde, wenn man sie alt nennt, wohlgemerkt.«

Bert musterte voller Abscheu die Zigarette. »Hier drinnen ist Rauchen verboten, wenn Sie gestatten.«

»Tut mir leid, Schätzchen.« Die Frau grinste spöttisch, zwinkerte Jeremy zu, ließ dann die Zigarette auf den Boden fallen und trat sie mit der Spitze ihres hochhackigen Schuhs aus.

Das Kleid der Frau, das eine Idee zu kurz und zu eng für ihre üppige Figur war, hätte besser zu einer Nacht in der Disco als zu einem Nachmittag auf dem Kirchplatz gepaßt. Außerdem wäre es angemessener für eine weitaus jüngere Frau gewesen. Die Kundin war in den Vierzigern, wirkte aber älter, weil ständiges Rauchen ihre Haut vorzeitig hatte altern lassen, vor allem um den Mund herum waren viele Fältchen zu erkennen. Ihre Bemühungen, die Falten mit Make-up zu überdecken, waren nicht sehr erfolgreich, obwohl ihr Make-up dick aufgetragen und genauso übertrieben wirkte wie ihre Kleidung. Ihr Lidschatten war so blau und so unnatürlich wie die gefärbten Nelken in Victors und Berts Blumenarrangement in der Kathedrale, und ihr Eyeliner reichte ein Stück über ihre Augenwinkel hinaus. Ihr Haar war platinblond und spröde vom häufigen Färben und Toupieren.

Sie schlenderte zu dem Gestell mit Grußkarten und begann sie mit einem abgestoßenen malvenfarbenen Fingernagel zu durchblättern. »Ich war drüben in der Kathedrale, um mir die Blumen anzuschauen«, sagte sie im Plauderton. »Mir ist nicht ganz klar, was das ganze Getue soll.« Ihre Bemerkungen richteten sich ausschließlich an Jeremy, dem sie als einzig interessanten Mann ihre Beachtung schenkte. »Und diese eingebildete Ziege Hunt, die alle herumkommandiert – sie hat mir ein Pfund abgeknöpft, damit ich rein konnte! Ist das zu fassen? Nach allem, was mein Mann für die verdammte Kathedrale getan hat! Dann wollte sie auch noch Geld für das Programm – ich hab ihr gesagt, wo sie sich ihr Programm hinstecken kann!« Sie hielt inne und lächelte bei dieser Erinnerung zufrieden. »Da hat's ihr die Sprache verschlagen! Mrs. Miststück Hunt – ich möchte wissen, was die glaubt, wer sie ist. Die hält sich wohl für Gott weiß was.« Sie zog eine Karte mit knalligen Blumengirlanden und einem niedlichen getigerten Kätzchen aus dem Ständer. »Hier, die nehme ich. Wieviel macht das?«

»Ein Pfund«, antwortete Victor.

»Bißchen teuer.« Sie runzelte die Stirn. »Im Supermarkt würde ich billiger davonkommen, wissen Sie. Aber ich schätze, meine Mum ist es wert. Und sie hat ja nur einmal im Jahr Geburtstag.« Sie kramte in ihrer Handtasche nach dem Geld und knallte die Ein-Pfund-Münze auf den Tisch.

»Danke, Mrs. Drewitt«, sagte Victor. »Ich hoffe, wir sehen Sie bald wieder.«

»Bei den Preisen würde ich nicht damit rechnen«, verkündete sie von oben herab, während sie Jeremy über die Schulter zulächelte und nach ihren Zigaretten tastete, als sie den Laden verließ.

»Mrs. Drewitt?« fragte Lucy ungläubig. »Sie ist doch nicht die Frau von …«

»Inspector Michael Drewitt«, bestätigte Bert.

»Sie ist schrecklich vulgär, meine Liebe«, bemerkte Victor in melodramatischem Flüsterton.

»Nuttig«, fügte Bert mit angewidert verzogenen Mundwinkeln hinzu.

»Und er ist so nett – soweit man das von einem Polizisten sagen kann, heißt das. Wenn man den starken, schweigsamen Typ mag«, gurgelte Victor. »Wie ich, stimmt's, Bert?« Er seufzte. »Ein wahrer Jammer …«

Die gesungene Messe zur Vesper fing um fünf Uhr an, daher blieb noch genug Zeit für einen Tee, als Lucy und Jeremy kurz nach vier den Cathedral Shop verlassen hatten; das Refektorium lag gleich östlich vom Geschäft, nur eine Minute zu Fuß entfernt. Jeremy, der mit der Selbstbedienung dort vertraut war, nahm ein Tablett und ging mit Lucy zum Büffet, wo die Speisen aufgestellt waren.

Hinter dem Büffet wachte Dorothy Unworth mit demselben fanatischen Ingrimm, mit dem sie sich ihren Gladiolen gewidmet hatte, über ihre Bakewell Tarts. »Möchten Sie eins?« wollte sie wissen und schwang eine Plastikzange über die ungesund bleichen Törtchen mit den knallroten Cocktailkirschen.

Lucy schüttelte den Kopf. »Ist nicht gut für meine Linie«, sagte sie – bemüht, taktvoll zu sein. »Ich nehme nur Tee, danke.« Die Augen der stämmigen Frau verdüsterten sich, und Lucy merkte, daß sie das Falsche gesagt hatte.

»Ich nehme zwei, bitte!« sagte Jeremy schnell mit gewinnender Liebenswürdigkeit. Miss Unworth belohnte ihn mit einem widerwilligen Lächeln.

Lucy sah sich um. »Wo setzen wir uns hin?«

»Da drüben in der Ecke ist ein Tisch frei.« Auf dem Weg zu dem leeren Tisch kamen sie jedoch an Judith Greenwood vorbei, die allein war; sie fing Lucys Blick mit einem flüchtigen Lächeln auf und senkte dann verlegen den Blick auf ihr Tablett.

»Oh, hallo.« Lucy blieb stehen, froh über den Vorwand, nicht mit Jeremy allein bleiben zu müssen. »Dürfen wir uns zu Ihnen setzen, Judith?«

»Ja, gern.« Wieder lächelte Judith schüchtern. Lucy erhaschte einen flüchtigen Blick auf ihre tiefblauen Augen, als sie ihr gegenüber Platz nahm, doch bald herrschte am Tisch befangenes Schweigen. Es war nicht zu übersehen, daß Judith in Gedanken woanders war.

»Dorothy hat Sie also nicht dazu bewegen können, eins ihrer Törtchen zu kaufen?« Jeremy versuchte, aus der Situation das Beste zu machen, und wandte sich mit einem leisen Lachen und dem für ihn typischen Anheben einer Augenbraue an die Frau des Kantors.

»Wie? Oh, nein.« Judith blickte ihn jetzt an. »Ich hatte Sandkuchen. Leider trägt er den Namen zu Recht.«

Lucy lachte, als Judith auf die staubtrockenen Krümel auf ihrem Teller deutete. »Man sieht's.« Wieder folgte ein ungemütliches Schweigen. Lucy folgte Judiths Blick zu einem Tisch auf der anderen Seite des Raumes. Genaugenommen waren es mehrere Tische, die man zusammengeschoben hatte, mit Rupert Greenwood an einem Ende und dem kleinen, schweigsamen Ivor Jones am anderen. Dazwischen saß eine Schar von Jungen in roten Chorhemden, die damit beschäftigt war, heißhungrig belegte Brote, Würstchen im Schlafrock, Kekse und sogar die berüchtigten Törtchen aufzuessen. Die Jungs waren so mit Essen beschäftigt, daß sie auffallend ruhig waren. »Der Chor?« fragte sie in das Schweigen hinein.

Wieder fuhr Judiths Kopf herum. »Ja. Sie machen eine Pause von ihrer Probe für die Vesper.«

»Ihr Mann scheint sie gut im Griff zu haben.«

»O ja. Rupert kommt mit den Jungs gut zurecht.» In ihrer Stimme schwang ein unüberhörbarer Anflug von Bitterkeit mit, aber sie zwang sich zu einem Lächeln, um es zu überspielen. »Mit *seinen* Jungs«, wiederholte sie leise.

»Noch Tee, Jeremy?« schlug Lucy betont munter vor und goß die fast schon zähflüssig dunkle Flüssigkeit aus der kleinen roten Plastikkanne. Jeremy begann daraufhin ein belangloses Geplauder über das Musikfestival und schaffte es endlich, Judiths Aufmerksamkeit zu wecken, wenn auch nur oberflächlich. Doch als die Chorknaben ihren hastigen Imbiß beendet hatten und sich kichernd und Stühle scharrend zum Aufbruch bereit machten, folgten Judiths Augen ihnen traurig. Jeremy verdoppelte seine Bemühungen, indem er eine witzige Nachahmung von Victoria und Albert zum Besten gab, woraufhin Judith mit echter Erheiterung lachen mußte. Lucy bewunderte seine Fähigkeit, andere zu unterhalten.

Einen Moment später jedoch wirkte Judith wieder geistesabwesend. Bald war das Ziel ihrer verstohlenen Blicke der Nebentisch, wo eine dünne junge Frau mit verhärmtem Gesicht und schlaffem Haar gerade versuchte, ihr Tablett abzustellen und gleichzeitig ihr Kleinkind im Griff zu behalten. Das Kleine steckte in einem Laufgurt, und die Frau hielt dessen Leine fest, doch das Kind widersetzte sich allen Versuchen, in ein Hochstühlchen gesetzt zu werden und strebte immer wieder in die andere Richtung, auf Lucys Tisch zu. »Oh, Mist«, fluchte die Frau leise, als die rote Plastikkanne auf dem Tablett umkippte.; sie ließ die Leine los, und das kleine Kind kam näher zu ihnen getappt.

Judiths Gesicht erstrahlte. »Hallo, du«, sagte sie leise zu dem Kind, das sie ernst betrachtete. Es war ein merkwürdiges, gnomenhaft wirkendes Kind, fand Lucy, mit einem riesigen runden Kopf, der im Verhältnis zum Körper völlig unproportioniert wirkte, kleinen, verkniffenen Gesichtszügen und gar keinen Haaren. Es trug einen geschlechtslosen Spielanzug, und Lucy nahm an, daß es ein Junge war.

Ihre Vermutung erwies sich als falsch. »Oh, Caroline, sieh nur, was du gemacht hast!« jammerte die Mutter, während sie den verschütteten Tee mit einer Serviette aufwischte. Sie beugte sich vor, um die schleifende Leine aufzuheben. »Tut mir leid«, entschuldigte sie sich bei Judith. »Sie wollte einfach zu Ihnen, Mrs. Greenwood. Hoffentlich stört Sie das nicht.«

»Nein, natürlich nicht.« Judith konnte nicht den Blick von dem Kind wenden, und auf ihrem Gesicht lag ein Ausdruck, wie Lucy ihn nie zuvor gesehen hatte – ein Ausdruck verklärten Entzückens.

Jeremy übernahm es, Lucy mit der Mutter bekannt zu machen. Liz Crabtree, stellte sich heraus, gehörte ebenso wie ihr Mann Barry zu den Glockenläutern der Kathedrale.

»Wir läuten heute abend für die Vesper«, erklärte sie. »Für das Festival soll es etwas Besonderes werden. Ich bin mit Caroline schon vorgegangen, um meinen Tee zu nehmen.« Sie betrachtete wehmütig die Sauerei auf ihrem Tablett. »Barry und sein Kumpel Neil wollten lieber ein Bier. Wir treffen uns nachher im Glockenturm.«

»Hier«, sagte Jeremy rasch. »Nehmen Sie eins von meinen Törtchen. Nehmen Sie beide. Und ich hole Ihnen eine neue Kanne Tee.«

»Wirklich?« Sie lächelte dankbar, als er aufstand. »Vielen Dank!«

Judith beteiligte sich zum erstenmal an dem Gespräch. »Sie nehmen Caroline doch nicht mit auf den Turm, oder?«

»Doch, das wollte ich eigentlich«, sagte Liz entschuldigend. »Ich weiß, daß es dort nicht sehr sicher ist, aber ich habe niemanden, bei dem ich sie lassen kann, und sie hat ja den Laufgurt. Ich binde sie an der Leiter fest, dann kommt sie uns nicht in die Quere, wenn wir läuten.«

»Oh, bitte«, sagte Judith, »lassen Sie sie bei mir.« Ihr Gesicht leuchtete vor Eifer. »Ich verspreche, daß ich gut auf sie aufpassen werde. Bitte!«

Lucy beobachtete die Szene interessiert und nahm sich vor, ihren Vater zu fragen, ob er ihr etwas über diese unglückliche Frau erzählen könne.

Kapitel 8

Schmieden sie auch böse und listige Pläne,
richten sie doch nichts aus gegen dich.

Psalm 21,12

Es war zu Beginn der folgenden Woche, als ein aufgeregter Arthur Brydges-ffrench Rupert Greenwood allein im Chorraum damit beschäftigt vorfand, seine Noten für den Abendgottesdienst bereitzulegen.

»Ich muß mit Ihnen sprechen«, sagte der Subdekan knapp, wobei er sich vergewisserte, daß niemand in der Nähe war.

»Ja?« Kanonikus Greenwood blickte auf.

»Es geht um das Festival.«

»Kann das nicht warten? Der Gottesdienst …«

»Es ist wichtig«, beharrte Kanonikus Brydges-ffrench und befeuchtete nervös seine Lippen. »Sehr wichtig.«

»Na schön.« Rupert Greenwood setzte sich auf seinen reichgeschnitzten Chorstuhl, auf dem in gotischen Lettern *Kantor* stand.

Der Subdekan hatte Mühe, die richtigen Worte zu finden. »Das Festival«, wiederholte er.

»Ja. Das Festival.«

Wieder leckte sich Kanonikus Brydges-ffrench die Lippen. »Sie wissen wohl – das heißt, Sie müssen wissen –, daß das Festival finanziell ein großer Verlust war.«

Rupert Greenwood sagte nichts, sondern nickte nur ermutigend, und nach einem Moment fuhr der Subdekan verteidigend fort: »Ich glaube nicht, daß mir jemand die Schuld dafür zuweisen kann. Ich habe mir alle Mühe gegeben. Ich kann nichts dafür, daß die Leute vom Three Choirs Festival anschließend nicht hierherkamen. Auch das Wetter konnte ich nicht beeinflussen. Und der neue Dekan« – an dieser Stelle seufzte er bitter – »hat auch noch unsere Sponsoren vor den Kopf gestoßen. Aber ... nun ja, Rupert, es ist eine unangenehme Situation. Verstehen Sie?«

»Ja, natürlich. Doch ich begreife nicht ganz, was Sie von mir erwarten, Arthur.« Der Kantor griff nach einem Notenblatt und begann es zu studieren, als wollte er sich von den Sorgen seines Kollegen distanzieren.

»Rupert!« Die Stimme des alten Mannes war schmerzerfüllt und bewirkte, daß Kanonikus Greenwood gegen seinen Willen aufblickte. »Ich erwarte Ihre Unterstützung, Rupert. Sie haben bei der Planung geholfen. Sie haben die Musik ausgesucht. Sie haben mir versichert, daß es ein Erfolg und ein Triumph werden und Malbury bekannt machen würde. Aber kein Mensch ist gekommen, Rupert! Ich denke, jetzt wäre es an der Zeit ...«

»Hm, tja.« Der Kantor trommelte mit den Fingern rhythmisch und nachdenklich auf seinen Tisch. »Was ist mit den Freunden der Kathedrale?« fragte er schließlich. »Sie haben mit ihrem Blumenfest am Samstag einen Haufen Geld gemacht. Vielleicht könnte Rowena ...«

»Das weiß ich!« Kanonikus Brydges-ffrench runzelte die Stirn. »Tausende! Und glauben Sie nicht, daß ich nicht daran gedacht hätte.« Er machte eine Pause und brach ab. »Ich habe bereits mit Rowena gesprochen, und sie hat mir unmißverständlich klargemacht, daß sie nicht einen Penny von dem Geld herausrückt. *Ihr* Geld nennt sie es«, fügte er bitter hinzu. »Als hätte sie es ganz allein verdient. Und als ob die Freunde der Kathedrale es ohne das Festival je bekommen hätten. Es war *mein* Festival, *unser* Festival«, korrigierte er mit einem listigen Seitenblick auf Rupert.

»Ich fand eigentlich, daß Rowena in letzter Zeit besonders nett zu uns war«, sagte Kanonikus Greenwood mit seltenem Scharfblick. »Zum ganzen Domkapitel, meine ich. Ich hatte den Eindruck, daß sie irgend etwas im Schilde führt und uns auf ihrer Seite haben will.«

»O ja«, bestätigte der Subdekan mit einem säuerlichen Lächeln. »So ist es. Sie hat mir gegenüber die Karten auf den Tisch gelegt. Eins muß ich der Frau zugestehen – sie ist wenigstens ehrlich. Sie hat gesagt, daß sie gern bereit wäre, unser … äh … Defizit auszugleichen. Doch ihre Bedingungen waren … inakzeptabel.«

Nun war Rupert Greenwoods Interesse geweckt. »Was genau will sie denn?«

Arthur Brydges-ffrench beugte sich vornüber und flüsterte: »Unsere Unterstützung. Es war Erpressung – schlicht und ergreifend.«

»Erpressung? Unterstützung wofür?«

»Sie will …« Der Subdekan machte eine eindrucksvolle Pause. »Sie will die Leitung des Refektoriums und des Cathedral Shop übernehmen. Sie will Dorothy Unworth draußen haben. Sie will Victor und Bert draußen haben. Sie glaubt, daß die Freunde der Kathedrale beide Betriebe effizienter führen könnten. ›Einer heruntergekommenen Kathedrale eine Spur dringend erforderlicher Klasse verleihen‹, sagte sie! Heruntergekommen! Ich bitte Sie!« schloß er empört mit erhobener Stimme.

Rupert Greenwood machte ein nachdenkliches Gesicht. »Und was haben Sie ihr gesagt?«

»Daß es nicht in Frage kommt, versteht sich. Victor und Bert sind Freunde von mir, und Dorothy Unworth leistet unserer Kathedrale seit vielen Jahren treue Dienste. Es wäre einfach nicht … anständig! Ich sagte ihr, ihr Preis sei zu hoch, und Sie solle sich schämen, etwas Derartiges auch nur vorzuschlagen!«

»Und was hat sie geantwortet?«

»Sie hat gesagt«, antwortete Kanonikus Brydges-ffrench mit gequälter Miene, »sie bekomme stets, was sie will – auf lange Sicht. Sie deutete an, daß ... daß der neue Dekan ihren Plänen aufgeschlossener gegenüberstehen könnte als ich.« Er zog ein Taschentuch hervor und tupfte sich den Schweiß von der Stirn. »Und das Schlimmste ist: Sie könnte durchaus recht haben!«

Der Kantor warf Arthur einen warnenden Blick zu, da dessen Stimme an Lautstärke zunahm und jemand gerade vom südlichen Seitenschiff in den Chorraum kam.

Es war Jeremy Bartlett, der hinter einer Säule auftauchte wie die Schlange, die im Garten Eden hinter dem Baum mit den verbotenen Früchten hervorgekrochen war. Er zögerte einen Moment, bevor er mit einem breiten Lächeln zu den beiden Männern trat. »Vergeben Sie mir, meine Herren. Ich war gerade eben im südlichen Seitenschiff, und ich konnte nicht umhin, einen Teil Ihres Gesprächs mitanzuhören.«

Arthur Brydges-ffrench schlug entsetzt eine Hand vor den Mund. »Oh!«

»Aber keine Sorge«, fügte Jeremy schnell hinzu. »Ich habe volles Verständnis für Ihr Problem. Ich bin sicher, daß ich Ihnen helfen kann ...« Er machte eine Pause. »Und ich glaube, Sie werden *meine* Bedingungen akzeptabel finden.«

Gleich darauf umriß er einen genialen Plan, der ihr finanzielles Dilemma lösen könnte. Was er im Gegenzug von ihnen verlangte, war ihr Versprechen, seine Pläne zum Ausbau des Kreuzgangs zu unterstützen, und die Zusage des Subdekans, daß innerhalb eines Jahres Antrag auf eine großangelegte Sanierung der Kathedrale gestellt würde. Arthur Brydges-ffrench und Rupert Greenwood stimmten ohne Zögern und voller Erleichterung zu. Der Ausbau des Kreuzgangs war nicht unbedingt die Art Projekt, die Kanonikus Brydges-ffrench unter normalen Umständen gebilligt hätte, aber wie ihm schien, hatte er kaum eine Wahl, und Rowena Hunts Erpressung war dieser Vorschlag mit Sicherheit vorzuziehen. Im übrigen, sagte er sich selbst, kam ihre Unterstützung ja noch nicht der Verwirklichung des Projekts gleich.

Jeremy seinerseits war entzückt von dem Handel, den er geschlossen hatte. Er lächelte in sich hinein, als er den Chorraum verließ – nicht nur der Ausbau des Kreuzgangs, sondern noch dazu eine komplette Sanierung wären seine künftigen Aufgaben! Ein Bonus, den er durch geschicktes Taktieren erzielt hatte. Er dachte mit großer Genugtuung an das, was er belauscht hatte, bevor er sich zu den beiden Verschwörern gesellt hatte. Jetzt wußte er auch, was Rowena Hunt wollte. Dieses Wissen mochte sich irgendwann in nicht allzu ferner Zukunft als äußerst nützlich erweisen.

Kapitel 9

Du hast ihm den Wunsch seines Herzens erfüllt, ihm nicht versagt, was seine Lippen begehrten.
Psalm 21,3

David Middleton-Brown spähte auf der Suche nach einem Bügel für sein Jackett in Lucys ziemlich vollen Schrank. Er war Anfang Vierzig, eine angenehme Erscheinung und recht gutaussehend, wenn auch nicht auffallend hübsch, mit grünbraunen Augen, um die sich attraktive Lachfältchen bildeten, wenn er, wie in diesem Moment, lächelte. »Bist du sicher, daß hier drinnen genug Platz für meine Sachen ist?« fragte er trocken. »Oder müssen wir die ganze Aktion abblasen?«

Es war Nachmittag, und David und Lucy waren erst vor wenigen Minuten nach Hause gekommen, aber sie lag bereits im Bett und wartete auf ihn. Jetzt stieß sie einen übertrieben ungeduldigen Seufzer aus. »Für eine Umkehr ist es ein bißchen spät. Außerdem ist das ein ziemlich schlechter Grund dafür. Und überhaupt: Ich dachte, du *willst* bei mir einziehen«, lachte sie. »Und was ist aus dem alten leidenschaftlichen David geworden? Früher hast du nie deine Sachen aufgehängt, bevor wir ins Bett gegangen sind. Wir sind noch nicht mal sechs Monate zusammen – erzähl mir nicht, daß du mich schon langweilig findest!«

»Langweilig?« Das Jackett war vergessen und fiel zu Boden, als David rasch zum Bett ging. »Das werden wir ja sehen, Weib!«

Später, als Lucy zufrieden in seinen Armen schlummerte, lag David wach und dachte nach. Es gab viel Stoff zum Nachdenken; es war zwar erst früh am Abend, aber der Tag war sehr ereignisreich gewesen. Heute morgen, an einem Morgen Ende September, hatte er mit angesehen, wie seine letzten Möbelstücke in das Lager gebracht wurden. Dann hatte er seinen Wagen vollgepackt, die letzten Papiere unterzeichnet und die Schlüssel des Hauses, in dem er einen Großteil seines Lebens verbracht hatte, dem neuen Besitzer übergeben.

Nach London zu ziehen, einen neuen und interessanten Job anzutreten und bei der Frau zu sein, die er liebte – auch wenn sie ihn nicht heiraten wollte –, war genau das, was David sich zu diesem Zeitpunkt seines Lebens wünschte. Dennoch hatte er Wymondham nicht ohne Bedauern verlassen, da dieser Ort so viel von seiner persönlichen Lebensgeschichte barg. Auch wenn viele Erinnerungen nicht schön waren – seine Mutter war eine Tyrannin gewesen, anspruchsvoll und schwierig –, es waren *seine* Erinnerungen und *sein* Leben. Und er liebte die Kirche Wymondham Abbey – den Ort, an dem sein Interesse für die Kirche in all ihren vielfältigen Facetten geweckt worden war.

Er selbst hatte nur wenig mitgenommen, als er Wymondham verließ; seine Bücher und seine Akten waren verpackt und an seine neue Firma geschickt worden, wo er in vierzehn Tagen die neue Stelle antreten würde. Und in Lucys winziges Haus in South Kensington zu ziehen war nur als vorübergehende Lösung gedacht. Sobald eine komplizierte Nachlaßangelegenheit geregelt war, würde er eine große georgianische Villa in der Nähe der Kensington Gardens erben und folglich auch beziehen können. Daher hatte er an diesem Morgen in den Kofferraum seines Wagens nur seine Kleidung und persönlichen Sachen gepackt, ein paar Kisten mit Büchern, auf die er nicht verzichten wollte, und einige Lieblings-CDs – diejenigen, die sich nicht in Lucys Sammlung befanden.

Lucy hatte früh am Tag einen Abstecher in die Bond Street gemacht, um mit einem Galeriebesitzer zu sprechen, der daran interessiert war, einige ihrer Bilder auszustellen. Danach hatte sie den gerade aus Norfolk angekommenen David bei Fortnum's zum Tee getroffen. Aus ihrer Teestunde hatten sie eine kleine Feier anläßlich seines Umzugs nach London gemacht, daher war er jetzt auch nicht besonders hungrig. Sie hatten nämlich Sandwiches gegessen und Scones und Sahnetörtchen und kannenweise Tee getrunken, bevor sie in Lucys Haus zurückgekehrt waren. David erinnerte sich plötzlich an einen seltsamen Vorfall während ihrer Teestunde. Lucy hatte ihm gerade von ihrem Besuch in der Galerie erzählt, als sie mitten im Satz abbrach. »Oh!« sagte sie leise. »Dreh dich jetzt nicht um, David. Da drüben in der Ecke, hinter dir, sitzen zwei Leute, die ich kenne. Ich glaube, sie haben uns nicht gesehen.«

»Wer ist es?« fragte er verständlicherweise. »Ich schäme mich nicht, mit dir gesehen zu werden ...«

»Nein, aber ich glaube, daß sie nicht von uns gesehen werden wollen.« Sie schüttelte den Kopf und lächelte. »Ich erzähle dir später alles«, versprach sie.

Jetzt mußte er wieder daran denken; es war ihm gelungen, einen Blick auf die beiden zu erhaschen, als er und Lucy die Teestube verließen – eine auffallend attraktive Frau mit pechschwarzem Haar und ein kräftig gebauter Mann mit Schnauzbart, beide nicht mehr ganz jung. Wer waren sie, und warum wollten sie nicht gesehen werden? Und warum sollten sie nicht damit rechnen, gesehen zu werden, wenn sie ihren Tee an einem öffentlichen Ort wie Fortnum's nahmen?

»Lucy?« murmelte er sanft.

»Mhm?«

»Bist du wach?«

Sie öffnete ein Auge und blinzelte ihn lächelnd an. »Mehr oder weniger.«

»Wer waren die beiden bei Fortnum's?«

»Ach, die.« Sie lachte, streckte sich und drehte sich um, um auf dem Boden nach ihrem Morgenmantel zu suchen. »Die Frau war Rowena Hunt, Leiterin der Freunde von Malbury Cathedral. Und der Mann ...« Sie brach ab und drehte sich wieder zu ihm um. »Ich bin am Verhungern, David, Liebster. Komm, stehen wir auf und machen uns etwas zu essen – ein paar Eier oder so etwas. Ich erzähle in der Küche weiter.«

»Ich habe eigentlich gar keinen Hunger«, protestierte er und streckte die Arme nach ihr aus. »Warum bleiben wir nicht einfach im Bett? Wir könnten doch genausogut ... jetzt ist ja Abend.«

Es gelang Lucy, ihm auszuweichen. »Oh, David! Wir können doch nicht die ganze Zeit im Bett verbringen!«

»Wir könnten es zumindest versuchen.« Er grinste ohne jedes Anzeichen von Reue.

Sie setzten ihr Gespräch fort, als sie ihr improvisiertes Abendessen zubereiteten. »Wer war der Mann?« fragte David. »Bei Fortnum's?«

»Er saß mit dem Rücken zu uns, deshalb konnte ich ihn nicht so gut sehen, doch ich bin ziemlich sicher, daß es Inspector Michael Drewitt von der Malboury Police war. Die Frau war in jedem Fall Rowena Hunt – sie saß mit dem Gesicht zu uns, und ich würde sie überall erkennen.«

»Aber warum sollten sie etwas dagegen haben, gesehen zu werden? Immerhin ist Fortnum's ein öffentlicher Ort.«

Lucy machte ein nachdenkliches Gesicht. »Vielleicht hat es gar nichts zu bedeuten. Aber Drewitt ist verheiratet – und seine Frau ist geradezu ein Horror.« Sie zögerte. »Außerdem ist er im Grunde nicht Rowenas Klasse – falls du mir diese Kategorisierung verzeihst –, nicht jemand, mit dem sie unter normalen Umständen ihre Zeit verbringen würde. Wenn du Rowena kennen würdest, wüßtest du, was ich meine. Sie ist eine ausgesprochen achtbare Person.«

»Du glaubst also …«

»Ich weiß nicht, was ich glauben soll«, sagte Lucy rasch. »Es erscheint mir nur etwas ungewöhnlich, das ist alles. Und was die Tatsache betrifft, daß Fortnum's ein öffentlicher Ort ist – dort ist es immerhin nicht so öffentlich wie in einem Café in Malbury. Sie könnten mit gutem Grund davon ausgehen, dort Tee trinken zu können, ohne von jemandem gesehen zu werden, den sie kennen. Es war reiner Zufall, daß wir gerade da waren.«

»Und sie haben dich nicht gesehen?«

»Davon bin ich überzeugt.« Lucy lächelte. »Es wirkte, als hätten die beiden nur Augen füreinander. Doch ich könnte mich auch irren … Auf jeden Fall«, fügte sie hinzu, »hast du am nächsten Wochenende Gelegenheit, sie kennenzulernen. Dann weißt du vielleicht, was du von dieser Begegnung halten sollst.«

Einen Moment lang blickte David Lucy verdutzt an, dann erinnerte er sich wieder. »Ach ja, stimmt, da steigt ja die große Fete für den neuen Dekan, nicht? Über den Umzug hatte ich völlig vergessen, daß wir nächstes Wochenende nach Malbury fahren.«

»Du willst doch fahren, oder?« fragte sie.

»Ja, natürlich. Ich möchte deinen Vater kennenlernen.« Davids Lächeln wirkte ein wenig verlegen. »Ich denke, es wird Zeit, daß sich die beiden wichtigsten Männer in deinem Leben kennenlernen, stimmt's? Und ich möchte all die interessanten Leute treffen, von denen du mir in der letzten Zeit erzählt hast.«

»Soweit ich weiß, soll die Amtseinsetzung eine ganz große

Feier werden. Hast du dir die Einladung schon genauer angeschaut? Sie steht auf dem Kamin im Wohnzimmer.«

Während Lucy den Tisch deckte, schlenderte David ins Wohnzimmer und kam mit der Einladung zurück. »Lieber Himmel«, sagte er. »Diese Einladungen müssen ja ein Vermögen gekostet haben – schau mal, wie dick das Papier ist.«

»Sie wurden von einem teuren Laden in der Bond Street gefertigt, soweit ich weiß. Gehört zu den vielen Klagen, die gegen den neuen Dekan geführt werden.«

»Seine Extravaganz?«

»Das und sein Beharren auf Londoner Firmen für die gesamte Ausrichtung und Gestaltung seiner Feier: Partyservice, Blumenladen und Druckerei. Er hat sämtliche Betriebe Malburys damit vor den Kopf gestoßen – und wohl auch die meisten Mitglieder des Domkapitels.«

»Klingt interessant.« David, der immer noch die Einladung in der Hand hielt, setzte sich an den Eßtisch. »Der Mann ist noch nicht in Amt und Würden und hat sich schon Feinde gemacht – sieht nicht danach aus, als würde man ihm die übliche Schonfrist zugestehen, oder?«

»Nein, wohl kaum. Weißt du etwas über ihn?« fragte Lucy neugierig.

David betrachtete wieder die Einladung. »Stuart Latimer ... Ich habe natürlich von ihm gehört. Er hat sich in der Diözese London einen gewissen Namen gemacht. Doch ich glaube, er ist weder als besonders bedeutender Gelehrter noch für seine Frömmigkeit bekannt. Aber er ist ein Mann auf dem Weg nach oben, wenn du weißt, was ich meine. Sein Schwiegervater ist Abgeordneter«, fügte er zynisch hinzu. »Die Ernennung Latimers war offensichtlich eine politische Entscheidung. Schwiegerpapi hat wohl ein paar Gefälligkeiten eingefordert.« David griff nach der Pfeffermühle. »Komm, erzähl mir etwas über Malbury – über die Kathedrale und die Menschen dort. Du hast mich auf dieses Wochenende noch nicht entsprechend vorbereitet.«

Lucy spielte mit einer Haarlocke und dachte nach. Sie wußte, daß er die Kathedrale als Bauwerk meinte, doch sie antwortete auf einen anderen Aspekt dieser Frage. »Die Menschen, die am Kirchplatz leben, bilden eine abgeschlossene Gemeinschaft. Es wirkt etwas klaustrophobisch, finde ich – als würde man in einem Goldfischglas leben. Jeder scheint alles über die Angelegenheiten der anderen zu wissen. Für einen Außenstehenden ist es interessant, aber ich glaube nicht, daß ich selbst gern dort leben würde.«

»Nur weiter«, ermunterte David sie. »Erzähl mir doch etwas über das Domkapitel.«

»Na ja, da ist zum einen mein Vater.« Sie lächelte. »Aber ich bin nicht unbedingt objektiv, wenn es um ihn geht; deshalb mußt du dir selbst ein Urteil bilden, wenn du ihn kennenlernst. Des weiteren gibt es noch Arthur Brydges-ffrench, er ist Subdekan und Schatzmeister. Malbury Cathedral ist sein Leben – er fing seine ›Laufbahn‹ dort in den Dreißigern als Chorknabe an. Er hatte sich in die Vorstellung verrannt, er würde zum Dekan ernannt werden, und war am Boden zerstört, als es anders kam. Und er ist ein sehr exzentrischer Mann.« Sie schilderte den Kanonikus in seinem Äußeren und seinen Gewohnheiten und ging dann in derselben Tonart auf den Kantor, den Kanonikus für Missionsfragen und diverse andere Anwohner des Kirchplatzes ein.

Sie waren mit dem Essen fertig und gerade beim Abwasch – wobei Lucy ihren Bericht über Malbury, unterbrochen von etlichen Fragen und Einwürfen Davids, fortsetzte –, als das Telefon klingelte.

»Gehst du ran, Liebling?« bat Lucy. »Ich stecke bis zu den Ellbogen im Spülwasser.«

Davids freundliches Lächeln verzog sich zu einer gequälten

Miene. »Du weißt, wie sehr ich es hasse, ans Telefon zu gehen – und außerdem ist es nicht einmal mein Telefon.«

»Aber du wohnst jetzt hier«, machte Lucy ihn aufmerksam. »Es könnte auch für dich sein.«

»Das ist nicht sehr wahrscheinlich.« Dennoch ging er in die Diele, nahm den Hörer ab und meldete sich, indem er die Nummer von Lucys Anschluß nannte.

Am anderen Ende herrschte einen Moment lang Schweigen. »Oh, hallo«, ertönte schließlich eine angenehme Männerstimme. »Sie müssen David sein.«

»Ja …«

»Ist Lucy zu sprechen?«

»Leider kann sie im Augenblick nicht an den Apparat kommen. Kann ich ihr etwas ausrichten? Oder soll sie später zurückrufen?«

»Sagen Sie ihr nur, daß Jeremy angerufen hat. Es ist nicht wichtig – ich wollte nur ein bißchen mit ihr plaudern. Richten Sie ihr aus, daß ich mich in ein, zwei Tagen noch einmal melden würde – auf jeden Fall vor dem Wochenende.«

»Gut, mach' ich.«

Mit einem leichten Stirnrunzeln ging David zurück in die Küche. »Ein Vertreter für Doppelglasscheiben?« fragte Lucy scherzhaft.

»Nein.« David griff nach einem Geschirrtuch. »Aber wer«, fragte er langsam, ist Jeremy? Und woher weiß er, wer ich bin?«

Kapitel 10

Wer darf hinaufziehn zum Berg des Herrn,
wer darf stehn an seiner heiligen Stätte?
Psalm 24,3

»Daddy«, sagte Lucy zwar munter, aber auch eine Spur nervös, »das ist David. David Middleton-Brown.«

John Kingsley schüttelte Davids ausgestreckte Hand und lächelte. Was er sah, gefiel ihm. Solide, dachte er beifällig. Solide und zuverlässig; nicht überkandidelt. Genau das, was Lucy braucht. »Wie schön, Sie kennenzulernen, David. Willkommen in Malbury.«

»Danke, Kanonikus. Ich freue mich schon lange auf diese Begegnung.«

»Wie wär's mit einer Tasse Tee?« schlug der Kanonikus vor. »Ich habe den Kessel gerade aufgesetzt. Ihr müßt müde sein nach der langen Fahrt.«

»O ja, bitte, Daddy. Soll ich ihn machen?« fragte Lucy.

»Nein, danke, mein Liebes«, wehrte er ab. »Ich habe alles vorbereitet. Vielleicht zeigst du David eure Zimmer, während ich den Tee ins Wohnzimmer bringe. Ich habe die Putzfrau gebeten, das Zimmer neben deinem herzurichten – ich hoffe, das ist in Ordnung.«

»Ja, natürlich«, sagte sie schnell. In Davids Richtung zu schauen, wagte sie nicht.

David folgte ihr stumm die Treppe hinauf. Es hatte ihm die Sprache verschlagen. »Getrennte Zimmer?« murmelte er schließlich ungläubig vor der Tür, auf die Lucy mit einer verlegenen Geste zeigte. »Hast du deinem Vater nicht gesagt …«

»Nein, natürlich nicht«, flüsterte sie, während sie ihm in das Zimmer folgte. »Das würde er nicht verstehen.«

»Nicht verstehen? Aber er muß doch …«

Lucy schüttelte den Kopf. »Mein Vater ist in vielerlei Hinsicht recht weltfremd. Ich glaube, er käme nicht im Traum auf die Idee, daß zwei Menschen, die nicht miteinander verheiratet sind, im selben Zimmer schlafen wollen.«

»Ein Grund mehr, mich zu heiraten«, verkündete David mit einer gewissen Melodramatik und legte eine Hand auf sein Herz. »Ich stimme völlig mit ihm überein. Es wird höchste Zeit, daß du einen anständigen Mann aus mir machst. Dieses Leben in Sünde ist ja gut und schön, aber …«

Lucy verdrehte die Augen. »Bitte, fang jetzt nicht damit an. Und außerdem«, fügte sie lächelnd hinzu, »kennst du meinen Vater nicht. Ich glaube, er würde nicht einmal verstehen, warum zwei Menschen, die verheiratet sind, zusammen schlafen wollen!«

»Aber Lucy! Er hat vier Kinder! Also irgendwann im Lauf der Zeit …«

»Ich weiß. Doch das ist eine stetige Quelle der Verwunderung für mich«, lachte sie. »Und für ihn wahrscheinlich auch. Komm, David, Liebster, gehen wir nach unten und trinken unseren Tee. Es ist doch nur für ein Wochenende«, fügte sie beschwichtigend hinzu, bevor sie ihm einen kurzen, aber innigen Kuß gab und seine Hand nahm; erst jetzt erwiderte er ihr Lächeln.

»Unglaublich, die Blumen, nicht wahr?« raunte Lucy David zu, als sie sich kurz vor Beginn der Zeremonie zur Amtseinsetzung des neuen Dekans auf ihre reservierten Plätze im Chorraum der Kathedrale setzten.

»Ich glaube nicht, daß man in Malbury schon jemals solche Blumen zu sehen bekommen hat«, flüsterte Lucy. »Weiß und limonengrün – muß ein Vermögen gekostet haben.«

»Die Rechnung ist noch nicht eingetroffen, doch Sie dürften recht haben«, lautete der trockene Kommentar Olivia Ashleighs, die neben David saß. Sie war zwar dem Anlaß entsprechend gekleidet, aber ihr strenges Kostüm und ihre dicke Brille ließen sie wieder viel älter und unattraktiver wirken, als sie war.

Lucy machte David mit der Sekretärin des Bischofs bekannt. »Soweit ich weiß, hatte Miß Ashleigh die Hauptlast der Vorbereitungen zu tragen«, erklärte sie ihm. »Sie sind sicher froh, daß der große Tag endlich da ist, Miß Ashleigh.«

»Nennen Sie mich bitte Olivia«, bat die gesetzte junge Frau. »Ich bin natürlich erleichtert, daß die Vorbereitungen nun geschafft sind; doch ich fürchte, es ist noch nicht alles ausgestanden.« Sie blickte sich mit einem abwägenden Lächeln um. »Das Potential für eine Katastrophe ist heute nahezu unbegrenzt.«

»Was meinen Sie damit?« fragte David neugierig. »Es scheint doch alles gut organisiert und unter Kontrolle zu sein.«

»Oh, was den rein technischen Ablauf der Feier betrifft, kann nichts schiefgehen – alles wurde bis ins kleinste Detail geplant und bis zum Umfallen geprobt. Aber verletzte Gefühle, gekränkter Stolz und mißachtete Würde werden das Problem sein.« Olivia senkte die Stimme. »Sehen Sie all die Leute auf der anderen Seite des Chorraums – auf den besten Plätzen des Hauses sozusagen? Das sind alle politischen Freunde des neuen Dekans beziehungsweise seines Schwiegervaters: einige Abgeordnete, sogar zwei Kabinettsminister und der Vorstand der örtlichen Tories. Dazu kommen noch die Vertreter der Grafschaft, versteht sich. Die leeren Plätze sind für den Lord Lieutenant, den Sheriff und die Gruppe des Bürgermeisters reserviert.«

»Was ist damit nicht in Ordnung?« wollte Lucy wissen. »Ist es nicht üblich, daß Personen der Öffentlichkeit und der Politik an so einer Feier teilnehmen?«

»Nicht in einem solchen Rahmen«, erwiderte Olivia. »Die Seite hier ist für Mitarbeiter der Kathedrale und die Angehörigen des Domkapitels reserviert – darauf hat der Bischof bestanden. Doch alle anderen Gäste müssen sich ins Mittelschiff quetschen: Dazu gehören die Mitglieder der hiesigen Konservativen Partei sowie Gemeindemitglieder aus Ehrwürden Latimers Londoner Pfarrei und ebenso Freunde, Verwandte und Sympathisanten. Der Rest der Diözese bleibt quasi im Regen stehen, nämlich eingezwängt wie die Ölsardinen in den Querschiffen, von wo aus die Sicht gleich Null ist. Einige Leute mußten sogar draußen bleiben. Aber sehen Sie den freien Platz dort drüben?« wisperte Olivia und zeigte mit dem Finger in die entsprechende Richtung. Zwischen Judith Greenwood und Claire Fairbrother sprang ein leerer Platz im Chorgestühl förmlich ins Auge. »Dieser Platz ist für die Frau des Bischofs reserviert.«

»Wo ist Pat denn?« fragte Lucy und schaute sich suchend um. »Sie wird sich das doch bestimmt nicht entgehen lassen …«

»Irgendwo im südlichen Querschiff bei den Ehefrauen der Geistlichen unserer Diözese. Sie war sehr wütend, weil man diesen Plätze zugewiesen hat, wo sie nichts sehen können, und sagte unmißverständlich, sie wünsche keine Bevorzugung, wenn die Frauen der Geistlichen derartig behandelt würden.« Olivia lächelte zerknirscht. »Das hat mich in eine sehr unangenehme Situation gebracht, glauben Sie mir. Zwar ist der Bischof mein Vorgesetzter, doch aufgrund des heutigen Anlasses mußte ich meine Anweisungen von unserem neuen Dekan entgegennehmen. Es ist sein großer Tag, und davon hat er sehr genaue Vorstellungen. Er war nicht im geringsten bereit, darauf zu hören, was andere – Bischof George, oder ich oder irgend jemand sonst – zu sagen hatten.«

»Wer ist denn das?« erkundigte sich Lucy mit gedämpfter Stimme, als eine elegante Frau und ein distinguiert wirkender älterer Mann ihre Plätze in der ersten Reihe auf der gegenüberliegenden Seite einnahmen.

»Mrs. Latimer und ihr Vater. Langsam müßte es losgehen.« Olivia warf einen Blick auf ihre Uhr. »Ja, pünktlich auf die Minute.«

Die Gespräche verstummten, als sich die Gemeinde erhob und die offiziellen Teilnehmer der Zeremonie die Kathedrale betraten. Lucy nutzte die Gelegenheit, um verstohlen Mrs. Latimer zu begutachten. Es fiel schwer, das Alter der Frau zu bestimmen; ihre Erscheinung war von sehr geschmackvoller und gepflegter Eleganz geprägt und zeugte unverkennbar von Wohlstand und Privilegien. Sie war ein sehr heller Typ mit blondem Haar, das in einem Pagenschnitt bis auf ihre Schultern reichte. Sie hatte blaßblaue Augen und eine lange, edle Nase; ihre Lippen waren schmal und blaßrosa. Die weißbehandschuhten Hände hoben sich scharf vor dem dunkelblauen Kostüm ab, an dessen Kragen eine Diamantschleife funkelte. Ihr Vater war von schlanker Gestalt und gekleidet in edles Tuch. Er hatte graues Haar, das glatt aus seinem fleischigen, rosigen Gesicht gestrichen war, und schräge Augenbrauen, die über seinen leicht hervorquellenden Augen einen scharfen Winkel bildeten.

Nachdem der Bürgermeister, der Sheriff und der Lord Lieutenant ihre Plätze eingenommen hatten, hielt die Prozession der Geistlichen Einzug in den Altarraum. Einer Anzahl von Geistlichen der Diözese folgte das Domkapitel; Lucy fing den Blick ihres Vater auf und lächelte. Wenn man von dem goldblonden Charme des Kantors absah, wirkte John Kingsley mit seiner aufrechten Haltung und seinem silbrigen Haar am würdigsten in der Prozession der Geistlichen – das dachte zumindest Lucy. Ihr Vater trug einen der echten viktorianischen Chormäntel der Kathedrale, etwas verschlissen, aber immer noch schön. Der Bischof, beleibt und freundlich lächelnd unter seiner Mitra, konnte ihm trotz seines eindrucksvollen Bartes nicht das Wasser reichen.

Und dann endlich erschien – begleitet von Glockenläuten und einem Fanfarenstoß – Reverend Stuart Latimer, gewählter Dekan. Lucy wußte nicht recht, was sie eigentlich erwartet hatte, aber so hatte sie sich Stuart Latimer nicht vorgestellt. Verglichen mit Arthur Brydges-ffrenchs hochgewachsener Gestalt wirkte er ausgesprochen kümmerlich, kleinwüchsig und schmächtig gebaut. Er trug ein neues Pluviale, das für diesen Anlaß extra in seinem Auftrag angefertigt worden war, es war mit schweren Applikationen besetzt und in zeitgenössischem Design bestickt, aber nicht einmal das weite Gewand konnte über seine mangelnde Körpergröße hinwegtäuschen. Und er war jung, viel jünger, als Lucy erwartet hatte – knapp vierzig Jahre alt. Dennoch betrat er jetzt mit großem Selbstbewußtsein den Chor von Malbury Cathedral, um sein neues Reich in Besitz zu nehmen.

Ein genauerer Blick auf Stuart Latimer bestätigte Lucys ersten Eindruck. Sie und David zählten zu den Gästen, die auf der Gartenparty persönlich begrüßt wurden. Als John Kingsley seine Tochter dem neuen Dekan formell vorstellte, fielen ihr unwillkürlich folgende Worte aus der Bibel ein: ›Esau war ein behaarter Mann‹. Und behaart war auch Stuart Latimer. Dichtes schwarzes Haar wuchs ihm bis tief in die Stirn, und auf seinem Kinn zeigte sich schon jetzt, am frühen Nachmittag, ein dunkler Schatten. Seine Handrücken und sogar seine Finger waren dicht mit dunklem Haar bewachsen. Doch erinnerte sein Äußeres auch an Esau, war er in seinem Verhalten ganz Jakob:

ölig und glattzüngig, mit einer Art, die auf tiefverwurzelten Eigennutz schließen ließ. Für Lucy stand augenblicklich fest, daß er ein Mann war, der auf die eine oder andere Art stets bekam, was er wollte. Alles, was Lucy bislang über ihn gehört hatte, ergab plötzlich ein Bild, das nicht nur stimmig, sondern zutiefst beunruhigend war.

»Und das ist meine Frau Anne. – Anne, dies sind Miss Kingsley und Mr. Middleton-Brown«, sagte er gerade. Anne Latimer überragte ihren Mann beinahe um Haupteslänge; sie nahm Lucy und David mit einem kühlen, reservierten Lächeln zur Kenntnis.

Die Party fand in den ausgedehnten Gartenanlagen der Dekanei statt. Obwohl der Garten in der Amtszeit des letzten Dekans und dem folgenden Interregnum sträflich vernachlässigt worden war, wirkte er jetzt recht ansehnlich, dank der Bemühungen einer Firma für Gartengestaltung, die – wie nicht anders zu erwarten – aus London kam. Ein großes blau-weißgestreiftes Festzelt war aufgebaut worden, denn obwohl das Wetter für Ende September sehr schön war, konnte man sich in dieser Jahreszeit nicht unbedingt darauf verlassen, wenn es im Veranstaltungen im Freien ging. Das Zelt verlieh dem Ereignis, das in Malbury zweifellos das glanzvollste des Jahres war, zusätzlich eine festliche Note. Es war nicht zu übersehen, daß weder Kosten noch Mühen gescheut worden waren. Innerhalb des Zeltes erblühten ebenso viele Blumen wie draußen, und die kunstvollen Arrangements von Menschenhand stellten die Natur bei weitem in den Schatten. Die Speisen waren exquisit: Platten mit Räucherlachs und einer Vielzahl an kleinen Leckerbissen zum Knabbern; und der Wein war bei weitem keine billige Sorte aus dem Supermarkt. Eine Reihe von Männern wanderte mit Videokameras herum, um das Ereignis für die Nachwelt festzuhalten.

Nachdem die Gäste durch die Empfangsreihe geschleust

worden waren, teilten sie sich in zwei klar getrennte Gruppen. Die Gäste aus London und die Tories blieben linientreu unter sich und lehnten es stillschweigend ab, sich unter die Personen aus dem Umfeld der Kathedrale und aus der Diözese zu mischen. Infolgedessen überwogen auf der einen Seite des Zeltes eindeutig die Soutanen und Priesterkragen, während auf der anderen kostspielige Seidenkleider und Maßanzüge dominierten.

David, der von Lucy genau instruiert worden war, fand das Ganze faszinierend. In der Kathedrale hatte er unauffällig die anderen Gäste im südlichen Chor studiert und versucht, den einzelnen Gesichtern Namen zu geben. Rowena Hunt hatte er nach dem flüchtigen Blick, den er bei Fortnum's auf sie erhaschen konnte, sofort wiedererkannt, aber der Mann an ihrer Seite war nicht derselbe – dieser hier war größer, schlanker und hatte einen Vollbart.

David hatte eben ein Glas Wein genommen und wollte gerade Lucy fragen, wer der Bärtige war, als dieser zu ihnen kam, gefolgt von Rowena. Rowena, die genau wie die sprichwörtliche Katze vor dem Sahnetopf dreingesehen hatte, runzelte die Stirn, als der Mann Lucys Wange küßte. »Lucy, meine Liebe, wie nett, dich wiederzusehen«, begrüßte der Mann Lucy mit unbefangener Vertraulichkeit. »Sieht Lucy heute nicht phantastisch aus, Rowena?« fügte er hinzu, wobei er über Rowenas unterdrückten Ärger grinsen mußte. »Und das muß der berühmte David sein.«

»Genau. David, das ist Jeremy Bartlett, der Dombaumeister«, warf Lucy rasch ein und trat einen Schritt von Jeremy zurück. »Rowena, das ist David Middleton-Brown, ein Freund von mir aus London.«

Rowena begutachtete David rasch und gezielt. Aus der Art, wie er Lucy ansah, erriet sie sofort, wie es zwischen den beiden stand. Mit einem inneren Seufzer der Erleichterung strich sie Lucy im Geist von ihrer Liste der Rivalinnen um Jeremys Gunst – zumindest vorläufig.

»Wie hat Ihnen der Gottesdienst gefallen?« wandte sich Jeremy an David.

»Oh, ich fand es … ausgesprochen interessant.« Er blieb auf der Hut; in seinem Beruf mußte David oft ein rasches Urteil über andere fällen – spontane Einschätzungen, die sich in den meisten Fällen als zutreffend erwiesen – und irgend etwas an Jeremy Bartlett kam ihm nicht ganz geheuer vor. »Es scheint, als hätte der neue Dekan schon jetzt großen Eindruck gemacht.«

Jeremy zog amüsiert eine Augenbraue hoch. »Ja, so könnte man es nennen. Er hat bereits einigen Staub aufgewirbelt, würde ich sagen. Stimmt's Rowena?« Er sah sie erwartungsvoll an; jeder in Malbury wußte, daß Rowena die Beauftragung der Londoner Floristen nach ihrem Triumph beim Blumenfest als persönlichen Affront empfand.

Doch Rowena biß nicht auf den Köder an. Ihr Lächeln war nichtssagend, ihre Stimme seidenweich. »Ich weiß nicht, was du meinst. Mr. Latimer scheint alle erforderlichen Eigenschaften zu besitzen, um in seiner neuen Stellung Erfolg zu haben.«

Jeremys Augenbrauen wanderten noch ein Stück weiter nach oben. »Nun ja, ich denke, du mußt dich wohl so äußern. Ohne Zweifel werden die Freunde der Kathedrale sehr eng mit dem Dekan zusammenarbeiten – zumindest, wenn du bekommst, was du willst«, fügte er provokant hinzu, aber obwohl Rowena ihm einen schnellen aufgebrachten Blick zuwarf, geriet ihr liebenswürdiges Lächeln nicht ins Wanken. Jeremy schien drauf und dran zu sein, eine weitere Bemerkung zu machen, änderte dann jedoch sein Vorhaben und wandte sich an Lucy. »Ich finde, dein Vater hat in dem alten Chormantel phantastisch ausgesehen«, sagte er.

»Ja, nicht wahr?« Lucy lächelte.

David hatte keine Lust, sich an Lucys Gespräch mit Jeremy zu beteiligen, und wandte sich deshalb an Rowena. »Lucy hat mir erzählt, daß Sie die Freunde der Kathedrale leiten, Mrs. Hunt.«

Sie neigte mit selbstgefälliger Miene den Kopf. »Ja, das stimmt. Was machen Sie denn beruflich, Mr. Middleton-Brown?«

»Ich bin Anwalt.« Ihre Reaktion auf diese nicht gerade weltbewegende Information erstaunte ihn. Rowena hob abrupt den Kopf, lächelte und legte eine Hand auf seinen Arm.

»Ach, wirklich? Dann sind Sie genau der Mann, den ich gesucht habe, Mr. Middleton-Brown!«

»Sie brauchen juristischen Rat?« tippte er unsicher. »Ich fürchte, jetzt ist weder der Ort noch die Zeit ...«

»O nein, ganz und gar nicht. Es geht um meine Tochter Kirsty.« Rowena sah sich um und senkte die Stimme, als sie auf das junge Mädchen zeigte, das sich langsam durch die Menge einen Weg zu ihnen bahnte. »Da kommt Kirsty gerade. Sehen Sie, Mr. Middleton-Brown, Kirsty studiert Jura in Cambridge. Sie wollte schon immer Anwältin werden. Sie hat nun ihr erstes Jahr abgeschlossen, und jetzt ... jetzt scheint sie ihre Meinung geändert zu haben.« Rowena runzelte die Stirn. »Sie ist auf eine völlig verrückte Idee gekommen – sie bildet sich ein, sie wolle zur Kirche! Sie will sich zur Priesterin weihen lassen, um Gottes willen!«

»Na ja, normalerweise macht man das um Gottes willen«, versuchte David zu scherzen, aber Rowena starrte ihn nur wortlos und verständnislos an, bevor sie weitersprach.

»Ich habe ihr gesagt, daß eine Frau in der Kirche keine Karriere machen kann. Es ist Irrsinn, an so etwas auch nur zu denken! Wenn sie sich so sehr nach einem Priesterkragen sehnt, sollte sie einen heiraten, so wie ich es getan habe!«

»Aber ich verstehe nicht, wie ich Ihnen helfen kann«, wandte David ein.

»Sie könnten mit ihr reden! Erzählen Sie ihr, was für eine tolle Karriere man mit Jura machen kann. Lassen Sie sie von Ihrer Erfahrung und Ihrem Rat profitieren. Sie hat niemanden, mit dem sie vernünftig darüber reden kann, das ist das Problem. Sie ist in Cambridge an die falschen Leute geraten, und die haben sie in diesem Unsinn mit der Priesterweihe nur bestärkt. Und als sie im Sommer hier in Malbury war, sprach sie mit Arthur Brydges-ffrench darüber, und er redete ihr ein, sie müsse ihrem ... ach, ihrem Gefühl von Berufung folgen, wie sie es nennt. Ich nenne es Schwachsinn!« fügte sie heftig hinzu. »Verschwendung eines begabten jungen Menschen!«

David nickte unbestimmt, als das lebhafte junge Mädchen mit den dunklen Locken zu ihnen trat. Er konnte der Mutter des Mädchens kaum sagen, daß seine Sympathien ganz auf Kirstys Seite waren. Als er in ihrem Alter war, hatte seine Mutter jede Andeutung seinerseits, er wolle irgendwo innerhalb der Kirche Karriere machen, mit Spott und Hohn abgetan. Nicht, daß er unbedingt Priester hätte werden wollen; er hatte zwar mit dem Gedanken gespielt, doch nie ein besonderes Gefühl von Berufung für dieses Amt empfunden. Kirchenarchitekt hingegen wäre er gern geworden, dachte er wehmütig mit einem Seitenblick auf Jeremy. Aber statt dessen war er den Weg des geringsten Widerstands gegangen und hatte den Forderungen seiner Mutter nachgegeben ...

»Sehr interessant«, sagte David, als es ihm und Lucy endlich gelungen war, Rowena und Jeremy loszuwerden.

»Was zum Beispiel?«

»Oh, einiges. Übrigens ein ziemlich unangenehmer Zeitgenosse, nicht wahr?«

Lucy nickte. »Der Dekan? Da hast du recht.«

»Eigentlich meinte ich deinen Freund Jeremy.«

Sie drehte sich erstaunt zu ihm um. »Jeremy? Was in aller Welt meinst du?«

»Genau das, was ich gesagt habe. Er ist nicht besonders nett. Hast du nicht gemerkt, wie er ständig versucht hat, Rowena zu provozieren – und zwar mit voller Absicht?«

Lucy schüttelte lachend den Kopf. »Oh, ich bin sicher, das hast du mißverstanden. Es war einfach ein kleines Geplänkel unter Freunden.« Genau das hatte sie befürchtet: David war offensichtlich eifersüchtig auf Jeremy. Doch wenn sie ihm dies vorwarf, würde er nur noch mehr in die Defensive gehen.

»Wie genau sieht ihre Beziehung aus?«

Lucy dachte sorgfältig über die Frage nach. »Sie sind jedenfalls kein Paar. Ich habe sie heute zum erstenmal zusammen gesehen«, sagte sie schließlich. »Ich hatte bislang das Gefühl, daß Jeremy nicht besonders viel für Rowena übrig hat«, fügte sie hinzu.

David hatte gehofft, sein Gefühl von Unsicherheit und Eifersucht nicht preiszugeben, ein Gefühl, das – wie ihm durchaus bewußt war – den negativen Eindruck, den er von Jeremy hatte, zwangsläufig beeinflußte. »Für mich sah es auch so aus, als wäre er an *dir* interessiert, Lucy. Er konnte kaum die Augen von dir lassen.«

Sie versuchte nicht, es zu leugnen; er würde ihr ohnehin nicht glauben. »Na und, was macht das schon? *Ich* bin jedenfalls nicht interessiert an *ihm*«, erklärte Lucy fest und berührte wie zur Bekräftigung Davids Hand. »Zumindest nicht auf die Art, wie du meinst. Er ist ein Freund, mehr nicht – er kann recht amüsant sein, weißt du.«

»Rowena schien die Art, wie er um dich herumscharwenzelt ist, nicht sehr zu gefallen.«

»Ich glaube, sie hat eine Schwäche für Jeremy«, gab sie zu. »Obwohl ich natürlich nichts Genaues weiß.«

»Dann hast du dich vielleicht geirrt in bezug auf sie und diesen Polizeibeamten«, mutmaßte David. »Hast du nicht gesehen, wie er vorbeiging? Sie hat ihn nicht einmal gegrüßt. Und wenn sie etwas miteinander hätten, würde sie doch sicher …«

»Oh, David«, lachte sie. »Du bist wirklich naiv! Ihr Verhalten bestätigt meinen Verdacht doch nur. Ein Tête-à-Tête bei Fortnum's, meilenweit entfernt von Malbury, und hier sprechen sie nicht einmal miteinander … verstehst du nicht? Sie will nicht, daß irgend jemand hier etwas davon weiß!«

»Was will wer nicht, daß jemand weiß?« raunte eine atemlose Stimme in Lucys Ohr, während jemand sie stürmisch umarmte. »Kommen Sie, Lucy, Schätzchen, erzählen Sie's mir! Sie wissen doch, wie sehr Bert und ich ein saftiges Stückchen Klatsch genießen! Ist für uns wie Muttermilch, meine Liebe!« Victor, aufsehenerregend mit einem primelgelben Smoking bekleidet, tauchte zu ihrer Linken auf, während Bert, der ein konventionelleres Outfit gewählt hatte, sich an ihre rechte Seite schob. »Und um beim Thema zu bleiben, Lucy Schätzchen«, fügte er mit einem gurgelnden Lachen hinzu, »wer ist Ihr absolut göttlicher Freund? Sie dürfen ihn nicht ganz für sich selbst behalten – das wäre einfach zu egoistisch, stimmt's, Bert?«

Kapitel 11

Ein Mensch ohne Einsicht erkennt das nicht,
ein Tor kann es nicht verstehen.

Psalm 92,7

Victor und Bert zu entkommen war für Lucy und David noch schwieriger, als zuvor Rowena und Jeremy abzuschütteln. Das Pärchen hatte jede Menge bissiger Kommentare hinsichtlich der anderen Gäste auf Lager, auch wenn der Stil, der dieses Tagesereignis prägte, ihren Beifall fand und sie die gutaussehenden jungen Männer der Konservativen Partei anerkennend begutachteten. Doch schließlich kam Olivia Ashleigh zu Lucys und Davids Rettung herbeigeeilt. »Möchten Sie nicht etwas essen?« fragte sie. »Ihr Vater und die Willoughbys sind da drüben – sie freuen sich bestimmt, wenn Sie ihnen Gesellschaft leisten.« Ohne Victors lautstarken Protest zu beachten, lotste sie Lucy und David zielstrebig zum Büffet.

»Danke«, sagte Lucy. »Ich dachte allmählich schon, wir müßten den Rest des Nachmittags mit den beiden verbringen.«

»Victor und Bert sind in kleinen Dosen ganz amüsant, aber ich konnte sehen, daß Sie langsam genug hatten.«

Olivia reichte jedem von ihnen einen Teller, doch ihr Vorankommen am Büffet wurde von dem rothaarigen Kanonikus Thetford und seiner Frau verhindert, die beide mit leeren Tellern in den Händen dastanden, das Angebot an Speisen anstarrten und leise miteinander sprachen. David erkannte sie sofort aufgrund von Lucys Beschreibung, vor allem, weil der Kanonikus über seinem geistlichen Gewand ein buntes afrikanisches Dashiki trug.

Claire Fairbrother – in dem dunklen indischen Baumwollkleid mit den winzigen Spiegeln, das Lucy von der ersten Begegnung mit ihr kannte – wandte sich mit gerunzelter Stirn an Lucy. »Sie sind doch auch Vegetarierin, nicht?« wollte sie wissen. »Sehen Sie sich das an! So viele Gerichte, aber es ist kaum etwas dabei, das wir essen können. Nur Fleisch! Berge von Fleisch – es ist direkt obszön!«

»Oh, ich bin sicher, es ist auch für uns genug dabei«, versuchte Lucy sie zu beschwichtigen. »Wie wäre es mit dieser Pilzpastete? Und sehen Sie nur all die Käsesorten …«

»Die ganze Sache ist von A bis Z obszön«, verkündete Philip Thetford mit einem fanatischen Glitzern in seinen hellen Augen. »Eine obszöne Verschwendung von Geld und Ressourcen. Es ist absolut unentschuldbar, wenn man an die Hungersnot im Sudan denkt, an die Kinder, die in Rumänien sterben …«

»Und an die Bäume!« fügte seine Frau hinzu, während sie in ihre Tasche langte, um die steife Einladungskarte für die Feierlichkeiten hervorzuholen. »Sehen Sie sich diese Karte an! Wie viele Bäume mußten dafür ihr Leben lassen?«

»Hat die Kathedrale keine bessere Verwendung für ihre Gelder?« Der Kanonikus für Missionsfragen klang herausfordernd. »Es überrascht mich, daß Bischof George ein derartig schamloses Schauspiel hemmungsloser Verschwendung duldet.«

Olivia biß sich auf die Lippe, um sich die Bemerkung zu verkneifen, daß die beiden nicht hätten kommen müssen, wenn sie es so schrecklich fanden, und bemerkte nur: »Falls es das Geld der Kathedrale ist, um das Sie sich Sorgen machen, kann ich Sie beruhigen. Es wurde alles aus privater Tasche bezahlt.«

»Privat? Von wem?« Thetfords Stimme war herrisch und unangenehm. »Ich kann mir nicht vorstellen, daß der Dekan sein eigenes Geld lockergemacht hat.«

»Wenn Sie es unbedingt wissen wollen: Die Feier wird von der Konservativen Partei finanziert. Man betrachtet dies als gesellschaftliches Ereignis für die hiesige Fraktion. Außerdem wurde auf ausdrücklichen Wunsch des Dekans eine sehr großzügige Summe in den Spendenfonds der Kathedrale eingezahlt. Sehen Sie, Kanonikus, man könnte sogar sagen, daß wir an der Feier noch verdienen!« Mit einem beißenden Lächeln ging Olivia mit Lucy und David weiter.

»Also wirklich!« empörte sich Kanonikus Thetford, als er mit seiner Frau allein war. »Ich verstehe nicht, warum das Domkapitel nicht davon unterrichtet worden ist!«

Doch der Weg zum Tisch des Bischofs wurde Lucy, David und Olivia blockiert, als sich Dorothy Unworth, in rötlich schimmernden schwarzen Polyester gekleidet, vor ihnen aufbaute. »Miss Ashleigh!« sagte sie gebieterisch und in beträchtlicher Lautstärke. »Ich wünsche, daß Sie dem Bischof mitteilen, wie überaus unangebracht ich das Benehmen des neuen Dekans finde!«

Olivia beäugte sie vorsichtig. »Was genau meinen Sie, Miss Unworth?«

»Die Art, wie er treue Diener der Kathedrale ignoriert, indem er all diese Dienstleister aus London hierhergeholt hat – ich halte es für eine Schande!« Die untersetzte Frau schien vor Entrüstung anzuschwellen wie ein gereizter Frosch. »Ich arrangiere die Blumen in dieser Kathedrale seit vierzig Jahren, und was das Essen angeht« – sie schnaubte – »meine Würstchen im Schlafrock sind allemal besser als dieser modische Schnickschnack! Er mag jeden anderen hier zum Narren halten, aber eins kann ich Ihnen sagen, bei mir wird er es nicht schaffen! Der Mann ist ein Heuchler! Kein wahrer Geistlicher, kein wahrer Christ würde seine Mitmenschen je so behandeln, wie er es tut.«

Olivia, der es angesichts dieses Ausbruchs die Sprache verschlagen hatte, rang um Worte, die sowohl beschwichtigend als auch diplomatisch waren. Doch Evelyn Marsden, die Miss Unworth' Tirade mit angehört hatte, kam ihr zuvor. Die ehemalige Schuldirektorin trat zu ihnen und nahm Dorothy Unworth fest beim Arm, als wäre sie eine aufsässige Schülerin. »Ich glaube, du bist jetzt nicht ganz fair, Dorothy«, sagte sie. »Du hast dem Mann keine Chance gegeben. Schließlich ist er gerade erst angekommen. Er ist noch jung und muß einiges in puncto Diplomatie lernen. Aber ich bin überzeugt, daß er hervorragende Eigenschaften hat, andernfalls wäre er kaum in dieses Amt gewählt worden.«

Miss Unworth lehnte es jedoch ab, sich versöhnlich stimmen zu lassen. Finster starrte sie Miss Marsden an. »Warum fragst du nicht Kanonikus Brydges-ffrench nach den hervorragenden Eigenschaften des Dekans?« sagte sie und entblößte ihre Zähne in einem boshaften Lächeln. »Ich bin sicher, er hat zu diesem Thema einiges zu sagen.« Sie sah sich um und fügte betont hinzu: »Übrigens, wo ist der Kanonikus eigentlich? Ich sehe ihn nirgends.«

Evelyn Marsden ließ ihren Arm sinken. Ihr Gesicht rötetet sich leicht, und sie wirkte verlegen. »Nun ja, um ehrlich zu sein, er ist nicht hier. Er ... fühlt sich nicht wohl – wieder einmal seine Kopfschmerzen, glaube ich –, der Gottesdienst hat sich ja ziemlich in die Länge gezogen. Er bat mich, ihn bei den anderen zu entschuldigen.«

»Hm.« Miss Unworth schien von dieser Erklärung nicht überzeugt und zeigte auch keine Reue hinsichtlich ihres Wutausbruchs. Sie befingerte ihre emaillierte Anstecknadel der Mothers' Union und fuhr trotzig fort: »Und ich bleibe dabei, der Mann ist ein Heuchler. Und seine Ehefrau ist nicht einmal

Mitglied in der Mothers' Union! Ich habe sie danach gefragt, und sie sagte, sie sei nicht interessiert, unserem Verein beizutreten! Was für ein Beispiel wird sie den Frauen in dieser Diözese geben?«

»Ach, das seid ihr ja, meine Lieben. Setzt euch doch bitte zu uns«, forderte John Kingsley sie auf. »Pat, George, das ist Lucys Freund David Middleton-Brown, der es endlich nach Malbury geschafft hat.«

Teller wurden abgestellt, Hände geschüttelt und die üblichen Begrüßungsfloskeln ausgetauscht.

Pat, die Lucy sehr mochte, hatte befürchtet, dieser Mann könnte sich als genauso unpassend entpuppen wie derjenige, den Lucy vor vielen Jahren geheiratet hatte. Doch sie war ausgesprochen erleichtert, nachdem sie David eingehend betrachtet hatte. Sie sah ein nettes Gesicht, dem die silbernen Schläfen in seinen braunen Haaren einen besonderen Reiz verliehen und das durch sein freundliches Lächeln noch anziehender wirkte. Außerdem war nicht zu übersehen, daß er Lucy anbetete. Für Pat stand damit fest, daß David ihr sehr gut gefiel. Da neben ihr noch ein Platz frei war, winkte sie ihn zu sich.

»Kann ich Ihnen etwas zu trinken besorgen, Mrs. Willoughby?« fragte David. »Ein Glas Wein vielleicht?«

»O nein, ich habe alles, was ich brauche. Und nennen Sie mich bitte Pat, wie es alle tun.«

Bald waren alle in eine angeregte Unterhaltung vertieft; David fügte sich so gut ein, daß innerhalb weniger Minuten ihn niemand mehr als Fremden in Malbury und der Welt der Kathedrale empfand. Das Gespräch drehte sich zwangsläufig um die Ereignisse des Tages.

»Ich fand Ihre Predigt großartig, Herr Bischof«, bemerkte Lucy. »Vergebung und Nächstenliebe sind genau das, was Malbury im Moment braucht – obwohl ich fürchte, daß sich die Gäste aus London gefragt haben, was Sie damit meinen.«

Der Bischof lächelte trocken. »Ich denke, der Brief an die Kolosser 3,12–14 ist nicht unbedingt die Art Text, die üblicherweise für die Predigt bei einer Amtseinsetzung verwendet wird. ›So zieht nun an, als die Auserwählten Gottes, Heiligen und Geliebten, herzliches Erbarmen, Freundlichkeit, Demut, Sanftmut, Geduld, und vertrage einer den anderen, und vergebt euch untereinander, so jemand Klage hat wider den Anderen, gleichwie Christus euch vergeben hat, also auch ihr. Über alles aber ziehet an die Liebe, die da ist das Band der Vollkommenheit.‹ Aber irgendwie scheint es mir zu der Situation zu passen.«

»Vergebung ist gut und schön, mein Lieber, aber unter diesen besonderen Umständen …«, setzte Pat scharf an, wurde aber von Olivia taktvoll unterbrochen.

»Was genau bedeutet ›herzliches Erbarmen‹ eigentlich? Das scheint mit eine etwas seltsame Redewendung, wenn ich das so sagen darf.«

Das tiefe Lachen des Bischofs kam von Herzen. »Eine Schrulle der ersten Bibelübersetzung aus dem Jahre 1611. In der neuen Einheitsübersetzung heißt es ›aufrichtiges Erbarmen‹, was die Sache vielleicht besser trifft.«

»Es war wirklich eine schöne Predigt«, echote John Kingsley. »Genau das Richtige, George.«

Pat ließ sich jedoch nicht zum Schweigen bringen. »Aber verstehst du denn nicht, daß Liebe und Vergebung auf Gegenseitigkeit beruhen müssen? Wir müssen natürlich bereit sein, nach dem Grundsatz ›im Zweifel für den Angeklagten‹ zu handeln, doch das ist nicht leicht, wenn er so anfängt.«

»Was meinen Sie?« fragte David.

»Nun, zum einen ist einem nicht wohl wegen der Art, wie man Arthur Brydges-ffrench behandelt hat. Doch ganz abgesehen davon, ist da noch diese … diese Party. Es wäre durchaus in Ordnung, eine solche Feier in London zu veranstalten, aber Malbury ist nicht London, es paßt nicht hierher.« Sie zögerte und runzelte die Stirn. »Und dann die Behandlung der Ehefrauen unserer Geistlichen. Sie wissen ja, daß man sie ins südliche Querschiff abgeschoben hat, von wo aus man wegen des Gerüsts überhaupt nichts sehen konnte. Das ist ein Skandal!«

David witterte eine Chance, das Thema zu wechseln. »Ich hatte noch keine Gelegenheit, mir die Kathedrale näher anzuschauen, aber das Gerüst ist mir aufgefallen«, sagte er. »Wozu ist es da?«

»Ja«, warf Lucy ein. »Als ich letztes Mal hier war, stand es noch nicht dort.«

»Es wurden dringende Reparaturen am Becket-Fenster nötig«, erklärte der Bischof. »Vor mehreren Wochen traten laut Jeremy Bartlett einige Probleme zutage, Mängel im Steinwerk, wie es heißt. Und da das Fenster unsere größte Kostbarkeit ist, durften wir keine Zeit mit den erforderlichen Reparaturarbeiten verlieren. Die Freunde der Kathedrale helfen bei der Finanzierung mit, soweit ich weiß.«

»Ein Jammer, daß ich das Becket-Fenster bei meinem ersten Besuch in Malbury nicht sehen kann«, sagte David. »Ich habe schon so viel darüber gelesen.«

»Es wird ja nicht Ihr letzter Besuch sein, oder?« Pat, die sich inzwischen ein bißchen beruhigt hatte, lächelte ihn an.

»Nein, natürlich nicht.«

»Ehrlich gesagt«, fuhr Pat fort, »würde ich euch zwei gern überreden, bald wiederzukommen – vielleicht schon am nächsten Wochenende. Ich habe daran gedacht, eine kleine Dinnerparty zu geben, und wir würden uns sehr freuen, Sie und Lucy dabeizuhaben.«

David zögerte einen Moment, da er mit Bedauern an die getrennten Zimmer mit den schmalen Betten denken mußte. »Ja, gern«, sagte er schließlich. »Das klingt sehr nett. Dann werde ich auch Gelegenheit haben, Lucys Vater besser kennenzulernen. Das heißt«, fügte er hinzu, »wenn es dir recht ist, Lucy.« Er sah Lucy fragend an, und sie nahm mit einem zustimmenden Nicken seine Hand.

Im Laufe des Nachmittags löste sich die Menge in immer kleinere Grüppchen auf, denn jeder ging dazu über, sich zu seinesgleichen zu gesellen. Kirsty Hunt war auf die Aufforderung ihrer Mutter – die Jeremy für sich haben wollte – sich nach ein paar jungen Leuten umzuschauen, losgeworden und auf den Amerikaner Todd Randall gestoßen. Gemeinsam hatten sie dann ihren Weg zu dem Ecktisch gefunden, an dem die Glockenläuter der Kathedrale sich niedergelassen hatten. Die Glockenläuter waren hauptsächlich junge Leute. Sie waren bester Laune und wurden immer übermütiger, je mehr Dosen von Watkins Ploughman's Bitter sie leerten.

Sie hielten sich stets ein wenig abseits und verschmolzen sehr selten mit dem Rest der Kathedralengemeinschaft, aber heute stachen sie mit ihren lässigen Jeans, die einen scharfen Kontrast zu der eleganten Kleidung der anderen Gäste bildeten, noch mehr heraus als sonst. An und für sich waren sie jedoch freundliche und aufgeschlossene Menschen; und als der neue Dekan am Spätnachmittag an ihren Tisch kam, begrüßten sie ihn mit lautem Hallo.

Wortführer dieser kleinen Gruppe war gewöhnlich Inspector Michael Drewitt. Er war jedoch bereits wieder nach Hause zu seiner Frau gegangen, der man zu verstehen gegeben hatte, daß sich die Einladung zur Feier nicht auf sie bezog. Daher fungierte nun Barry Crabtree, der Leiter der Glockenläuter, als Wortführer. Er war ein junger Mann, groß und dünn, mit schulterlangem karamellfarbenem Haar, an seiner Seite saß seine Frau Liz mit ihrem Baby Caroline, das für diesen Anlaß in ein spitzenbesetztes rosa Kleidchen mit passendem Häubchen gesteckt worden war. Auf der anderen Seite von Barry saß sein bester Freund und ständiger Begleiter Neil Beddoes, der mit ihm bei Watkins Brauerei arbeitete. Neil, der durch sein zahnlückiges Grinsen und seine große Nase auffiel, war aufgeschlossen und gesprächig, während Barry eher wortkarg war. Doch wenn er etwas sagte, nahm man ihn auch zur Kenntnis.

Es war Barry, der zuerst sprach, als Stuart Latimer sich ihrem Tisch näherte. »Hallo«, sagte er. »Nette Party. Schätze, wir müssen uns bei Ihnen bedanken.«

Da alle sitzenblieben, war es dem Dekan möglich, sie von oben herab zu betrachten. »Ja.« Sein Blick blieb absichtlich an ihrer saloppen Kleidung hängen; er war sich ganz und gar nicht sicher, ob diese Leute ein Recht hatten, hier zu sein, da es keiner von ihnen für nötig gehalten hatte, sich in der Empfangsreihe aufzustellen. Außerdem hatte er keine Ahnung, wer die jungen Leute waren. »Die meisten Gäste scheinen sich mit der Kleidung mehr Mühe gemacht zu haben als Sie.«

»Tja, Sie wollten Glockengeläut für den Gottesdienst«, sagte Neil mit einem Grinsen, ohne sich aus der Ruhe bringen zu lassen. »Wenn Sie jemals in einem Glockenturm gewesen wären, wüßten Sie, daß man da keine schicken Klamotten trägt.«

»Ach, Sie sind also die Glockenläuter.« Die Stimme des Dekans wurde eine Spur wärmer.

»Stimmt.« Barry stellte sich und die anderen namentlich vor. »Setzen Sie sich doch, Herr Dekan«, forderte er ihn auf und deutete auf einen freien Stuhl.

»Nein, danke.«

»Wie wär's mit einem Bier?« fragte Neil und bot dem Dekan eine Dose an.

Der Dekan erstarrte. »Bier?« fragte er eisig. »Auf dieser Party sollte ausdrücklich kein Bier ausgeschenkt werden.«

»Tja, deshalb haben wir unser eigenes mitgebracht«,

erklärte Neil. »Watkins Ploughman's Bitter, das Beste, was es gibt. Und wir sollten es wissen, nicht wahr, Barry? Kommen Sie, Herr Dekan, nehmen Sie eins.«

Einen langen Moment herrschte ein bedrückendes Schweigen. Der Dekan starrte zuerst das Bier an, dann die unbefangenen freundlichen Mienen der Glockenläuter. Er krampfte die Hände zusammen; seine Knöchel traten weiß hervor. »Es ist ein Affront gegen mich, Ihr Bier mitzubringen«, sagte er schließlich mit unterdrückter Wut. »Es ist ein Skandal, ein Ärgernis und eine Schande für die Kathedrale. *Sie* sind eine Schande für die Kathedrale! Sie alle!«

Als er sich zum Gehen wandte, rief Barry ihn zurück. »Einen Moment, Mr. Latimer.« Seine Stimme war leise, enthielt jedoch genug Autorität, um den Dekan zum Stehenbleiben zu bewegen.

»Ja?«

Barry wählte seine Worte sorgfältig. »Wenn Sie finden, daß wir eine Schande sind, Herr Dekan, dann schlage ich vor, daß Sie sich mal anschauen, was in der Kathedrale läuft. Wenn es einen Skandal oder eine Schande geben sollte, dann dort, aber nicht bei uns im Glockenturm.«

»Was meinen Sie damit?« wollte der Dekan wissen.

Der junge Mann verschränkte würdevoll die Arme vor der Brust. »Ich sage nichts mehr. Doch wenn Sie wissen, was gut für Sie ist, dann finden Sie besser raus, wovon ich spreche.«

Stuart Latimer starrte ihn entgeistert an.

Kapitel 12

Schmieden sie auch böse und listige Pläne,
richten sie doch nichts aus gegen dich.
Psalm 21,12

Am folgenden Tag, einem Sonntag, hielt Dekan Stuart Latimer seinen ersten Gottesdienst in Malbury Cathedral. Die Zahl der Anwesenden bei der morgendlichen Messe und der Heiligen Kommunion reichte zwar nicht annähernd an die vom Vortag heran, aber da heute der Erzengel Michael gefeiert wurde, war die Kathedrale recht gut besucht.

Für diesen Gottesdienst gab es keine reservierten Sitzplätze, doch David und Lucy kamen früh genug, um sich Plätze im Chorraum zu sichern, wo sie eine ausgezeichnete Sicht auf das Geschehen hatten. Die Domherren hatten an diesem Festtag ihre Plätze im Chorgestühl eingenommen, und der Bischof thronte auf der Kathedra.

Auch der Chor war vollzählig vertreten. Um den Festtag zu ehren und gleichzeitig zu versuchen, ihr neues Oberhaupt mit ihrem Können und ihrem Einsatz zu beeindrucken, hatte der Organist bei der Auswahl des Chorals übertrieben Ehrgeiz bewiesen: *Faire is the Heaven* von William Harris. Das Stück erforderte einen Doppelchor und perfekte Übereinstimmung; ersteres konnte gerade noch bewältigt werden, aber die zweite Erfordernis überstieg die Möglichkeiten des Chors. Auf jeden Fall war es ein löblicher Versuch, fand David. Es war ein Lieblingsstück von ihm, deshalb lauschte er aufmerksam.

Ivor Jones' Können auf der Orgel war begrenzt, doch er

nahm seine Rolle als Chorleiter ernst und schien sich als Teil – wenn auch als kleinen Teil – der großen bestehenden Choraltradition der anglikanischen Kirche zu betrachten. An diesem Morgen spielte der Musikstudent die Orgel, daher konzentrierte sich der Organist mit Leib und Seele auf seine Aufgabe als Dirigent. Seine schmächtige Gestalt schien vor Inbrunst anzuschwellen, als er den Stimmen der Jungen alles, was sie zu geben vermochten, entlockte; er atmete schwer, schnitt Grimassen, zitterte, schüttelte die Faust, hauchte ihnen sogar den Text zu, und die Chorknaben lohnten es ihm mit einer groben Annäherung an den idealen anglikanischen Klang, rein und leicht gepreßt.

Als die Vorführung ihren Höhepunkt erreichte, nahm David aus dem Augenwinkel eine abrupte Bewegung des Dekans wahr. David drehte sich ein wenig um und sah den Dekan verstohlen an: der Mann saß leicht vorgebeugt und starrte den Organisten unverwandt an, die Stirn gerunzelt, die Lippen zusammengepreßt. Was, fragte sich David, hatte der Dekan gesehen, das eine solche Reaktion hervorrufen konnte?

Als Lucy und David an diesem Abend nach London zurückfuhren, hatten sie viel Gesprächsstoff. Die Hügel Südshropshires, hoch aufragend und hier und da von Schafen bevölkert, zogen an ihnen vorbei, während sich die Sonne langsam dem Horizont näherte und die Schatten sich geheimnisvoll in den Senken zwischen den Hügeln sammelten. Lucy und David ließen die Ereignisse des Wochenendes noch einmal Revue passieren. Immerhin war es die erste Gelegenheit für sie, ungestört miteinander zu reden.

In Anbetracht seiner Unsicherheit war es nicht überraschend, daß David sich in Gedanken hauptsächlich mit Jeremy beschäftigte. Er war in der vergangenen Nacht plötzlich aufgewacht, weil er an Jeremy denken mußte. Irgend etwas an dem

Mann gefiel David nicht, und er war fest überzeugt, daß es für seine Abneigung gegen Jeremy einen anderen Grund gab als die Anziehungskraft, die Lucy unverkennbar auf den Architekten ausübte. Obwohl er nichts Konkretes in des Hand hatte, neigte David dazu, seinem Instinkt zu vertrauen. »Ich nehme an, er ist ein guter Architekt«, sagte er fast wehmütig.

»O ja, ich denke schon«, bestätigte Lucy. »Auf jeden Fall weiß er sehr viel über die Kathedrale. Er hat mir alles über das Bauwerk und seine Geschichte erzählt.«

»Warum sollte ein guter Architekt in einem Nest wie Malbury zufrieden sein?« Vielleicht, dachte David, gab es irgend etwas in seiner Vergangenheit – fragwürdige Geschäfte, aus denen er sich herauswinden wollte, indem er die Stelle bei der Kathedrale angenommen hatte.

Lucy dachte an ihren ersten Abend mit Jeremy zurück. »Er sagte, nach dem Tod seiner Frau – sie starb wohl sehr jung an Krebs – habe er keine Lust mehr auf den Streß und die Hektik in London gehabt.«

»Oh.« Leider klang das durchaus überzeugend. David nagte an seiner Unterlippe. Die Augen auf die Straße gerichtet, fragte er schließlich: »Hältst du ihn für attraktiv?«

Sie lachte. »Ich denke schon. Sein Bart ist nicht schlecht, finde ich – gibt ihm das bestimmte Etwas.«

David zuckte sichtlich zusammen. »Meinst du, ich sollte mir auch einen Bart wachsen lassen?« fragte er verlegen.

Lucy wandte sich zu ihm um und begutachtete ihn beifällig im rötlichen Licht der untergehenden Sonne. »Nein, ich glaube nicht«, lautete ihr Urteil. »Ich glaube, ein Bart würde dir nicht stehen, David.« Sie drückte leicht seinen Arm und fügte hinzu: »Ich liebe dich genau so, wie du bist.«

Ihm entschlüpfte ein dankbarer Seufzer, als er sich kurz zu ihr umwandte und sie anlächelte.

»Und was ist mit Rowena?« fragte sie scherzhaft, um ihn

von seinen Selbstzweifeln abzulenken. »Du schienst ganz gut mit ihr auszukommen. Ich habe den Eindruck, du gefällst ihr.«

»Ach, das glaube ich nicht.« Die Vorstellung schien ihn eher zu beunruhigen als zu freuen. »Aber ich bin immer noch nicht überzeugt, daß du recht hast, was sie und diesen Mann von der Polizei betrifft. Sie kam mir sehr aufrichtig vor, sehr …«

Lucy lächelte ihn an; das und die Zärtlichkeit in ihrer Stimme nahmen ihren Worten, die verletzend hätten wirken können, den Stachel. »Oh, David, mein Liebling. Du verstehst wirklich nicht viel von Frauen, stimmt's?«

Wieder seufzte er. »Ncin, wahrscheinlich nicht.« Aber er klang eher resigniert als trotzig.

David und Lucy kamen schließlich auch auf die anderen Mitglieder der Kathedralengemeinschaft zu sprechen. »Was für einen Eindruck hat Kanonikus Brydges-ffrench auf dich gemacht?« wollte Lucy wissen.

»Ich hatte kaum Gelegenheit, mir ein Bild zu machen«, bedauerte David. »Auf der Gartenparty war er ja nicht; ich habe ihn nur heute morgen kurz nach dem Gottesdienst gesehen. Aber er wirkte auf mich … ach, ich weiß nicht. Eine tragische Gestalt – hilflos, als wäre ihm der Boden unter den Füßen entzogen worden. Er tut mir aufrichtig leid.«

»Und der neue Dekan? Was hältst du von ihm?«

»Nicht viel«, lautete Davids knappe Antwort. »Ein unangenehmer Mensch durch und durch – er ist seinem schlechten Ruf voll und ganz gerecht geworden.«

Lucy schwieg eine Weile und wickelte geistesabwesend eine Locke um ihren Finger. »Bei dieser Ernennung wird nichts Gutes herauskommen, weißt du«, sagte sie schließlich ruhig. »Ich spüre es in meinen Knochen. Der neue Dekan war eine schlechte Wahl; die neue Lage in Malbury wird Tränen nach sich ziehen.«

Davids Erwiderung war ähnlich düster. »Wenn es nicht sogar schlimmer kommt. Bei der Art, in der sich der Dekan Feinde macht, kann er von Glück reden, wenn es früher oder später mit ihm kein böses Ende nimmt.«

»Das ist nicht komisch.« Lucy runzelte die Stirn.

»Das sollte es auch nicht sein.« Die knappe Erwiderung, die in ernstem Tonfall ausgesprochen wurde, brachte die Unterhaltung kurzfristig zum Erliegen.

»Sogar Pat Willoughby – und sie ist der toleranteste Mensch, den ich kenne –, sogar sie ist wütend auf den Dekan und hält seine Ernennung für einen schrecklichen Mißgriff.«

David lächelte unvermittelt und schlug bewußt einen heiteren Ton an. »Pat ist einmalig, nicht wahr? Sie hat mir wirklich gefallen, ebenso wie der Bischof.«

»Bischof George ist ein Schatz, und Pat ist phantastisch. Alle vergöttern Pat. Ich hätte dir vielleicht erzählen müssen, daß sie einfach großartig war, als … als meine Mutter starb. Ich weiß nicht, was aus uns geworden wäre, wenn sie sich nicht um alles gekümmert hätte. Sie und meine Mutter sind gute Freundinnen gewesen.«

»Das wußte ich nicht.« David klang betroffen. Lucy hatte ihre tote Mutter fast nie erwähnt; eigentlich sprach sie überhaupt selten über sich selbst und ihre Familie, doch nun hatte David das Gefühl, sich allmählich ein besseres Bild von ihrem früheren Leben machen zu können. Er liebte sie so grenzenlos, daß er alles wissen wollte, was es über sie zu wissen gab – soviel ein Mensch überhaupt über einen anderen wissen kann. Es interessierte ihn, ob sie ein Wildfang gewesen war, der mit den zwei älteren Brüdern durch die Hügel Shropshires getollt war, oder ob sie statt dessen lieber zu Hause gesessen war, um es sich in einer Ecke mit einem Buch gemütlich zu machen oder mit ihren Puppen zu spielen. Er fragte sich, ob sie Haustiere besessen hatte, und wenn ja, welche Namen diese gehabt hatten. Er wollte wissen, ob sie ein Tagebuch geführt hatte, wer ihre Freundinnen gewesen waren, ob sie einen Spitznamen gehabt hatte, ob sie sich als hübsch oder mittelmäßig betrachtet hatte. »Ich freue mich auf das nächste Wochenende in Malbury«, sagte er impulsiv. »Es wird schön sein, mehr Zeit mit deinem Vater zu verbringen und mit Pat – sie können mir erzählen, wie du als Kind warst und was du alles angestellt hast, als du jünger warst.«

»Keine sehr aufregende Geschichte, fürchte ich.« Sie lächelte. »Aber ich bin wirklich froh, daß es dir nichts ausmacht, noch einmal hinzufahren. Ich hatte schon befürchtet, daß du nach diesem Wochenende für eine Weile genug von Malbury haben würdest.«

David schüttelte den Kopf. »Obwohl ich über die getrennten Schlafzimmer natürlich nicht gerade entzückt bin«, gestand er. Lucy hielt den Atem an und hoffte, er würde nicht wieder das Thema Heirat zur Sprache bringen. Dieses eine Mal unterließ er es; statt dessen fügte er mit einem verhaltenen Lächeln hinzu: »Und um die Wahrheit zu sagen, es würde mir nichts ausmachen, wenn Jeremy Bartlett plötzlich an irgendeinen entlegenen Winkel der Welt abberufen würde. Irgendwie strahlt der Ort eine morbide Faszination aus. Ganz ehrlich, Lucy – ich mag den Ort nicht besonders, trotzdem fasziniert er mich.«

»Warum gefällt er dir nicht?« fragte sie vorsichtig. »Ich hätte gedacht, diese Kirchenplatzatmosphäre wäre genau dein Fall.«

Er dachte einen Moment nach. »Du hast gesagt, es sei dort wie in einem Goldfischglas«, sagte er langsam. »Aber es ist beklemmender – in einem Goldfischglas siehst du immerhin, was vorgeht, und alles ist ziemlich gradlinig, auch wenn jeder über deine Angelegenheit Bescheid weiß. Malbury hingegen ist eher wie ein trüber Teich, in dem alle möglichen unschönen

Dinge unter der Oberfläche brodeln – dort, wo niemand sie sehen kann. Es ist kein guter Ort, Lucy, und nichts ist dort so, wie es zu sein scheint. Doch das wird mich nicht abhalten, noch einmal hinzufahren …«

Kapitel 13

Ich schlage sie nieder;
sie können sich nicht mehr erheben,
sie fallen und liegen unter meinen Füßen.
Du hast mich zum Kampf mit Kraft umgürtet,
hast alle in die Knie gezwungen,
die sich gegen mich erhoben.

Psalm 18,39–40

Obwohl Stuart Latimer bereits Samstag nachmittag sein neues Amt angetreten und Sonntag morgen den Gottesdienst gehalten hatte, empfand er erst Montag morgen – als er bei der ersten Versammlung des Domkapitels unter seiner Leitung am Kopfende des Tisches Platz nahm – das befriedigende Gefühl, sein Ziel erreicht zu haben. Er betrachtete die vier anderen Männer, die rund um den Tisch saßen, und kostete das Gefühl von Macht aus. All seine bisherigen Tätigkeiten – vor und während seiner Amtszeit als Gemeindepfarrer in Fulham – hatten ihn auf diesen Augenblick vorbereitet, das wußte er. Und das war natürlich noch lange nicht das Ende seiner Karriere. Dies hier war erst der Anfang, das erste größere Sprungbrett. Mit fünfzig, vielleicht sogar mit Mitte Vierzig, würde Stuart Latimer die Bischofsmitra tragen, davon war er überzeugt. Und zwar nicht die Mitra eines untergeordneten Suffraganbischofs – nein, er würde Bischof einer bedeutenden Diözese werden, mit einem Sitz im Oberhaus; und danach – wer weiß? Der derzeitige Erzbischof von Canterbury war älter als er und würde lange vor ihm das Pensionsalter erreichen, das war für Latimer ein reizvoller Gedanke. An diesem Montag morgen Ende September war er der festen Überzeugung, daß die Zukunft ihm gehörte.

Hier fängt alles an, sagte er sich befriedigt und freudig erregt. Seine anfänglichen Querschüsse – zum Beispiel der Umstand, daß er sich in die Vorbereitungen für die Zeremonie der Amtseinsetzung und die Gartenparty eingemischt hatte – waren nicht mehr als ein Vorgeschmack auf den Kampf gewesen, der jetzt beginnen sollte. Er verstand sie als Kanonenschüsse, die vor den Bug gefeuert wurden, um seine Absichten zu signalisieren.

Er verharrte einen Moment in Schweigen, um den Augenblick zu genießen. Er betrachtete seine Hände, die gefaltet auf der Tischplatte vor ihm lagen: kleine Hände mit präzise geschnittenen, sauberen Nägeln und mit dichtem dunklem Haar. Nach einem kurzen Augenblick hob er den Kopf und sah die vier Männer, die seinen Blick erwiderten, unbewegt an, vier Männer, deren Mienen unterschiedliche Grade an Empörung, Nervosität und sogar Furcht verrieten.

Der Subdekan Kanonikus Brydges-ffrench war in Latimers Augen natürlich der schlimmste von allen. Wie dieser Mann je auf den Gedanken kommen konnte, er habe eine Chance, Dekan zu werden, überstieg Stuart Latimers Vorstellungsvermögen. Er hielt ihn für einen Menschen ohne Weitblick, ohne neue Ideen, ohne Initiative, der nur das Verlangen hatte, alles so zu erhalten, wie es war, die Vergangenheit in einen Schrein zu stellen und somit eine gleichförmige Zukunft zu garantieren. Latimer betrachtete den Subdekan durch und durch als Schwächling, der auch jetzt förmlich vor Entsetzen zitterte wegen der Dinge, die geschehen waren und noch geschehen würden. Stuart Latimer verabscheute Schwäche, und folglich verabscheute er Kanonikus Arthur Brydges-ffrench.

Philip Thetford, der Kanonikus für Missionsfragen mit den

farblosen Augenbrauen und dem dünnen rötlichen Haar, war eine Null und völlig bedeutungslos, befand der Dekan. Unentwegt damit beschäftigt, über die Dritte Welt zu lamentieren, über das Elend und die Not, die auf der Erde herrschten, ohne zu bemerken, was hier in der Kathedrale – direkt vor seiner Nase – vor sich ging. Stuart Latimer hatte ihn gleich bei seinem ersten Besuch in Malbury richtig eingeschätzt, noch vor seiner offiziellen Ernennung. Es war dem Dekan nicht schwergefallen, Thetford für seine Sache zu gewinnen, dafür zu sorgen, daß er auf seine Unterstützung zählen konnte, wenn die Mitglieder des Domkapitels vom Sekretär des Premierministers gefragt würden, welchen Eindruck sie von Stuart Latimer hatten. Es waren lediglich ein paar Andeutungen über zukünftige Pläne nötig gewesen: Neue Arrangements für die Verköstigung der Kathedralengemeinschaft könnten das Refektorium überflüssig machen, hatte Stuart Latimer durchblicken lassen, so daß es durchaus möglich wäre, dieses Gebäude zwecks kostengünstiger Unterkünfte umzubauen. Kanonikus Thetford hatte sich förmlich auf diese Anregung gestürzt und einen Sermon über die Probleme der Obdachlosen im ländlichen Shropshire von sich gegeben. Ein weiterer Köder hatte den Handel schließlich perfekt gemacht: Zehn Prozent des Einkommens der Kathedrale sollten für Missionen im Ausland bereitgestellt werden. Damit, dachte der Dekan jetzt verächtlich bei sich, schied Kanonikus Thetford als ernsthafte Bedrohung für seine Macht aus.

Kantor Rupert Greenwood war nach Latimers Ansicht gleichermaßen ungefährlich. Mit seiner goldblonden Jungenhaftigkeit konnte er beinahe selbst als Chorknabe durchgehen. Außerdem lebte er so sehr für seine Musik, daß die Kathedrale vor seinen Augen niederbrennen könnte und er dies erst bemerken würde, wenn das Prasseln der Flammen die Orgel übertönte. Auch er war mit einem vagen Versprechen hinsichtlich einer neuen Orgel und einer eventuellen Neugründung der Chorschule leicht zu überzeugen gewesen. »Stuart Latimer? O ja, er ist ein sehr zukunftsorientierter Mann. Genau das, was die Kathedrale braucht.« Etwas in der Art dürfte Kanonikus Greenwood auf die Anfrage aus dem Büro des Premierministers dann geantwortet haben.

Etwas schwieriger war es gewesen, John Kingsley einzuschätzen, das neueste Mitglied des Domkapitels. Er war gerade erst eingetroffen, als Stuart Latimer seinen ersten Besuch machte, und hatte abgesehen von der relativ unbedeutenden Bibliothek kein augenfälliges persönliches Interesse an irgendeinem bestimmten Bereich der Kathedrale. Daher hatte Stuart Latimer ihn mit keinen Versprechungen locken können, wenn man von denen absah, die ganz allgemein eine gesicherte Zukunft der Kathedrale gewährleisten sollten. Er hatte gespürt, daß Kanonikus Kingsley nicht beeindruckt gewesen war, hatte ihn aber als machtlos und unbedeutend abgetan, was sein Wirkungsfeld anging. Er war zwar ein Freund des Bischofs, doch der Bischof war selbst machtlos in bezug auf die Verwaltung der Kathedrale. Sein Bereich war die *Diözese*; doch in der *Gemeinde* würde ihm der Dekan überlegen sein. Daher war John Kingsley es nicht wert, als Gegner eingestuft zu werden. Vermutlich besaß er in seinem Alter sowieso keinen persönlichen Ehrgeiz mehr. Stuart Latimer ahnte jedoch nicht, wieviel Charakterstärke und Intelligenz sich hinter John Kingsleys sanftem Wesen verbargen; falls er diese Sanftmut überhaupt bemerkte, legte er sie wohl fälschlicherweise als Schwäche aus.

Als die Spannung am Tisch ihren Höhepunkt erreicht hatte, lächelte der Dekan kühl. »Gentlemen«, sagte er, »es ist nach zehn. Zeit für uns zu beginnen.« Damit zu beginnen, wie es weitergehen soll, fügte er innerlich hinzu. Jetzt ist es soweit.

»Seit meine Ernennung feststand«, sagte Stuart Latimer, »habe ich versucht, mich mit den Angelegenheiten der Kathedrale vertraut zu machen. Obwohl mir viele Informationen zur Verfügung gestellt wurden, habe ich bislang keine umfassende Einsicht in alle Unterlagen, Bücher oder Abrechnungen erhalten – verständlicherweise.« Er blickte in die Runde: Kanonikus Brydges-ffrench hielt den Kopf abgewandt, als wollte er seinem Blick ausweichen. »Ich werde in der nächsten Zeit von Ihnen allen sehr viel Hilfe brauchen, um die Dinge in den Griff zu bekommen.« Er schlug mit der offenen Handfläche auf den Tisch, und Kanonikus Brydges-ffrench schrak zusammen. »Ich erwarte Ihre Kooperation!«

John Kingsley sprach als erster. »Selbstverständlich«, sagte er. »Sagen Sie uns nur, wie wir Ihnen helfen können, Herr Dekan. Den Dekan zu unterstützen ist Aufgabe des Kapitels.«

Falls irgend jemand nun ein freundliches »Bitte nennen Sie mich Stuart – wir sitzen alle in einem Boot« erwartet hatte, wurde er enttäuscht. Der Dekan neigte lediglich zustimmend den Kopf und stürzte sich in seine Agenda.

»Nach allem, was ich gesehen habe«, sagte er, »ist Malbury Cathedral seit einer ganzen Reihe von Jahren kläglich daran gescheitert, mit der Zeit zu gehen. Die Verwaltungsweise dieser Kathedrale scheint aus den Dreißigern zu stammen, wenn nicht gar aus dem neunzehnten Jahrhundert!« Das kam einem direkten Angriff gleich, und zwar nicht nur auf seinen verstorbenen Vorgänger, sondern auch auf einen der Männer an diesem Tisch; alle wußten das und vermieden es daher, zu Arthur Brydges-ffrench zu sehen, als dieser in dem Ärmel seiner Soutane nach seinem Taschentuch tastete und seine hohe Stirn damit abtupfte.

Das Schweigen, das der Aussage des Dekans folgte, wurde unerwartet von der Stimme des Subdekans gebrochen. »Was ist so schlecht daran?« fragte er kampflustig. »Wir sind bis jetzt ganz gut zurechtgekommen ...«

Stuart Latimer wandte sich an Brydges-ffrench, die Brauen finster zusammengezogen. »Was schlecht daran ist?« Seine Stimme war voller Verachtung. »Kanonikus, wir leben in den Neunzigern, nicht in den Dreißigern. Es darf mit Fug und Recht vorausgesetzt werden, daß hinter meiner Ernennung der Wunsch steht, Malbury Cathedral erfolgreich ins einundzwanzigste Jahrhundert zu fahren – statt dessen stoße ich hier auf Widerstand, das neunzehnte Jahrhundert zu verlassen! Ich muß sagen, Kanonikus Brydges-ffrench, ich finde Ihre Einstellung unglaublich! Ich habe erwartet, daß Sie hinderlich und schwierig sein würden, doch eine derartig perverse Dummheit habe ich nicht erwartet!«

Die Augen des Subdekans füllten sich mit Tränen, er umklammerte krampfhaft sein Taschentuch, brachte aber kein Wort heraus. Rupert Greenwood wandte den Blick ab, und Philip Thetford starrte auf den Tisch, John Kingsley jedoch hielt den Blick des Dekans stand. »Das war wirklich nicht nötig«, sagte er ruhig.

Der Dekan ignorierte ihn; seine Stimme klang wieder nüchtern und sachlich. »Können wir weitermachen? Wir haben einiges zu klären, und ich wäre gern bis zum Lunch fertig. Punkt 1: das Refektorium.« Dieser direkte Zusammenhang war weder beabsichtigt noch witzig gemeint. »Ich bin sicher, Sie stimmen alle mit mir überein, daß die Qualität der Speisen, die derzeit dort angeboten werden, miserabel ist. Mit Sicherheit nicht der Standard, der heutzutage von einer der großen Kathedralen erwartet werden kann. Würstchen im Schlafrock und trockene Sandwiches – so geht es einfach nicht.« Er machte eine Pause und zog seine Notizen zu Rate. »Ich habe bezüglich dieses Themas ein unverbindliches Gespräch mit Mrs. Hunt von den Freunden der Kathedrale geführt. Sie hat einige Vorschläge zur Verbesserung in puncto Service gemacht. Ich bin noch nicht bereit, alles im Detail mit Ihnen zu diskutieren, ich möchte aber unmißverständlich darauf hinweisen, daß so bald als möglich größere Veränderungen stattfinden werden. Mrs. Hunt«, fügte er hinzu und blickte auf, »war eine große Hilfe. Ich freue mich darauf, mit ihr zusammenzuarbeiten – sie ist offensichtlich sehr tüchtig und kompetent sowie von großem Wert für diese Kathedrale.«

»Soll das heißen, das Refektorium wird an einen anderen Ort verlegt?« fragte Philip Thetford, wobei er sich bemühte, den Eifer in seiner Stimme zu unterdrücken. Kanonikus Brydges-ffrench warf Thetford einen erstaunten Blick zu, während der Dekan völlig ungerührt blieb.

»Dazu wird es irgendwann mit Sicherheit kommen, aber ich bin im Moment nicht gewillt, mich näher zu meinen Plänen für neue Gebäude zu äußern«, erwiderte er unbestimmt und fügte mit perverser Genugtuung hinzu: »Ich kann Ihnen jedoch jetzt schon sagen, daß ich beabsichtige, das Refektorium als Büroraum zu vermieten.«

»Büros?« Kanonikus Thetfords farblose Augenbrauen schossen bis zu dem Ansatz seines rötlichen Haars. »Man hat mir zu verstehen gegeben … das heißt …« Er kam ins Stocken und war ausnahmsweise um Worte verlegen.

»Sie denken an meinen Vorschlag, dort billige Unterkünfte zu schaffen?« warf der Dekan ein, wobei er sich an dem Unbehagen des Kanonikus weidete. »Ich fürchte, das ist finanziell nicht machbar. Ich habe mich damit befaßt, und wir – das heißt die Kathedrale – müßten die Kosten des Umbaus tragen, doch solche Kosten können wir uns im Moment nicht leisten. Wenn dort aber Büroräume vermietet würden, müßten die Mieter den Umbau selbst finanzieren. Insgesamt gesehen ist das also eine befriedigendere Lösung, wie Sie zugeben müssen.« Kanonikus Thetford, dem es vor Wut und Verlegenheit die Sprache verschlagen hatte, gab keine Antwort, daher fuhr der Dekan nach einem Moment fort: »Der nächste Punkt, den ich ansprechen möchte, ist der Cathedral Shop – auch hier wieder ein untragbarer Zustand.«

Arthur Brydges-ffrench machte den Mund auf, schloß ihn jedoch gleich wieder; es blieb John Kingsley überlassen, die Frage zu stellen: »Was genau meinen Sie damit, Dekan?«

»Zum einen ist das Angebot entsetzlich geschmacklos. Die ... Herren ...« – er hob verächtlich eine Augenbraue – »die den Laden führen, scheinen keine Ahnung zu haben, welche Art von Ware geeignet ist, das Image der Kathedrale zu fördern.«

»Aber ...« begann Kanonikus Kingsley, doch der Dekan schnitt ihm das Wort ab.

»Zum anderen habe ich den Unterlagen entnommen, daß der Laden keinen Gewinn abwirft. Im Gegenteil, er war in den letzten Jahren sogar eine Belastung auf Kosten von Kathedralengeldern! Es ist mir neu, daß ein Andenkenladen einer Kathedrale ein karitatives Unternehmen sein soll!« donnerte er. »Ich bin noch nicht dazu gekommen, Näheres über die Bedingungen der Pacht zu erfahren, es ist jedoch meine Absicht, die derzeitigen Pächter durch jemanden zu ersetzen, der den Laden anständig führt.«

»Aber Victor und Bert ...« begann Kanonikus Brydges-ffrench hitzig.

Er wurde ignoriert. »Und wenn wir schon beim Thema sind«, fuhr der Dekan fort, »ich hätte gern einen Überblick über sämtliche Objekte, die am Kirchplatz vermietet werden, über deren Mietverträge und Ablauftermine. Symbolische Mieten wird es nicht mehr geben. Es wird höchste Zeit, daß sich diese Objekte rentieren. Kümmern Sie sich darum, Kanonikus Brydges-ffrench?«

Der Subdekan nickte und griff erneut nach seinem Taschentuch, während der Dekan einen weiteren Blick in seine Notizen warf. »Nächster Punkt: die Bibliothek der Kathedrale.« John

Kingsley sah den Dekan fragend an, als er fortfuhr. »Kanonikus Kingsley, ich möchte, daß Sie eine Liste der wertvollsten Bücher unserer Bibliothek anlegen. Ich bin vor allem an jedem Buch interessiert, dessen Wert fünftausend Pfund übersteigt.«

»Darf ich fragen, warum?«

»Sie dürfen.« Der Dekan lächelte frostig. »Im Moment lassen sich auf dem Markt für antiquarische Bücher hohe Verkaufssummen erzielen. Ich bin sicher, etliche unserer Bücher haben für diese Kathedrale keine besondere Bedeutung. Ihr Verkauf könnte uns eine beträchtliche Summe einbringen.«

»Aber das geht doch nicht!« empörte sich Arthur Brydges-ffrench. »Bedaure, ich kann nicht tatenlos mit ansehen, wie die Bibliothek der Kathedrale verhökert wird!«

»Oh, ich bin überzeugt, das können und werden Sie«, sagte der Dekan mit harter Stimme. »Und damit kommen wir gleich zum nächsten Punkt, Kanonikus Brydges-ffrench. Ich wünsche, daß auch Sie eine Liste anlegen, und zwar von dem Silber der Kathedrale und sämtlichen Gegenständen in der Schatzkammer. Sie sind doch der Schatzmeister, nicht wahr? Ich bin überzeugt, es gibt ein paar Sachen, die hier nicht benötigt werden – auch wenn es vielleicht nicht der beste Zeitpunkt ist, um Kirchensilber zu verkaufen.«

Kanonikus Brydges-ffrench starrte Stuart Latimer fassungslos an.

Das Treffen ging in derselben Tonart weiter. Der nächste Punkt auf der Tagesordnung war die Musik. »Kanonikus Greenwood«, sagte der Dekan, »es gibt da ein paar Dinge bezüglich der Musik in der Kathedrale, die ich gern unter vier Augen mit Ihnen besprechen würde, sobald es Ihnen möglich ist. Nichts davon betrifft den Rest des Kapitels – noch nicht.«

»Geht es um die neue Orgel?« fragte Rupert Greenwood. »Ich habe schon mit einem Orgelbauer gesprochen und ein paar vorläufige Entwürfe anfertigen lassen.«

»Es gibt keine neue Orgel.« Die Worte des Dekans fielen bleischwer, der Kantor blickte ihn irritiert an.

»Aber Sie haben doch gesagt ...«

»Es gibt keine neue Orgel«, wiederholte der Dekan mit noch mehr Nachdruck. »Orgeln bringen kein Geld, sie kosten nur welches.«

»Unsere Orgel hat praktisch ausgedient!« wandte Kanonikus Greenwood ein. »Sie weist schon jetzt erhebliche Mängel auf, und der Orgelbauer sagte, die Reparaturen werden ein Vermögen kosten! Auf lange Sicht ist es viel rentabler, jetzt eine neue zu kaufen.«

»Reparaturen kommen auch nicht in Frage. Für eine Orgel wird kein Geld verschwendet.«

Der Kantor war außerstande zu begreifen, was er gerade gehört hatte. »Aber was ...?«

»Die Orgel ist im Moment völlig ausreichend«, erklärte der Dekan. »Und wenn sie gar nicht mehr funktioniert, wird sie durch ein günstiges elektronisches Modell ersetzt. Einige davon haben einen recht guten Klang, habe ich mir sagen lassen. Die meisten Leute werden den Unterschied gar nicht bemerken.«

»Eine elektronische Orgel!« brachte Rupert Greenwood mühsam heraus. »Nicht auszudenken ...!«

»Und jetzt«, sagte der Dekan nach einem weiteren Blick auf seine Liste, »zu unserem Budget für Reparaturen und Sanierungen. Ich fürchte, die Summe, die im nächsten Jahr dafür zur Verfügung steht, wird für die Renovierung des Salons in der Dekanei benötigt werden. Er ist in einem beklagenswerten Zustand – ich verstehe wirklich nicht, wie mein Vorgänger damit leben konnte! Meine Frau und ich werden häufig Gäste empfangen, und von meiner Frau kann außerdem unmöglich erwartet werden, eine derartig minderwertige Einrichtung hinzunehmen. Mit der Neugestaltung der Halle und des Treppenaufgangs wird sie jedoch warten müssen, bis das Budget des darauffolgenden Jahres zur Verfügung steht.«

Mittlerweile hatte sich Arthur Brydges-ffrench genügend erholt, um einzuwenden: »Aber die Sanierung der Kathedrale …«

»Größere Renovierungsarbeiten«, sagte der Dekan, »sind in der Kathedrale nicht erforderlich, soweit ich sehen kann.«

Bevor sich die Versammlung auflöste, warf der Dekan noch einen abschließenden Blick auf seine Liste. »Eins noch«, sagte er, »nur eine Kleinigkeit. Kanonikus Brydges-ffrench, ich würde gern so bald wie möglich die Abrechnung des Malbury-Musikfestivals sehen.«

»Die Abrechnung des Musikfestivals?« echote der Subdekan schwach. Er warf Rupert Greenwood einen raschen Blick zu und befeuchtete seine Lippen.

»Ja. Sie erinnern sich doch noch an das Festival? Im Sommer? Sicher reicht Ihr Gedächtnis so weit zurück.« Ein sarkastisches Lächeln lag auf Stuart Latimers Lippen, als er sich erhob. »Und jetzt muß ich mich auf den Weg machen – meine Frau erwartet mich zum Lunch. Danke für Ihre Aufmerksamkeit. Ich freue mich auf eine lange Zusammenarbeit mit Ihnen.«

Als er den Raum verlassen hatte, blieben die vier Domherren wie festgefroren stehen und starrten einander mit ungläubigem Entsetzen an.

»Was sollen wir tun?« flüsterte Rupert Greenwood schließlich.

»Es gibt nichts, was wir tun können«, gab John Kingsley zurück.

»Es ist ungeheuerlich!« sagte Philip Thetford mit lauter Stimme.

Arthur Brydges-ffrench hatte das letzte Wort. »Er hat uns

alle betrogen«, verkündete er mit kummervoller Würde, während er sich mit seinem durchtränkten Taschentuch die hohe Stirn abtupfte. Mit einem prüfenden Blick sah er von einem zum anderen. »Aber solange wir alle zusammenhalten, sind wir in der Mehrheit. Wir sind vier gegen einen. Vergessen Sie das nicht!«

»Vereint halten wir stand«, murmelte Rupert Greenwood. »Doch getrennt … ich darf gar nicht daran denken!«

Nach der Besprechung ging Arthur Brydges-ffrench über den Kirchplatz zu seinem Haus, die Nähe seiner Kollegen konnte er nicht länger ertragen. Aber einen Menschen gab es, mit dem er sprechen mußte – Jeremy Bartlett. Er wollte ihn sofort anrufen.

Bevor er jedoch seine Haustür erreicht hatte, entdeckte er Jeremy, der gerade aus der Richtung der Dekanei kam. Bei Evelyn Marsdens Haus trafen sie zusammen, vor ihrem Gartentor. »Miss Marsdens Blumen sehen sehr schön aus für die Jahreszeit, finden Sie nicht?« bemerkte Jeremy im Plauderton. »Ich habe sie vorhin schon bewundert. Wissen Sie zufällig, ob sie irgendein besonderes Mittel verwendet?«

Kanonikus Brydges-ffrench, der sich hilfesuchend an das Tor lehnte, spielte nervös mit dem Riegel. »Ich habe keine Ahnung.«

Jeremy betrachtete die späten Rosen mit allem Anschein von Interesse. »Ich werde sie fragen.«

»Vergessen Sie das jetzt.« Die Stimme des Kanonikus kam in einer Art Quieken heraus, fast wie das Quietschen des Torriegels; Jeremy musterte ihn überrascht.

»Ist irgendwas?«

Der Kanonikus schluckte. »Ja, allerdings.« Er beugte sich nach vorn und sagte leise: »Wir hatten gerade eine Kapitelversammlung. Es war … die Hölle. Anders kann ich es nicht beschreiben.«

Jeremy zog die Augenbrauen hoch. »War es wirklich so schlimm?«

»Der Dekan – er ist verrückt!« Die Worte wurden mit einem melodramatischen Zischen ausgesprochen; Jeremy wich vor der feuchten Aussprache des Subdekans zurück.

»Na ja, wir werden es überleben.«

Falls diese Bemerkung Trost bieten sollte, schoß sie weit am Ziel vorbei. »Nein! Sie verstehen nicht!« stöhnte der Subdekan und suchte in seinem Ärmel nach seinem Taschentuch. »Er hat die Abrechnung für das Musikfestival verlangt!«

»Aha!« Auf einmal wirkte Jeremy interessiert. »Und was haben Sie ihm gesagt?«

»Gar nichts. Er hat mir keine Gelegenheit dazu gelassen!« Arthur Brydges-ffrench wischte sich die schweißglänzende Stirn. »Was soll ich ihm sagen? Was soll ich tun? Wenn er herausfindet …«

»Wenn er es herausfindet, kriegen wir alle eine Menge Ärger«, sagte Jeremy ruhig. »Er darf es nicht herausfinden«, fügte er hinzu.

»Und was soll ich jetzt tun?«

Jeremy betrachtete einen Moment lang die Rosen. »Sie müssen ihn hinhalten. Erzählen Sie ihm, die Abrechnungen lägen noch nicht vor. Vielleicht haben wir Glück, und er vergißt es. Wenn nicht … nun, uns wird schon etwas einfallen. Aber er darf die Bücher nicht zu Gesicht bekommen – nicht, wenn wir in Malbury Cathedral bleiben wollen!«

Kapitel 14

Gib mich nicht meinen gierigen Gegnern preis:
denn falsche Zungen stehen gegen mich auf und wüten.
Psalm 27,12

Im nachhinein gesehen, hatten die nächsten Tage etwas von einem Alptraum an sich. Oberflächlich betrachtet jedoch, schien das Leben am Kirchplatz seinen gewohnten Gang zu gehen. Dorothy Unworth produzierte und verkaufte weiterhin Würstchen im Schlafrock und Törtchen; Victor und Bert verkauften Ansichtskarten und Geschirrtücher. Pat Willoughby pflegte ihren Garten und ging mit den Hunden spazieren; der Bischof schrieb ein paar weitere Seiten seiner Abhandlung über die Häresie der Albigenser. Claire Fairbrother ging jeden Tag zu ihrer Arbeit in der Malbury-Klinik für Familienplanung, wobei sie stets an dem Haus vorbeikam, in dem Judith Greenwood an ihrer Unfruchtbarkeit verzweifelte; und Jeremy Bartlett saß jeden Abend allein in seinem großen Haus, genoß einen Drink und träumte von Unsterblichkeit. Kirsty Hunt, das Ende ihrer langen Semesterferien vor Augen, bereitete ihre Abreise nach Cambridge vor, während ihre Mutter fortfuhr, still und heimlich zu intrigieren und Pläne zu schmieden. Riesige Möbelwagen aus London waren vor der Dekanei erschienen und wieder verschwunden. Bitte um nachbarliche Hilfe beim häuslichen Einrichten hatte es nicht gegeben; es war, als hätten die Latimers schon immer dort gelebt. Und Evelyn Marsden saß wie gewöhnlich den ganzen Tag an ihrem Fenster im ersten Stock und betrachtete mit lebhaftem

Interesse, wenn auch etwas geistesabwesend, alles, was sich am Kirchplatz abspielte.

In der Kathedrale selbst setzte sich ebenfalls der gewohnte Rhythmus mit der täglichen Abfolge von Morgenandacht, Messe, Kommunion und Abendgottesdienst unverändert fort. Jeden Tag zur Mittagszeit dröhnte Philip Thetford von der Kanzel herab und forderte Gebete für die weniger Begünstigten auf dieser Welt. In regelmäßigen Abständen nahmen die Glockenläuter den gefährlichen Weg die schmale Wendeltreppe hinauf und über das südliche Querschiff in den Turm, um zu den Gottesdiensten oder zu ihrem eigenen Vergnügen zu läuten. Täglich versammelte sich der Chor zur Probe für die gesungene Abendmesse und erduldete Ivor Jones' Grimassen. Stuart Latimer trat selten in Erscheinung; er war zu sehr damit beschäftigt, seine eigenen Ziele zu verfolgen, um sich häufig in der Kathedrale blicken zu lassen. Doch auch wenn er nicht präsent war, ging er in diesen Tagen kaum jemandem aus dem Kopf.

An einem Donnerstag nachmittag erschien der Dekan jedoch plötzlich und unerwartet in der Kathedrale und nahm im Chorgestühl seinen Platz für die gesungene Abendmesse ein. Er sprach mit keinem seiner Kollegen, obwohl alle anwesend waren. Rupert Greenwood sang die Messe, Arthur Brydges-ffrench übernahm die erste Lesung aus der Schrift, John Kingsley die zweite, und Philip Thetford sprach die Fürbitten. Es war zwar nicht erforderlich, daß sie alle zu der Abendmesse erschienen, aber instinktiv schienen sie mehr als sonst die Nähe der anderen zu suchen, aus Solidarität, zum Trost und vielleicht sogar zum gegenseitigen Schutz.

Es war ein feuchter, unfreundlicher Tag und um fünf Uhr bereits dämmrig wegen der dichten Regenwolken am Himmel. Anfang Oktober war in Malbury keine Touristensaison – falls es so etwas in Malbury überhaupt gab –, doch es war eine beliebte Zeit für Wanderungen in den Hügeln von Shropshire.

Ein paar Wanderurlauber waren daher an diesem Nachmittag in die Kathedrale geschlüpft, um Schutz vor dem Wetter zu suchen; sie saßen naß und fröstelnd im Altarraum, und aus ihren durchnäßten Anoraks tropfte Wasser. Einige Frauen aus dem Close waren ebenfalls anwesend: Evelyn Marsden, die fast immer den Gottesdienst besuchte; Olivia Ashleigh, die die Arbeit des heutigen Tages beendet hatte; und Rowena Hunt, die den Nachmittag am Informationsstand der Freunde der Kathedrale im südlichen Seitenschiff verbracht hatte. Jeremy Bartlett, ein weiterer regelmäßiger Kirchgänger, war da, ebenso der Amerikaner Todd Randall, und kurz vor dem Eintreten der Chorprozession schlüpfte Pat Willoughby auf ihren Platz und schüttelte Regentropfen aus ihrem Kopftuch.

Den ganzen Gottesdienst hindurch saß der Dekan regungslos auf seinem Platz, dem am kunstvollsten geschnitzten Stuhl auf der *decani*-Seite des Chorraums. Niemand riskierte einen längeren Blick in seine Richtung, aber alle Gemeindemitglieder waren sich seiner Gegenwart bewußt. Etwas Lauerndes ging von seiner starren Haltung aus, er wirkte angespannt und konzentriert, als ob er auf etwas wartete.

Der Gottesdienst dauerte nicht länger als sonst, doch Jeremy, der auf der *cantori*-Seite saß, von wo er freie Sicht auf den Dekan hatte, schien es, als wollte er kein Ende nehmen. Der Eröffnungspsalm des Tages, Nummer Achtzehn, war lang; sein Text von ›Hagel und glühenden Kohlen‹ gab dem Organisten reichlich Anlaß zum wilden Gestikulieren. Der Dekan, stellte Jeremy fest, blieb unnatürlich still und verkrampft, und nur seine Handgelenksknöchel, die weiß hervortraten, ließen seine innere Anspannung erkennen.

Kanonikus Brydges-ffrench hingegen war sichtlich bewegt. Als der Chor sang: »Er entriß mich meinen mächtigen Feinden, die stärker waren als ich und mich haßten«, warf er einen Blick in Richtung des Dekans und nagte an seiner Unterlippe. Und als er aus dem alten Testament las, seine hohe Gestalt kummervoll über das Pult gebeugt, gewannen die schwermütigen Worte aus Hiob, Kapitel 10, ein neues Pathos.

»›Zum Ekel ist mein Leben mir geworden, ich lasse meiner Klage freien Lauf, reden will ich in meiner Seele Bitternis‹«, las der Subdekan. Seine Stimme bebte, und als er fortfuhr, lief eine vereinzelte Träne über seine Wange. »›Ich sage zu Gott: Sprich mich nicht schuldig, laß mich wissen, warum du mich befehdest. Nützt es dir, daß du Gewalt verübst, daß du das Werk deiner Hände verwirfst, doch über dem Plan der Frevler aufstrahlst?‹« Seine Ergriffenheit nahm beim Lesen zu, aber die letzten Verse schloß er beinahe mit einem Seufzer, ganz leise. »›Sind wenig nicht die Tage meines Lebens? Laß ab von mir, damit ich ein wenig heiter blicken kann, bevor ich fortgehe ohne Wiederkehr, ins Land des Dunkels und des Todesschattens‹ …«

Der Dekan rührte sich noch immer nicht.

Der Chorgesang war kurz: ›O Taste and See‹ von Vaugham Williams. Der junge Knabensopran, der das Eröffnungssolo sang, machte seine Sache großartig, mit kaum merklich bebender Stimme. Als der Junge geendet hatte, strahlte Ivor Jones und tätschelte ihm lobend den Kopf.

Stuart Latimer zuckte zusammen und beherrschte sich nur mit Mühe, wie Jeremy feststellte. Während des restlichen Gottesdienstes – Gebete und Abschlußhymne – ruhten die Augen des Dekans, in denen ein kaltes Feuer brannte, unverwandt auf dem Organisten. Latimer stand auf, als der Chor hinausströmte, blieb aber ein Stück vom Rest der Gemeinde entfernt stehen, während die Menschen ihre persönlichen Gebete sprachen und sich zum Aufbruch bereitmachten.

Erst als Ivor Jones in den Chorraum zurückging, um seine Notenblätter vom Ständer zu holen, rührte sich der Dekan.

Seine Bewegung war abrupt und unerwartet; er eilte zu dem Notenständer und legte seine Hand auf die Notenblätter. »Einen Moment«, sagte er entschieden und so laut, daß seine Stimme an der gewölbten Decke widerhallte.

Alle hielten überrascht inne und beobachteten die Szene, die sich im Chorraum abspielte.

»Was ist denn los?« fragte Ivor Jones erstaunt, aber nicht beunruhigt.

»Ich habe gesehen, was Sie getan haben, und ich weiß, was Sie sind.« Die Stimme des Dekans war beherrscht und nicht besonders laut, und doch durch die Akustik des Chorraums überall deutlich zu hören. »Ein derartiges Verhalten kann ich in meiner Kathedrale nicht dulden. Sie sind entlassen, Mr. Jones. Fristlos. Bitte gehen Sie jetzt, und kommen Sie nie wieder.«

Auf dem Gesicht des Organisten machte sich Ratlosigkeit breit, mehr nicht. »Wovon sprechen Sie, Herr Dekan?«

»Ich rede über die Art und Weise, wie Sie diesen Jungen … liebkost haben – in aller Öffentlichkeit, im Hause Gottes! Ich habe gesehen, wie Sie sie alle angeschaut haben, welche Gesten Sie gemacht haben. Man hat mich vor Ihnen gewarnt, und ich habe Sie beobachtet. Aber lassen Sie sich etwas gesagt sein, Mr. Jones: Ich lasse nicht zu, daß Pädophile in dieser Kathedrale arbeiten! Derlei Dinge mögen in der Vergangenheit großzügig übersehen worden sein – vielleicht sogar begünstigt, wenn Sie mich fragen! –, aber bei mir nicht!«

Beide Männer waren klein, praktisch gleich groß, sie standen einander Auge in Auge gegenüber. Aber plötzlich schien Ivor Jones zu schrumpfen, in sich zusammenzusacken. Sein Gesicht wurde blaß, sein Mund stand in lautlosem Entsetzen offen. Einen Augenblick lang, der sich zu einer Ewigkeit auszudehnen schien, rührte sich niemand, weder die Protagonisten dieses Dramas noch die Zuschauer. Dann stieß der Organist einen erstickten Schrei aus und eilte davon.

Später machten sie sich natürlich Vorwürfe. Sie hätten etwas sagen, für Ivor Jones eintreten sollen. Aber alle waren zu schockiert und zu verlegen gewesen; bis zum nächsten Tag sprachen sie nicht einmal miteinander darüber – und schon gar nicht mit Jones. Wer hätte ahnen können, daß Jones so reagieren würde, daß er sich in den Schutz seines einsamen Hauses am Kirchplatz flüchten würde, um dort einen Brief zu schreiben, in dem er seine Unschuld beschwor, und dann den Inhalt eines ganzen Fläschchens Schlaftabletten einzunehmen?

Kapitel 15

Denn all unsere Tage gehen hin unter deinem Zorn,
wir beenden unsere Jahre wie einen Seufzer.
Psalm 90,9

Als Lucy und David am nächsten Tag in der Gemeinde eintrafen, waren sie völlig unvorbereitet auf das, was sie erwartete. Sie sahen keinen Menschen am Kirchplatz, die Stille war vollständig und unwirklich, als hätte eine Seuche oder eine nukleare Katastrophe das Leben sämtlicher Bewohner ausgelöscht. John Kingsley öffnete ihnen mit ernster Miene die Tür, und als er seiner Tochter einen Kuß gab, wirkte diese Geste mechanisch.

»Daddy, was ist denn los?« Lucy trat einen Schritt zurück und musterte ihn beunruhigt.

»Lucy, mein Liebes, es ist leider etwas Schreckliches passiert.«

»Der Dekan«, platzte sie heraus und dachte: David hatte recht, dem Dekan stößt etwas zu.

John Kingsley sah sie erstaunt an. »O nein, ihm ist nichts geschehen.« Er führte seine Gäste ins Wohnzimmer. »Tee?« erkundigte er sich automatisch.

»Ja, bitte. Aber was ist denn los, Daddy? Erzähl schon.«

Der Tee war vergessen, als sich der Kanonikus in einen Sessel sinken ließ. »Der Organist, Ivor Jones – er ist tot. Seine Putzfrau hat ihn heute morgen gefunden.«

»Guter Gott.« David, der zum erstenmal etwas sagte, beugte sich vor. »Aber … wie? Wie ist es passiert?«

John Kingsley schluckte mühsam und wandte sich zu ihm. »Er ... hat Selbstmord begangen – mit Schlaftabletten.«

»Oh.« Einen Moment lang, während Lucy und David diese Information verarbeiteten, herrschte Schweigen.

Als John Kingsley weitersprach, war seine Stimme so leise, daß Lucy im ersten Moment nicht sicher war, ob sie ihn richtig verstanden hatte. »Ich mache mir Vorwürfe.«

»Was sagst du, Daddy?« Lucy runzelte die Stirn.

»Ich mache mir Vorwürfe«, wiederholte er. Er nahm seine Brille ab und rieb sich den Nasenrücken. »Oh, meine Lieben, ich hätte etwas tun, etwas sagen müssen. Vielleicht wäre er noch am Leben, wenn –«

»Wovon sprichst du da?« In ihrer Sorge sprach sie schärfer, als sie beabsichtigt hatte; ihr Vater zuckte zusammen.

Er fing von vorne an und berichtete, was am vergangenen Nachmittag vorgefallen war, wobei er keines der schmerzlichen Details ausließ. »Wie ihr seht, meine Lieben, sind wir alle zu tadeln, alle, die wir da waren und nichts gesagt haben. Wir haben zugelassen, daß es passiert ... wir haben zugelassen, daß er ... in den Tod getrieben wurde!«

»Aber das ist ungeheuerlich!« brauste David auf. Er hätte noch mehr gesagt, doch Lucy schaltete sich ein.

»Du darfst dir auf keinen Fall Vorwürfe machen, Daddy«, sagte sie eindringlich. »Nur einer ist zu tadeln, und zwar der Dekan. Du konntest doch nicht ahnen, daß so etwas passiert!«

Ihr Vater seufzte und schüttelte den Kopf. »Ich hätte es wissen müssen. Ich hätte in jedem Fall etwas tun müssen, hätte zu ihm gehen sollen ...«

»Und was jetzt?« wollte David wissen. »Wie hat sich der Dekan zu Jones' Tod geäußert?«

Der Kanonikus nahm wieder seine Brille ab und sagte ruhig: »Ich weiß, es ist unchristlich von mir, so etwas zu sagen, aber ... Stuart Latimer ist – kein netter Mensch.«

»Kein netter Mensch!« rief David. »Lieber Himmel! Das ist die Untertreibung des Jahres. Er ist ein absolutes ...«

»Er ist kein netter Mensch«, wiederholte John Kingsley mit etwas mehr Nachdruck. »Er ist ein Flegel und ein Tyrann.« Dann berichtete er von der Kapitelversammlung und davon, wie Kanonikus Brydges-ffrench durch die bewußte Grausamkeit des Dekans den Tränen nahe gewesen war. »Ich weiß nicht genau, was dieser Mann mit unserer Kathedrale vorhat«, schloß er, »aber ich bin ziemlich sicher, daß es keinem von uns gefallen wird.«

Es klingelte an der Tür, und als Lucy öffnete, sah sie Pat Willoughby auf der Schwelle stehen. »Lucy! Ich bin froh, daß du hier bist«, rief Pat aus. »Ich bin auf ein Wort mit deinem Vater gekommen. Gibt es vielleicht eine Tasse Tee, oder soll ich welchen machen?«

»Wir wollten welchen machen, sind aber noch nicht dazu gekommen. David und ich sind gerade erst angekommen.« Lucy ließ der älteren Frau dankbar den Vortritt, als diese mit der für sie typischen Entschiedenheit schnurstracks in die Küche ging und den Wasserkessel füllte.

John Kingsley erhob sich aus seinem Sessel, als Pat das Tablett ins Wohnzimmer trug. »Pat! Das hättest du mir überlassen sollen!«

»Unsinn, John. Setz dich, damit ich dir eine Tasse einschenken kann.«

Er gehorchte, und nachdem Pat David begrüßt hatte, versorgte sie die Anwesenden mit Tee. Pat wirkte im großen und ganzen wie immer, stellte Lucy fest, aber ihr Gesicht schien in nur einer Woche einige Falten mehr bekommen zu haben, und ihr grauer Haarknoten war noch ein bißchen zerzauster als sonst. Jetzt strich sie automatisch ein paar verirrte Strähnchen zurück, als sie auf den Grund ihres Besuchs zu sprechen kam. »Eine schreckliche Sache, was da passiert ist.«

»Ich fühle mich so schuldig, Pat«, gestand John Kingsley. »Ich hätte etwas unternehmen müssen.«

»Unsinn, John«, gab sie energisch zurück. »Wir sind alle dort gewesen, haben es alle gehört. Wenn du schuldig bist, sind wir es genauso.« Ihre Augen waren verdächtig feucht, als sie weitersprach. »Jedenfalls weiß ich nicht, was irgend jemand hätte tun können. Ivor Jones war ein merkwürdiger und verschlossener Mensch. Keiner von uns kannte ihn wirklich. Er blieb stets für sich und verkehrte kaum mit den anderen Mitgliedern der Gemeinde oder den Kirchplatzanwohnern.«

»Möglicherweise war auch das unsere Schuld. Vielleicht haben wir ihm nie das Gefühl gegeben, willkommen zu sein«, meinte der Kanonikus.

»Du mußt aufhören, dir Vorwürfe zu machen«, beharrte Pat. »Wir alle wissen, wer der Schuldige ist – seinen Namen brauche ich wohl nicht nennen.« Bei dem Gedanken an den Dekan verhärtete sich ihr Gesicht. »Der Mann hat kein reines Gewissen. Es war alles gelogen«, fügte sie hinzu.

»Die … Unterstellungen, meinen Sie?« fragte David, ganz Anwalt. »Die Dinge, die der Dekan gesagt hat, waren unwahr?«

»Genau.« Sie zögerte einen Moment und verkündete dann: »Inspector Drewitt war bei George. Er hat ihm ganz im Vertrauen den Abschiedsbrief von Ivor gezeigt.«

John Kingsleys Gesicht war schmerzverzerrt. »Kannst du uns sagen, was drin stand?«

»Wahrscheinlich sollte ich es nicht, aber ich tue es trotzdem«, entschied sie. »Ivor Jones streitet in dem Brief alle Vorwürfe des Dekans entschieden ab. Und ich glaube ihm«, fügte sie hinzu. »Er schreibt außerdem, er wünsche keine Bestattung in der Kathedrale, wo ›dieser Mann‹ etwas damit zu tun haben würde. Die Schande, das Stigma dieser Verleumdung – damit wollte er nicht leben. Das konnte er einfach nicht verkraften.«

»Der arme Mann«, flüsterte Lucy, den Tränen nahe. »Wie sehr muß er gelitten haben.«

»Mike Drewitt hat George noch etwas erzählt«, fuhr Pat abrupt fort, als ihr auffiel, daß John Kingsley am Rande eines Nervenzusammenbruchs zu sein schien. »Sieht so aus, als hätte er Ivor Jones besser gekannt als irgend jemand von uns.«

David zog die Augenbrauen hoch, als er diese überraschende Neuigkeit hörte. »Wie das?«

»Anscheinend ist er manchmal mit ihm im Monk's Head ein Bier trinken gegangen, nach der Vesper, wenn der Inspector die Glocken geläutet hatte. Offensichtlich stellten die beiden dabei fest, daß sie etwas gemeinsam hatten – Eheprobleme.«

»Ivor Jones hat eine Frau?« Lucy schnappte nach Luft. »Wußtest du das?«

»Er *hatte* eine Frau. Nein, keiner von uns wußte es, keiner außer Mike Drewitt. Ivor Jones hat sich geschämt, nehme ich an. Sie hatte ihn verlassen, bevor er hierherkam. Und er erzählte dem Inspector, daß sie vorher … na ja, ihr könnt es euch ja denken … sie hat sich mit anderen Männern rumgetrieben und so etwas. Und anscheinend hatte sie auch ein Alkoholproblem. Ich weiß nicht, ob ihr Mike Drewitts Frau Val kennt …«

»Ja«, fiel Lucy ein. »Ich habe sie einmal getroffen oder vielmehr gesehen. Sie war nicht … was ich erwartet hatte.«

»Nein«, stimmte Pat unverblümt zu. »Ich denke, Mike hat einmal Ivor Jones gegenüber eine Bemerkung über Val gemacht, und nachdem der Organist wahrscheinlich ein Bier zuviel hatte, schüttete er auch sein Herz aus.«

»Der arme Mann«, wiederholte Lucy. »Es war unverzeihlich von dem Dekan, so etwas zu sagen, ohne zuerst die Fakten zu überprüfen. Kann man deswegen nicht gegen ihn vorgehen?«

»Nun ja, das bleibt abzuwarten.« Pat schenkte David nach.

»Ich habe George gerade zum Bahnhof gebracht. Er hat den 15-Uhr-32- Zug nach London genommen, er will in den Lambeth Palace.«

David beugte sich vor. »Er will den Erzbischof in dieser Angelegenheit sprechen?«

»Ja, gleich morgen früh – er hat bereits telefonisch einen Termin vereinbart. Und am Montag geht er ins Büro des Premierministers, um den zuständigen Staatssekretär und vielleicht auch den Premierminister selbst zu treffen. Ich weiß nicht, ob sie etwas machen können, aber es ist einen Versuch wert. Schließlich haben sie uns diese Suppe eingebrockt.«

»George ist das ganze Wochenende weg?« fragte Kanonikus Kingsley. »Hier sind doch einige Dinge zu erledigen – wegen Ivors Tod, meine ich.«

»Ehrlich gesagt, John, darum bin ich hier«, gab Pat zu. »George hat mich gebeten, mit dir zu sprechen. Er wäre natürlich selbst gekommen, aber er mußte sich beeilen, um den Zug zu erwischen.«

Der Kanonikus seufzte. »Was soll ich für ihn tun?«

»Also, zunächst muß ich dir berichten, daß George mit dem Dekan gesprochen hat, bevor er abfuhr. Das heißt, der Dekan hat ihn angerufen – um ihm zu sagen, daß er wegen dieser ›Sache‹ kein großes Aufheben in der Kathedrale wünsche.«

»Was?« David war empört. »Der hat vielleicht Nerven!«

Pat lächelte grimmig. »Das kann man laut sagen. Wie auch immer, George hält es für angebracht, irgend etwas zu unternehmen, zu äußern, vor allem, weil die Beerdigung nicht hier stattfinden wird.«

»Hat er das dem Dekan gesagt?« fragte John Kingsley.

»Er hat ihm gesagt, er wünsche, daß der Vorfall morgen beim Frühgottesdienst um acht Erwähnung findet – eine Art Gedenken. Der Dekan hat entgegnet, es müsse aber ganz schlicht gehalten werden – kein Chor, keine Glocken, nichts, was Aufmerksamkeit erregt. Und wie wir alle wissen«, fügte sie mit unverhohlener Erbitterung hinzu, »hat der Dekan das Sagen.«

»Was erwartet George von mir?« fragte Kanonikus Kingsley.

Pat beobachtete ihn scharf. »Du wirst doch wie üblich den Gottesdienst abhalten, nicht wahr? George meinte, du wüßtest schon, was du zu tun hast. Er verläßt sich auf dich, John – und darauf, daß du das Richtige tust.«

Nachdem Pat gegangen war, wandte sich John Kingsley mit sorgenvoller Miene zu seiner Tochter um, die mit David auf dem Sofa saß. »Lucy, mein Liebes, ich weiß nicht, was ich machen soll«, gestand er.

»Was meinst du?«

»Sie werden sich doch nicht vom Dekan einschüchtern lassen?« fragte David empört. »Dazu hat er kein Recht!«

»O nein, das ist nicht meine Sorge.« Der Kanonikus lächelte, ein Beweis seiner inneren Stärke. »Nein, was der Dekan sagt, ist mir gleichgültig. Aber versteht ihr denn nicht? Der Mann hat Selbstmord begangen.« Er nahm seine Brille ab; seine Augen waren feucht. »Ich weiß einfach nicht, was ich morgen machen, was ich sagen soll. Ich bin stets der Überzeugung gewesen, daß Selbstmord eine Sünde ist – eine unverzeihliche Sünde.« Er rieb sich die Augen; Lucy beugte sich impulsiv vor und legte tröstend eine Hand auf sein Knie. »Doch jetzt, meine Lieben … ich weiß es einfach nicht. Ich glaube …« Er zögerte. »Ich glaube, die einzig wahre Sünde ist, nicht auf Gott zu vertrauen.«

Kapitel 16

Von Gnade und Recht will ich singen;
dir, o Herr, will ich spielen.
Psalm 101,1

Für Lucy war es eine jener Nächte, in denen man das Gefühl hat, überhaupt nicht zu schlafen, die aber dennoch von bizarren, halb vergessenen Träumen erfüllt ist. Sie hatte Ivor Jones kaum gekannt; sie hatte ihn nur wenige Male gesehen, und bei diesen Gelegenheiten hatte er keinen großartigen Eindruck bei ihr hinterlassen. Sie hatte ihn als stumme Erscheinung in Erinnerung, ein kleiner, dunkelhaariger, schweigsamer Waliser. Die Informationen, die Pat über seine untreue Frau preisgegeben hatte, warfen kaum Licht auf ihn und machten ihn im Tod kaum bedeutender, als er im Leben gewesen war. Die Sinnlosigkeit und die Ungerechtigkeit seines Todes jedoch machten sie genauso betroffen wie alle anderen Gemeindemitglieder, und die quälenden Schuldgefühle ihres Vaters beunruhigten sie zutiefst. Immer wieder in dieser ruhelosen Nacht wünschte sie, sie könnte zu David gehen und in seinen Armen Trost finden. Aber die Vermutung, daß der Schlaf ihres Vaters wahrscheinlich genauso unruhig war wie ihrer und er sie sicher hören würde, hielt sie davon ab.

Am frühen Morgen jedoch wurde ihre Zimmertür leise geöffnet, und David, in seinen Morgenmantel gehüllt, schlüpfte hinein.

»Psst!« wisperte sie, als er sich neben sie in das schmale Bett zwängte. »Mein Vater wird uns hören.«

»Er ist schon unten. Er geht seit fast einer Stunde in seinem Arbeitszimmer auf und ab. Mein Zimmer liegt direkt darüber, ich konnte ihn hören.«

»Oh!« Lucy setzte sich auf. »Dann muß ich zu ihm. Er braucht mich. Ich sollte ihm Tee machen oder etwas zum Frühstück.«

»Nicht so schnell, Lucy, meine Liebste.« David setzte sich ebenfalls auf und legte seine Arme um sie. »Bleib noch eine Minute bei mir. Ich brauche dich auch.«

Mit einem Seufzer legte sie ihren Kopf an seine Schulter. »Wir brauchen einander«, verbesserte sie.

»Wie ich immer sage.« Er strich sanft durch ihre vom Schlaf zerzausten Locken; mit dem lockigen Haar, das ihr Gesicht wie ein rötlicher Glorienschein umrahmte, und dem hochgeschlossenen langärmeligen Nachthemd mit weißer Lochstickerei sah sie rührend und absurd jung aus. »Heiratest du mich, Lucy?« Es war halb Bitte, halb Aufforderung, aber mit der resignierten Miene eines Menschen ausgesprochen, der keine zustimmende Antwort erwartet.

Er erhielt keine Zustimmung, doch auch keine klare Ablehnung. Lucy schüttelte zwar den Kopf, sagte aber nur: »Halt mich fest, David.«

Eine Weile später saßen sie beide – dem traurigen Anlaß entsprechend gekleidet – in der Küche und tranken Tee. John Kingsley hatte sich gegen sieben auf den Weg zur Kathedrale gemacht, zu aufgewühlt, um mit ihnen zu sprechen, zu bewegt, um etwas anderes zu tun, als im Chorraum zu sitzen und darüber zu grübeln, was er in seiner Predigt sagen sollte. Auf dem Tisch stand unberührt ein Ständer mit Toast. Lucy hatte die Scheiben getoastet, hauptsächlich, um sich irgendwie zu beschäftigen, denn David nahm vor der Kommunion nie etwas zu sich, und ihr war nicht nach Essen zumute.

»Wir wußten beide, daß etwas Unerfreuliches passieren würde«, sagte Lucy. »Aber hättest du je gedacht, daß es so schnell geschehen würde, innerhalb einer Woche?«

»Nein.« David rieb sich müde die Augen und nippte an seinem Tee.

Sie brachte ein schwaches Lächeln zustande. »Na ja, immerhin ist es vorbei. Vielleicht entspannt sich die Situation jetzt.«

»Ich wünschte, ich könnte das glauben.« David seufzte. »Nein, Lucy, es ist nicht vorbei. Das war nicht das Ende, sondern erst der Anfang. Der Dekan wird nicht verschwinden, und solange er hier ist ...«

»Dann glaubst du nicht, daß der Erzbischof von Canterbury etwas unternehmen kann?«

David schüttelte den Kopf und stellte seinen Becher nicht gerade behutsam ab. »Er kann nicht eingreifen. Dafür ist es zu spät.« Er stand auf und schlug vor: »Komm, Lucy. Es ist schon nach halb acht. Gehen wir in die Kathedrale. Ich halte es nicht mehr aus, hier herumzusitzen.«

Unpassenderweise war es ein strahlend schöner Morgen. Das Gestein der Kathedrale schien in der frühen Morgensonne golden zu schimmern. Die Kathedrale wirkte wie ein gewaltiges Schiff, das sich aus dem leichten Herbstnebel erhebt, welcher den Rasen rings um die Kathedrale und die Häuser am Kirchplatz umhüllte. Irgendwo sang fröhlich und aus voller Kehle ein Vogel, mit einem Klang, so klar und rein, daß keiner der Chorknaben von Malbury je hoffen konnte, ihm gleichzukommen. David und Lucy überquerten schweigend den Kirchplatz, gingen zur Nordseite der Kathedrale und traten schließlich durch das große Westportal ein.

Der Gottesdienst sollte in der Marienkapelle im Retrochor stattfinden. Die Sonne fiel durch das östliche Fenster, tupfte Farbflecken auf die Steinmauern und fing sich in der Vergoldung des Englischen Altars von Comper, tauchte ihn in ein sanftes Licht und umrahmte seine Engelsgestalten mit goldenem Glanz.

Aber die Comper-Engel waren nicht allein in der Kapelle, zwei Frauen waren damit beschäftigt, zu beiden Seiten des Altars Blumen anzuordnen. Eine von ihnen war Pat Willoughby, die aufblickte und sie kurz grüßte, während sie dem Sockelschmuck einen duftenden Rosmarinzweig hinzufügte; ihr Gesteck war einfach und geschmackvoll und enthielt alles, was ihr Garten noch zu bieten hatte.

Die Frau auf der anderen Seite des Altars war überraschenderweise Rowena Hunt. Sie lächelte zuerst David, dann Lucy an, doch ihr Lächeln war verhalten. »Ich mußte einfach kommen«, erklärte sie und zeigte auf die Blumen, ein Arrangement teurer Schnittblumen. »Ich ... ich war Donnerstag auch hier, nach dem Gottesdienst; und als Inspector Drewitt mir erzählte, was passiert war, wußte ich, daß ich irgend etwas tun mußte. Die Blumen aus meinem Wohnzimmer sind alles, was ich zu geben hatte.«

Auch Rowena fühlt eine Schuld, dachte Lucy überrascht. Nicht unbedingt eine Gefühlsbewegung, die für Rowena typisch war, aber offensichtlich hatte es in unterschiedlichem Ausmaß all jene befallen, die schweigend zugesehen hatten, wie die Selbstachtung, der Ruf und letzten Endes das Leben eines Mannes öffentlich zerstört wurden.

In diesem Moment trat Inspector Drewitt aus dem Halbdunkel. Er begrüßte Lucy und David mit einem Nicken und sagte zu Rowena: »Ich gehe jetzt in den Glockenturm. Irgend jemand muß die Sterbeglocke läuten. Sieht so aus, als wäre ich derjenige.«

Rowena runzelte die Stirn. Ohne daran zu denken, daß Zuschauer anwesend waren, legte sie eine Hand auf seinen Arm, als wollte sie ihn zurückhalten. »Meinst du wirklich, Mike?

Weißt du nicht, daß der Dekan jedes Glockenläuten verboten hat?«

Er stieß ein kurzes, spöttisches Lachen aus und zog die Augenbrauen hoch. »Doch, das habe ich gehört. Aber ich bin ein großer Junge, Mrs. Hunt. Ich kann auf mich aufpassen.« Er drehte sich schwungvoll auf dem Absatz um und war verschwunden, bevor sie etwas erwidern konnte. Sie sah ihm nach, wobei sie sorgenvoll an ihrer Unterlippe nagte.

Lucy und David zogen sich taktvoll zurück, um ihre Plätze für den Gottesdienst einzunehmen. Aber eine einsame Gestalt, die das südliche Seitenschiff heraufgeeilt kam, fing sie ab. Im ersten Moment hätte Lucy Judith Greenwood beinahe nicht erkannt. Nicht nur, weil sie ein langes schwarzes Kleid trug, das einmal elegant gewesen war, auch wenn es seit ein paar Jahren aus der Mode und reichlich eng war. Erstaunlich war vor allem, daß sie sich nicht wie üblich unsicher und gehemmt bewegte, sondern wie eine Frau, die wußte, wohin sie wollte. »Ihr Vater hält den Gottesdienst?« fragte sie.

»Ja, das ist richtig.«

»Ich muß ihn sehen. Jetzt, vor dem Gottesdienst.« Ihre dunkelblauen Augen, die sonst stets gesenkt waren, hielten Lucys Blick stand.

»Er ist wahrscheinlich in der Sakristei«, sagte Lucy. »Sollen wir ihn dort suchen? David, such du inzwischen Plätze für uns. Ich bin in ein paar Minuten zurück.« Er nickte, und Lucy ging mit Judith Greenwood durch den Chorumgang zu der unauffälligen Tür, die zur Sakristei führte. Sie klopfte an. »Daddy?«

»Komm rein, Liebes«, antwortete John Kingsley mit ruhiger Stimme. Als sie eintraten, wandte er sich von dem kleinen Kruzifix an der Wand ab, in dessen Betrachtung er versunken gewesen war. Er war bereits für den Gottesdienst gekleidet und trug seinen eigenen altmodischen weißen Chorrock. Er benutzte ihn nur selten, er war ihm anläßlich seiner Priesterweihe von seinem geliebten Gemeindepfarrer geschenkt worden und zeigte allmählich Spuren des Alters.

»Daddy, Mrs. Greenwood wollte dich sehen.«

Er lächelte Lucy an, nahm dann Judith Greenwoods Hände in seine und sah in ihre dunkelblauen Augen. »Ja, Judith?«

»Soweit ich weiß, ist heute kein Chor beim Gottesdienst«, sagte sie und hob das Kinn. »*Ich* würde daher gern das Offertorium singen.«

»Singen?« echote er.

»Ich übernehme die volle Verantwortung, falls der Dekan Anstoß nimmt.«

»Oh, darüber mache ich mir keine Gedanken. Aber ...«

Judith lächelte traurig. »Sie wissen nicht, ob ich dazu in der Lage bin, stimmt's? Wahrscheinlich gehen Sie – wie alle anderen – davon aus, daß Rupert der einzige musikalische Mensch in der Familie ist.« Sie machte eine Pause und straffte ihre Schultern in dem engen schwarzen Kleid. »Ich bin, ich war von Beruf Sängerin«, erklärte sie. »Möglicherweise bin ich ein bißchen aus der Übung, ich werde Sie jedoch nicht blamieren. Der Orgelstudent hat sich bereit erklärt, mich auf der Kammerorgel zu begleiten.«

»In Ordnung«, stimmte Kanonikus Kingsley zu. »Ich freue mich sehr, daß Sie das tun wollen. Und ich bin sicher, Rupert freut sich auch.«

Sie sah über die Schulter zurück, als sie die Sakristei verließ. »Oh, Rupert weiß nichts davon«, sagte Judith lächelnd. »Ich habe ihm nichts davon gesagt.«

Lucy zögerte, Judith gleich zu folgen. »Geht es dir gut, Daddy?« Sie sah ihn besorgt an und stellte fest, daß er dunkle Ringe unter den Augen hatte.

»Ich weiß immer noch nicht, was ich sagen soll«, sagte er statt einer Antwort. »Aber ich glaube, daß der Heilige Geist mich leiten wird. Gott hat mich noch nie verlassen, nicht einmal, als deine liebe Mutter starb. Er wird mir die richtigen Worte eingeben.« Er neigte einen Moment lang den Kopf; das Sonnenlicht, das durch das kleine vergitterte Fenster der Sakristei fiel, zauberte silberne Funken in sein Haar.

Lucy, die ihren Vater aufrichtig liebte, suchte nach tröstenden Worten, gab ihm schließlich jedoch nur einen Kuß auf die Wange. Genau in diesem Augenblick begann die Tenorglocke zu läuten. Tief und volltönend schlug die Sterbeglocke allein für ein Leben, das zu früh geendet hatte.

Die Kapelle, stellte Lucy zu ihrem Erstaunen fest, war voll von Menschen. In der kurzen Zeit, die sie in der Sakristei gewesen war, waren sie schweigend hereingeströmt, um jeden verfügbaren freien Platz in der kleinen, engen Kapelle zu belegen. Pat Willoughby saß in der ersten Reihe neben Evelyn Marsden, Judith Greenwood und Olivia Ashleigh. Rowena hatte einen Platz neben Jeremy gefunden; Kanonikus Thetford und seine Frau waren ebenfalls gekommen. Victor und Bert saßen weiter hinten und wirkten bedrückter, als man sie je gesehen hatte. Todd Randall und die Glockenläuter hatten auf ihre übliche saloppe Kleidung verzichtet und sahen beinahe so respektabel aus wie die ebenfalls erschienene Dorothy Unworth. Offensichtlich hatte sich Ivor Jones' Tod überall in der Gemeinde herumgesprochen; einige Chorknaben waren mit ihren Eltern da, und sämtliche Laienpriester waren erschienen. Als Lucy sich auf ihren von David eifersüchtig gehüteten Platz zwängte, fiel ihr auf, daß als einzige der Subdekan und der Kantor fehlten. Merkwürdig, dachte sie, daß sich die beiden vom Dekan einschüchtern ließen, wenn alle anderen ihm die Stirn boten.

Doch Lucy irrte sich; der Subdekan und der Kantor waren anwesend. In letzter Minute – jedoch außerstande, der Menge gegenüberzutreten – hatte Arthur Brydges-ffrench sich auf seinen Chorstuhl geflüchtet, wo er in Ruhe beten und durch die

Trennwand hinter dem Altar den Gottesdienst hören konnte. Rupert Greenwood, der ihn dort allein und mit tränenüberströmtem Gesicht entdeckt hatte, saß auf seinem eigenen Platz neben ihm, um ein Auge auf den älteren Mann zu haben.

Die Sterbeglocke ließ ihre dröhnenden, düsteren Schläge vernehmen, ansonsten herrschte Stille. John Kingsley nahm seinen Platz vor dem Altar ein und hob grüßend die Hände. »Der Herr sei mit euch.«

Kanonikus Kingsley war sich der vielen Augenpaare bewußt, die auf ihm ruhten, als er sich aufrichtete, um seine Predigt zu halten. In den frühen Morgenstunden hatte er sich zahlreiche Notizen gemacht, sie aber alle wieder verworfen; jetzt faltete er einfach die Hände, sprach ein kurzes, stummes Gebet und fing an.

»Vor wenigen Minuten habe ich eine Stelle aus dem Neuen Testament gelesen, den ersten Brief an die Korinther, Kapitel dreizehn. Dieses Kapitel kennen wir von Trauungen und vielen anderen freudigen Ereignissen. Sie werden sich vielleicht fragen, warum ich diesen Text für einen so traurigen Anlaß gewählt habe, und warum ich ihn als Vorlage für eine kurze Meditation heranziehe.

›Wenn ich in den Sprachen der Menschen und Engel redete, hätte aber der Liebe nicht, wäre ich dröhnendes Erz oder eine lärmende Pauke.‹

So vertraut uns dieser Eröffnungsvers auch ist, ist es doch der letzte Vers, auf den ich mich konzentrieren möchte. ›Für jetzt bleiben Glaube, Hoffnung, Liebe, diese drei; doch am größten unter ihnen ist die Liebe.‹«

»Glaube«, sagte er, »kommt zuerst, vor allem anderen. Ohne Glauben kann es nichts anderes geben. Und für mich heißt glauben, auf Gott zu vertrauen, auf ihn zu bauen, trotz aller Widrigkeiten des Lebens. Manchmal ist einer der schwierigsten Bereiche dieses Vertrauens in Gott das Vertrauen auf Vergebung. Wir können uns nicht überwinden, an Gottes Vergebung auf einer persönlichen Ebene zu glauben – wir wollen glauben, daß das, was wir getan haben, so furchtbar, eine so große Sünde ist, daß Gott uns unmöglich vergeben kann. Das, meine Freunde, ist in sich selbst eine schwere Sünde, vielleicht die schlimmste von allen, denn sie zeigt einen Mangel an Glauben, einen Mangel an Vertrauen in Seine allumfassende Liebe.« Er machte eine Pause und sah sich um.

»Heute erinnern wir uns an ein Leben, das verloren ist. Mancher könnte sagen, daß die Art seines Todes Ivor Jones außerhalb der Vergebung Gottes gestellt hat; sich selbst das Leben zu nehmen beweist einen Grad an Verzweiflung, der den Glauben ausschließt. Aber ich möchte euch allen sagen, daß uns nichts außerhalb Gottes Vergebung stellen kann, nicht einmal unser persönliches Gefühl, etwas Unverzeihliches getan zu haben, was uns nicht verziehen werden kann. Keine Sünde ist so groß, daß Seine Liebe sie nicht auslöschen kann, ob wir nun imstande sind, es zu akzeptieren oder nicht.

Einige von uns – viele von uns – mögen einen gewissen Grad an Schuld empfinden, an Mittäterschaft bei dem, was Ivor Jones geschehen ist: Schuld, daß wir ihn nicht besser kennengelernt haben, als er hier unter uns weilte; Schuld, daß wir durch unser Schweigen indirekt an seinen Tod beteiligt sind. Doch aus dieser Schuld, von der ich mich nicht freispreche, entsteht die Hoffnung auf eine nähere Bindung zu Gott durch Vergebung.

Damit kommen wir zu der Hoffnung, der zweiten unserer drei Tugenden. Ihr denkt vielleicht, daß es aufgrund der Ereignisse, die uns heute hier zusammengeführt haben, wenig Grund für Hoffnung gibt. Aber wieder ist Gott größer, als unsere Vorstellungskraft ihn erscheinen läßt. Er bringt es zuwege, aus Schlechtem Gutes erwachsen zu lassen. Ivor Jones' Tod mag zu etwas Gutem führen, wenn wir in der Lage sind, das Schlechte hinter uns zu lassen und gemeinsam in Hoffnung weitergehen. In Hoffnung bedeutet, daß die Wolken des Mißtrauens und der Furcht, die seit einiger Zeit über dieser Kathedrale hängen, durch die Liebe Gottes zerstreut werden.

Und somit kommen wir zur Liebe, der größten aller Tugenden. Liebe und Nächstenliebe zu üben, sind wir heute aufgerufen: Liebe zueinander, zu unserem Bruder Ivor Jones und vor allem zu dem Mann, der nach Meinung vieler für das, was geschehen ist, die Verantwortung trägt.« Die Gemeinde hielt den Atem an, und einen Moment lang verharrte John Kingsley schweigend und hielt den Blicken der Anwesenden stand. Als er fortfuhr, war seine Stimme leise, aber fest. »Wir alle wissen, daß ich von Stuart Latimer spreche. Seine Handlungsweise löste die Ereignisse aus, die zu Ivor Jones' Tod führten. Ich bin überzeugt, daß der Dekan es genauso bereut wie alle anderen – mehr noch vielleicht, da er diesen Tod auf sein Gewissen laden muß. Deswegen müssen wir im Geiste christlicher Nächstenliebe dem Dekan vergeben, so wie Gott ihm vergeben hat, und mit ihm zusammenarbeiten, um zu gewährleisten, daß etwas Derartiges nie wieder in Malbury geschehen kann. Wir müssen über unsere eigenen Interessen hinauswachsen und die Interessen der Kathedrale an die erste Stelle setzen. Oder vielleicht sollte ich sagen, die Interessen Gottes, denn Er ist der Grund, warum wir alle hier sind. Wenn dies unser Ziel wird, können wir nicht scheitern, denn Er wird uns bei allem, was wir tun, begleiten. ›Jetzt schauen wir in einen Spiegel und sehen nur rätselhafte Umrisse, dann aber schauen wir von Angesicht zu Angesicht. Jetzt erkenne ich unvollkommen, dann aber werde ich durch und durch erkennen, so wie auch ich durch und durch erkannt worden bin. Für jetzt bleiben Glaube, Hoffnung, Liebe, diese drei; doch am größten unter ihnen ist die Liebe.‹«

Im Chorraum schluchzte Arthur Brydges-ffrench leise; Rupert Greenwood kniete neben ihm und tätschelte seinen Arm. Die Worte John Kingsleys waren klar und deutlich durch den Altaraufsatz zu hören gewesen. Jetzt war es Zeit für das Offertorium. Die Kammerorgel spielte ein paar einleitende Takte, dann erklang ein heller Sopran mit dem Lied *Ich weiß, daß mein Erlöser lebt.* Die Stimme war rein und voll, überquellend von Hoffnung und Glauben; sie erfüllte die Kathedrale mit ihrem herrlichen goldenen Ton, indem sich ihr Klang zu dem Fächergewölbe erhob und wie ein Echo von den Mauern und Säulen herab perlte. Einen Moment lang waren alle in der Kathedrale wie gebannt von der Schönheit dieser Stimme. »Judith?« flüsterte Rupert staunend. »Lieber Himmel – Judith …«

Kapitel 17

Herr, wie zahlreich sind meine Bedränger;
so viele stehen gegen mich auf.

Psalm 3,2

Nach dem Schlußsegen ging John Kingsley in die Sakristei, wohin ihm kurz darauf seine Tochter folgte. »Daddy, du warst wunderbar«, sagte sie impulsiv und umarmte ihn. »Du hast genau das Richtige gesagt.«

»Wirklich? Ich kann mich gar nicht recht erinnern, was ich gesagt habe – nur, daß es richtig schien.«

»Was meinst du damit?«

»Nun ja«, sagte er bedächtig, »am besten läßt es sich als Schallplatte beschreiben, mit Gott im Zentrum. Das Zentrum ist still, aber die Platte dreht sich. Anfänglich habe ich mich am Außenrand der Platte bewegt und versucht, alles zu erfassen und in meine eigenen Worte zu kleiden. Aber als ich anfing zu sprechen, ließ ich mich von Gott zum Zentrum tragen, und je näher ich diesem kam, desto überzeugter war ich, daß Er durch mich sprach. Es bringt unendlichen Frieden, sich derartig auszuliefern.«

*

Kanonikus Kingsley ging so schnell wie möglich mit Lucy in die Marienkapelle zurück, um sich von seiner Gemeinde zu verabschieden. Einige Leute waren nicht mehr da; die Laienpriester waren direkt nach dem Gottesdienst gegangen, ebenso die Chorknaben und deren Eltern. Victor und

Bert waren in ihren Laden zurückgeeilt und Dorothy Unworth in das Refektorium. Pat Willoughby stand inmitten all derer, die sie zu einem nachfolgenden Frühstück eingeladen hatte.

Die meisten nahmen bereitwillig an, doch Evelyn Marsden zögerte. Den ganzen Gottesdienst hindurch hatte sie sich verstohlen umgeschaut und nach Kanonikus Brydges-ffrench Ausschau gehalten. »Ich mache mir Sorgen um Arthur«, gestand sie. »Ich war sicher, daß er kommen würde – ich habe gesehen, wie er von zu Hause wegging, aber er scheint nicht hier zu sein.«

»Ich glaube«, sagte Pat, »er könnte im Chorraum sein. Ich habe aus dieser Richtung Geräusche gehört.«

»Aha.« Evelyn seufzte erleichtert. »In diesem Fall muß ich Ihre freundliche Einladung leider ablehnen. Arthur wird jemanden brauchen, der sich um ihn kümmert – ich nehme ihn mit zu mir und mache ihm etwas zu essen.«

»Meine Einladung gilt natürlich auch für ihn.«

»Sehr freundlich«, wiederholte Evelyn, »doch ich glaube, er sollte im Moment nicht mit anderen zusammensein. Ich kümmere mich besser allein um ihn.«

»Vielleicht ist das wirklich am besten«, pflichtete Pat ihr bei.

Evelyn eilte in Richtung Chorraum, während Rowena stehenblieb und Pat ansprach. »Mike … Inspector Drewitt war oben im Turm, um die Sterbeglocke zu läuten. Ich nehme an, er ist auch eingeladen?«

»Ja, natürlich.« Pat war souverän genug, um sich ihre Neugier, geweckt durch Rowenas überraschende Frage und den Grad an Intimität – sie hatte Drewitt beim Vornamen genannt –, nicht anmerken zu lassen. »Würden Sie ihm Bescheid sagen? Das wäre sehr nett.«

»Ja, sicher.« Als Rowena sich zum Gehen wandte, wanderten Pats Augenbrauen ein Stück in die Höhe. Rowena und Mike Drewitt? fragte sie sich, während sie diese Information in ihrem Gedächtnis speicherte.

*

Als Rowena zur Wendeltreppe im südlichen Querschiff ging, die in den Turm hinaufführte, erkannte sie plötzlich die kompakte Gestalt des Dekans, der forschen Schrittes in dieselbe Richtung lief. Er erreichte die Treppe in dem Moment, da Mike Drewitt sie herabschritt.

»Sind Sie für das Läuten der Glocke verantwortlich?« fragte der Dekan kampflustig und runzelte verärgert die Stirn.

Mike Drewitts Gesicht blieb unbewegt. »Ja, Herr Dekan.«

»War Ihnen nicht bekannt, daß ich jedes Glockenläuten untersagt hatte, Herr Inspector?«

Da Mike annahm, daß der Dekan dadurch noch mehr in Rage kommen würde, ließ er sich Zeit mit seiner Antwort. »Na ja«, sagte er schließlich betont langsam, »heute ist der Namenstag von St. Faith, den konnte ich doch nicht ohne Glockenläuten verstreichen lassen.«

»Lächerlich! Haben Sie schon jemals in früheren Jahren für St. Faith geläutet?«

»Hm … nein«, sagte Inspector Drewitt gedehnt. »Aber Sie können sich darauf verlassen, daß ich es von jetzt an tun werde. Jedes Jahr, als Erinnerung daran, was hier geschehen ist, Herr Dekan.«

Der Dekan lief rot an. Aus Rowenas Blickwinkel wirkte die Szene fast absurd: Drewitt stand kräftig und muskulös auf der untersten Treppenstufe und überragte die gedrungene Gestalt des Dekans erheblich; seine heitere Gelassenheit ließ den Dekan zudem wie ein verzogenes Kind erscheinen, das seinen Kopf durchsetzen will. »Ich habe genug von Ihrer Unverschämtheit!« blaffte Stuart Latimer. Es sollte drohend wirken, klang jedoch nur trotzig und kindisch.

Mike Drewitt zeigte in einem breiten Grinsen seine Zähne. »Ich muß mein Verhalten nicht vor Ihnen verantworten. Sie können vielleicht alle anderen hier herumkommandieren, aber mich schüchtern Sie mit Ihren Grobheiten nicht ein. Wenn Sie mich jetzt entschuldigen würden …« Drewitt drängte sich an dem Dekan vorbei und schlenderte zu Rowena.

*

Obwohl die Sonne schien, war es ein kühler Morgen, und der Gasofen in Pats Küche verströmte eine willkommene Wärme. Es war ein großer Raum, den die Hitze des Ofens behaglich machte, auf dem roten Klinkerboden lagen bunte Fleckenteppiche, und in den Ecken fand sich ein buntes Durcheinander von grünen Gummistiefeln und Hundefreßnäpfen. Die Hunde Kain und Abel begrüßten die Gäste, indem sie ihnen begeistert die Hände leckten, während Pat allen Mäntel und Jacken abnahm und anschließend Becher mit heißem Kaffee verteilte. Im Backrohr brutzelten Bleche mit knusprigem Speck, und bald labten sich alle an frischen Brötchen, belegt mit dicken Speckscheiben, serviert auf Papierservietten, um Pat den Abwasch zu ersparen. Leute, die noch vor einer Stunde gesagt hatten, daß sie den ganzen Tag nichts herunterbringen würden, stellten angesichts von Pats Speckbrötchen auf einmal einen gesunden Appetit bei sich fest. »Ich habe nicht vergessen, daß du Vegetarierin bist«, beruhigte Pat Lucy und gab ihr statt dessen ein warmes Brötchen mit geschmolzenem Käse. »Außerdem ist reichlich Obst da.«

»Du weißt nicht, was dir entgeht«, bemerkte David, bevor er voller Genuß in sein Speckbrötchen biß. »Das schmeckt herrlich!«

Lucy beäugte das Essen. »Ich muß zugeben, es sieht lecker

aus, beinahe gut genug, um mich wieder zum Fleischessen zu bewegen. Ich glaube, ich brauche moralische Unterstützung – wo sind die Thetfords?« Sie sah sich nach dem vegetarischen Kanonikus und seiner Frau um. »Oder sollte ich sagen, die Thetfort-Fairbrothers?«

»Ich glaube kaum, daß sie kommen«, sagte Pat. Sie betrachtete ihre Gäste. Judith Greenwood, die in ihrem schwarzen Kleid sehr blaß wirkte, saß allein an einem Ende des Küchentischs. Ihr Mann hatte John Kingsley abgefangen und lehnte mit ihm in der Nähe des Ofens; sie berieten über einen Ersatz für den Organisten. »Entschuldigt mich bitte einen Moment«, bat Pat. »Ich möchte kurz mit Judith sprechen.«

Judith sah Pat mit einem Lächeln an. »Das Essen ist köstlich. Das Frühstück war eine sehr nette Idee von Ihnen.«

»Ach was.« Pat zog sich einen Stuhl heran und beugte sich zu Judith vor. »Ich wollte Ihnen nur sagen, wie wundervoll Ihr Gesang war, meine Liebe. Es war phantastisch. Danke, daß Sie das getan haben.«

Judith errötete und senkte den Kopf. »Ich ... ich wollte es tun. Irgendwie mußte ich das machen.«

Pat sah Judith einen Moment lang forschend an. »Warum«, fragte sie freundlich, »haben wir Sie vorher nie singen gehört, meine Liebe? Sie haben ein großes Talent unter den Scheffel gestellt.«

Als Judith antwortete, lag eine überraschende Bitterkeit in ihrer Stimme. »Warum?« echote sie. »Weil es keine Frauen im Kirchenchor gibt und weil es an einem Ort wie Malbury keine Möglichkeiten für eine Sängerin gibt.« Sie machte eine Pause, starrte auf ihre Hände und fuhr leise fort: »Als wir in London lebten, kurz nach unserer Heirat, habe ich viel gesungen, und zwar mit verschiedenen professionellen Gruppen für frühe Musik – Ensemblearbeit, Soloarbeit, sogar ein, zwei Plattenaufnahmen. Ich habe meine Arbeit geliebt. Sie hat meinem

Leben einen Sinn gegeben. Aber hier in Malbury gibt es nichts für mich. Hier bin ich nur Ruperts Frau, weniger noch: die Frau des Kantors.«

Pat legte impulsiv ihre Hand auf die der jungen Frau und drückte sie leicht, während sie an die unausgesprochene Komponente von Judiths Problem dachte, ihre Kinderlosigkeit – einen Kummer, den Pat selbst erlitten und auf ihre Art bewältigt hatte. Sie konnte dieses Thema jedoch nicht direkt ansprechen, aber sie empfand tiefes Mitgefühl für die junge Frau. Als sie weitersprach, war ihr Tonfall beiläufig, fast sachlich. »Ich weiß, was Sie meinen, Judith. Damit muß jede Ehefrau eines Geistlichen auf die eine oder andere Weise fertig werden. Für mich ist es natürlich leichter – ich habe meinen Garten und meine Hunde, und ich habe mich hier in Malbury immer wohl gefühlt. Zum Teil ist es auch eine Frage der Generation – für euch junge Frauen ist es nicht leicht. Ihr habt eine bessere Ausbildung, eine höhere Qualifikation als die Frauen meines Alters. Ich sage Ihnen etwas«, fuhr sie munter fort. »Sie sollten sich einmal mit Lucy Kingsley unterhalten. Sie ist zwar nicht mit einem Geistlichen verheiratet, doch sie ist ungefähr in Ihrem Alter; außerdem ist sie eine Frau, die es geschafft hat, trotz einiger …, hm, Rückschläge etwas aus ihrem Leben zu machen.«

»Aber sie lebt in *London*, nicht in Malbury. Ich wüßte nicht, wie sie mir helfen könnte – wie mir überhaupt irgend jemand helfen könnte.« Judith blickte plötzlich auf. »Doch ich glaube, ich spreche mal mit ihr. Es kann nicht schaden. Sie ist sehr nett. Und es wäre schön, einfach eine Freundin zu haben.«

Pat krampfte sich das Herz zusammen vor Mitleid – und vor Schuldbewußtsein, weil sie zuvor nicht mehr getan hatte, um dieser jungen Frau das Gefühl zu geben, in Malbury willkommen zu sein. Jahrelang war Pat kreuz und quer durch die Diözese gefahren, um zahlreiche Ehefrauen von Geistlichen unter ihre Fittiche zu nehmen; hier lebte eine direkt vor ihrer Nase, die großen Kummer hatte, und bei ihr hatte sie versagt. Sie hatte nicht einmal gewußt, daß Judith singen konnte … Kain, der schwarze Hund, schob seine große feuchte Nase in Pats Hand und riß sie aus ihren Gedanken. »Guter Junge«, sagte sie zerstreut und kraulte ihn hinter den Ohren. Dann stand sie energisch auf und ging mit Judith zu Lucy und David hinüber. »Ich habe Judith gerade gesagt, was für eine Freude es war, ihren Gesang zu hören«, wandte sie sich an die beiden.

Kurz darauf waren Lucy und Judith in ein angeregtes Gespräch vertieft, und Pat verließ die beiden, um die Gäste weiter zu bewirten. Olivia, tüchtig wie immer, war als Gastgeberin eingesprungen, während Pat sich mit Judith unterhalten hatte, aber schließlich war es Pats Küche. David war enttäuscht, die Dinnerparty, der Grund für ihren Wochenendtrip nach Malbury, war natürlich abgesagt worden, und er hatte doch gehofft, Gelegenheit für einen ausgiebigen Plausch mit Pat zu haben. Da er sich nun ausgesprochen überflüssig fühlte, schlenderte er zu Todd Randall, den er zusammen mit Kirsty Hunt auf der Gartenparty kennengelernt hatte. Der hochgewachsene junge Amerikaner, zu dessen Füßen friedlich der goldfarbene Labrador lag, sah unter dem hölzernen Trockengestell, das von der Decke hing, ein bißchen lächerlich aus. Mit dem Kopf streifte er beinahe an ein Paar riesige getupfte Boxershorts des Bischofs, und das nahm David als Aufhänger, ein Gespräch anzufangen. »Wie ich sehe, trägt er unter seinem Ornat kein Lila.«

Todd machte ein verdutztes Gesicht, sah dann nach oben und grinste beifällig. »Grüne Tupfen. Nicht gerade das, was man von einem Bischof erwartet, stimmt's? Wo ist der Bischof eigentlich?« setzte er hinzu.

Das erinnerte David an den traurigen Anlaß, der sie alle hierhergeführt hatte. »In London, glaube ich«, sagte er vorsichtig.

Das war der Auslöser einer Diskussion über die Ereignisse der letzten Tage, ein Thema, das die meisten Anwesenden in Pats Küche zu vermeiden suchten, nachdem sie die letzten vierundzwanzig Stunden über nichts anderes gesprochen hatten.

»Eine Schande, die Sache mit dem Organisten«, sagte der junge Mann freimütig. »Er war in Ordnung, fand ich. Nicht sehr entgegenkommend, aber er war wohl einfach schüchtern.«

David überlegte laut; irgend etwas beunruhigte ihn, nagte an seinem juristisch geschulten Verstand, seit John Kingsley ihnen am Vortag von der Tragödie berichtet hatte. »Was ich nicht verstehe«, sagte er, »ist, wie der Dekan überhaupt auf den Gedanken gekommen ist, Ivor Jones könnte sich für die Chorknaben interessieren. Soweit ich weiß, hat er Jones direkt beschuldigt. Und wenn diese Anschuldigung nicht der Wahrheit entsprach, kann er keine Beweise gehabt haben. Doch was hat ihn dann auf diese Idee gebracht?«

Todds glatte Stirn zog sich in nachdenkliche Falten. »Ich wette, die Antwort darauf kenne ich«, erwiderte er. »Letzten Samstag bei der Gartenparty saßen Kirsty und ich auf ein Bier bei den Glockenläutern. Dann kam der Dekan und wurde ziemlich unangenehm, vor allem wegen des mitgebrachten Bieres. Er meinte, unser Verhalten sei ein Skandal, ob Sie's glauben oder nicht. Wir haben doch nur ein paar Bier getrunken! Barry, einer der Glockenläuter, wurde daraufhin ziemlich sauer und sagte dem Dekan, der wahre Skandal würde in der Kathedrale stattfinden. Ich nehme an, dadurch ist der Dekan auf diese Idee gekommen. Er hat wohl einfach nach irgendwas gesucht, um Stunk machen zu können.«

»Lieber Himmel, was kann dieser Barry nur gemeint haben?« David verarbeitete langsam, was er gehört hatte, und versuchte dann bewußt, das Gespräch auf ein erfreulicheres Thema zu lenken. »Kirsty ist heute nicht hier?« fragte er.

»Nein, sie ist wieder in Cambridge. Sie ist gestern abgereist.«

»Ach ja, stimmt. Sie erzählte, es sei ihre letzte Woche in Malbury vor Semesterbeginn. Hat sie …« Er zögerte. »Hat sie sich entschlossen, mit Jura weiterzumachen, oder will sie immer noch umsatteln?«

»Sie wird Theologie studieren«, sagte Todd. »Ihr Entschluß stand fest.«

»Na ja, das dachte ich mir schon, als ich mit ihr sprach. Ich weiß nicht, weshalb ihre Mutter meinte, es würde etwas nutzen, wenn ich mit Kirsty rede« fügte David verlegen hinzu. »Ich bin mir wie ein Idiot vorgekommen. Aber ihre Mutter ließ nicht locker.«

»Ja, so ist Rowena.« Todd lachte unbekümmert. »Nicht die einfachste Mom der Welt für die arme Kirsty.«

»Sie fehlt Ihnen, nehme ich an.«

»Ja, schon. Wir waren diesen Sommer ziemlich viel zusammen, könnte man sagen. Nur Freunde, nichts Ernstes – ich habe daheim in Springfield eine Freundin. Aber Kirsty ist ein nettes Mädchen.«

»Was genau machen Sie hier in Malbury eigentlich? Das ist mir nicht ganz klar.«

»Oh, ich habe mich für zwei Semester von meinem Theologiestudium beurlauben lassen. Ich helfe Kanonikus Brydges-ffrench, seine Papiere zu archivieren und arbeite mit ihm an ein, zwei Forschungsprojekten. Einer meiner Professoren kennt Kanonikus Brydges-ffrench von früher und hat das Ganze für mich arrangiert. Bislang war es sehr interessant. Ich wollte schon immer mal nach England.«

»Sie wohnen auf dem Kathedralengelände?«

»Ja, ich wohne in Untermiete bei Evelyn – Miss Marsden. Sie ist eine wirklich nette Dame und eine gute Köchin.«

»Und haben Sie schon viel von unserem Land gesehen?« fragte David.

»Nicht so viel, wie ich gern möchte. Die meiste Zeit sitze ich in Malbury fest.« Der junge Mann verzog das Gesicht. »An manchen Wochenenden schaffe ich es, mich zu verdrücken und mit dem Zug irgendwohin zu fahren und mir ein paar Sehenswürdigkeiten anzuschauen.«

»Falls Sie mal nach London kommen«, hörte David sich fast gegen sein besseres Wissen sagen – aber der aufgeschlossene junge Amerikaner gefiel ihm – »schauen Sie doch bei uns in South Kensington vorbei. Wir würden Sie gern ein bißchen herumführen. Ich kenne ein paar schöne Kirchen ...«

Todd grinste erfreut. »He, das ist wirklich nett von Ihnen, David! Gut möglich, daß ich demnächst einmal auf Ihr Angebot zurückkomme.«

Ungefähr zur gleichen Zeit schrieb Lucy ihre Adresse für Judith Greenwood auf eine übriggebliebene Papierserviette. »Kommen Sie mich einmal besuchen«, sagte sie. »Sie sind jederzeit willkommen.«

»Gilt diese Einladung auch für mich?« fragte Jeremy, der zu ihnen geschlendert kam, mit hochgezogenen Augenbrauen.

Judith zog sich schüchtern zurück und ließ Lucy mit ihm allein. »Also, da bin ich mir nicht so sicher.«

»Du bist eine hartherzige Frau, Lucy Kingsley.« Seine Stimme klang leicht mokant.

»Das sagen alle«, lachte sie.

»Alle deine abgewiesenen Verehrer? Sind sie alle so attraktiv wie ich? Oder so hartnäckig?«

»Nein«, sagte sie. »Du bist eine Klasse für sich, Jeremy Bartlett.«

»Gut.« Sein Gesichtsausdruck wurde ernst. »Ehrlich, Lucy, ich würde dich gern einmal besuchen.«

»Es geht einfach nicht«, entgegnete sie ruhig.

»Wegen David?«

»Wegen David.« Da sie fand, daß jetzt der Zeitpunkt für schonungslose Aufrichtigkeit war, sah sie ihn direkt an. »Sieh mal, Jeremy, David und ich …«

»… müssen jetzt gehen«, fiel ihr der eben genannte Mann ins Wort, während er neben sie trat und ihren Arm nahm. »Lucy«, wandte er sich an sie, »ich habe Pat gerade versprochen, ihre lästigen Hunde auszuführen, damit sie nicht ständig im Weg stehen. Wir müssen entweder das oder den Abwasch machen, und du weißt, wie sehr ich Abwaschen hasse.«

»Auf Wiedersehen, Jeremy«, sagte Lucy, verwerflicherweise erleichtert, einen Aufschub bekommen zu haben. »Bis bald.« Und um Davids Fragen nach ihrem Gespräch mit Jeremy auszuweichen, versuchte sie es mit einem Ablenkungsmanöver. »Siehst du Rowena da drüben in der Ecke mit Mike Drewitt?« fragte sie, während sie die Hunde einfingen. »Genau wie an dem Tag bei Fortnum's – glaubst du mir jetzt?«

Das Frühstück in der Dekanei war eine stille Angelegenheit. Wie immer nahmen Stuart Latimer und seine Frau ihr Frühstück im Eßzimmer ein, durch die ganze Länge des polierten Mahagonitisches voneinander getrennt. Die Zentralheizung war noch nicht eingeschaltet, und die Vorhänge waren zum Schutz gegen die aufdringliche Sonne heruntergelassen worden – nach Anne Latimers Auffassung tat das Sonnenlicht den Möbeln nicht gut und schadete nur dem Teppichboden; daher war es unangenehm kühl im Raum.

Sie begannen das Frühstück wie üblich mit Müsli aus einem teuren Londoner Bioladen, während Anne Latimer die Morgenpost durchsah. »Zwei Rechnungen von Kaufleuten sind dabei«, sagte sie. »Da fällt mir ein: Werden wir hier in Malbury einen anständigen Fleischer finden? Alles andere läßt sich machen, aber es ist ein bißchen lästig, sich das Fleisch aus London schicken zu lassen.«

»Ich werde den Bischof fragen«, versprach der Dekan.

»Oder seine Frau«, schlug Anne vor, während sie sich wieder in die Post vertiefte.

»Briefe von den Jungs?« erkundigte sich Stuart Latimer, ihre beiden Söhne waren Internatsschüler in Marlborough und schrieben pflichtbewußt einmal in der Woche Briefe, die gewöhnlich am Samstag eintrafen.

»Von Christopher. Er schreibt, daß Stephen Bauchschmerzen gehabt habe. Sicher nichts Ernstes, sonst hätte man uns benachrichtigt.«

»Bestimmt.« Der Dekan versuchte, herzlich und überzeugend zu klingen.

Anne Latimer zog eine randlose dreieckige Scheibe Toast aus dem silbernen Ständer neben ihrem Teller; der große Edelstein in ihrem Ring funkelte ihren Ehemann über die Länge des Eßtischs an wie das Auge eines riesigen toten Fisches. Einen Moment lang waren die einzigen Geräusche im Raum das Ticken der Uhr auf dem Kaminsims und das trockene Schaben des Messers, mit dem Anne eine dünne Schicht Diätmargarine auf den Toast strich.

Der Dekan räusperte sich. »Schlimme Sache, das mit dem Organisten.«

Seine Frau legte ihr Messer beiseite. »Da du das Thema schon ansprichst«, sagte sie kühl, »ich habe dir dazu etwas zu sagen.«

»Ja?« Er verschränkte die Hände und versuchte, sich seine Nervosität nicht anmerken zu lassen.

»Ich habe gestern alles darüber gehört, Stuart – auch, inwieweit du der Auslöser für diesen Selbstmord warst –, und zwar von meiner Putzfrau! Meiner Putzfrau!« wiederholte sie betont, wobei ihre Stimme beherrscht und kühl blieb. »Ist dir klar, wie peinlich das war? Von meiner *Putzfrau* zu hören, was mein Mann angerichtet hat, und zu erfahren, daß in der ganzen

Gemeinde über ihn geredet wird, daß alle ihn hassen und ihn dorthin zurück wünschen, wo er hergekommen ist? Stuart, so geht es nicht!«

»Es tut mir leid, Anne. Ich hätte es dir sagen sollen.«

»Das reicht nicht, Stuart.« Sie hob das Kinn und sah ihn streng an. »Daddy hat sich für dich stark gemacht und eine Menge Gefälligkeiten eingefordert, damit du diesen Posten bekommst – in dieser beschissenen Kathedrale in der tiefsten Provinz, die du unbedingt haben wolltest! –, und du schaffst es innerhalb einer Woche, alles zu vermasseln!« Sie trommelte mit ihren manikürten Fingern auf die polierte Tischplatte und wartete auf eine Antwort, aber die für sie völlig untypische Verwendung eines Schimpfwortes hatte ihren Mann so schockiert, daß er kein Wort herausbrachte. Nach einem Moment fuhr sie fort: »Daddy wird nicht erfreut sein, wenn er davon hört, Stuart – ganz und gar nicht. Ich fahre heute nachmittag nach London. Ich werde Daddy fragen, was getan werden kann, um diese völlig verfahrene Situation zu retten.« Stuart Latimer signalisierte mit einem leichten Neigen des Kopfes seine stumme Zustimmung.

Kapitel 18

Deine Hand wird all deine Feinde finden;
wer dich haßt, den trifft deine Rechte.
Psalm 21,9

In der nächsten Woche, am Abend desselben Tages, an dem der Bischof aus London zurückgekommen war, klingelte es bei John Kingsley an der Tür. Er öffnete und sah seinen alten Freund auf der Schwelle stehen. Sein Atem bildete weiße Wölkchen, die wie Weihrauchschwaden um sein gutmütiges Gesicht schwebten. »Komm herein, George«, begrüßte der Kanonikus ihn herzlich und ließ ihn ins Haus. »Kalt, nicht?«

»Bitterkalt, vor allem für die Jahreszeit«, bestätigte Bischof Willoughby. »Ist es auch nicht zu spät für einen Besuch, John?«

»Nein, überhaupt nicht. Ich wollte gerade eine Tasse Kakao trinken – möchtest du mir Gesellschaft leisten?«

»Klingt verlockend«, meinte der Bischof. Er legte seine alte Schaffelljacke und seinen noch älteren College-Schal ab und hängte beides über das Treppengeländer, bevor er John Kingsley in die Küche folgte.

Der Kanonikus holte zwei große Tassen aus dem Küchenschrank und stellte die Milch auf den Herd. »Was treibt dich in einer kalten Nacht wie dieser hinaus, George? Ich freue mich natürlich immer, dich zu sehen, aber …«

»Ich denke, du kennst den Grund.« Der Bischof hauchte warme Atemluft auf seine eiskalten Finger. »Pat schickt mich – sie meinte, ich solle dir erzählen, wie es in London gelaufen ist.

Ich wäre natürlich sowieso gekommen, doch ich hätte wahrscheinlich bis morgen gewartet.«

»Hattest du eine gute Reise?«

»Oh, so gut man es eben erwarten konnte. Ich mag London eigentlich nicht, weißt du«, gestand er. »Viel zu schmutzig und zu überfüllt für meinen Geschmack. Da lobe ich mir Malbury, John.« Er fügte hinzu: »Und ich hasse es, Pat allein zu lassen, auch wenn es nur für ein paar Tage ist. Ich bin froh, daß es nicht sehr oft vorkommt.«

»Die Zugfahrt war also angenehm?«

»Hätte schlimmer sein können.« Der Bischof grinste. »Du errätst nie, wer mit mir im selben Zug zurückgefahren ist.«

»Ich lasse mich überraschen.«

»Mrs. Latimer.«

John Kingsley machte ein verwirrtes Gesicht. »Du mußtest doch nicht bei ihr sitzen, oder?«

»Lieber Himmel, nein!« Der Bischof brach in sein tiefes, dröhnendes Lachen aus. »Sie fuhr Erster Klasse. Die Latimers mögen sich diesen Blödsinn leisten können, aber Pat würde niemals dulden, daß ich solche Allüren bekäme. Nein, ich habe sie zufällig beim Aussteigen gesehen, und wir haben uns ein Taxi zum Kirchplatz geteilt. Ich wäre natürlich zu Fuß gegangen, doch sie bestand darauf. Es sei unter meiner Würde als Bischof, zu Fuß zu gehen, sagte sie!« Wieder lachte er. »Kannst du dir das vorstellen?«

Sie gingen mit ihren Tassen ins Wohnzimmer und machten es sich bequem. »Und«, sagte John Kingsley, »wie ist es in Lambeth Palace gelaufen?«

Bischof George schüttelte den Kopf. »Na ja, in etwa so, wie ich befürchtet hatte. Langer Rede, kurzer Sinn: Wir werden Stuart Latimer nicht los, er kann hier Dekan bleiben, wenn er möchte. Und das möchte er wohl.«

Sein Freund seufzte. »Ja, das dachte ich mir.«

»Nicht, daß der Erzbischof kein Verständnis gehabt hätte«, fügte der Bischof hinzu. »Aber er kann nichts machen, außer ›weiterhin die Situation im Auge zu behalten‹, was immer das heißen mag.« Er schnitt ein Gesicht. »Du weißt es, ich weiß es, und der Erzbischof weiß es auch: Stuart Latimer ist persönlich für den Tod eines Menschen verantwortlich. Doch wenn der Dekan nicht gerade kaltblütig einen Mord begeht, kann ihm niemand etwas anhaben. Der Erzbischof hat mir übrigens im Vertrauen gesagt«, fuhr er fort, »daß Latimers Ernennung eine abgekartete Sache war. Wie du weißt, wird ein Dekan immer von der Krone ernannt, das heißt natürlich vom Premierminister. Mrs. Latimers Vater hatte nach den letzten Parlamentswahlen einen Kabinettsposten angestrebt, bekam aber keinen, und laut dem Erzbischof war das sein Trostpreis vom Premierminister: die Dekanwürde für seinen Schwiegersohn. Als Reverend Latimer dann entschied, daß er gern nach Malbury gehen würde, war es beschlossene Sache. Und der Premierminister ist wegen dieser Ernennung niemandem Rechenschaft schuldig – er muß dies nicht einmal dem Parlament vorlegen.«

»Und was bedeutet das für uns?«

Der Bischof betrachtete Kingsley durchdringend. »Nun, John, es gibt einen kleinen Unterschied zwischen deiner und meiner Position. Ich als Bischof habe keinerlei Befugnisse in dem Dekanat, was es in gewisser Weise leichter für mich macht. Aber du bist Mitglied des Domkapitels. Du mußt mit dem Mann auskommen, auf die eine oder andere Art die Dinge in Gang halten. Glaubst du, daß du das kannst?«

John Kingsley starrte in seinen Becher und formulierte seine Antwort vorsichtig. »Ich werde es müssen. Ich mag den Mann nicht – ich mag nicht, was er verkörpert, noch wie er vorgeht, ganz zu schweigen davon, was er getan hat. Und du kennst mich, George, es gibt nicht viele Menschen, mit denen ich nicht auskomme! Doch zum Wohl der Kathedrale werde ich mit ihm zusammenarbeiten.«

»Was ist mit den übrigen Mitgliedern des Kapitels?«

Der Kanonikus schüttelte den Kopf. »Ich weiß es nicht. Es ist keine sehr vielversprechende Situation. Wie ich es sehe, hat er bereits Philip und Rupert betrogen, indem er die Zusagen, die er den beiden vor seiner Ernennung gemacht hatte, zurücknahm, und dafür verabscheuen sie ihn. Sie werden sich sicher nicht so bald beruhigen. Und der arme alte Arthur wird sich natürlich nie mit ihm aussöhnen.«

»Wie geht es Arthur?«

»Gar nicht gut. Er faßt zur Zeit alles als persönliche Beleidigung auf. Ich glaube nicht, daß er es je verwinden wird, bei der Ernennung übergangen worden zu sein.« John Kingsley senkte die Stimme. »Um ganz ehrlich zu sein, George, so ungern ich das sage, aber die Art und Weise, wie sich Arthur in letzter Zeit verhält, hat mir bewußt gemacht, daß es vielleicht ganz gut war, daß er das Amt nicht bekommen hat. Möglicherweise ist er emotional ein bißchen zu instabil, um einen guten Dekan abzugeben.«

»Du könntest recht haben. Was …« Der Bischof zögerte verlegen. »Was soll aus Arthur werden? Solange er sich in dieser Verfassung befindet, wird er niemandem nützen, schon gar nicht sich selbst.«

Der Kanonikus nahm seine Brille ab und rieb sich die Augen. »Dieser Frage habe ich in letzter Zeit viele Überlegungen und Gebete gewidmet. Ich glaube, vielleicht wäre es für alle – auch für Arthur selbst – am besten, wenn er von seinem Amt zurückträte, in den Ruhestand geht. Er ist über sechzig. Er könnte jetzt in allen Ehren in Pension gehen, ohne daß sich irgend jemand etwas dabei denkt. Wenn er hier weitermacht – so wie die Dinge nun einmal sind und vermutlich auch bleiben –, wird er sich nur krank machen und vielleicht sogar einen

Nervenzusammenbruch bekommen. Zu seinem eigenen Wohl sollte er freiwillig aufhören, bevor er völlig durchdreht und dann gehen muß oder der Dekan sich etwas einfallen läßt, um ihn loszuwerden – was er meiner Meinung nach zweifellos tun wird, und wahrscheinlich eher früher als später«, fügte er hinzu.

Bischof George nickte erleichtert. »Ja, du hast recht, John. Das wäre am besten. Glaubst du, du könntest vielleicht mit Arthur reden? Ihn zu der Einsicht bringen, daß dies die vernünftigste Lösung ist? Er würde auf dich hören – er weiß, daß dir sein Wohl am Herzen liegt.«

Kanonikus Kingsley neigte den Kopf und schloß die Augen wie im Gebet. Schließlich sagte er ernst: »Es ist viel, was du von mir verlangst, doch ich werde es versuchen.« Mit einem gezwungenen Lächeln bemühte er sich um einen Anflug von Humor. »Aber paß lieber auf, George. Da ich jetzt gewissermaßen einen Anwalt in der Familie habe, könnte ich auf die Idee kommen, dich wegen Vorspiegelung falscher Tatsachen zu verklagen. Erinnerst du dich noch daran, wie du mich überredet hast, dieses Amt anzunehmen? Du sagtest, es sei ein netter, problemloser Posten für den Abschluß meiner Laufbahn. Aber glaub mir, George, trotz vereinzelter machthungriger Kirchenvorsteher, größenwahnsinniger Laienpriester oder launischer Organisten war das Amt eines Gemeindepfarrers nichts im Vergleich mit dem hier!«

Am selben Abend fand, wie nicht anders zu erwarten, in einem weiteren Haus am Kirchplatz ein Gespräch ganz anderer Art statt.

Stuart Latimer, der nie viel von der belebenden Kraft einer Tasse Kakao gehalten hatte, schenkte sich einen starken Drink ein, um den Abend durchzustehen. Seine Frau gestattete sich lediglich einen kleinen trockenen Sherry für die Verdauung und zum Schutz gegen die Kälte im Wohnzimmer der Dekanei.

»Deinem Vater geht es gut?« fragte der Dekan mit gespielter Munterkeit. Aus strategischen Gründen setzte er sich in den massivsten Sessel im Raum.

»Sehr gut.« Sie entschied sich für einen Frontalangriff, da sie ihn unvorbereitet treffen wollte. »Zumindest so lange, bis er erfuhr, was in Malbury vorgeht.«

Der Dekan stöhnte insgeheim. Es ging also gleich los – eine Schonfrist gab es anscheinend nicht. In der Hoffnung, ein wenig Zeit zu schinden, versuchte er es mit einem ausgesprochen schlechten Scherz. »Wieso? Kannte er Ivor Jones?«

Ihre schneidende Antwort darauf hatte er verdient. »Sei nicht albern, Stuart. Das ist nicht komisch. In Anbetracht der Umstände ist es sogar ausgesprochen geschmacklos.«

»Entschuldige.« Er bedauerte es nicht wirklich – nur, daß sein Ablenkungsmanöver nicht funktioniert hatte.

»Wenn du nicht bereit bist, die Sache ernst zu nehmen, hätte ich genausogut ein paar Tage länger in London bleiben können. Oder glaubst du etwa, ich bin gern in diesem gottverlassenen Nest oder verfolge die Absicht, hier mehr Zeit zu verbringen als unbedingt erforderlich?« wollte sie wissen, um dann kühl und würdevoll fortzufahren: »Möchtest du nun erfahren, was Daddy zu dem Schlamassel zu sagen hat, den du angerichtet hast?«

Da war nichts zu machen, erkannte er. Er würde die bittere Pille schlucken müssen. Er nippte kurz an seinem Drink, um sich zu stärken, und fragte dann ergeben: »Was hat Daddy denn zu sagen?« Anne Latimer zog ihre fein geschnittenen Augenbrauen hoch und warf einen tadelnden Blick auf das Whiskyglas ihres Mannes. »Erstens ist es ihm ein Rätsel, wie du es schaffen konntest, innerhalb einer Woche soviel Mist zu bauen. Das waren seine Worte, nicht meine«, fügte sie spitz hinzu. »Er hat dir diese Kathedrale auf dem Silbertablett überreicht, und du ...«

»Das hatten wir schon«, unterbrach er sie. Seine Stimme klang müde und leicht gereizt. »Weiter. Was schlägt er vor?«

»Er schlägt vor«, sagte sie belehrend, »daß du dich zusammenreißt und deine Sache von nun an besser machst, daß du anfängst, wie ein Politiker zu denken statt wie ein wirrköpfiger Geistlicher.«

Er zuckte zusammen. »Und was meint er damit?«

»Du mußt dich besser verkaufen, Stuart! Du mußt über dein Image nachdenken.«

Der Dekan hatte eine flüchtige Vision von pastellblauen Soutanen, Plateausohlen, Elektrolysebehandlungen und kosmetischer Chirurgie. »Image? Du meinst, ich soll mich vermarkten, wie Waschpulver?«

»Stell dich nicht dumm, Stuart. Du weißt, was ich meine.« Er nahm einen weiteren Schluck Whisky und wartete darauf, daß Anne ihre Ausführungen erläuterte. »Zunächst einmal«, sagte sie, »mußt du dir überlegen, wie du dir Freunde machen kannst, nicht nur Feinde.«

»Bei den Leuten lieb Kind machen, meinst du?« fragte er höhnisch. »Das ist nicht mein Stil.«

»Nicht dein Stil, aha! Bei Leuten wie Daddy und seinen Bekannten«, gab sie mit eisiger Stimme zurück, »kannst du aber durchaus liebenswürdig sein, wenn du dir etwas davon versprichst. Doch ich nehme an, das ist etwas anderes.« An dem, was Anne sagte, war viel Wahres; das brachte Latimer jedoch nur dazu, erneut Zuflucht bei seinem Whisky zu suchen. Als er feststellte, daß sein Glas bereits leer war, stand er auf, um die Flasche zu holen.

Als er zurückkam, versuchte seine Frau es mit einer anderen Taktik. »Daddy schlägt vor«, sagte sie sachlich, »daß du versuchst, dir im Domkapitel Verbündete zu schaffen. Wäre es nicht sinnvoller, sie auf deiner Seite zu haben, statt gegen sie zu kämpfen?«

»Du kennst das Kapitel nicht besonders gut«, quengelte er wehleidig. »Sie hatten Vorurteile mir gegenüber, noch bevor ich hier war, weil sie alle wollten, daß dieser fürchterliche Brydges-ffrench zum Dekan ernannt wird.«

»Da habe ich etwas anderes gehört«, sagte sie. »Ich weiß von meiner Putzfrau, die es wiederum von der Putzfrau der Greenwoods weiß, daß du Kapitelmitgliedern Versprechungen gemacht hast, bevor du dein Amt angetreten hast – Versprechungen, die du nie einzuhalten gedachtest.«

»Ach, das.« Er starrte mürrisch in sein Glas.

»Ja, das.« Ihre Stimme war immer noch ruhig, hatte aber einen scharfen Unterton. »Es stimmt also?«

Der Dekan runzelte die Stirn. »Nur bei diesen beiden Idioten Greenwood und Thetford. Wenn sie nicht genug Grips haben, um ein Wahlversprechen zu erkennen ...«

»Du bist also doch ein Politiker.« Sie sprach mit Genugtuung, und lächelte plötzlich. »Das würde Daddy freuen.«

»Aber jetzt werden sie sich bei all meinen Vorhaben querstellen. Sie werden ...«

»Dann mußt du sie loswerden«, bemerkte Anne Latimer mit pragmatischer Härte. Ihr Ehemann war schockiert.

»Loswerden?«

»Ja. Wenn sie nicht mit dir zusammenarbeiten, müssen sie gehen. Ich bin überzeugt, das schaffst du. Diese Dinge lassen sich leicht bewerkstelligen, mit ein bißchen Druck zur rechten Zeit.« Sie nickte entschieden. »Dann kannst du deine eigenen Leute ernennen lassen und hast freie Hand. Was ist mit dem Subdekan?«

»Der alte Brydges-ffrench ist eine jämmerliche Gestalt«, teilte er ihr mit und verzog verächtlich den Mund. »Ein greinendes altes Weib. Völlig nutzlos.«

»Und du glaubst nicht, daß du ihn dazu bringen kannst, dich zu unterstützen.«

»Nicht in einer Million Jahren. Er war viel zu erpicht auf die Ernennung. Er würde sich aus Prinzip gegen mich stellen, und wenn ich der zweite Messias wäre.«

»Dann muß er auch weg«, sagte die Politikertochter schroff. »Es sollte kein Problem sein, ihn abzuservieren. Er ist alt genug für den Ruhestand, oder?«

»Ich glaube nicht, daß er kampflos gehen wird.«

Ihr Blick hätte der von Lady Macbeth sein können. »Du bist einem jämmerlichem alten Mann doch sicher gewachsen?«

Im Geist zückte er den Dolch. »Natürlich.«

»Na schön. Was ist mit dem vierten Chorherrn, Kingsley, nicht wahr?«

Der Dekan dachte einen Moment über John Kingsley nach. »Kingsley ist anders«, sagte er schließlich. »Er ist nicht der Mann, den ich kaufen könnte, doch ich glaube, er ist ein Mann, der vernünftigen Argumenten zugänglich ist.« Er überlegte kurz. »Er könnte sogar von Nutzen sein«, fuhr er fort, »weil er die anderen gut kennt und sie ihn respektieren. Wenn ich John Kingsley auf meine Seite ziehen könnte …«

»Kingsley, bleibt also«, stellte Anne fest. »Zumindest, wenn er kooperiert. Wer könnte hier in der Gemeinde noch ein nützlicher Verbündeter sein?«

Der Dekan entspannte sich. Das war schon mehr nach seinem Geschmack: Anne und er arbeiteten als Team zusammen, wie er es sich immer erhofft hatte; aus irgendeinem Grund war es jedoch nie dazu gekommen. Er lehnte sich in seinen Sessel zurück und ließ nachdenklich den Whisky in seinem Glas kreisen. Er dachte an etliche Personen, doch die meisten kamen nicht in Frage.

»Rowena Hunt«, sagte er schließlich. »Eine Frau, die weiß,

was sie will, und zufällig hat sie viel zu gewinnen, wenn sie mit mir zusammenarbeitet.«

»Die Leiterin der Freunde der Kathedrale, meinst du? Die attraktive Dunkelhaarige?«

»Richtig. Sie hat direkt nach der Amtseinsetzung mit mir gesprochen – anscheinend wollte sie keine Zeit verlieren. Sie ist daran interessiert, das Catering der Kathedrale zu übernehmen und die Leitung des Refektoriums den Freunden der Kathedrale zu übertragen. Das paßt genau in meine Pläne; ich hatte sowieso vor, diese schreckliche Person zu feuern, die das Refektorium führt. Ich könnte Mrs. Hunt sogar noch den Cathedral Shop anbieten.«

»Du schiebst diese Tunten also ab.« Es war eher eine Feststellung als eine Frage.

»Unbedingt. Ihre Pacht läuft noch vor Jahresende ab.«

»Und du glaubst, Rowena Hunt würde einspringen?«

»Da bin ich mir sicher.« Der Dekan lächelte. »Ja, ganz sicher sogar. Ich habe den Verdacht, daß sie liebend gern ein kleines Reich für die Freunde der Kathedrale aufbauen würde – und für sich selbst.«

»Gut. Ich denke, du solltest so bald wie möglich mit ihr reden.«

Er nickte. »Gut, wird gemacht.«

»Und wer noch? Ein Verbündeter reicht nicht.«

Stuart Latimer nahm einen Schluck. »Jeremy Bartlett«, sagte er. »Der Dombaumeister.«

»Ah ja«, erinnerte sich seine Frau. »Der Mann, der mit Rowena Hunt auf der Gartenparty war? Gutaussehend und bärtig?«

»Genau der. Er ist Witwer, soweit ich weiß, und erst seit ungefähr einem Jahr hier.«

»Also noch nicht lang genug, um alten Strukturen nachzuhängen«, überlegte Anne laut.

»Zum einen das, und zum anderen könnte ich eine sehr attraktive Karotte vor seiner Nase baumeln lassen, beruflich gesprochen, meine ich.« Er rieb sich selbstgefällig die Hände. »Ich habe überlegt, daß es für Malburys Zukunft unerläßlich ist, die Grünfläche vor dem Westende der Kathedrale zu bebauen: Eine neue Kantine, eine Gesangsschule, ein Kapitelhaus und Büroräume. Was könnte für einen Dombaumeister ein größerer Anreiz sein als die Aussicht auf Unsterblichkeit?«

Anne Latimer strich ihr helles Haar glatt und nickte befriedigt. »Dann machst du es so«, bestimmte sie. »Und ich rufe Daddy an. Ich werde ihm sagen, daß du … daß wir die Sache im Griff haben.«

Der Dekan lächelte.

Kapitel 19

Doch sie täuschten ihn mit falschen Worten,
und ihre Zunge belog ihn.

Psalm 78,36

Zwei Tage später schlenderte Stuart Latimer nachmittags über den Kirchplatz zur Kathedrale, wobei sein langer schwarzer Priesterumhang im rauhen Oktoberwind flatterte. Zu seiner eigenen Überraschung ertappte er sich dabei, vor sich hin zu summen – ein seltenes Zeichen von guter Laune. Sein Treffen am Morgen mit John Kingsley war gut verlaufen, weit besser, als er hatte hoffen können. Mit Kingsley würde er zurechtkommen, dachte er optimistisch. Nicht, daß der Kanonikus übertrieben entgegenkommend oder gar servil gewesen wäre, im Gegenteil, sein Verhalten hatte eher reserviert gewirkt. Er hatte sich jedoch angehört, was der Dekan über Kanonikus Brydges-ffrench zu sagen hatte, und sich letzten Endes von der unwiderlegbaren Logik seiner Argumente überzeugen lassen. Brydges-ffrench mußte gehen. Davon hatte er Kingsley überzeugen können, beglückwünschte er sich jetzt. Kingsley hatte sich sogar bereit erklärt, als eine Art Vermittler zu fungieren, um Brydges-ffrench klarzumachen, wie unhaltbar seine Position war und wie ratsam – und sogar notwendig – es für ihn war, in den Ruhestand zu treten. Der aufsässige Subdekan, der auf ihn selbst nie hören würde, würde sicher auf einen Mann wie Kingsley hören, dachte Stuart Latimer und rieb seine kleinen, behaarten Hände aneinander, nicht nur wegen der Kälte in der Kathedrale, die er soeben betrat, sondern auch aus Befriedigung. Jetzt war es an der Zeit, zu dem nächsten Punkt seines Planes zu kommen: Verbündete zu finden; jetzt war es an der Zeit, mit Rowena Hunt zu sprechen. Er hoffte, sie an diesem Nachmittag auf ihrem üblichen Platz am Stand der Freunde der Kathedrale im südlichen Seitenschiff anzutreffen.

Er hatte Glück: Rowena plauderte gerade mit einem Touristen und zählte mit ihrem gewinnenden Lächeln auf, in welcher Höhe sich die Unkosten bewegten, die erforderlich waren, um eine Kathedrale zu erhalten und täglich geöffnet zu haben, wobei sie sogar die Summen nannte, die pro Stunde beziehungsweisc pro Besucher anfielen. Der Tourist wirkte beeindruckt; er zückte seine Brieftasche und ging zu der Spendenbüchse bei der Tür, um einen großzügigen Beitrag zu leisten. Auch der Dekan war beeindruckt; die Frau ist auf Draht, dachte er. Sie wird eine wertvolle Verbündete abgeben.

Sie schenkte ihm ein Lächeln, als er näher kam. »Guten Tag, Dekan.«

»Wie geht's denn so, Mrs. Hunt?«

»Ganz gut, solange ich nicht daran denke, wie kalt es hier drinnen ist.« Sie fröstelte leicht und zog ihre Strickjacke über der Brust zusammen.

»Es ist wirklich kalt«, stimmte er mitfühlend zu.

Rowena lächelte. »Ich glaube, die Heizung in dieser Kathedrale hätte vor … oh, vor etwa hundert Jahren erneuert werden sollen, schätze ich. Aber für solche Kleinigkeiten ist nie genug Geld vorhanden.«

Der Dekan machte ein besorgtes Gesicht. »Sie leiden also unter der Kälte?«

»Nun ja, ich bin am meisten davon betroffen. Ich bin die einzige, die den ganzen Tag in der Kathedrale sitzen muß.« Sie zuckte die Achseln. »Aber ich komme schon zurecht. Ich ziehe mehrere Schichten Kleidung an, wenn es kalt ist. Mit anderen Worten, rund zehn Monate im Jahr!«

»Sind Sie immer den ganzen Tag hier?«

»Normalerweise ist der Stand bis kurz vor Beginn der Vesper geöffnet.« Sie zeigte auf den Stand mit seinen ordentlich gestapelten Broschüren und dem Ansichtskartenständer; auch ein paar Bücher waren ausgestellt. »Ich habe die Erfahrung gemacht, daß ich mit Ansichtskarten ein recht gutes Geschäft machen kann – nicht alle schaffen es bis zum Cathedral Shop; die Leute sind daher froh, wenn sie hier ein, zwei Karten kaufen können. Und Victor und Berts Angebot an Büchern tendiert eher zum Frivolen, deshalb habe ich hier ein paar seriöse Bücher zur Auswahl. Ich bin außerdem gern hier, um Fragen zu beantworten und um ein Auge auf alles zu haben. Die Küster«, sagte sie abschätzig, »sind nicht immer so gut informiert oder so wachsam, wie sie sein sollten.«

Der Dekan war noch beeindruckter. »Machen Sie denn nie eine Pause?« fragte er.

Rowena nickte. »Doch, einige Freiwillige von den Freunden der Kathedrale springen mittags ein, damit ich nach Hause gehen kann, um etwas zu essen.« Oder um etwas anderes zu machen, dachte sie. Mit einem Lächeln fügte sie hinzu: »Gelegentlich erbarmt sich jemand meiner und bringt mir am Nachmittag eine Tasse Tee. Und manchmal habe ich sogar einen Tag frei.«

Er sah sich stirnrunzelnd in der nahezu menschenleeren Kathedrale um. »Ist denn niemand da, der Sie für ein paar Minuten vertreten könnte? Ich hatte gehofft, Sie würden mir im Refektorium bei einer Tasse Tee Gesellschaft leisten.«

»Sehr gern«, sagte sie sofort. Sie sah auf ihre Uhr. »Es ist nach vier, und heute ist sowieso nicht viel los. Es ist zu kalt für Touristen. Ich schließe einfach früher, wenn es Ihnen nichts ausmacht.« Der Dekan nickte zustimmend. Rowena sperrte die Kasse in eine Schublade, steckte den Schlüssel ein und stellte das Schild GESCHLOSSEN auf den Ladentisch.

Erfolgreich um Dorothy Unworth' Törtchen herumgekommen, wenn auch nicht um ihren finsteren Blick, nahmen der Dekan und Rowena mit ihren roten Plastikkännchen an einem abgelegenen Tisch Platz. Das Refektorium war ebenso leer wie die Kathedrale, daher konnten die beiden eine Unterhaltung führen, ohne befürchten zu müssen, von anderen Gästen belauscht zu werden. Der Dekan hatte zunächst daran gedacht, Rowena zu Hause aufzusuchen oder sie in sein Büro in der Dekanei zu bitten, dann aber entschieden, daß ein Treffen an einem öffentlichen Ort im großen und ganzen am besten wäre. Rowena war eine sehr attraktive Frau, und ein privates Treffen mit ihr würde in der kleinen Welt der Kathedralengemeinde bestenfalls unerwünschten Klatsch, schlimmstenfalls bösartige Unterstellungen hervorrufen.

»Sie haben bei unserem vorangegangenen Gespräch angedeutet«, sagte der Dekan ohne Umschweife, »daß Sie bereit wären, unter Mitwirkung der Freunde der Kathedrale das Catering der Kathedrale zu übernehmen.«

»Ja, das stimmt.« Obwohl sie wußte, daß Dorothy Unworth schwerhörig war, sah Rowena unwillkürlich in ihre Richtung; es bereitete ihr unerhörtes Vergnügen zu wissen, daß die Frau, die sie so neugierig beobachtete und deren Zukunft hier so nüchtern diskutiert wurde, kein Wort von dem, was gesagt wurde, hören konnte. Sie hielt eine Hand vor ihren Mund, für den Fall, daß Miss Unworth von den Lippen lesen konnte. »Obwohl hier darüber zu reden, quasi vor Miss Unworth' Augen, ein bißchen so erscheint wie ›Du bereitest mir einen Tisch im Angesicht meiner Feinde‹. Aus irgendeinem Grund bezweifle ich nämlich, daß Miss Unworth von der Idee begeistert sein wird.«

Latimer fiel ein, daß Rowena die Witwe eines Geistlichen war, und er lachte beifällig über ihr Zitat. »Nein, ich glaube nicht, daß man sagen könnte ›Ihr Kelch fließt über‹.«

»Wie wollen Sie vorgehen?« fragte Rowena rundheraus. »Dorothy wird nicht kampflos aufgeben.«

»Oh, machen Sie sich darüber keine Sorgen, Mrs. Hunt«, beruhigte der Dekan sie. »Das ist ein Kinderspiel. Ihnen ist sicher bekannt, daß ihr der Vertrag zur Leitung des Refektoriums gegen die Einrichtung einer jährlichen Pacht an das Domkapitel gegeben wurde. Er muß jedes Jahr verlängert werden, mit Beginn des Kalenderjahrs, und bis jetzt ging das immer automatisch. Diesmal jedoch werden wir es einfach ablehnen, ihren Vertrag zum ersten Januar zu verlängern. Es könnte gar nicht einfacher sein. Dann übernehmen Sie den Vertrag. Sie müßten doch wissen, wie das funktioniert«, fügte er hinzu. »Die Bedingungen des Mietvertrags für Ihr Haus am Kirchplatz sind ganz ähnlich, glaube ich.« Falls eine verschleierte Drohung hinter seinen Worten lag, verbarg er diese sorgsam mit seinem Lächeln.

»Aber ...« Rowena zögerte und suchte nach einer vorsichtigen Formulierung, um ihre Zweifel zu artikulieren. »Muß nicht das gesamte Kapitel die Verträge abstimmen.«

»Ja, selbstverständlich.«

»Und können Sie sicher sein, daß die anderen so abstimmen, wie Sie es wollen? Ich meine ...« Sie war ausnahmsweise um Worte verlegen. »Ich dachte, Sie stehen momentan nicht unbedingt auf gutem Fuß mit den Mitgliedern des Kapitels.«

»Überlassen Sie das Kapitel ruhig mir, Mrs. Hunt«, erklärte der Dekan zuversichtlich. »Ab nächsten Januar gehört die Kantine Ihnen.«

Rowena entspannte sich und lehnte sich zurück. »Na gut, dann kann ich schon anfangen, entsprechende Pläne zu machen.«

»Ich denke, wir werden sehr gut zusammenarbeiten, Mrs. Hunt. Und aufgrund dieser Annahme sehe ich eine weitere Möglichkeit der Zusammenarbeit.« Er sah auf den Tisch, beobachtete sie aber aus den Augenwinkeln und war erfreut über ihre spontane Reaktion.

»Ja? Und zwar?« Rowenas Interesse war geweckt, sie beugte sich gespannt vor.

»Die Pacht für den Cathedral Shop muß nächstes Jahr ebenfalls verlängert werden«, sagte der Dekan vorsichtig.

In ihren Augen blitzte neben Verständnis Befriedigung auf, doch sie wollte, daß der Dekan deutlicher wurde. »Ich nehme an, Victoria und Albert werden den Laden weiterführen wollen.«

Er hörte diese Bezeichnung für die beiden Männer zum erstenmal, und sie amüsierte ihn. »Daran habe ich keinen Zweifel«, sagte er mit einem Lächeln. »Ich lege jedoch keinen Wert darauf, ihre Pacht zu verlängern. Ich halte ihren Pachtzins für unzureichend und ihr Benehmen für … unpassend. Wenn Sie verstehen, was ich meine.«

Rowena verstand ihn sehr gut. »Und Sie haben sich gefragt, ob die Freunde der Kathedrale auch an dem Cathedral Shop interessiert wären?«

»Der Gedanke hat mich berührt.«

Sie gab vor, einen Moment darüber nachzudenken, obwohl beide wußten, wie ihre Antwort ausfallen würde. »Ich denke«, sagte Rowena schließlich, »das könnte für die Freunde der Kathedrale ein interessantes Projekt sein.«

»Betrachten Sie es als abgemacht«, sagte der Dekan.

Sie lächelten sich an. Beide wußten, daß ein Handel geschlossen war, und waren sich über die Bedingungen vollkommen im klaren. Denn Rowena war sich bewußt, daß diese Zusammenarbeit eine zweischneidige Sache war. Solange sie die Bedingungen des Dekans erfüllte, würde alles gutgehen. Aber falls sie versagte oder ihm ihre Loyalität entzog, würde sie genauso entbehrlich werden wie Dorothy Unworth. Rowena hing sehr an ihrem Haus am Kirchplatz und hatte nicht die Absicht, es zu verlieren. Falls sie sich dafür mit Stuart Latimer zusammentun mußte, würde sie das in Kauf nehmen.

Die Bedenken des Dekans, Rowena Hunt zu Hause aufzusuchen, galten nicht für den Besuch bei einem Mann. Deshalb machte sich Stuart Latimer an diesem Abend auf den Weg zu Jeremy Bartlett. Obwohl das Haus des Architekten direkt an die Dekanei grenzte, verhinderte die Mauer, die den Garten in seiner ganzen Länge durchlief, einen direkten Zugang, und der Dekan stellte zu seinem Verdruß fest, daß er entweder um das Westende der Kathedrale herum und über den Kirchplatz gehen oder seine Schlüssel benutzen mußte, um die Abkürzung durch die Kathedrale zu nehmen: durch eine kleine Privattür in den südlichen Chorumgang – aufgrund ihrer Nähe zur Dekanei traditionell Dekantür genannt – und durch das südliche Querschiff hinaus in die Überreste des Kreuzgangs. Er entschied sich für letzteren Weg als den kürzeren, und tatsächlich führte dieser ihn praktisch direkt vor Jeremys Haustür.

Er hatte Jeremy gegenüber nicht erwähnt, daß er ihn besuchen wollte, da er glaubte, ein Überraschungsmoment könnte in diesem Fall für ihn von Vorteil sein. Er wußte, daß er dabei ein Risiko einging, den Architekten nicht zu Hause anzutreffen, aber er hatte Glück; Licht schimmerte durch die zugezogenen Vorhänge, und leise Musik klang in die Nacht hinaus. Der Dekan war kein Experte in puncto Musik, doch er erkannte die melancholischen Klänge des Cellokonzerts von Elgar, als er auf seinen Absätzen wippte und darauf wartete, daß Jeremy auf sein Läuten reagierte.

Jeremy, der um diese Zeit keine Besucher erwartete, öffnete vorsichtig die Tür. »Herr Dekan!« Er war überrascht und zögerte einen Moment. »Wollen Sie nicht hereinkommen?« fragte er schließlich.

»Danke, Mr. Bartlett. Ich hoffe, ich komme nicht ungelegen.«

»Ganz und gar nicht.«

Sie standen einen Moment lang befangen in der Diele; der Dekan erwähnte mit keinem Wort den Grund seines Besuchs. »Darf ich Ihnen einen Drink anbieten?« fragte Jeremy schließlich.

»Ja, bitte. Das wäre sehr schön.«

Während er ins Wohnzimmer voranging, erkundigte sich Jeremy über die Schulter: »Brandy? Whisky? Etwas anderes?«

»Whisky, bitte.« Stuart Latimer begutachtete das Zimmer kurz und wählte den größten Sessel für sich. Als Jeremy die Drinks brachte und sich auf dem Sofa niederließ und ihn dabei fragend anblickte, wiederholte der Dekan seine eröffnenden Worte: »Ich komme hoffentlich nicht ungelegen.«

»Ich habe nur Musik gehört.« Jeremy zeigte auf die Stereoanlage. »Das mache ich abends meistens.«

Der Dekan lehnte sich zurück und nippte genießerisch an dem Single Malt Whisky. »Sie fragen sich vermutlich, warum ich hier bin.« Jeremy nickte, sagte aber nichts, und der Dekan fuhr nach einem Moment fort: »Ich möchte etwas unter vier Augen mit Ihnen besprechen, bevor ich mit anderen darüber spreche und es allgemein bekannt wird.«

»Ja?« Der Architekt zeigte höfliches Interesse, nicht mehr.

»Mir ist bewußt geworden, daß in unserer Kathedrale gewisse grundlegende Einrichtungen fehlen – ein Kapitelhaus zum Beispiel und eine Gesangsschule. Außerdem gibt es noch andere Einrichtungen, die wir in neuen, zweckmäßigen Gebäuden weitaus effizienter führen könnten, etwa die Kantine.« Und er begann, präzise seine Pläne für eine Bebauung der Grünfläche am Westende der Kathedrale auszuführen. »Ich denke«, schloß er, »es ist der einzig mögliche Weg für uns, die Kathedrale von Malbury ins einundzwanzigste Jahrhundert zu führen – und dabei noch Hereford und Worcester meilenweit voraus zu sein.«

Irgendwann während seiner Ausführungen war Jeremy aufgestanden und hatte begonnen, im Zimmer auf und ab zu gehen. Nun drehte er sich mit kaum verhohlener Erregung zu dem Dekan um. »Und Sie wollen, daß ich mich damit befasse?«

»Natürlich! Sie sind der Dombaumeister. Sie sind hier vor Ort. Und ich nehme an, daß Sie die erforderlichen Handwerker aus London kennen.«

»Es ist ein großes Projekt …«

»Ein gewaltiges Projekt. Aber Sie werden natürlich alle Unterstützung erhalten, die Sie benötigen.«

»Es wird ein Vermögen kosten. Das Geld …«

»Darüber brauchen Sie sich keine Sorgen zu machen«, sagte der Dekan wegwerfend. »Ich erwarte nicht, daß Sie sich neben Ihrer Tätigkeit als Architekt um die Finanzierung kümmern. Das Geld wird da sein. Mein Schwiegervater ist in der geeigneten Position, um an Subventionen und andere Mittel heranzukommen. Das Geld ist kein Problem.« Latimer legte den Kopf zurück, um Jeremys Blick zu begegnen. »Sind Sie auf meiner Seite?« fragte er.

»Ja, natürlich bin ich das!«

»Dann möchte ich, daß Sie so bald wie möglich einige Kostenvoranschläge erstellen, basierend auf der Art Bauvorhaben, das wir erörtert haben. Wenn Sie zu diesem Zeitpunkt einige Entwürfe skizzieren wollen, schaue ich sie mir gern an. Ich würde dem Kapitel bei der nächsten Versammlung Ende des Monats gern etwas Konkretes vorweisen, und soweit ich weiß, findet Mitte November das Patrozinium statt. Das wäre vielleicht ein guter Zeitpunkt, um vorläufige Pläne bekanntzugeben.«

Jeremy runzelte die Stirn. »Dann bleibt uns nicht viel Zeit.«

»Ich bin sicher, Sie schaffen das.«

Jeremy dachte laut nach. »Ich müßte Anfang nächster Woche nach London fahren.«

»Ich überlasse es Ihnen.« Stuart Latimer stand auf. »Danke für den Drink und Ihre … Kooperation. Wir unterhalten uns demnächst wieder, Mr. Bartlett. Und ich brauche wohl nicht zu betonen, daß unser Gespräch einstweilen unter uns bleiben muß?«

»Natürlich nicht.«

»Und«, fügte der Dekan hinzu, »daß ich im Gegenzug hundertprozentige Loyalität von Ihnen erwarte? Mir persönlich gegenüber, nicht gegenüber dem Kapitel.«

Es gab kein Zögern. »Das versteht sich von selbst, Herr Dekan.« Jeremy brachte Latimer zur Tür, ging ins Wohnzimmer zurück und schenkte sich automatisch noch einen Drink ein. Das Cellokonzert war zu Ende, aber er bemerkte es nicht.

Unfaßbar – Bauvorhaben dieser Größenordnung gab es für Kathedralen kaum noch, denn keine verfügte über das notwendige Geld. Doch dies war der Traum jedes Architekten, die Art Auftrag, der allen vorschwebte, den alle erhofften, obwohl Architekten, wenn sie realistisch waren, wußten, daß es in der Regel nur ihre Aufgabe war, diese prachtvollen mittelalterlichen Bauwerke vor dem Zerfall zu bewahren und sie in ihrer anachronistischen Schönheit für weitere Generationen von Touristen zu erhalten. Dieser Auftrag war mehr, als Jeremy sich je hatte träumen lassen: die perfekte Möglichkeit, seine Karriere zu krönen und ein dauerhaftes Monument seines Könnens zu hinterlassen. Es bedeutete Unsterblichkeit.

Es gab nur ein kleines Problem: Brydges-ffrench und die Abrechnungen des Musikfestivals. Wäre er bloß nicht so dumm gewesen, dem alten Trottel seine Hilfe anzubieten! Er hatte eindeutig unüberlegt gehandelt und aufs falsche Pferd gesetzt. Denn die Gegenleistung, die er dem Subdekan abgerungen hatte – der Ausbau des Kreuzgangs und eine Sanierung der Kathedrale – war verglichen mit dem Projekt des Dekans nur ein Tropfen im Ozean. Wenn der Dekan je dahinterkam … Jeremy verdrängte den Gedanken energisch. Er glaubte fest, dafür sorgen zu können, daß er nicht aufflog. Der Dekan würde nicht hinter seinen Handel mit dem Subdekan kommen, *durfte* nicht dahinterkommen. Das wäre verhängnisvoll.

Ein anderer Aspekt drang in seine Überlegungen und zauberte unwillkürlich ein Lächeln auf sein Gesicht. Er wäre in London nächste Woche, dachte er. Er würde Lucy sehen. Er war besessen von ihr, stellte er fest. Bislang waren seine Bemühungen, sie zu erobern, erfolglos gewesen, doch das stachelte seine Begierde nur noch an. Nächste Woche würde er in London sein und es irgendwie schaffen, Lucy Kingsley zu sehen.

Kapitel 20

Herr, ich liebe den Ort, wo dein Tempel steht,
die Stätte, wo deine Herrlichkeit wohnt.
Psalm 26,8

Zwischenspiel.

Sonntag nachmittag am Kirchplatz: Die Ruhe zwischen Sonntagsmesse und Abendgottesdienst war eine stille Zeit für Mittagessen und Sonntagszeitung und Tee. Es war eine Zeit für Familien; für alleinstehende Menschen oft endlos lang und leer – für Menschen wie Rowena Hunt und Jeremy Bartlett, wie John Kingsley und Evelyn Marsden. Aber an diesem Tag war John Kingsley nicht allein; er hatte ein üppiges Mittagsmahl bei den Willoughbys eingenommen und Roastbeef, Yorkshirepudding, Röstkartoffeln, frisches Gemüse und Pats berühmtes Apfelgratin mit einem großen Klacks Vanillesauce genossen.

Auch Evelyn Marsden war nicht allein. Seit Todd Randall bei ihr wohnte, machte es ihr wieder Freude, zu kochen – um den Jungen ein bißchen aufzupäppeln, wie sie sagte –, und das Sonntagsessen war eine besonders gute Gelegenheit für sie, ihre Kochkünste unter Beweis zu stellen. Dieser Tag jedoch war etwas ganz Besonderes: Arthur Brydges-ffrench hatte sich bereit erklärt, ihnen beim Essen Gesellschaft zu leisten. Todd hatte stets Appetit, obwohl er nie ein Gramm zuzunehmen schien, dachte Evelyn wehmütig, als sie das Wasser für den Tee aufsetzte; sie selbst schien Essen nur anschauen zu müssen, um noch stärker um ihre jetzt schon mollige Taille zu werden. Todd würde den Kuchen, den sie zum Tee gebacken hatte, bestimmt zu schätzen wissen – eine Schichttorte aus Biskuitteig, dick mit Schlagsahne bestrichen und mit köstlichen Himbeeren aus dem Tiefkühlfach verziert. Hoffentlich würde auch Arthur den Kuchen würdigen. Zu Mittag hatte er nicht viel gegessen; der Schweinebraten schien ihm zwar geschmeckt zu haben, aber im Gemüse hatte er nur herumgestochert, und die knusprige Bratenkruste, die sie ihm serviert hatte, war auf seinem Teller liegengeblieben. Der arme Arthur war so dünn, noch dünner als Todd, sorgte sie sich. Seit seine Mutter tot und er auf sich allein gestellt war, aß er anscheinend nicht mehr als ein Spatz.

Zumindest schien er heute in besserer Stimmung zu sein, dachte Evelyn. Letzte Woche, nach dem Gottesdienst für Ivor Jones, war er so geistesabwesend gewesen, daß er, obwohl es ihr gelungen war, ihm ein bißchen Essen aufzunötigen, kaum ein Wort herausgebracht hatte. Heute mittag war er zwar nicht so unbeschwert wie früher gewesen, doch er hatte mit Todd über ein paar Projekte gesprochen, an denen sie arbeiteten, und sogar ein paar müde Witzchen über die Statur des Dekans gemacht. »Ob er seine Sachen wohl in der Kinderabteilung kauft? Vielleicht gibt es in *London* ja spezielle Geschäfte für kleingeratene Kleriker«, hatte er mit johlendem Lachen gesagt. Evelyn hielt das für ein gutes Zeichen.

»Tee?« fragte sie munter, als sie das schwere Tablett ins Wohnzimmer trug. Todd sprang auf, um ihr das Tablett abzunehmen; Arthur Brydges-ffrench blieb sitzen und studierte mit leicht gerunzelter Stirn das halb beendete Kreuzworträtsel in der *Times*, das er sich vom Vortag aufgehoben hatte, um es heute in Ruhe zu lösen.

In einem anderen Haus am Kirchplatz kümmerte sich Philip Thetford gerade um den Abwasch, während seine Frau an einem Vortrag über Schwangerschaft von Teenagern arbeitete, den sie im Frauenhaus halten sollte; eine Tür weiter legte

Rowena, die einen Gast erwartete, letzte Hand an die Leckerbissen auf dem Teetablett. Und auch im Haus der Greenwoods bereitete man den Nachmittagstee vor.

Beim Mittagessen hatte der Kantor seiner Frau von den Schwierigkeiten erzählt, einen neuen Organisten zu finden und in der Zwischenzeit das musikalische Niveau der Gottesdienste zu halten.

»Ich werde nur Zeit für eine schnelle Tasse haben, weißt du«, warnte Rupert seine Frau. »ich muß zurück in die Kathedrale und die Noten für die Vesper herauslegen.« Er nahm ein Notenblatt vom Eßtisch und sah es an. »Sumsion in G-Dur. Es steht auf der Liste für die Vesper, aber die Jungs haben immer noch Probleme mit dem Eröffnungsstück. Ich weiß nicht, warum.«

Judith schenkte ihm Tee ein. »Rupert«, sagte sie ruhig, aber mit Nachdruck. »Rupert, wir müssen miteinander reden.«

»Hm?« Er blickte auf. »Oh, danke.« Er nahm den Tee und setzte sein Studium des Notenblatts fort. »Das Problem ist, solange wir keinen neuen Organisten haben, muß ich den Chor dirigieren und kann daher nicht die Messe singen. John Kingsley ist aber ein ordentlicher Ersatz, denke ich. Er hat eine ganz gute Stimme«, gab er widerwillig zu, »aber es ist nicht fair, von ihm zu erwarten, daß er immer einspringt. Singen gehört nicht zu seinem Job.«

»Und den Chor zu dirigieren gehört nicht zu deinem Job«, warf Judith scharf ein. »Rupert …«

»Könntest du dir etwa vorstellen, daß unser alter Arthur die Messe singt?« Rupert lachte erheitert. »Er hat eine Stimme wie ein rostiges Scharnier, und Philip singt nicht viel besser. Ein Winzling wie unser Dekan kann auch nicht viel Stimme haben, was? Deshalb bleibt es wohl bei John, bis wir einen neuen Organisten haben. Immerhin ist der Orgelstudent in der Lage, bei den Gottesdiensten zu spielen, wenn auch nicht brillant.

Aber Ivor war auch nicht gerade der Welt begnadetster Organist.« Er nahm einen Schluck Tee. »Gibt's Kekse?«

Schweigend reichte Judith ihm einen Teller mit Schokoladenkeksen.

»Danke.« Wieder überflog er den Sumsion. »Es ist ein gutes Stück, auch wenn meine Jungs es nicht zur Geltung bringen. Trotzdem bin ich mir nicht sicher, ob mir Sumsion in A-Dur nicht lieber ist.«

Judith versuchte es noch einmal. »Rupert, wir müssen wirklich über ein paar Dinge reden.«

Er blickte auf. »Hast du etwas gesagt, Liebes?« Über ihre Schulter hinweg erhaschte er einen Blick auf die Uhr. »Schon so spät? Ich muß rennen!« Er sprang auf, trank im Stehen seine Tasse aus und war weg.

In seiner Eile hatte Rupert ein Sofakissen auf den Boden geworfen. Judith Greenwood hob es auf, klopfte es zurecht und seufzte.

Kapitel 21

Ihre Kehle ist ein offenes Grab,
aalglatt ist ihre Zunge.
Psalm 5,10

Während der langen Zugfahrt nach London hatte Jeremy genügend Zeit, seinen Aufenthalt dort genau zu planen. Da er mindestens zwei Nächte bleiben würde, wollte er nach der Ankunft direkt in seinen Club gehen und sich wieder mit der Umgebung vertraut machen. Vielleicht würde er ein, zwei alte Freunde anrufen und vorschlagen, sich abends auf einen Drink zu treffen. Möglicherweise gab es ein sehenswertes Konzert am Saint John's Smith Square oder in der Royal Festival Hall. Er hätte vor der Abfahrt in der Zeitung nachschauen sollen, fiel ihm verspätet ein. Am nächsten Morgen würde er in sein ehemaliges Büro gehen und an dem Projekt des Dekans arbeiten; das Architekturbüro gehörte ihm nicht mehr, aber er könnte sich mit ein paar seiner vormaligen Kollegen zusammensetzen und eventuell erste realistische Kostenvoranschläge entwickeln.

Und dann würde er versuchen, Lucy zu sehen. Die Tatsache, daß sie zögerte, mit ihm auszugehen, ihre Art, sich ihm zu entziehen, bestärkte ihn nur in seiner Entschlossenheit, die Barriere zu durchbrechen, die sie zwischen ihnen errichtet hatte. Wenn er sie anrief und ihr erzählte, daß er geschäftlich in London zu tun habe, würde sie dann einwilligen, ihn zu sehen? Würde sie sich vielleicht zum Lunch mit ihm treffen oder zum Tee? Alles in allem bezweifelte er es eher. Weder ein Dinner, mit oder ohne Konzert, noch ein Treffen am Abend kamen vermutlich für Lucy in Frage, dachte er. Selbst wenn sie dazu bereit war, würde David bestimmt nicht begeistert sein, und Jeremy hatte nicht die Absicht, David in seine Pläne einzubeziehen.

Wie sah ihre Beziehung zu David eigentlich genau aus? fragte er sich. Er hatte nie weiter danach gefragt. Sie waren nicht verheiratet und auch nicht verlobt, soviel wußte er. Lucy hatte es zugegeben. Sie hatte sich als »gebunden« bezeichnet, doch wenn es etwas Ernstes wäre, würde man dann nicht versuchen, etwas von Dauer daraus zu machen? Zu meiner Zeit war es so gewesen, dachte Jeremy und war sich dabei seines Alters schmerzlich bewußt. Wenn man eine Frau liebte und ungebunden war, hatte man sie geheiratet. Lebten Lucy und David zusammen? David war nur dieses eine Mal bei Lucy ans Telefon gegangen, aber danach hatte Jeremy bei mehreren Gelegenheiten den untrüglichen Eindruck gehabt, daß Lucy nicht allein gewesen war, als er anrief.

Diese Anrufe, ein-, zweimal in der Woche, hielten seine Verbindung zu ihr aufrecht. Er hätte gern öfter mit ihr telefoniert, beschränkte sich jedoch strikt auf maximal zwei Anrufe pro Woche. Es schien sie nicht zu stören, im Gegenteil, sie hörte seinem Klatsch über die Leute aus Malbury anscheinend gerne zu. Doch wenn er sie bei ihren gelegentlichen Besuchen in der Stadt persönlich traf, hielt sie ihn energisch auf Distanz.

Das mußte es sein, erkannte Jeremy plötzlich, als er die sorgsam gepflügten Äcker betrachtete, durch die sein Zug rauschte. Am Telefon war seine Art unbeschwert, humorvoll, nicht bedrohlich, aber wenn er in ihrer Nähe war, schien er zunehmend unter dem Zwang zu stehen, zu dick aufzutragen. Und offensichtlich war das nicht die richtige Taktik. Er mußte also, wenn er sie traf, genau dem Image entsprechen, das er stets am Telefon pflegte. Er würde der amüsante, geistreiche Jeremy

Bartlett sein, nicht der plumpe Verführer. Eile mit Weile, alter Freund, sagte er sich: Ich kriege sie, auch wenn es dauert.

Er runzelte die Stirn, als er an sein zweites Problem dachte: das mit Kanonikus Brydges-ffrench und dem Musikfestival. Der Subdekan hatte ihm Sonntag nachmittag nach der Vesper berichtet, daß der Dekan erneut die Abrechnungen verlangt habe. Es sei ihm gelungen, ihn abzuwimmeln, hatte der Kanonikus Jeremy versichert, aber er sei nicht sicher, wie lange er den Dekan noch hinhalten könne.

Jeremy schnitt eine Grimasse. Dieser hoffnungslose alte Idiot! Warum hatte er sich bloß mit so einem Versager wie Arthur eingelassen? Er mußte den Verstand verloren haben. Jetzt mußte er sich von dem Subdekan lossagen, bevor der Dekan Verdacht schöpfte. Die Abrechnungen waren noch nicht einmal gemacht worden, daher würde Jeremy bestimmt in der Lage sein, seine Spuren erfolgreich zu verwischen. Er hatte Brydges-ffrench empfohlen, den Dekan zu vertrösten – das würde der Subdekan wohl gerade noch schaffen.

Alles läuft bestens, sagte sich Jeremy am nächsten Tag, als er sein altes Büro verließ, beladen mit Rohentwürfen und hingekritzelten Zahlen. Damit hatte er einen guten Ausgangspunkt. Morgen würde er nach Malbury zurückfahren und dann mit der weiteren Ausarbeitung anfangen, um dem Dekan bald vielversprechende Unterlagen zeigen zu können. Aber heute nachmittag mußte er noch versuchen, Lucy zu sehen. Wenn sie heute keine Zeit für ihn haben sollte, könnte er seine Abreise noch um einen Tag verschieben – er könnte den Gedanken einfach nicht ertragen, nach Hause zu fahren, ohne sie gesehen zu haben. Er würde jetzt in seinen Club gehen und all diese Papiere loswerden, dann bei ihr anrufen und vorschlagen … was? Vielleicht sollte er einfach zu ihr nach Hause gehen, dann würde sie ihn nicht abwimmeln können. Er versuchte sich ihre Reaktion vorzustellen, ihren Gesichtsausdruck, wenn sie die Tür aufmachte und ihn vor sich sah.

»Jeremy?« erklang eine Frauenstimme neben ihm. So fixiert war er im Geiste auf Lucy gewesen, daß er die Lucy aus Fleisch und Blut, die vor ihm auf dem Bürgersteig stand, gar nicht zur Kenntnis nahm. Als er ihre Gegenwart endlich registrierte, dauerte es einen Augenblick, bis er erkannte, daß es sich nicht um eine Ausgeburt seiner Phantasie handelte.

»Jeremy?« Sie sah ihn forschend an. »Du bist es doch, oder? Du siehst aus, als hättest du einen Geist gesehen.«

»Lucy! Ich ... ich habe einfach nicht erwartet, dich zu sehen, das ist alles.«

Sie lachte. »Aber ich lebe in London! *Ich* sollte erstaunt sein – *du* gehörst nicht hierher. Du gehörst nach Malbury. Du hast mir gar nicht erzählt, daß du in die Stadt kommst.«

»Ich wußte es bis vor zwei Tagen selbst noch nicht«, hörte Jeremy sich sagen. Er konnte immer noch nicht fassen, daß sie vor ihm stand und ihn anlachte, die Hände in die Taschen ihres Trenchcoats gesteckt. Der Zauber wurde von einer Frau gebrochen, die sich beladen mit Einkaufstüten verärgert an Lucy vorbeidrängte. »Wir blockieren den Verkehr«, sagte er lachend und schlüpfte bewußt in die Rolle des charmanten und witzigen Freundes. »Wo willst du hin?«

»Zur U-Bahn-Station Piccadilly Circus, und dann nach Hause.«

»Nein, sicher nicht. Du gehst mit mir Essen. In ein sehr nettes Restaurant gleich um die Ecke, wo ich früher häufig ausgiebige und teure Geschäftsessen hatte. Das heißt, falls es den Laden noch gibt – das kann man heutzutage nie wissen, stimmt's? In ein, zwei Jahren kann sich viel verändern.«

»Ja, das ist richtig.« Sie zögerte unmerklich, bevor sie seine Begleitung annahm.

»Du hast mir noch nicht erzählt, was du in diesem Teil der

Stadt machst. Ist doch hier ziemlich weit von deinem Haus entfernt, oder?«

»Ich war in einer Galerie, in der gerade ein paar Bilder von mir ausgestellt werden. Ich wollte sehen, wie sie präsentiert sind.«

»Um welche Galerie handelt es sich? Ich habe hier in der Gegend eine ganze Menge gekannt.« Er wandte ihr beim Gehen sein Gesicht zu und fügte hinzu: »Vergiß es. Nach dem Essen bringst du mich hin, und ich schaue es mir selbst an.« Und später, sagte er zu sich, gehe ich noch einmal hin und kaufe ein Bild.

Sie kamen zu dem Restaurant. Es war immer noch da: in einem kleinen, aber sehr luxuriösen Kellergewölbe, so diskret, daß jeder, der es nicht kannte, glatt vorbeigehen würde. Zu Jeremys Genugtuung erinnerte sich der Geschäftsführer an ihn und führte ihn an seinen alten Tisch im Hintergrund des Lokals, an denselben Tisch, wo sich im Laufe der Jahre etliche Kunden bereitwillig von großen Summen Geld getrennt hatten. Jeremy legte seine Unterlagen auf einen Stuhl, half Lucy aus ihrem Mantel, gab ihn dem wartenden Geschäftsführer und zog einen Stuhl für sie zurück. »Eine Flasche Champagner«, sagte er zu dem Kellner, der geräuschlos an den Tisch getreten war. »Den besten, den Sie haben. Und Sie servieren doch auch vegetarische Speisen, nicht wahr?«

»Die besten in ganz London, Sir«, versicherte der Ober.

Jeremy wandte sich wieder zu Lucy um und zog eine Augenbraue hoch. »Na bitte, Lucy. Du hast gehört, was er gesagt hat.«

»Ich bin sehr zufrieden.« Lächelnd griff sie nach ihrer blütenweißen, frisch gestärkten Serviette. *»ich* habe dir erzählt, was ich heute morgen gemacht habe. Aber *du* hast mir noch nicht gesagt, was du hier in London tust. Was haben denn all diese mysteriösen Papiere zu bedeuten? Ich muß gestehen, daß ich ziemlich neugierig bin.«

Geistreich und amüsant sein, ermahnte er sich. »Oh, man hat mich geschickt«, sagte er mit einem geheimnisvollen Lächeln. »Aber falls du denkst, es wäre ein Bote des Himmels gewesen, der Erzengel Gabriel oder einer seiner Mitstreiter vielleicht, muß ich dich enttäuschen. Es war kein anderer als unser teurer Dekan.«

»Der Dekan?«

»Genau! Ehrwürden Stuart Latimer – oder Seine Kleine Majestät, wie er von guten Freunden liebevoll genannt wird, wer auch immer das sein mag. Du erinnerst dich doch noch an den Dekan? An den kleinen Burschen in dem scheußlichen neuen Chormantel – mit Maschinenstickerei und Hornperlen?«

»Oh, Jeremy!« Lucy unterdrückte ein Kichern, indem sie die Serviette an ihren Mund legte.

Er entkorkte mit großer Geste den Champagner und goß einen Strom goldener Luftbläschen in ihr Glas. »Auf den Grund, warum er mich hierhergeschickt hat! Es wird dich vielleicht überraschen zu erfahren, daß unser geliebter Dekan – der zwar nicht den Titel größter Armleuchter des Christentums beanspruchen kann, sondern sich um den des kleinsten bewerben muß – einen Baukomplex hat!« Und ohne daran zu denken, daß der Dekan auf Geheimhaltung bestanden hatte, unterhielt er Lucy bei der Gemüseterrine, den Tagliatelle mit Waldpilzen, der Schoko-Rum-Roulade und sogar noch beim Kaffee mit Geschichten aus Malbury, wobei die Pläne für die neuen Bauten den größten Raum einnahmen.

David Middleton-Brown, der an diesem Abend während der Stoßzeit mit der Piccadilly-Line von Holborn nach South Kensington fuhr, hatte nicht das Glück, einen Sitzplatz zu haben. Oder vielmehr hatte er einen gehabt, ihn in Covent Garden aber an eine hochschwangere junge Frau abgetreten, deren Haar in Hunderte winzige Zöpfchen, jedes mit einem glitzernden Silberband verziert, geflochten war. Sie lächelte ihn mit unpersönlicher Dankbarkeit an, und den Rest der Fahrt mußte er sich damit zufriedengeben, sich an einem der baumelnden grauen Griffe festzuhalten. Nach der zweiten Woche in seinem neuen Job war das U-Bahn-Fahren noch so neuartig für ihn, daß ihn die Unannehmlichkeiten dabei kaum berührten.

Seine Arbeit bei einer ehrwürdigen alten Anwaltskanzlei in Lincoln's Inn erwies sich als recht interessant. Verständlicherweise hatte er sich diese einschneidende Veränderung in seinem Leben gut überlegt; Veränderungen waren David, der stets Vertrautheit und Routine brauchte, nie leichtgefallen. Aber seine neuen Kollegen hatten ihn freundlich in ihrer Mitte aufgenommen, und die Arbeit, die sich sehr von den alltäglichen Angelegenheiten einer ländlichen Kanzlei unterschied, mit denen er sich in Norwich befaßt hatte – Testamente, Scheidungen, Bezirksgerichtsentscheide – war abwechslungsreich, interessant und kam seinen Fähigkeiten durchaus entgegen. Außerdem wurde die Anwaltstätigkeit hier gut bezahlt – die Gebühren waren beträchtlich höher als der gängige Tarif in Norfolk.

Doch das Beste daran, dachte er, war, daß er jetzt bei Lucy sein konnte. Als er die U-Bahn-Station South Kensington verließ, beschleunigte er unwillkürlich seine Schritte. Er war auf dem Weg nach Hause.

Es war fast so gut, wie verheiratet zu sein – fast. Wenn sie ihn doch nur heiraten würde; das war der einzige Kummer, der sein Glück trübte. Er konnte einfach nicht verstehen, warum sie sich so sehr dagegen sträubte, ihre Verbindung zu legalisieren, sie vor Gottes Angesicht segnen zu lassen. Es würde alles soviel leichter machen; konventionell, wie er war, machte er sich ständig Sorgen darüber, was andere Leute denken könnten – seine neuen Arbeitskollegen etwa, und vor allem auch Lucys Vater, den David bereits sehr schätzte. Und ihm selbst würde eine Heirat das Gefühl von Sicherheit und Dauerhaftigkeit geben, nach dem er sich sehnte. Wie die Dinge aber nun standen, konnte Lucy jeden Tag ihre Meinung ändern, und was sollte dann aus ihm werden?

Außerdem fragte er sich, was passieren würde, wenn das Haus, das er demnächst erben würde – sobald der komplizierte Nachlaß geregelt war –, von ihm bezogen werden konnte. Darüber hatten er und Lucy nie gesprochen; ihre Einladung, bei ihr einzuziehen, war unter der Voraussetzung ausgesprochen worden, daß es sich um ein vorübergehendes Arrangement handelte, und er mußte davon ausgehen, daß Lucy es immer noch so sah. Er mochte nicht an die Probleme denken, welche diese Situation mit sich brachte, und daher verbannte er jeden Gedanken an sein künftiges Haus energisch in den hintersten Winkel seines Denkens.

David bog in die Mews ein und lächelte – wie gewöhnlich – beim Anblick von Lucys winzigem, makellosem Haus. Noch immer empfand er ungetrübte Freude, wenn er seinen eigenen Schlüssel ins Schloß steckte; jetzt war es auch sein Heim.

Zu seiner Überraschung erwartete Lucy ihn an der Tür; normalerweise war sie in ihrem Studio oder in der Küche, wenn er nach Hause kam. Sie küßte ihn mit unerwarteter Leidenschaft. »Ich bin froh, daß du da bist, David, Liebster«, sagte sie. »Wie war dein Tag?«

»Oh, ganz gut. Ich erzähle dir später alles. Und bei dir?«

Ihr Zögern war zu kurz, um aufzufallen. »Nichts Besonderes. Ich war heute morgen in der Galerie und habe mir angeschaut, wie sie meine Bilder aufgehängt haben.«

David sog die Küchendüfte ein, die aus dem hinteren Teil des Hauses herbeiwehten. »Irgend etwas riecht ganz köstlich. Wolltest du heute früher essen?«

»Bist du sehr hungrig?« Lucy spielte mit seiner Krawatte

und drehte an einem seiner Hemdknöpfe. »Die Auflaufform steht im Ofen, aber sie kann warten. Ich dachte, wir könnten … Oh, David«, sagte sie mit seltsam gepreßter Stimme, »möchtest du nicht mit mir ins Bett gehen?«

»Ich dachte schon, du würdest nie fragen«, antwortete er.

Kapitel 22

Sie lauern und spähen und beobachten genau meine Schritte; denn sie trachten mir nach dem Leben.

Psalm 56,7

An einem Abend in der nächsten Woche, kurz vor dem Gottesdienst, sprach Kanonikus Brydges-ffrench zwei seiner Kollegen an: den Kantor und den Kanonikus für Missionsfragen. »Würden Sie heute abend bitte zu mir kommen? Nach dem Gottesdienst. Es ist wichtig.« Rupert Greenwood nickte gleichgültig, aber Philip Thetford machte ein ablehnendes Gesicht. »Es ist wichtig«, wiederholte der Subdekan eindringlich und zog zur Unterstreichung seiner Worte seine dichten, buschigen Augenbrauen zusammen, woraufhin Thetford schließlich nickte.

Ungefähr eine Stunde später bat er die beiden in sein Arbeitszimmer. Es war ein hoher, altmodischer Raum, schwach erleuchtet und vollgestopft mit Büchern: Bücher auf den deckenhohen Regalen, auf dem fadenscheinigen Perserteppich und in unordentlichen Stapeln auf dem Schreibtisch. Sogar auf dem alten Ledersofa lagen Bücher; der Subdekan legte sie auf den Fußboden, bevor er die beiden Männer aufforderte, Platz zu nehmen. Sie kamen seiner Aufforderung nur zögernd nach – dunkle Rechtecke in dem Staub auf dem Sofa zeigten, wo die Bücher gewesen waren und wie lange sie schon dort gelegen hatten. Philip Thetford holte demonstrativ sein Taschentuch heraus und wischte den Staub von der Sitzfläche, bevor er sich niederließ.

Der Subdekan grub aus dem Chaos auf seinem Schreibtisch eine Schachtel Turkish Delight aus und bot sie seinen Gästen an; beide Kanoniker winkten mit angewiderten Mienen ab. Verschämt stopfte Arthur eine klebrige grüne Süßigkeit in seinen Mund, bevor er fragte: »Sherry?«

»Nicht an einem Wochentag.« Der Kanonikus für Missionsfragen schürzte selbstgerecht seine schmalen Lippen.

»Ich denke, ich nehme einen«, sagte der Kantor. »Aber nur einen kleinen. Trocken, bitte.«

Die Karaffe aus geschliffenem Glas war so staubig wie das Sofa, doch der Inhalt war exzellent; Arthur Brydges-ffrench war berühmt für seinen gut sortierten Weinkeller, auch wenn er seit dem Tod seiner Mutter nur noch selten Gäste empfing. Er schenkte Rupert Greenwood und sich selbst ein und setzte sich dann in seinen verschlissenen, aber bequemen Ledersessel. Zumindest dieser Sessel, in dem er einen Großteil seiner Zeit verbrachte, war frei von Büchern.

»Worum geht's, Arthur?« wollte Kanonikus Thetford wissen. »Hätte es nicht warten können? Es kommt mir heute abend gar nicht gelegen – Claire wird erwarten, daß ich mit dem Abendessen fertig bin, wenn sie von der Klinik nach Hause kommt. Und ich habe die Linsen noch nicht eingeweicht.«

Der Subdekan beugte sich nervös vor. »Ich glaube nicht, daß es warten kann«, sagte er und machte dann eine Pause. »Der Dekan will die Abrechnungen für das Musikfestival sehen.«

Philip Thetford zuckte ungeduldig mit den Achseln. »Ja, das habe ich schon bei der Kapitelversammlung gehört. Na und? Dann geben Sie ihm doch die Abrechnungen.«

Rupert Greenwood zog mit einem leisen Zischen den Atem ein. »Er hat schon wieder danach gefragt, Arthur?«

»Ja. Erst am Sonntag, und heute noch einmal, nach der Kommunion. Er hat gesagt, daß er sie umgehend sehen will, noch vor der Kapitelversammlung nächste Woche. Und wenn die Abrechnung noch nicht vorliegt, will er die Bücher einsehen.«

»Aha.« Der Kantor lehnte sich gedankenvoll zurück, um dem Blick des Subdekans auszuweichen, und nippte an seinem Sherry.

»Und wo liegt das Problem?« Die Stimme des Kanonikus für Missionsfragen nahm einen belehrenden Tonfall an. »Wie ich bereits sagte, geben Sie sie ihm einfach. Ich verstehe nicht, warum Sie uns hierherbitten mußten, um dafür unsere Erlaubnis einzuholen! Ich weiß, daß Sie unter Streß stehen, Arthur, aber Abrechnungen auszuhändigen liegt sicherlich im Bereich Ihrer Möglichkeiten«, fügte er sarkastisch hinzu. »Sie verstehen wohl nicht, Philip.« Schweißperlen standen auf der Stirn des Subdekans.

»Nein, wirklich nicht! Ich warte darauf, daß Sie es mir erklären!« Thetford wurde ungeduldig. »Und möglichst noch vor dem Jüngsten Tag!«

Kanonikus Brydges-ffrench zückte sein Taschentuch und wischte sich die Stirn. »Philip«, sagte er leise, »ich kann ihm die Bücher nicht geben. Es gibt da gewisse ... äh ... Unregelmäßigkeiten, und ich glaube nicht, daß der Dekan dafür ... äh ... Verständnis hätte.«

»Unregelmäßigkeiten? Wovon reden Sie?«

»Wir haben so viel Geld verloren«, antwortete der ältere Mann beinahe im Flüsterton. »Wir mußten etwas tun ...«

»Sagen wir einfach«, warf Rupert Greenwood ein, »daß eine gewisse ... kreative Buchhaltung benutzt wurde, die näherer Überprüfung nicht standhalten würde. Falls das je bekannt wird ...«

»... wäre die Hölle los«, schloß der Subdekan mit einem Stöhnen. »Oh, was machen wir bloß?«

»*Wir*?« wollte Kanonikus Thetford wissen, wobei er auf dem Sofa deutlich ein Stück von Rupert Greenwood abrückte. »Das

Ganze geht mich nichts an! Sie beide mögen in Teufels Küche kommen, doch ich habe nichts damit zu tun! Ich hatte nichts mit Ihrem albernen Festival zu tun und mit den Büchern auch nicht!« Er stand auf, als ob er gehen wollte.

Kanonikus Greenwood lachte, ein trockenes Lachen ohne Erheiterung. »Da irren Sie sich, mein Freund. Ich fürchte, Sie stecken sehr wohl mit drin, Philip.«

Die blassen Augen des Kanonikus Thetford traten noch mehr hervor als sonst, seine farblosen Augenbrauen hoben sich von einem plötzlich geröteten Gesicht ab, und er ließ sich mit einem Plumps auf das Sofa fallen. »Aber das ist absurd! Unmöglich!«

»Die Schecks«, erklärte der Kantor knapp. »Sie waren einer der Zeichnungsberechtigten für das Konto des Festivals. Drei Unterschriften waren jeweils erforderlich, falls Sie sich erinnern. Arthurs, meine ... und Ihre, Philip.« Er machte eine inhaltsschwere Pause. »Sie haben Blankoschecks unterschrieben, Philip. Ich habe Sie darum gebeten, und Sie haben mich nicht einmal gefragt, worum es geht.« Rupert Greenwood lächelte mit einem gewissen grimmigen Vergnügen. »Sie sehen also, Philip, daß Sie genauso in der Tinte sitzen wie wir. Wenn wir untergehen, dann auch Sie.«

Kanonikus Greenwood schlenderte über den Kirchplatz nach Hause, vorbei an dem leerstehenden Haus des Organisten und summte einen passenden Satz aus Psalm 109 vor sich hin, als er an den Dekan dachte: »Nur gering sei die Zahl seiner Tage, sein Amt soll ein anderer erhalten.« Als er den Schlüssel ins Schloß steckte, bewegten sich seine Gedanken in Richtung Abendessen. Dienstag, überlegte er. Dienstag abend wurden die letzten Reste des Sonntagsbratens zubereitet, folglich würde es heute Curryhuhn geben. Rupert mochte Curryhuhn; bei der Vorstellung lief ihm das Wasser im Munde zusammen.

Aber kein würziger Geruch von Garam Masala, Kreuzkümmel und Koriander begrüßte ihn. Genaugenommen roch es nach gar nichts, und im Haus war es kalt, als wäre die Zentralheizung längere Zeit nicht eingeschaltet gewesen. »Judith?« rief er fragend. Keine Antwort.

Allerdings lag eine Nachricht in Judith' flüssiger Handschrift auf der Küchenanrichte. Rupert hob den Zettel ungläubig auf; Judith war nie außer Haus, wenn er heimkam, nicht einmal, wenn sie sich überreden ließ, den Babysitter für dieses fürchterliche Kind der Crabtrees zu spielen, während die Eltern der Kleinen loszogen, um Glocken zu läuten oder im Pub einen zu heben oder was ihnen sonst als Vorwand einfiel, ihren Sprößling anderen aufzuhalsen. Nein, Judith bestand immer darauf, daß das Kind hierhergebracht wurde, wo es im ganzen Haus herumwackelte und an seine Sachen ging, auf das Klavier hämmerte und seine Noten bekleckerte.

Lieber Rupert, stand auf dem Zettel. *Ich versuche seit Tagen, mit dir zu reden, aber du hörst einfach nicht zu. Du scheinst nicht einmal zu wissen, daß es mich gibt. Vielleicht fällt es dir auf, wenn ich eine Weile nicht da bin.* Unterschrieben war mit *In Liebe, Judith.*

Rupert starrte den Zettel fassungslos an.

Kapitel 23

Befrei mein Herz von der Angst,
führe mich heraus aus der Bedrängnis!
Psalm 25,17

Zu der Zeit, als Rupert ihre Nachricht fand, war Judith Greenwood viele Meilen von Malbury entfernt. Sie hatte am Nachmittag ihre Sachen gepackt und war zum Bahnhof gegangen, um den Nachmittagszug nach London zu erwischen. Daher war sie, während Rupert noch mit offenem Mund ihren Zettel anstarrte, schon auf dem Weg nach Paddington Station, in der Hand wie einen Talisman die Papierserviette mit Lucys Adresse.

Mittlerweile waren die Tage kürzer, und es war schon recht dunkel. Judith starrte ins Nichts hinaus und beobachtete die winzigen Lichtpunkte, die vereinzelte Häuser und Dörfer markierten, goldgelbe Lichter, die in regelmäßigen Abständen die Schnellstraßen säumten, und das gespenstische rosig gelbliche Strahlen, das sich über dem Himmel ausbreitet, wenn man sich einer größeren Stadt näherte. Swindon, Reading, dann Paddington Station, London.

Erst als der Zug auf London zufuhr und sich ihre Bauchmuskeln vor freudiger Erregung zusammenkrampften, merkte Judith Greenwood, wie sehr sie die Hauptstadt vermißt hatte. Es war buchstäblich Jahre her, seit sie hier gewesen war – all die vergeudeten Jahre in Malbury, dachte sie.

*

Judith bezahlte den Taxifahrer an der Einfahrt zu den Mews. Da sie diesen Teil Londons nicht besonders gut kannte und nach Einbruch der Dunkelheit nicht gern allein herumirren wollte, hatte sie sich ein Taxi geleistet. Sie fand das gesuchte Haus und drückte nervös auf die Klingel. Jetzt, da sie hier vor der Tür stand, kamen ihr verspätete Zweifel, ob sie vernünftig gehandelt hatte. Würde Lucy sich freuen, sie zu sehen? Würde sie überhaupt da sein?

Nach kurzer Zeit wurde die Tür geöffnet, und die Überraschung auf Lucys Gesicht stand der, die Rupert empfunden hatte, um nichts nach. »Meine Güte! Judith!«

»Hallo, Lucy«, sagte sie schüchtern. »Du hast gesagt, ich könnte kommen …«

»Ja, sicher, komm rein!« Lucy ließ sie herein, wobei sie mit einem schnellen Blick den Koffer registrierte. »Rupert ist nicht bei dir?«

»Nein.« Judith war das Ganze plötzlich schrecklich peinlich. »Ich mußte weg von ihm – weg von Malbury – für ein paar Tage. Es tut mir wirklich leid; ich wußte nicht, wo ich sonst hin wollte. Ich habe mich daran erinnert, daß du gesagt hast, ich könnte jederzeit kommen, und …«

»Ja, natürlich«, schnitt Lucy ihre gestammelten Erklärungen ab. »Hast du schon etwas gegessen?« fragte sie praktisch.

Judith überlegte; in ihrer Eile, von zu Hause wegzukommen, und ihrer Aufregung über die Reise hatte sie nicht im entferntesten an Essen gedacht. »Nein«, sagte sie. »Nicht seit dem Frühstück.«

»Dann mußt du am Verhungern sein. Komm mit ins Eßzimmer, wir essen gerade. Keine Angst, es ist genug da.«

Judith wand sich förmlich vor Verlegenheit, als sie Lucy zögernd folgte. »Oh, du hast also Besuch? Ich möchte nicht stören. Es tut mir so leid … ich hätte wirklich anrufen sollen. Ich hätte eigentlich gar nicht kommen sollen, nur …« Sie blieb in der Eßzimmertür stehen, als David sich umdrehte. »Oh!« sagte sie, als sie ihn erkannte. »Oh, hallo, Mr …«

»David«, bemerkte er mit einem Lächeln.

»Judith wird ein paar Tage bleiben«, erklärte Lucy ihm.

»Es tut mir so leid, daß ich störe, Lucy. Ich hätte daran denken müssen, daß du vielleicht Gäste hast«, fing sie wieder an und machte dabei ein Gesicht, als würde sie am liebsten auf und davon laufen. »O nein, so ist es nicht«, sagte Lucy beiläufig. »David wohnt bei mir.«

David runzelte unwillkürlich die Stirn, teilweise aus Verlegenheit, teilweisc wegen Lucys Wortwahl. »Wohnt bei mir« klang viel unverständlicher, als »lebt hier« gewirkt hätte. Als Judith seine gerunzelte Stirn bemerkte, wurde sie noch verlegener. »Das … das wußte ich nicht«, stammelte sie und wurde rot.

Lucy hatte den Anstand, leicht beschämt auszusehen. »Nun ja, das konntest du auch nicht wissen. Ich habe es in Malbury nicht gerade öffentlich bekanntgegeben«, sagte sie trocken und fügte hinzu: »Mein Vater weiß es nicht. Und es wäre mir lieber …«

»Oh, ich werde es ihm nicht erzählen«, versicherte Judith. »Das heißt, falls ich je nach Malbury zurückgehe.« Ihre Stimme klang wehmütig und doch ein wenig bitter.

Nachdem Judith beim Essen kräftig zugelangt hatte, fing Lucy an, behutsam über deren Situation zu sprechen. David, der schnell merkte, daß seine Gegenwart nicht erforderlich, vielleicht sogar unerwünscht war, brachte eine taktvolle Entschuldigung vor. »Würde es dich sehr stören, Lucy, wenn ich verschwinde und euch beiden den Abwasch überlasse? Ich muß mir vor morgen früh wirklich noch einige Papiere anschauen.« Lucy nickte lächelnd, und Judith belohnte ihn mit einem dankbaren Blick.

David zog sich mit seiner Aktentasche ins Wohnzimmer zurück; er hatte tatsächlich Papiere durchzusehen, doch seine Gedanken schweiften immer wieder zu einer anderen Angelegenheit, die ihn beunruhigte. Sein vager Verdacht, daß Jeremy Bartlett nicht unbedingt der liebenswerte, geistreiche Mann war, als der er sich vor aller Welt ausgab – vor allem vor Lucy –, hatte ständig an David genagt, und schließlich hatte er sich entschlossen zu handeln. An diesem Nachmittag hatte er einige diskrete Anrufe bei Leuten getätigt, die möglicherweise etwas über Jeremy wußten, doch die ausweichende Art, mit der seine Fragen beantwortet wurden, war nicht ermutigend gewesen. Einerseits fühlte David sich bestätigt; vielleicht gab es tatsächlich einen Grund für sein Mißtrauen gegenüber dem Architekten. Aber seine Einsichten waren auch beunruhigend, da er nicht wußte, wie er auf sie reagieren sollte. Es gab keine konkreten Hinweise, daß Jeremy in den Jahren, die er als Architekt in London gelebt hatte, in irgendeine ungesetzliche oder auch nur moralisch fragwürdige Sache verwickelt gewesen wäre. Aber Andeutungen waren vorhanden; sollte er ihnen nachgehen? David wußte, daß er es Lucy gegenüber nicht erwähnen konnte; alles, was er über Jeremy sagte, würde sie als Beweis für seine Eifersucht auslegen. In gewissem Sinne stimmte das natürlich, denn Jeremy war unverkennbar interessiert an Lucy, und David war es bislang nicht ganz gelungen, seine Unsicherheit bezüglich ihrer Beziehung zu überwinden. Doch der untrügliche Instinkt, der ihn zu einem guten Anwalt machte, überzeugte ihn, daß Jeremy Bartlett, ganz abgesehen von allen persönlichen Gefühlen, kein netter Mensch war.

Während er über all das nachdachte, ohne zu einer logischen Schlußfolgerung zu gelangen, nahm David die Stimmen und das Klappern von Geschirr in der Küche kaum noch wahr. Sophie, die Tigerkatze, machte es sich auf Davids Schoß gemütlich, wie meistens am Abend. Mit dem friedlichen Tier im Arm und in Gedanken woanders, merkte er gar nicht, wie die Zeit verstrich. Als die Uhr auf dem Kamin Mitternacht schlug, blickte er auf, überrascht, wie spät es war, und hörte, daß Lucy und Judith immer noch in der Küche waren und redeten. Widerwillig, weil es noch nie zuvor vorgekommen war, seit er hier lebte, ging David allein zu Bett.

Nach einer Weile fiel er in einen unruhigen Schlaf, aus dem er erwachte, als Lucy endlich zu ihm unter die Decke kroch. »Wie spät ist es Liebes?« murmelte er.

»Nach drei. Tut mir leid, ich wollte dich nicht wecken.«

»Ich schlafe nicht sehr gut, wenn du nicht bei mir bist.« Er drehte sich um und streckte die Arme aus. »Komm her.«

»Mm, bist du schön warm. Und meine Füße sind kalt«, warnte sie ihn, als sie sich an ihn kuschelte.

Er zuckte nur ein klein wenig zusammen. »Deine Hände auch. Hast du Judith für die Nacht untergebracht?«

»Ja, unten auf der Bettcouch. Sie müßte eigentlich gut schlafen, sie ist völlig erledigt, die Ärmste.«

»Hast du ihr helfen können?«

»Es wird mehr nötig sein als mein Rat – und eine Nacht –, um ihr zu helfen.«

»Erzähl mir mehr«, drängte David. »Sie hat Rupert verlassen?«

»Nicht unbedingt *ihn*. Ich glaube, es ist eher so, daß sie Malbury verlassen hat, und er lebt zufällig dort.« Lucy seufzte. »Um es kurz zu machen – und es ist eine sehr lange Geschichte, glaub mir –: Judith ist eine äußerst frustrierte Frau. Sie lernte Rupert am Royal College of Music kennen, bevor er noch an eine Priesterweihe dachte. Sie heirateten; sie setzte ihre vielversprechende Karriere als Sängerin fort; er ließ sich zum Priester weihen. Nach einer Stelle als Hilfsgeistlicher in London bekam er den Posten in Malbury. Sie leben seit ungefähr sechs

Jahren dort, und Judith ist todunglücklich. In Malbury gibt es für sie kein berufliches Betätigungsfeld: keine Frauen im Kathedralenchor, keine passablen Amateurgruppen. Sie hat keine Freunde, keine Kollegen, keinen Menschen, mit dem sie reden kann, und Rupert scheint sie schrecklich zu vernachlässigen. Er lebt nur für seine Musik und für ›seine Jungs‹, wie er die Chorknaben nennt, und scheint kaum noch Energien übrig zu haben, um eine Ehe zu führen.«

»Warum sagt sie ihm nicht einfach ...«

»Das ist es ja. Sie hat versucht, ihm zu sagen, wie unglücklich sie ist, aber er hört ihr wohl einfach nicht zu. Judith hat gar kein Selbstvertrauen mehr und aufgrund ihrer Lebensumstände jedes Selbstwertgefühl verloren. Was noch dazu kommt ...« Lucy zögerte. »Irgendwann ist sie in Tränen ausgebrochen und hat mir nach stundenlangem Reden erzählt, daß sie sich verzweifelt ein Kind wünscht, aber einfach nicht schwanger wird. Und das ist kein Wunder – sie hat mir anvertraut, daß es Monate her ist, seit sie mit Rupert geschlafen hat und daß ihr Sexualleben von Anfang an nicht sehr ausgeprägt war. Rupert scheint daran einfach kein Interesse zu haben.«

»Vielleicht hat Rupert einfach einen unterentwickelten Geschlechtstrieb«, gab David zu bedenken. Solche Menschen gab es, das wußte er, eigentlich hatte er stets geglaubt, selbst ein solcher Mensch zu sein. Noch vor einem Jahr hätte David behauptet, daß Sex für ihn nicht so wichtig sei; daß er sehr gut ohne Sex leben könne und es tatsächlich etliche Jahre getan hatte. Erst in den letzten sechs Monaten hatte er mit Lucy und zu seiner großen Freude und Überraschung festgestellt, daß dem nicht so war.

»Sieht so aus. Aber auch das ist etwas, worüber sie und Rupert nie gesprochen haben. Tief im Innern hat sie Angst, daß es ihm egal ist, daß er nicht einmal ein Kind will – schließlich habe er ja ›seine Jungs‹, sagt sie. All das hat ihr Gefühl von persönlichem Versagen, von Minderwertigkeit verstärkt. Ihr Wert als Frau steht auf dem Spiel. Und die große unausgesprochene Angst ist natürlich, daß Rupert sie nicht wirklich liebt, daß er sie nur bei sich haben will, damit ihm jemand den Haushalt führt.«

»Liebt sie Rupert?«

»O ja, sehr sogar. Das macht es ja so schwierig. Würde sie Rupert nicht so sehr lieben, könnte sie ihn einfach verlassen und in London leben.«

»Und daß sie heute hierhergekommen ist …«

»Ich glaube wirklich, es war cin Hilfeschrei, ein Signal an Rupert, daß es sehr schlimm um sie steht. Es sei die einzige Möglichkeit, ihn zu erreichen, sagt sie. Sie hat versucht mit ihm zu reden, aber er hat nicht zugehört. Deshalb mußte sie etwas tun, um seine Aufmerksamkeit zu wecken, um ihn zu zwingen, sich dem Problem zu stellen.«

Lucy, die im Lauf der langen Nacht Unmengen Kaffee getrunken hatte, war hellwach, David jedoch fielen allmählich die Augen zu. Nach einer Minute riß er sich zusammen. »Weißt Rupert, daß sie hier ist?« fragte er.

»Sie hat ihm nicht gesagt, wohin sie geht, sondern nur eine Nachricht hinterlassen, in der steht, daß sie weg will. Ich habe aber meinen Vater angerufen. Er sagte, daß Rupert völlig außer sich sei – er sei auf dem Kathedralengelände und dem Kirchplatz herumgelaufen und habe alle gefragt, ob sie wüßten, wo Judith ist. Deshalb habe ich Daddy gebeten, Rupert mitzuteilen, daß sie hier ist und es ihr gutgeht. Ich hielt es für richtig, Rupert zu beruhigen.«

»Und was jetzt? Wie lange wird sie bleiben?«

»Ich glaube«, sagte Lucy, »ich konnte sie überzeugen, bald nach Malbury zurückzufahren – morgen oder übermorgen. Ihr ist klar, daß sie nicht für immer vor ihren Problemen weglaufen kann. Sie weiß, daß sie mit Rupert reden muß – sie haben sehr viel zu bereden. Und ich denke, jetzt könnte er bereit sein, ihr zuzuhören.«

»Was ist nur an dir?« fragte David rhetorisch, kurz bevor ihn der Schlaf übermannte. »Leute, die du kaum kennst, vertrauen dir ihre persönlichsten Geheimnisse an? Ich spreche aus Erfahrung – mir ist es ja genauso gegangen. Erinnerst du dich noch, wie ich zum erstenmal zum Tee herkam und dir anschließend die Geschichte meines Lebens erzählte, Dinge, die ich nie zuvor einer Menschenseele erzählt hatte?« Er schmunzelte schläfrig. »Nicht, daß du keine brillante Künstlerin wärst, trotzdem glaube ich, einige deiner einzigartigen Talente sind an die Kunst verschwendet. Du solltest Psychiaterin werden, Lucy, mein Schatz – oder Detektivin.«

Kapitel 24

Gehört hat der Herr mein Flehen,
der Herr nimmt mein Beten an.
Psalm 6,10

Letzten Endes brachte Lucy zwei Tage später Judith Greenwood in Davids Wagen nach Malbury zurück. Judith erklärte, sie könne die Rückfahrt mit der Bahn nicht ertragen, und David konnte sich nicht frei nehmen, also schien dies der beste Kompromiß. David war ein wenig beunruhigt, vor allem, weil Lucy allein zurückfahren müßte, aber sie erinnerte ihn daran, daß sie eine gute Autofahrerin und stets vorsichtig war.

Die Zeit bis zur Abreise wurde auch Einkäufen gewidmet. Da Lucy klar war, wie viele von Judith' Problemen von ihrem Minderwertigkeitskomplex herrührten, hatte sie versucht, deren Äußeres an einem einzigen hektischen Tag zu verbessern. Sie hatte Judith geholfen, ein paar neue Sachen auszusuchen, die nicht unbedingt modisch waren, aber ihrer Figur schmeichelten, einer Figur, die mehr als akzeptabel war, sobald sie von den sackartigen, formlosen Gewändern befreit war, die sie normalerweise trug. Auch die Farben wurden sorgfältig ausgewählt: statt des üblichen tristen Brauns oder Schlammgrüns herrschten nun satte Blau- und Malventöne vor, um Judiths schöne dunkelblaue Augen zu betonen. Sogar neue Unterwäsche wurde angeschafft, seidig und feminin, und ein extravagantes, aufreizendes Nachthemd aus schimmerndem amethystfarbenem Satin. Judith war sehr unsicher gewesen, vor allem bei dem Nachthemd, aber Lucy hatte sich nicht beirren lassen. »Du wirst es nicht bereuen«, hatte sie versichert.

Schließlich hatten sie auch Lucys Friseur aufgesucht, wiederum mit halbherzigen Protesten von Judith' Seite. Doch das Resultat hatte überzeugt. Judith hatte ihr Haar zuvor lang und ganz gerade getragen und die Enden auf gut Glück selbst abgeschnippelt, wenn es unumgänglich war. Der Friseur hatte es lang gelassen, die mausbraune Farbe jedoch mit ein paar dezenten rötlichen Glanzlichtern belebt, das Haar dann durchgestuft und so schmeichelhaft um ihr Gesicht fallen lassen, daß sie kaum ihren Augen traute, als sie in den Spiegel sah. »Rupert wird mich nicht wiedererkennen«, hatte sie geflüstert und gestrahlt.

Während der Fahrt nach Malbury war Zeit genug, Judith' neues Aussehen mit all seinen Konsequenzen zu besprechen. Doch je näher sie Malbury kamen, desto nervöser wurde Judith. »Was soll ich Rupert bloß sagen?« sorgte sie sich. »Was meinst du, Lucy?«

»Das kann ich dir nicht vorschreiben. Aber du weißt, *worüber* du mit ihm sprechen mußt, Judith. Sei ganz aufrichtig. Sag ihm offen und ehrlich, was du in bezug auf Malbury und deine Situation dort empfindest. Und bring ihn dazu, mit dir zu schlafen«, fügte sie unverblümt hinzu.

Judith errötete. »Nein, das kann ich nicht.«

»Warum denn nicht? Willst du nicht, daß Rupert mit dir schläft?«

»Doch, natürlich. Aber was ist, wenn … wenn er nicht will?«

»Um Himmels willen, Judith! Er ist dein Mann! Ich will dir nicht einreden, den nächstbesten Mann zu verführen, sondern deinen Ehemann zu umwerben.« Lucy warf ihr einen strengen Blick zu.

Judith wandte das Gesicht ab und verschlang die Hände im Schoß. »Aber ich … ich weiß nicht, wie«, sagte sie leise.

Lucys Lachen war nicht unfreundlich. »Oh, Judith, du mußt noch viel lernen. Zieh zum Beispiel das Nachthemd an, das wir gekauft haben – das sollte seine Gedanken in die richtige Richtung lenken. Sag ihm, daß du ihn unwiderstehlich findest und daß du ihn schrecklich vermißt hast. Knöpf seine Soutane auf und nimm ihm den Priesterkragen ab. Und wenn alles andere versagt, pack ihn einfach an der Hand und schleppe ihn nach oben.«

Sie trafen am frühen Nachmittag in Malbury ein. Lucy setzte Judith bei ihrem Haus ab, lehnte es trotz ihrer Bitten ab, mit hereinzukommen, und fuhr weiter, um ein angenehmes Mittagessen mit ihrem Vater einzunehmen, wobei sie ihn in groben Zügen über das, was vorgefallen war, ins Bild setzte. Dann beschloß sie, einen Besuch bei Pat Willoughby zu machen und sie zu bitten, ein Auge auf Judith zu haben.

Ohne Judith' Vertrauen zu mißbrauchen, sprach sie mit Pat ganz offen über das Ausmaß der Probleme der Greenwoods. Pat, die immer noch ein schlechtes Gewissen hatte, weil sie sich nicht schon vor Jahren bemüht hatte, sich näher mit Judith anzufreunden, versprach, alles zu tun, was in ihrer Macht stand.

»Die Ehe«, meinte Lucy und schüttelte mit unbewußter Bitterkeit den Kopf. »Das gibt einem wirklich zu denken, was?«

»Was meinst du damit?« Pat sah sie fragend an.

Lucy, die zu spät erkannte, daß Pat sie nicht so ohne weiteres davonkommen lassen würde, fuhr fort: »Na ja, es spricht nicht besonders für die Institution der Ehe, daß eine begabte junge Frau wie Judith Greenwood in einer derartigen Verfassung ist. Ich meine …«

»Denkst du dabei an Judith oder an jemand anders?« fragte Pat scharfsinnig. Als Lucy keine Antwort gab, schenkte Pat Tee nach und wechselte scheinbar das Thema. »Schade, daß dein David diesmal nicht mitkommen konnte. Ich würde ihn gern wiedersehen.«

»Ja.« Lucys Stimme klang neutral.

»Ich mag ihn sehr, Lucy, mein Liebes. Nicht zuletzt deshalb, weil er dich so unverhohlen anbetet.« Pat machte eine Pause. »Er ist genau das, was du brauchst. Ich weiß, daß es mich nichts angeht, Liebes, aber du bedeutest mir sehr viel, und es würde mich sehr bedrücken mit anzusehen, wie du etwas sehr Wertvolles wegwirfst, nur wegen … einer Sache, die lange Zeit zurückliegt. Das ist es doch, nicht wahr?«

Lucy runzelte die Stirn. »Du hast mit David gesprochen, stimmt's? Was hat er dir erzählt?«

»Wir haben uns an dem Morgen, an dem ihr alle zum Frühstück hier wart, kurz unterhalten«, gab die Frau des Bischofs zu. »Er hat mir gesagt, wie sehr er dich liebt, und daß du … zögerst … ihn zu heiraten. Verzeih mir, wenn ich mich einmische, Liebes, aber ich möchte dich gern glücklich sehen.«

Lucy wandte das Gesicht ab. »Ich werde nichts wegwerfen, Pat«, sagte sie leise. »Und ich weiß deinen Rat zu schätzen. Aber ich kann einfach nicht vergessen, was für eine Katastrophe meine Ehe war und wie unglücklich sie mich gemacht hat.«

»Du bist inzwischen älter und klüger geworden.«

»Älter bestimmt. Ich wünschte, ich könnte mit Sicherheit sagen, auch klüger.« Lucy strich ihr Haar aus dem Gesicht und wechselte mit betont munterer Stimme das Thema. »So, und jetzt erzählst du mir das Neueste über den Dekan. Was hat er diese Woche angestellt?«

Als sie das Heim der Willoughbys verließ, warf Lucy unwillkürlich einen Blick auf das Nachbarhaus. Jeremy, der gerade eine leere Milchflasche vor seine Haustür stellte, richtete sich auf, als er sie sah. »Lucy! Was machst du in Malbury?«

»Hatten wir dieses Gespräch nicht schon einmal?« lachte sie. »Es kommt mir bekannt vor.«

»Komm rein und trink eine Tasse Tee mit mir.«

Lucy lehnte ab. »Ich habe gerade Tee getrunken.«

»Dann vielleicht etwas anderes? Sherry?«

Sie zögerte. »Nein, lieber nicht.«

»Es gibt da eine Sache, in der ich deinen Rat brauche«, sagte er schnell, ein Genieblitz, der reiner Verzweiflung entsprungen war. »Es geht darum, ein Bild aufzuhängen.«

»Es handelt sich nicht zufällig«, fragte sie, »um mein Bild, das du letzte Woche in der Galerie gekauft hast?«

»Woher weißt du das?«

Lucy lächelte. »Es ist üblich, daß die Galerie dem Künstler den Namen des Käufers nennt, wenn ein Bild verkauft wird.«

»Ich hätte mir denken können, daß ich nicht ungeschoren davonkomme!« Jeremy zog vielsagend eine Augenbraue hoch. »Du kommst also rein und schaust es dir an?«

»Na gut.« Als sie ihm in das Haus und ins Wohnzimmer folgte, empfand sie nur einen winzigen Anflug von Unbehagen. »Bist du schon mit den Plänen für die Neubauten weitergekommen? Ich würde mir gern ansehen, was du bist jetzt gemacht hast.«

Jeremy überlegte, was er darauf erwidern sollte. Ihm war klar, daß er einen Fehler gemacht und das Vertrauen des Dekans enttäuscht hatte, als er Lucy von den Bauplänen erzählt hatte. Er wußte aber nicht, wie er den Schaden am besten begrenzen sollte. Zuletzt entschied er sich für Ehrlichkeit. »Lucy«, sagte er, »du hast doch niemandem davon erzählt, oder? Es soll noch geheim bleiben.«

Sie dachte nach. »Nein. Ich wußte nicht, daß es ein Geheimnis ist, aber ich habe es niemandem erzählt. Ehrlich gesagt, ich hatte andere Dinge im Kopf.«

»Auch nicht … David?«

»Nein«, gab sie widerstrebend zu. »Ich habe David nicht einmal erzählt, daß wir uns gesehen haben. Ich dachte, er … na ja, ich dachte, er könnte sich darüber aufregen, und das wollte ich ihm ersparen.«

Jeremy verbarg sein Triumphgefühl, indem er sich zu der Karaffe mit Sherry umwandte. Sie hatte David seinetwegen belogen – das war der Anfang vom Ende, sagte er sich. »Bist du sicher«, fragte er, »daß du nicht doch einen Sherry magst?«

»Na schön, vielleicht einen kleinen«, gab sie nach.

Am nächsten Morgen saß Stuart Latimer im Büro seiner Dekanei und wartete auf den Kantor. Kanonikus Greenwood hatte ihn angerufen und um einen Termin gebeten, aber keine näheren Gründe angegeben. Worum mochte es gehen? fragte sich der Dekan ohne sonderliches Interesse oder Unruhe. Wahrscheinlich ging es um die Orgel, dachte er, oder um die Einstellung eines neuen Organisten. Es würde etwas völlig Nichtiges und reine Zeitverschwendung sein, kein Zweifel. Der Dekan hatte gehört, daß Greenwoods verschwundene Ehefrau wieder aufgetaucht war, darum konnte es sich also nicht handeln. Sie war nach London gefahren, hatte er gehört. Stuart Latimers Frau fuhr andauernd nach London – er begriff nicht, warum man deshalb so in Aufregung geraten konnte.

Daher war er ziemlich überrascht, als er sich erhob, um den eintretenden Rupert Greenwood zu begrüßen. Der Kantor wirkte so durcheinander, durcheinander wie vor ein paar Tagen, als seine Frau verschwunden war. Er sah müde aus und schien sich nicht einmal gekämmt zu haben; wenn er alt genug für eine Rasur ausgesehen hätte, dachte der Dekan belustigt, hätte er vielleicht sogar unrasiert gewirkt.

»Setzen Sie sich, Kanonikus Greenwood.« Er deutete auf einen Stuhl.

Der Kantor ließ sich dankbar auf den Stuhl sinken, sprang

aber im nächsten Moment wieder auf und fing an, vor dem Schreibtisch des Dekans auf und ab zu gehen. »Ich weiß einfach nicht, wo ich anfangen soll.«

»Beruhigen Sie sich, Kanonikus, und fangen Sie am Anfang an. Worum geht's? Um die Orgel?«

»O nein, das nicht.« Rupert Greenwood blieb vor dem Schreibtisch des Dekans stehen. »Meine Frau. Sie wissen doch, daß sie … weg war?«

Eine interessante Art, es auszudrücken, dachte der Dekan. »Ja, ich denke, jeder im Close war sich dieser Tatsache bewußt«, gab er sardonisch zurück. »Aber sie ist wieder da, soweit ich weiß, oder?«

»Äh ja. Und sie … also, ich hatte einfach keine Ahnung, was sie empfindet.«

»Empfindet? Inwiefern, Kanonikus? Sie drücken sich nicht sehr klar aus.« Der Dekan hatte allmählich genug von Ruperts unzusammenhängendem Geschwafel. »Und setzen Sie sich bitte. Sie machen mich nervös.«

Der Kantor sackte abrupt auf den Stuhl. »Wissen Sie, wie sie über Malbury denkt und über das Leben hier?« Er machte eine Pause. Der Dekan wartete. »Sie haßt es. Sie hat es schon immer gehaßt. Sie sagt, daß es hier nichts für sie gibt, kein Ventil für ihre Begabung – Judith war früher Sängerin, wissen Sie«, fügte er fast stolz hinzu. »Eine sehr gute. Aber in Malbury gibt es für sie keine Möglichkeiten.«

Dem Dekan dämmerte langsam, worauf die Situation hinauslaufen könnte – zumindest, wenn er seine Karten richtig ausspielte –, und unterdrückte bewußt seine wachsende Erregung, indem er kühl und sachlich blieb. »Und wie«, fragte er, »kann ich Ihnen bei diesem … Problem helfen?«

Rupert verschränkte die Hände und löste sie wieder, während er nach den richtigen Worten suchte. »Judith möchte Malbury verlassen«, platzte er schließlich heraus. »Sie besteht darauf. Sie will, daß ich mir eine Stellung in London suche. Sie sagte … sie meinte … daß Sie mir vielleicht helfen könnten.«

Der Dekan ließ sich mit seiner Antwort Zeit, um Rupert so lange wie möglich schmoren zu lassen. »Nun ja«, sagte er schließlich nachdenklich. »Das wäre durchaus möglich. Es würde uns natürlich leid tun, Sie zu verlieren, aber ich weiß recht gut, wie schwierig Frauen sein können!« Er lachte kumpelhaft. »Meine Frau hält auch nicht viel von Malbury!«

»Sie glauben also …« Rupert, der zum erstenmal einen Weg aus seinem qualvollen Dilemma sah, hob den Kopf und blickte den Dekan hoffnungsvoll an.

»Überlassen Sie es mir, Rupert.« Latimer nannte ihn zum erstenmal beim Vornamen, seine Stimme klang freundlich und begütigend. »Ich kenne genug Leute in London – es sollte kein Problem sein, eine Stelle in London für Sie zu finden. Wenn sie wirklich sicher sind, heißt das …«

»Ja, ich bin sicher.« Der Kantor seufzte.

»Dann werde ich mein Möglichstes für Sie tun, Rupert. Ich nehme an, Sie wollen Malbury so bald wie möglich verlassen?«

»O ja.«

»In diesem Fall werde ich noch heute morgen ein paar Telefonate führen und habe vielleicht schon in ein paar Tagen Neuigkeiten für Sie.« Stuart Latimer lächelte breit und schüttelte teilnahmsvoll den Kopf. »Ach, Rupert. Was machen wir Männer nicht alles unseren Frauen zuliebe.«

Kapitel 25

Denn der Herr sprach, und sogleich geschah es;
er gebot, und alles war da.

Psalm 33,9

Stuart Latimer sah seiner zweiten Kapitelversammlung Ende Oktober mit noch freudigerer Erregung entgegen als der ersten. Von den Rückschlägen der ersten Woche seiner Amtszeit hatte er sich glänzend erholt, und er näherte sich nun mit großen Schritten seinem Ziel, aus Malbury Cathedral eines Tages ein funktionierendes Unternehmen zu machen.

Wieder einmal saßen sie um den Tisch in dem Zimmer des Diözesanamts versammelt, das vorübergehend als Kapitelhaus diente. Keine ideale Situation, aber eine, die sich durch den Bau eines zweckmäßigen Kapitelhauses verbessern würde, also sobald das neue Cathedral Center – das war der Name, den er seinem Projekt geben wollte – in Angriff genommen wurde.

Wie schon bei der ersten Versammlung sah er auch heute die vier Männer am Tisch der Reihe nach an. Philip Thetford hielt seinem Blick trotzig stand. John Kingsley erwiderte ebenso unverwandt Latimers Blick, auch wenn sein Gesichtsausdruck ruhiger Gelassenheit nichts über seine Gefühle verriet. Rupert Greenwood wirkte geistesabwesend. Er starrte ins Leere und schaffte es irgendwie, den Eindruck zu erwecken, als ob ihn diese Versammlung nichts anging. Nur Arthur Brydges-ffrench wand sich unter dem starren Blick des Dekans. Seine mit Altersflecken übersäten Hände ruhten leicht zitternd auf einem Geschäftsbuch, das vor ihm auf dem Tisch lag.

»Guten Morgen, Gentlemen«, begann der Dekan. »Liegt irgend etwas betreffend unsere letzte Versammlung vor?«

Kanonikus Brydges-ffrench schluckte, und sein Adamsapfel schoß an seinem sehnigen Hals in die Höhe. »Hier sind die Unterlagen zu den Festspielen, die Sie sehen wollten«, sagte er schwach. Er sah unruhig zu Rupert Greenwood, der weiterhin ins Leere starrte, und Philip Thetford, der ein plötzliches und unerklärliches Interesse an seinen Fingernägeln entdeckte.

»Danke, Kanonikus.« Der Dekan würdigte das Buch kaum eines Blickes, sondern schob es achtlos beiseite. »Sonst noch was? Wie sieht es mit den Listen aus, um die ich gebeten habe?«

»Hier ist die Liste der Bücher aus der Bibliothek, die Sie haben wollten«, bemerkte Kanonikus Kingsley ausdruckslos.

»Danke. Und die Liste des Domschatzes?« Er wandte seine Aufmerksamkeit wieder Arthur Brydges-ffrench zu.

»Äh … nein. Das heißt …« Der alte Mann blinzelte heftig und schluckte wieder. »Das heißt«, brach es leidenschaftlich aus ihm heraus, »ich lasse nicht zu, daß Sie das Silber der Kathedrale verkaufen! Es ist unser Erbe – unsere Geschichte!«

Die Kiefermuskeln des Dekans verspannten sich. »Darüber sprechen wir noch unter vier Augen, Kanonikus«, sagte er mit beherrschter, stählerner Stimme. »Später.« Er machte schnell weiter, bevor er die Beherrschung und die Kontrolle über die Versammlung verlieren konnte. »Bei unserem letzten Treffen habe ich das Thema Pachten zur Sprache gebracht. Ich glaube, ich habe Ihnen einige meiner Überlegungen bezüglich des Refektoriums und der derzeitigen Pächterin mitgeteilt. Wie Sie sicher alle wissen, leitet Miss Unworth das Refektorium aufgrund eines Pachtvertrags, der jährlich verlängert wird. Ich habe nicht die Absicht, diesen Vertrag noch einmal zu verlängern. Ebenso steht die Pacht für den Cathedral Shop zur Verlängerung an. Ich bin überzeugt, daß es äußerst sinnvoll wäre, beide Betriebe den Freunden der Kathedrale zu überlassen. Mrs. Hunt hat sich bereit erklärt, die Sache in die Hand zu nehmen.«

»Ja, darauf möchte ich wetten«, murmelte Kanonikus Thetford höhnisch.

Der Dekan ignorierte ihn. »Es bedeutet eine Menge zusätzlicher Arbeit für Mrs. Hunt, und ich für meinen Teil bin ihr sehr dankbar.«

»Ich werde nie meine Zustimmung geben!« platzte Kanonikus Brydges-ffrench heraus. »So können Sie nicht mit Menschen umgehen! Victor, Bert, Dorothy Unworth – sie alle haben der Kathedrale jahrelang treue Dienste geleistet! Genauso treue Dienste wie ... wie ... ich. Eine derartige Entscheidung können Sie nicht allein treffen. Mit Sicherheit ist eine Abstimmung im Kapitel erforderlich, und ich werde nie einwilligen!« Das Schweigen, das auf diesen Ausbruch folgte, wurde von John Kingsleys ruhiger Stimme gebrochen. »Tut mir leid, Herr Dekan, aber ich muß mich in diesem Punkt Arthur anschließen. Treue Diener der Kathedrale dürfen nicht aus einer Laune heraus auf den Müllhaufen geworfen werden wie die Osterkerze vom Vorjahr. Außerdem hat Arthur recht: Die Angelegenheit erfordert eine Abstimmung.«

Der Dekan rechnete im Geist schnell nach und beschloß, das Risiko lieber nicht einzugehen. »Na gut. Wir verschieben die Abstimmung auf unser nächstes Treffen.« Alles mögliche, sagte er sich, könnte bis dahin passieren und die Abstimmung beeinflussen. »Ich habe festgestellt«, fuhr er geschmeidig fort, »daß ein weiterer Mietvertrag innerhalb des nächsten Jahres abläuft, und zwar der Mietvertrag für das Haus, das zur Zeit von Miss Evelyn Marsden bewohnt wird.« Kanonikus Brydges-ffrench zog scharf den Atem ein, doch der Dekan fuhr fort: »Sie bezahlt seit vielen Jahren eine lächerlich niedrige Miete. Diese Situation muß sich verändern. Die Miete wird erhöht auf …« Er zog seine Unterlagen zu Rate und nannte eine Summe, die die derzeitige Miete um ein Vielfaches überstieg. »Falls Miss Marsden nicht wünscht, ihren Mietvertrag unter diesen Bedingungen zu verlängern, hätte ich einen neuen Mieter im Auge.« Er erlaubte sich, eine heitere Note einfließen zu lassen. »Obwohl vielleicht nicht alle von uns – ganz zu schweigen von unseren Ehefrauen«, fügte er mit einem Seitenblick auf Rupert hinzu, »Malbury als einen zweiten Garten Eden betrachten, gibt es in London viele Menschen, die sich nach dem Landleben sehnen, zumindest zeitweise. Einer der Kollegen meines Schwiegervaters, der bei meiner Amtseinsetzung hier war und Malbury sehr reizvoll fand, hat sich interessiert gezeigt, ein Anwesen am Kirchplatz als Wochenenddomizil zu mieten.«

Arthur Brydges-ffrench öffnete den Mund, als wollte er widersprechen, der Dekan kam ihm jedoch zuvor. »Wir werden diese Angelegenheit fürs erste nicht weiter diskutieren«, bemerkte er. »Da Miss Marsdens Mietvertrag noch mehrere Monate gilt, besteht kein Grund zur Eile. Ich werde den Punkt auf die Tagesordnung für die nächste Versammlung setzen. Inzwischen wäre es mir natürlich lieb, wenn niemand von Ihnen Miss Marsden gegenüber etwas erwähnen würde. Ich habe vor, zu gegebener Zeit selbst mit ihr zu sprechen.« Er musterte den Subdekan scharf, der seinem Blick auswich.

»Und jetzt«, sagte der Dekan nach einer kurzen Pause, um eine andere Gangart einzulegen, und griff nach der Rolle mit Entwürfen, die Jeremy gezeichnet hatte, »habe ich etwas für Sie. Hierbei handelt es sich möglicherweise um die aufregendste Entwicklung, die unsere Kathedrale in diesem Jahrhundert erlebt hat. Gentlemen …« Er entrollte mit großer Geste die Entwürfe. »Das Malbury Cathedral Center!«

*

Bei seiner Ankündigung verschlug es allen die Sprache. Als der Dekan seine Pläne Stück für Stück darlegte, stieß er auf fassungsloses Schweigen.

»Wie Sie sehen«, schloß er, »ist an alle Bedürfnisse gedacht worden, für die Gegenwart und die absehbare Zukunft.«

»Nein«, flüsterte Arthur Brydges-ffrench und zog sein Taschentuch aus dem Ärmel. »Sie können unmöglich daran denken, die Grünfläche zu verbauen. Das würde den Charakter der Kathedrale bis zur Unkenntlichkeit verändern! Außerdem handelt es sich um geweihten Boden, dort befanden sich früher Teile des Kirchenschiffs ...« Er wischte sich die Stirn und betrachtete den Dekan mit einem Ausdruck, der an Haß grenzte. »Ich werde alles tun, was in meiner Macht steht, um diese ... diese Entweihung zu verhindern!«

Die Augen des Dekans wurden schmal. »Sie haben nicht die geringste Chance, mich aufzuhalten!« fuhr er den Kanonikus an.

Kanonikus Thetford konnte es sich nicht verkneifen, eine alte Binsenweisheit zum Besten zu geben. »Wo Leben ist, ist Hoffnung«, sagte er salbungsvoll.

Aber der Subdekan hatte das letzte Wort. Er setzte sich kerzengerade auf. Den Dekan überragend, sagte er mit unheilverkündender Würde: »Oder wie ein weiser alter Geistlicher, den ich kannte, zu sagen pflegte: ›Wo *Tod* ist, ist Hoffnung‹ ...«

Noch eine Ankündigung sorgte für weitere Aufregung. Kurz vor dem Ende der Versammlung sagte Stuart Latimer: »Ich bin sicher, Sie werden alle bedauerlich finden, was ich Ihnen jetzt zu sagen habe.« Er beobachtet, wie alle interessiert in seine Richtung sahen – alle bis auf den Kantor, von dem bislang weder Blicke noch Worte gekommen waren. »Bedauerlich auf persönlicher Ebene«, verbesserte er sich, »im übrigen natürlich eine gute Nachricht für einen aus unseren Reihen.« Er machte eine Kunstpause. »Rupert Greenwood wird uns Ende des Jahres verlassen.« Die drei anderen Kanoniker schnappten hörbar nach Luft.

»Vielleicht sollte ich mich näher dazu äußern«, fuhr der Dekan fort. »Letzte Woche kam Kanonikus Greenwood zu mir. Er hatte das Gefühl, daß für ihn die Zeit gekommen sei, Malbury zu verlassen, und bat mich um meinen Rat.« Er lächelte wenig überzeugend. »Selbstverständlich sagte ich ihm, daß wir es sehr bedauern würden, ihn zu verlieren, aber nicht den Wunsch hätten, ihn aufzuhalten. Kantoren sind nun mal exotische Zugvögel. Ihre einzigartigen Talente bringen es mit sich, daß ihr Bleiben in einer Kathedrale normalerweise von kurzer Dauer ist. Kanonikus Greenwood war sechs Jahre in Malbury, und nun ist er bereit weiterzuziehen.« Es fiel Latimer schwer, seinen Triumph zu unterdrücken, als er weitersprach. »Ich habe ein paar Beziehungen in London« – hier lächelte er bescheiden – »und war glücklicherweise in der Lage, Kanonikus Greenwood zu helfen, relativ schnell eine neue Stellung zu finden, die seiner Begabung entspricht. Er wird das Amt eines Gemeindepfarrers in einer Londoner Kirche erhalten, wo er bei eingeschränkten seelsorgerischen Pflichten weiterhin sein musikalisches Können pflegen kann. Ich möchte gern hinzufügen«, sagte der Dekan mit absichtlichem Mangel an Takt, während sein Blick um den Tisch wanderte und bei Philip Thetford hängenblieb, »daß ich mich glücklich schätzen würde, ähnliches für andere zu tun, die das Gefühl haben, daß es vielleicht an der Zeit ist, an einen Ortswechsel zu denken. Ich habe einigen Einfluß, vor allem in London. Wie gesagt«, schloß er, »wir werden es sehr bedauern, Kanonikus Greenwood zu verlieren. Aber ich spreche gewiß für alle, wenn ich sage, daß ihn unsere besten Wünsche begleiten.« Rupert, der immer noch den Blicken der anderen auswich, neigte leicht den Kopf und nickte.

Nachdem der Dekan zum Mittagessen nach Hause gegangen war, blieben die Kanoniker allein zurück. John Kingsley brütete über den Plänen für das Cathedral Center, die der Dekan zur Besichtigung zurückgelassen hatte, während Philip Thetford sich auf Rupert Greenwood stürzte.

»Rupert!« zischte er. »Wie konnten Sie nur? Wie konnten Sie uns nur diesem fürchterlichen Menschen ausliefern?«

Endlich sagte der Kantor etwas. »Ich habe Sie nicht ausgeliefert, Philip. Ich mußte es tun.«

»In welcher Weise hat er Druck auf Sie ausgeübt?« fragte Kanonikus Brydges-ffrench mit einem Stöhnen.

»Nein. Sie verstehen mich falsch.« Ruperts Stimme war ruhig. »Ich mußte es tun, um meine Ehe zu retten. Ich hatte die Wahl: entweder Malbury verlassen oder Judith verlieren. Der Dekan hat mir geholfen. Er war sehr verständnisvoll. Er hat die neue Stelle für mich gefunden.«

»Geholfen?« echote der Subdekan mit schneidendem Sarkasmus. »Seien Sie doch nicht so naiv! Er wollte Sie loswerden! Teile und herrsche, wie Sie wissen. Wie ich bereits sagte, gemeinsam halten wir stand, aber getrennt fallen wir. Was wird aus uns übrigen, wenn Sie nicht mehr da sind? Wenn er Sie durch eine ihm gewogene Person ersetzt?«

»Das«, sagte Rupert unbewegt, »ist nicht meine Angelegenheit.«

Philip Thetford dachte laut nach. »Wenn Rupert geht, sollten wir vielleicht alle gehen. Wie Arthur ganz richtig bemerkte, verändert sich das Gleichgewicht der Kräfte vollständig, sobald Rupert weg ist. Vielleicht sollten wir einfach aufgeben, ehe es noch schlimmer wird, und uns zurückziehen. Er hat angeboten, uns bei der Suche nach neuen Posten zu helfen. Er hat Rupert unterstützt; er würde auch uns behilflich sein. Was macht es schon, wenn er uns bloß loswerden will? Zumindest wären wir dann aus dem Schlamassel raus, in dem wir stecken.«

Kanonikus Brydges-ffrench fuhr zu ihm herum, als hätte er vorgeschlagen, die Kathedrale zum Schutz gegen Holzwürmer in Brand zu stecken. »Seien Sie nicht albern! Wir können unmöglich alle gehen!« Das blasse Gesicht des Kanonikus für Missionsfragen war fleckig vor Erregung. »Wir könnten es, und vielleicht sollten wir es sogar machen. Ich für meinen Teil werde sorgfältig über das Angebot des Dekans nachdenken, und ich finde, Sie sollten das auch, Arthur.«

Dicke Tränen liefen an den Furchen um Arthur Brydges-ffrenchs Mundwinkel herunter, und seine bebende Stimme verriet, wie nahe er daran war, die Beherrschung zu verlieren. »Macht doch alle miteinander, was ihr wollt! Verkauft eure Seelen an den Teufel, wenn es das ist, was ihr wollt! Aber ich werde diese Kathedrale nie im Stich lassen. Nicht, solange noch ein Hauch von Leben in meinem Körper ist!« verkündete er.

Kapitel 26

Ja, sie halten einmütig Rat
und schließen ein Bündnis gegen dich.
Psalm 83,6

Der Festtag zu Ehren von St. Malo fällt auf den fünfzehnten November, und in der Kathedrale von Malbury war es üblich, den Schutzheiligen an dem Wochenende zu feiern, das dem fünfzehnten am nächsten war.

So kam es, daß David und Lucy am Spätnachmittag des folgenden Freitags die lange Fahrt nach Malbury antraten. David fuhr aus verschiedenen Gründen nur ungern: zum einen bedeutete es, frühzeitig das Büro zu verlassen, hinzu kam die unbefriedigende Situation der Schlafzimmerfrage in Kanonikus Kingsleys Haus, aber noch mehr schreckte ihn das Unbehagen ab, das Malbury mittlerweile in ihm weckte. Doch Lucy brannte darauf, Judith Greenwood zu sehen. Sie hatte einen begeisterten Brief von ihr bekommen und zweimal mit ihr telefoniert, sich aber die Gelegenheit gewünscht, persönlich mit Judith zu sprechen und sich zu vergewissern, daß sich die Situation der anderen tatsächlich verbessert hatte.

David war eher an den politischen Konsequenzen von Ruperts Rücktritt interessiert, eine Neuigkeit, die ihnen nicht nur Judith, sondern auch Jeremy und Lucys Vater mitgeteilt hatten. »Dadurch verändert sich das Gleichgewicht der Kräfte im Domkapitel«, überlegte er laut, als sie sich Malbury näherten. »Es sei denn, der Rest von ihnen stimmt geschlossen gegen den Dekan. Falls der Dekan jedoch noch eine Stimme für sich gewinnen kann oder es schafft, ein weiteres Kapitelmitglied loszuwerden ... Was sagte denn dein Vater dazu?« fragte er neugierig.

»Nur, daß er den Eindruck hatte, Arthur Brydges-ffrench wäre alles andere als begeistert gewesen.«

»Das kann ich mir vorstellen.«

»Aber David, es geht hier doch vor allem um Judith. Sie wird in London viel glücklicher sein. Und die Tatsache, daß Rupert bereit ist, auf eine so große Veränderung einzugehen ...« Sie schüttelte den Kopf. »Arthur Brydges-ffrench und die anderen werden es überleben«, behauptete sie zuversichtlich, wenn auch etwas naiv. »In ein paar Monaten werden sie sich nicht einmal mehr erinnern, wozu die ganze Aufregung überhaupt nötig war.«

David hingegen war nicht überzeugt, daß es so einfach sein würde.

Die Dinnerparty im Haus des Bischofs, die man aufgrund des Todes von Ivor Jones abgesagt hatte, war auf diesen Abend verlegt worden, wenn auch in anderer Form als ursprünglich geplant. Nur Lucy, David und Kanonikus Kingsley sollten mit den Willoughbys speisen, aber ihrem Mahl im kleinen Kreis ging eine festliche Cocktailparty voraus, zu der alle Kirchplatzanwohner und andere Gemeindemitglieder eingeladen worden waren.

Diesmal fand die Zusammenkunft nicht in der Küche, sondern im Salon statt. Dabei handelte es sich um einen großen und ziemlich prunkvollen Raum, der von den zwanglosen Willoughbys, die ihre Gäste lieber in kleinerem Rahmen empfingen, nur selten benutzt wurde.

Die Ehrengäste trafen einige Minuten zu früh ein, und David machte sich sofort bei Pat beliebt, indem er ihr seine Hilfe beim Verteilen von Drinks und Knabbereien anbot. »Wie nett!« Pat war begeistert. »George ist ein absolut hoffnungsloser Fall, wenn es um solche Sachen geht. Er läßt sich immer durch ein Gespräch mit irgendeinem Gast ablenken und vergißt, daß er eigentlich Gläser nachfüllen soll. Nicht der ideale Gastgeber, fürchte ich.«

»Ich weiß nicht, was du meinst, meine Liebe«, brummte der Bischof, während er John Kingsley in sein Arbeitszimmer entführte, um mit ihm ein langes Gespräch über Angelegenheiten der Kathedrale zu führen.

David und Lucy folgten Pat in die Küche, um ihr bei den letzten Vorbereitungen zu helfen; ihnen blieben ein paar Minuten zum Plaudern, ehe die ersten Gäste eintrafen. »Ich glaube nicht, daß ihr beide besonders viel über den eher ungewöhnlichen Charakter unseres Patronatsfestes wißt«, sagte Pat. »Warst du schon einmal dabei, Lucy?«

»Ich kann mich erinnern, vor vielen Jahren mit der Familie hier gewesen zu sein, als ich noch sehr klein war und Mutter noch lebte.«

David machte ein verdutztes Gesicht. »Was unterscheidet es von anderen Patronatsfesten?«

Pat lachte. »Falls Sie eine erlesene Prozession mit Weihrauch und festlichem Ornat erwarten, wie sie eine hochgestochene Londoner Kirche an ihrem Patronatsfest bietet, werden Sie leider enttäuscht sein. Hier auf dem Land sind wir viel bodenständiger.«

»Sie machen mich neugierig«, gestand David, während er sich daranmachte, die Gläser auf einem Tablett schnell noch blank zu reiben.

»Ich nehme an, die Bezeichnung Patronatsfest ist im Grunde nicht ganz zutreffend für das, was sich hier abspielt«, erklärte sie. »Es findet zufällig um den Namenstag von St. Malo herum statt. Besser ließe es sich als ländliches Fest der Diözese beschreiben, eine Angelegenheit à la Barbara Pym. Es ist nicht im mindesten elegant oder pompös. Ganz im Gegenteil, es ist eher eine Feier für die Glockenläuter, die Mothers' Union und die Gemeindepfarrer der Diözese – sie alle werden aus ihren Landpfarreien eingeladen; alle sind fröhlich und haben eine Menge Spaß.«

David lächelte boshaft. »Klingt nicht so, als wäre es nach dem Geschmack des Dekans.«

»Oh, ganz bestimmt nicht.« Pat lachte. »Aber das Fest war lange, bevor er kam, geplant, und ihm blieb keine Zeit, etwas daran zu ändern. Das Fest wurde bereits so gefeiert, bevor George und ich nach Malbury kamen. George hält es für wichtig, allen das Gefühl zu geben, Teil der Diözese zu sein, zu erkennen, daß sie auch zählen.«

»Was genau gehört alles dazu?« fragte Lucy. »Meine Erinnerung ist ziemlich schwach. Ich weiß nur noch, daß Andrew – mein ältester Bruder«, erklärte sie an David gewandt, »kommen wollte, weil er Glockenläuter war.«

»Ja, für die Glockenläuter der Diözese ist es ein großer Tag«, bestätigte Pat. »Es findet nämlich ein Wettbewerb im Wechselläuten statt, mit massenhaft Bier – Watkins schickt immer ein Faß mit Ploughman's Bitter. Natürlich haben wir hier im Bischofspalast den ganzen Tag ein offenes Haus für die Geistlichen der Diözese und ihre Familien. Und am Nachmittag werden nach langjähriger Tradition die Mitglieder der Mothers' Union – oder zumindest das Diözesankomitee und die Protokollführer jeder Ortsgruppe – zum Tee in die Dekanei gebeten.« Sie gluckste.

»In die Dekanei?« David zog belustigt die Augenbrauen hoch.

»Jawohl, in die Dekanei! Und glaubt mir, diese Frauen von der Mothers' Union können, wenn sie in Massen auftreten, ganz schön furchterregend sein. Ich möchte nicht in Stuart Latimers Haut stecken, wenn er versucht, mit ihnen die Klinge zu kreuzen!« Pat lächelte bei dem Gedanken an ein Heer von Frauen mit Dauerwellen, Faltenröcken und solidem Schuhwerk, das die Dekanei stürmte. Doch sie wurde plötzlich ernst, ehe sie fortfuhr: »Ich schätze, wir sollten es in diesem Jahr lieber noch einmal genießen, weil es bestimmt zum letztenmal stattfindet. Ich bin sicher, der Dekan wird diese Tradition abschaffen.«

Die Greenwoods trafen ein, und Lucy stellte zu ihrer Freude fest, wie glücklich – und attraktiv – Judith aussah. Sie trug ein Kleid, das Lucy für sie bei ihrem Einkaufsbummel in London ausgesucht hatte, und ihre Wangen erstrahlten in einer natürlichen Farbe, die viel schöner wirkte als Make-up. Sie begrüßte Lucy freudig, und sie zogen sich zu einem ausgedehnten Gespräch in eine Ecke zurück.

»Ich behaupte nicht, daß zwischen mir und Rupert alles zum Besten steht«, vertraute Judith ihr an, »aber in der letzten Zeit haben wir mehr miteinander geredet als je zuvor. Er hatte einfach keine Ahnung, wie ich mich in Malbury fühle.«

»Du hast es ihm nie gesagt«, wandte Lucy vernünftig ein.

»Nein. Ich mache ihm auch keine Vorwürfe«, sagte Judith schnell. »ich hätte nicht von ihm erwarten dürfen, daß er meine Gedanken liest. Aber ich dachte eben ... na ja, ich dachte, wenn zwei Menschen verheiratet sind und einander lieben, müßten sie wissen, wie dem anderen zumute ist, ohne große Worte zu machen.«

Lucys Stimme klang trocken. »Ich fürchte, so läuft das nicht. Ganz gleich, wie sehr man einander liebt.«

Judith lächelte scheu. »Oh, Lucy. London wird wie ein neuer Anfang für Rupert und mich sein. Ich kann es kaum erwarten.«

»Wie steht Rupert dazu?«

»Er freut sich auch darauf. Die neue Kirche scheint sehr vielversprechend; sie hat eine schöne musikalische Tradition, auf der er aufbauen kann. Obwohl es ihm natürlich leid tut, Malbury zu verlassen. Er macht sich ein bißchen Sorgen, wie es weitergehen soll, wenn er nicht mehr da ist.«

Lucy, die sich an Davids Bedenken erinnerte, runzelte die Stirn. »Wegen des Gleichgewichts der Kräfte im Domkapitel, meinst du?«

Judith starrte sie verwirrt an. »Nein, davon hat er nichts gesagt. Er macht sich bloß Sorgen um das Fehlen einer musikalischen Leitung, bis sich ein neuer Organist und ein neuer Kantor gefunden hat.«

Das Gleichgewicht der Kräfte im Domkapitel war eines der Themen, das der Bischof mit John Kingsley diskutierte. »Ruperts Kündigung hat alles verändert«, stellte George Willoughby unwiderlegbar fest. »Dir ist doch klar, John, daß nur noch einer von euch zu gehen braucht, damit der Dekan in jeder Angelegenheit seinen Kopf durchsetzen kann?«

»Ich habe nicht die Absicht, meinen Posten aufzugeben«, versicherte Kanonikus Kingsley ihm mit einem schiefen Lächeln.

Der Bischof lachte herzhaft. »Oh, an dich hatte ich nicht gedacht, John! Aber was ist mit Arthur? Glaubst du, er wird sich zurückziehen?«

John Kingsley dachte einen Moment lang ernsthaft über die Frage nach, bevor er eine Antwort gab. »Das könnte sein«, sagte er schließlich. »Ich glaube, ihm ist klar, wie sinnlos sein Widerstand ohne Ruperts Rückendeckung ist. Zudem droht Philip zu gehen.«

Die buschigen weißen Augenbrauen des Bischofs wanderten in die Höhe. »Ach ja? Das will er?«

»Ich weiß nicht, ob etwas dahintersteckt«, beeilte sich sein Freund, ihn zu beruhigen. »Aber ich fürchte, wegen dieser Umstände kommt sich Arthur ziemlich verlassen vor.«

»Hast du schon mit ihm gesprochen?«

»Ja, erst gestern.«

»Und was hat er gesagt?«

»Willst du meine ehrliche Meinung hören? Ich denke, er ist fast soweit, sein Amt aufzugeben. Es bedarf keiner großen Überredungskunst, ihn in seinem Entschluß zu bestärken. Er ist ein zutiefst unglücklicher Mensch, George.«

Der Bischof strich gedankenvoll über seinen Bart. »Und wie stehst du dazu, John? Findest du, er sollte gehen?«

Wieder dachte John Kingsley über seine Antwort nach. »Ich habe sehr gemischte Gefühle.« Er seufzte. »Ich bin nicht sicher, ob es für den Dekan gut ist, alles zu kriegen, was er will, vor allem, was das Cathedral Center betrifft. An und für sich eine gute Sache, denke ich, aber der Preis ist zu hoch.«

»Zu hoch? Aber das Geld aufzutreiben ist sein Problem, nicht deins.«

»Ich rede nicht von Geld, George. Ich spreche von menschlichen und emotionalen Werten. Denk an die arme Dorothy Unworth, an Victor und Bert. Und natürlich auch an Arthur.« Wieder stieß er einen tiefen Seufzer aus. »Deshalb halte ich es letzten Endes für besser, wenn Arthur geht. Für seinen eigenen Seelenfrieden. Wenn er jetzt in Pension geht, kann er es mit Anstand tun und hat die Chance, wieder sein seelisches Gleichgewicht zu erlangen. Wenn sein Gehen bedeutet, daß es für den Dekan leichter wird, seinen Kopf durchzusetzen … nun, so soll es sein. Wir werden mit den Konsequenzen leben müssen. Aber Arthurs Wohl zählt im Moment am meisten. Und ich werde weiterhin tun, was in meiner Macht steht, um ihn in diese Richtung zu lenken, zu seinem eigenen Besten.«

Auch im Salon wurde über Arthur Brydges-ffrench gesprochen. »Er hat gesagt, es gehe ihm heute abend nicht gut genug, um zu kommen«, erzählte Todd Randall Olivia Ashleigh und

Rupert Greenwood. »Deshalb wollte sich Evelyn um ihn kümmern – dafür sorgen, daß er etwas Gutes zu essen bekommt und so weiter. Ein Glück, daß ich hier eingeladen bin, denn Evelyn hat mir auf ausgesprochen nette Art zu verstehen gegeben, daß ich mich für den Abend verziehen soll.«

Olivia lachte und hielt ihm eine Schale mit Chips hin. »Armer Todd. Greifen Sie zu.«

Er beäugte die winzige Schale geringschätzig. »In dem Ding sind nicht einmal genug Kartoffelchips für einen, ganz zu schweigen für einen Raum voller Menschen. Und es gibt keinen McDonald's in Malbury – ich werde verhungern!«

Rupert sah sich um. Sein Blick verharrte kurz in der Ecke des Salons, wo seine Frau lebhaft mit Lucy plauderte. »Ich kann den Dekan nirgendwo sehen«, bemerkte er. »Kommt er nicht? Oder ist er nicht eingeladen worden?«

»Oh, er hat eine Einladung bekommen, keine Sorge!« versicherte Olivia ihm. »Aber ich glaube, er hat Wichtigeres zu tun. Angeblich hat er heute abend Kanonikus Thetford und seine Frau zum Dinner eingeladen.«

»Aha.« Rupert gelang es, desinteressiert zu wirken.

»Reden Sie nicht von Essen«, stöhnte Todd und klopfte melodramatisch auf seinen leeren Magen.

Auch Jeremy behielt die Ecke, in der Lucy sich mit Judith unterhielt, diskret im Auge und wartete auf eine günstige Gelegenheit, um Lucy abzufangen. David jedenfalls war vollauf damit beschäftigt, Pat zu helfen, dachte Jeremy mit einem Lächeln; David hatte gerade erst sein Glas nachgefüllt und ihn mit kaum verhohlenem Mißtrauen finster gemustert, als er Jeremys Blickrichtung gefolgt war.

Plötzlich tauchte Rowena neben Jeremy auf und hob freundschaftlich ihr Glas. Auch sie hatte bemerkt, wem Jeremys Aufmerksamkeit galt, aber sie verkniff sich einen bissigen Kommentar über Miss Kingsleys Reize. »Morgen ist also der große Tag«, begann sie im Plauderton.

Jeremy runzelte verständnislos die Stirn. »Was meinst du?«

»Ist nicht morgen der Tag, an dem der Dekan vor aller Welt – oder zumindest vor der Diözese Malbury – seine großen Pläne offenbart?«

»Ach, das.« Jeremy war auf der Hut, da er sich nicht sicher war, wieviel sie wußte.

»Das grandiose Cathedral Center«, ergänzte Rowena. »Der Beitrag des Dekans auf Unsterblichkeit in der Welt der Kathedralen. Und auch deiner, nehme ich an«, fügte sie scharfsinnig hinzu. »Das ist etwas, das wir beide gemeinsam haben, du und ich«, fuhr sie fort. »Ein Interesse an den Plänen des Dekans. Ein Interesse daran, daß sie in die Tat umgesetzt werden.«

Jeremy schaltete schnell. »Du hast also bekommen, was du wolltest?« Rowenas Lächeln war bewußt nichtssagend, wenn auch eine Spur triumphierend – und vielleicht noch etwas anderes. »ich habe es dir ja gesagt: Ich bekomme immer, was ich will. Und du?«

Der Architekt nickte leichthin, während er abzuschätzen versuchte, wie weit der Dekan Rowena ins Vertrauen gezogen hatte. »Vielleicht sollten wir unsere Informationen austauschen. Zu unserem gegenseitigen Vorteil – und Schutz.«

Rowena sah ihn fragend an. »Schutz? Was meinst du damit?«

»Nun ja, es kann nie schaden … vorsichtig zu sein.«

Rowena betrachtete ihren Drink und dachte an die verschleierte Drohung des Dekans, was die Miete ihres Hauses anging. »Glaubst du, er ist ein Mann, der sein Wort hält?« fragte sie leise. »Glaubst du, wir können ihm trauen?«

Jeremy nahm einen Schluck Wein, bevor er antwortete. »Das hoffe ich. Aber ich gebe dir einen Rat – an deiner Stelle würde ich den Mietvertrag für dein Haus auf deinen Namen laufen lassen, nicht auf die Leiterin der Freunde der Kathedrale. Nur, um auf Nummer Sicher zu gehen.«

»Ich verstehe.« Ihre Stimme klang nachdenklich.

»Und dann ist da noch das Problem mit Kanonikus Brydges-ffrench«, fügte Jeremy hinzu.

Rowena nickte. »Komm gelegentlich vorbei, damit wir uns unterhalten können.« Sie bewahrte einen kühlen Ton und senkte die Lider. »Vielleicht fällt uns beiden etwas ein, um mit Arthur fertig zu werden. Soweit ich weiß, verhält er sich ablehnend und schaltet auf stur.«

»Und ich fürchte, deine weiblichen Kniffe, die beim Dekan Erfolg hatten, werden dir bei ihm nicht weiterhelfen.« Jeremy zog mit einem boshaften Grinsen die Augenbrauen hoch. »Ich weiß wirklich nicht, zu welcher Form von Bestechung du greifen könntest, um den Subdekan auf deine Seite zu ziehen. Zu einem antiquarischen Buch vielleicht?«

»Turkish Delight«, gab Rowena prompt zurück. »Da kann er nie widerstehen.« Sie lächelte. »Vielleicht ist das gar keine so schlechte Idee. Schaden kann es jedenfalls nicht. Ich kaufe gleich morgen eine Schachtel, und ich rate dir, dasselbe zu tun!«

Jeremy lachte. »Tja, soviel zum Subdekan! Wenn uns jetzt noch etwas einfällt, um den Dekan bei Laune zu halten …«

Kapitel 27

Dorthin ziehen die Stämme hinauf, die Stämme des Herrn, wie es Israel geboten ist, den Namen des Herrn zu preisen.
Psalm 122,4

Bereits Sonntag morgen war in der Dekanei alles bereit für die Gäste, die am Nachmittag erwartet wurden: Tassen, Untertassen und Teller waren im Salon in ordentlichen Stapeln aufgereiht, Kuchen und Scones gebacken worden, und jetzt befand Anne Latimer, war es an der Zeit, ihren Mann mit ein paar aufmunternden Worten zu beglücken.

Dies geschah in forschem Ton im Eßzimmer beim Frühstück. »Ich weiß«, sagte sie, während sie ihm die Milch für seine Cornflakes reichte, »daß du dieses Fest für Zeitverschwendung hältst.«

»Eine Verschwendung von Zeit *und* Mitteln«, bekräftigte er, ohne sich die Mühe zu machen, seine Verachtung zu verbergen.

»Das mag durchaus sein. Aber Tatsache bleibt nun einmal, Stuart, daß das Fest gemeistert werden muß, und zwar gut.«

»Aber all diese fürchterlichen alten Drachen von der Mothers' Union …« setzte er mißmutig an.

Seine Frau preßte die Lippen zusammen. »Es wird dich nicht umbringen, einen Nachmittag lang nett zu ihnen zu sein. Wobei ich finde, daß du den ganzen Tag lang liebenswürdig auftreten solltest. Ich möchte, daß du da draußen bist, auf dem Gelände der Kathedrale, Hände schüttelst und Babys küßt. Diese Provinzler erwarten das, und du wirst sie nicht enttäuschen. Und ich werde dich begleiten und freundlich lächeln, die perfekte Ehefrau eines Dekans.« Sie stand auf, schlank und elegant mit ihrem hellen Haar, dem gutgeschnittenen Wollkostüm und den Perlen um den Hals. »Schade«, fügte sie hinzu, »daß die Jungen nicht kommen konnten. Sie hätten beim Herumreichen der Teetassen einen guten Eindruck auf die alten Leutchen gemacht.«

Der Dekan aß seine Cornflakes auf. Sein Gesicht war mürrisch wie das eines trotzigen Kindes, aber er wußte – und seine Frau wußte es auch –, daß er tun würde, was sie sagte.

Im Refektorium begann der Tag früh. Dorthin wurde das Bier für die Glockenläuter geliefert, und dort traf sich auch die Mothers' Union auf einen morgendlichen Kaffee mit Kuchen. Diese Einladung ging im Gegensatz zum Nachmittagstee in der Dekanei auf Kosten Dorothy Unworth', die neben ihren anderen Verpflichtungen auch Diözesenvorsitzende der Mothers' Union war. Während sich die durstigen Glockenläuter an dem einen Ende des Refektoriums einfanden, um einen ersten Angriff auf das Faß Ploughman's Bitter zu starten, trudelten allmählich auch die Mitglieder der Mothers' Union ein, wobei jede Vertreterin eines Pfarrsprengels mit ihrem jeweiligen Banner bewaffnet war. Die Banner würden während der Festivitäten des Tages unter Dorothys Obhut im Refektorium bleiben, bis sie zum feierlichen Abendgottesdienst gebraucht wurden.

Der Dekan in seiner schwarzen Soutane, an seiner Seite seine lächelnde Gattin, war den ganzen Vormittag hindurch überall präsent, ebenso wie der Bischof in seinem Purpur, Pat Willoughby hingegen war damit beschäftigt, die Geistlichen der Diözese im Bischofspalast zu bewirten. Victor und Bert hielten sich ebenfalls, mit einer Kamera bewaffnet, in der Nähe des Refektoriums auf. Victor gelang es, die Glockenläuter sämtlicher Pfarrgemeinden der Reihe nach in künstlerischer Anordnung posieren zu lassen, auf einer Seite vom Purpur des

Bischofs, auf der anderen vom Schwarz des Dekans flankiert, während Bert den Augenblick für die Nachwelt festhielt. »Sagt Brie!« befahl Bert jedesmal, während Victor beifällige Laute von sich gab.

»Ooh, Bert! Ein paar von diesen Glockenläutern haben bildschöne Muskeln.« Victor konnte sich den gewisperten Kommentar nicht verkneifen. Er genoß seinen Anteil am Geschehen, der es manchmal – vielleicht etwas öfter, als nötig gewesen wäre – mit sich brachte, eben diese muskulösen Arme anzufassen, um die Glockenläuter in die richtige Position zu bringen.

»Das kommt von dem Ziehen an den schweren Glockenseilen, weißt du«, erklärte Bert. »Dabei entwickelt man Kraft im Oberkörper.«

»Vielleicht sollte ich als Glockenläuter einsteigen, Bert, Liebling. Was meinst du?«

Später am Vormittag, als sich die Glockenläuter auf ihr Bier und die Mitglieder der Mothers' Union auf Kaffee und Kuchen konzentrierten, wurde die Fotositzung unterbrochen. Bert und Victor stibitzten sich ein paar Kuchen, wobei sie die Bakewell Tarts wohlweislich mieden. Der Dekan steuerte die Bibliothek an, die sich über dem mittelalterlichen Kreuzgang befand und in der Jeremys Entwürfe für das Cathedral Center zur Ansicht lagen, hauptsächlich für die Geistlichen der Diözese. »Ich muß mich dort auch sehen lassen«, erklärte er seiner Frau. »Ich will diesen Leuten meine Idee verkaufen – vielleicht brauchen wir ihre Hilfe bei der Geldbeschaffung.« Anne Latimer ging in die Dekanei zurück, um die letzten Vorbereitungen für den Tee zu überwachen, und Dr. Willoughby kehrte in den Bischofspalast zurück, um sich zu den Geistlichen zu gesellen.

Im Refektorium übertönte plötzlich eine heisere Stimme das leise Geräusch von Trinken und Kauen. Nicht jeder im Refektorium nahm die Störung sofort wahr, denn die Glockenläuter hatten zu diesem Zeitpunkt bereits viel von ihrem Wahrnehmungsvermögen eingebüßt. Aber Victor und Bert gingen rasch auf die Frau zu, die hereingetaumelt kam und mit leicht schwankenden Schritten das Faß Bier ansteuerte. »Sind das die Glockenläuter?« wollte Val Drewitt wissen. Ihre undeutliche Sprechweise verriet, daß sie an diesem Morgen schon etwas Stärkeres als Bier zu sich genommen hatte. »Ist mein Mann da, dieser elende, nichtsnutzige Bastard? Er *ist* Glockenläuter, verdammt! Oder zumindest behauptet er das. Wahrscheinlich hat er aber zu viel damit zu tun, diese eingebildete Ziege zu bumsen, um auch nur in die Nähe dieser verdammten Glocken zu kommen.«

Sie sprach laut genug, so daß sogar Dorothy Unworth sie verstand. Bebend vor Entrüstung drehte sie sich um, eine derartige Ausdrucksweise war ihres Wissens nach auf dem geheiligten Boden des Kathedralengeländes noch nie zuvor gehört worden. »Schaffen Sie sie hier raus«, zischte sie Victor und Bert zu.

Doch Mrs. Drewitt hatte bereits den ersten Tisch der Glockenläuter erreicht, bevor Victor und Bert sie abfangen konnten. »Ist er hier?«

Barry Crabtree als Leiter der Truppe und somit selbsternannter Gastgeber stand höflich auf. »Er ist nicht hier, Mrs. Drewitt. Vielleicht ist er oben im Turm. Möchten Sie ein Bier?« fügte er hinzu.

Sie starrte ihn erbost an und kramte nach einer Zigarette. »Nein, ich will Ihr Scheißbier nicht! Gibt es hier nichts Anständiges zu trinken? Gin?«

Victor und Bert nahmen Val Drewitt in ihre Mitte. »Kommen Sie, Mrs. Drewitt«, forderte Bert sie auf. Als sie eine Männerstimme hörte, drehte sie sich automatisch mit einem aufreizenden Lächeln zu ihm um, erkannte dann aber, daß ihr Charme verschwendet war.

»Wir haben eine Flasche Gin bei uns im Geschäft«, fügte Victor mit einem einschmeichelnden Lächeln hinzu.

Ihre Stimmung schlug abrupt um, ihre kämpferische Miene wich einem berechnenden Blick. »Warum nicht. Wenn ihr besonders nett zu mir seid, Jungs, erzähle ich euch vielleicht über den einen oder anderen hier ein paar Sachen, die ihr noch nicht wißt.« Sie musterte die versammelte Gesellschaft finster. »Die Leute glauben, ich wüßte rein gar nichts, aber ich halte die Augen offen. Ein paar von diesen ach so heiligen Typen sind gar nicht so fromm, wie sie tun. Und damit meine ich nicht nur diese Schlampe Hunt!«

Dorothy Unworth war rot vor Zorn, aber an dem Tisch der Glockenläuter wechselte Barry Crabtree einen Blick mit seinem Freund Neil und nickte nachdenklich.

Die Freunde der Kathedrale leisteten zwei Beiträge zum heutigen Fest. Zum einen hatte Inspector Mike Drewitt, der von dem Auftritt seiner Frau keine Ahnung hatte, im Namen des Vereins Führungen auf den Glockenturm organisiert, vor allem für die Pfarrer aus den ländlichen Gemeinden und für ihre Familien. Zum anderen hatte Rowena im Retrochor eine kleine Ausstellung von Kathedralenschätzen arrangiert: das viktorianische Meßgewand, mehrere kostbare Bücher aus der Bibliothek und einige Stücke des Kirchensilbers, von denen das bemerkenswerteste eine versilberte elisabethanische Kollekteschale war. Über diese Ausstellung wachte Kanonikus Brydges-ffrench, der es abgelehnt hatte, jemand anderem die Schätze der Kathedrale anzuvertrauen.

»Obwohl ich gar nicht weiß, warum ich mir die Mühe mache«, sagte er zu Evelyn Marsden, die gegen Mittag vorbeikam, um ihm ein Sandwich zu bringen. »In ein paar Monaten ist vielleicht nichts mehr davon da.« Er stieß einen tiefen Seufzer aus. »Die Bücher und das Silber, wahrscheinlich auch das Meßgewand, werden verkauft sein, wenn Sie mich fragen.«

»O nein!«

Arthur Brydges-ffrench hob liebevoll die Kollekteschale und betrachtete mit zusammengekniffenen Augen sein verzerrtes Gesicht, das sich in der dicken Patina spiegelte. »Diese Schale wurde der Kathedrale vor fast vierhundert Jahren von einem dankbaren Gemeindemitglied gestiftet, als sie noch die Pfarrkirche von Malbury war«, sagte er leise. »Als Cromwells Leute kamen, um Sachen zu suchen, die sie einschmelzen konnten, versteckte jemand die Schale und hütete sie so lange, bis die Gefahr vorüber war. Wie Bruder Thomas Generationen zuvor St. Malos Kopf versteckt hatte. Und jetzt«, fuhr er fort, wobei seine Stimme vor Erbitterung anschwoll, »will er sie verkaufen. Dieser schreckliche Mensch, dieser Vandale! Und diesmal wird niemand etwas verstecken – wird niemand ihn daran hindern!«

»Aber«, sagte Evelyn schockiert, »man *muß* ihn daran hindern!«

Der Dekan schüttelte nur mit einem bebenden Seufzer den Kopf.

David und Lucy beschlossen am Nachmittag, in die Bibliothek der Kathedrale zu gehen, um einen Blick auf die Pläne für das Cathedral Center zu werfen. Der Dekan war mittlerweile wieder gegangen, um in der Dekanei an der Teegesellschaft teilzunehmen; zu Davids Verdruß war es Jeremy, der bei den Entwürfen stand, um sie Interessierten zu erklären.

Nach einer betont kurz angebundenen Begrüßung des Architekten wandte sich David um, um die Entwürfe mit allen Anzeichen großen Interesses zu studieren. Lucy hingegen trat zu Jeremy, um mit ihm zu reden, und bald waren sie in ein angeregtes Gespräch vertieft. Unschlüssig, ob er wirklich wissen wollte, worüber sie sprachen, entschied sich David dafür, abwechselnd halbherzig zu lauschen und die beiden dann wieder bewußt zu ignorieren, um sich auf die Baupläne zu konzentrieren. Dabei wurde er Zeuge eines verdächtigen Wortwechsels.

»Danke«, sagte Jeremy in geradezu verschwörerischem Flüsterton – David mußte die Ohren spitzen, um ihn zu verstehen, »daß du niemandem von den Bauplänen erzählt hast. Der Dekan wäre gar nicht begeistert gewesen, wenn er gewußt hätte, daß ich dir schon in einem so frühen Stadium davon berichtet habe.«

»Es liegt mir fern«, lächelte Lucy, »dir Ärger zu machen.«

Sowie Jeremy damit beschäftigt war, einem lockigen Geistlichen mit engelhaften Gesichtszügen zu erklären, warum es sich bei dem Cathedral Center um einen bedeutenden Fortschritt handelte, lotste David Lucy außer Hörweite, indem er sie in einen abgelegenen Winkel zwischen zwei Regalreihen führte. Er drehte sich zu ihr um und sagte leise, aber nachdrücklich: »Was hat er damit gemeint, als er dir dafür dankte, keinem etwas über das Gebäude erzählt zu haben?«

»David! Du hast gelauscht!«

Er hatte den Anstand, ein beschämtes Gesicht zu machen. »Äh … ja, hab' ich. Aber was hat er gemeint? Wann hat er es dir erzählt?«

Lucy dachte einen Moment nach, bevor sie antwortete, und entschied, daß es Zeit war, die Wahrheit zu sagen; die Lüge aufrechtzuerhalten würde alles nur verschlimmern, fand sie. Ihre Stimme war sanft, und sie legte eine Hand auf seinen Arm. »Er hat es mir vor einem Monat erzählt. Ich bin ihm in London begegnet, rein zufällig. Er war wegen dieser Pläne da. Wir waren zusammen Mittag essen. Ich habe dir nichts gesagt, weil ich dich nicht beunruhigen wollte, Liebling. Ich weiß, wie unsicher du bist. Doch es war falsch von mir, dir nichts zu sagen, aber ich war ehrlich überzeugt, daß es so am besten wäre – für dich und für uns.«

Der Schmerz in seinem Gesicht und in seiner Stimme war fast mit Händen greifbar. »Du warst mit Jeremy in London essen und hast es mir nicht erzählt?« David drehte sich um und stürmte die steile Steintreppe hinunter, die in den Kreuzgang führte. Lucy, die sich dachte, daß es für ihn vielleicht am besten sei, allein zu sein, folgte ihm nicht.

David war sich kaum bewußt, wohin er ging, als er aus dem Kreuzgang kam, am Bischofspalast vorbei und weiter zur Westfassade der Kathedrale lief. Dort blieb er lange Zeit stehen und starrte auf die weite Grünfläche, die – wenn der Dekan seinen Willen durchsetzte – demnächst einem sehr großen und wahrscheinlich sehr häßlichen Gebäude weichen würde. Aber das, mahnte er sich, war ein unfreundlicher Gedanke, denn – abgesehen von seinen persönlichen Gefühlen und seinen Zweifeln an Jeremys Integrität – war Jeremy Bartlett ein befähigter Architekt mit einem echten Gespür für alte Bauwerke. Er würde ein gefälliges Bauwerk erstellen lassen. Trotzdem war es ein Jammer, daß die freie Fläche, welche der Kathedrale viel Charme verlieh und ihren Reiz unterstrich, verlorengehen würde. Mit großer Willenskraft konzentrierte David seine Gedanken auf das Cathedral Center und widerstand der Versuchung, an Lucy und Jeremy zu denken. Der Gedanke war im Moment einfach zu schmerzlich. Lucy hatte ihn belogen. Was verheimlichte sie noch vor ihm?

»Hübsch, nicht?« sagte eine Stimme neben ihm. Pat war zu ihm getreten und betrachtete die Grünfläche. »Im Sommer spielen hier Kinder.« David sah es vor sich, kleine Kinder in bunten Sachen, die an einem langen, dämmerigen Sommerabend durch das warme Gras tobten. Jetzt allerdings war es das Reich einiger großer Krähen, die gewichtig herumstolzierten. »Ich weiß nicht, ob Sie die Geschichte kennen«, fuhr sie im

Plauderton fort. »Wie bei vielen Abteikirchen gehörte ein Gebäudeteil der Gemeinde. Während der Reformation, als die Abtei geschlossen wurde, rissen die Bewohner der Stadt ihren Teil ab – hier am Westende –, vor allem, um das Baumaterial, die Steine und das Blei, wiederzuverwenden. Aber bald wurde ihnen klar, daß sie ziemlich kurzsichtig gehandelt hatten, weil sie keine Kirche mehr hatten. Deshalb kauften sie der Krone den Rest ab, um ihn als Pfarrkirche zu benutzen, was sie auch blieb, bis sie im vorigen Jahrhundert zur Kathedrale erhoben wurde.«

»Interessant.«

Pat wandte sich um und musterte forschend seinen gequälten Gesichtsausdruck. »Ich sehe Sie nicht oft allein. Wo ist Lucy?«

»In der Bibliothek – bei Jeremy.«

Scharfsinnig, wie sie war, fiel es ihr nicht schwer, eine ganze Menge in diese knappen Aussagen hineinzulegen; Jeremys Interesse an Lucy war ihr nicht entgangen. »Stimmt etwas nicht?«

Ihre aufrichtige Sorge ließ David beinahe die Fassung verlieren, aber es gelang ihm noch, Haltung zu bewahren. »Nein. Na ja, vielleicht doch«, gab er gereizt zu. »Jeremy ... er steht auf Lucy. Das merke ich.« Er war versucht, noch weiter zu gehen und ihr seinen Verdacht in bezug auf Jeremys Vertrauenswürdigkeit mitzuteilen, entschied dann aber, daß es nicht nur voreilig wäre, sondern auch unangebracht, so eine Äußerung gegenüber der Frau des Bischofs zu machen.

»Aber Lucy liebt *Sie*, nicht Jeremy«, stellte Pat fest.

»Ich weiß. Oder zumindest glaube ich es zu wissen. Ich liebe sie mehr, als ich je für möglich gehalten hätte. Doch es ist so ... schwierig, wenn wir hier in Malbury sind. Irgendwie haben wir nie Zeit, miteinander allein zu sein – es scheint fast so, als würden wir uns hier einander entfremden.« David wich Pats Blick aus und starrte auf die Grünfläche.

»Aha.« Pat, die zwischen den Zeilen gelesen hatte, dachte über das Problem nach. »Wissen Sie was«, sagte sie praktisch, »ich glaube, es wird höchste Zeit, daß Sie ein bißchen mit Lucy allein sind. Worauf warten Sie? Gehen Sie auf der Stelle in die Bibliothek und holen Sie sie. Gehen Sie mit ihr in die nette kleine Teestube in der Stadt, außerhalb des Kathedralengeländes.« Sie überlegte noch einmal und fuhr energisch fort: »Oder besser noch, nehmen Sie den Tee im Haus ihres Vaters und … reden mit ihr.«

»Aber ihr Vater …«

»Ihr Vater ist in meinem Haus und plaudert mit ein paar alten Freunden. Ich sorge dafür, daß er bis zum Abendgottesdienst dort bleibt, wenn nötig, mit Gewalt! Damit ihr nicht gestört werdet. Ihr habt ein leeres Haus und fast zwei Stunden Zeit. Nun gehen Sie schon!«

Er hob den Kopf und setzte sich in Bewegung. »Ja, mach' ich. Danke, Pat!«

»Nicht der Rede wert.« Sie grinste und zwinkerte ihm verschwörerisch zu, als er sich umdrehte und zielstrebig zum Kreuzgang zurück marschierte.

Zu gegebener Zeit, nach dem Tee in der Dekanei, erschien die Prozession der Mothers' Union mit hocherhobenen Bannern zum Gottesdienst, strömte in den Chorraum und füllte die Reihen im Kirchenschiff. David und Lucy, die fast in letzter Minute gekommen waren, befürchteten schon, im Mittelschiff sitzen zu müssen, wo die Sicht sehr schlecht war, aber Pat hatte daran gedacht, ihnen Plätze freizuhalten. Auf dem Platz neben ihnen saß Todd, der sie mit einem fröhlichen Grinsen begrüßte. »Sieht die Kathedrale nicht schön aus?« flüsterte er und zeigte auf die goldenen Festbehänge.

David nickte. »Und wie ich sehe, ist das Gerüst rechtzeitig vor dem Patronatsfest entfernt worden.«

»Ja, und es wurde bei der Restaurierung des Fensters gute Arbeit geleistet. Es sieht genauso aus wie vorher.«

Der Küster trat mit majestätisch erhobenem Stab ein; alle standen auf, als der Chor und die Geistlichen in feierlicher Prozession hereinkamen, um ihre Plätze einzunehmen.

»Herr, öffne meine Lippen«, stimmte Rupert Greenwoods klare Stimme an; der Gottesdienst hatte begonnen.

Es war ein schöner Gottesdienst; der Chor unter Ruperts Leitung hatte nie besser gesungen, und der dunkle Himmel draußen verlieh dem von Kerzen beleuchteten Chorraum eine Art gedämpften Zauber. Der Höhepunkt war für John Kingsley das Nunc Dimittis; Noble in B-Moll war weder die glanzvollste noch die anspruchsvollste Vertonung des Lobgesangs, die im Repertoire stand, aber der Kanonikus empfand die altmodische Schlichtheit des Gesangs als zutiefst berührend. »Herr, nun läßt du deinen Diener gehn in Frieden«, sangen die hellen Sopranstimmen. John Kingsley warf einen Blick auf den Chorstuhl neben seinem, wo Arthur Brydges-ffrench mit gesenktem Kopf saß, sah dann zum Platz des Bischofs und fing George Willoughbys Blick auf. Er wußte, daß sie beide dasselbe dachten: Herr, laß Arthur in Frieden gehen.

Kapitel 28

Die Schande bricht mir das Herz,
ganz krank bin ich vor Schmach;
umsonst habe ich auf Mitleid gewartet,
auf einen Tröster, doch ich habe keinen gefunden.
Psalm 69,21

Nach dem Frühgottesdienst am folgenden Montag suchte John Kingsley den Dekan auf, um ihn kurz zu sprechen. Der Dekan hatte den Gottesdienst gehalten, deshalb folgte der Kanonikus ihm in die Sakristei, wo niemand sie hören konnte.

»Es geht um Arthur Brydges-ffrench«, sagte er. Ich hatte gestern abend nach der Vesper ein langes Gespräch mit ihm.«

»Ja?« Der Dekan versuchte, sich seine Ungeduld nicht anmerken zu lassen, aber er hatte es eilig, nach Hause zu seinem Frühstück zu kommen.

»Ich glaube, er ist so gut wie entschlossen, zu gehen.«

Der Dekan drehte sich mit einem Lächeln zu ihm um. »Ah!«

»So gut wie«, wiederholte Kanonikus Kingsley mit Nachdruck, »er darf jedoch nicht gezwungen werden. Nicht von mir, und nicht von Ihnen. Sie müssen jetzt äußerst behutsam vorgehen.«

Der Dekan legte die Stirn in Falten. »Also, was schlagen Sie vor?«

John Kingsley wählte seine Worte vorsichtig, da ihm bewußt war, was auf dem Spiel stand. »Ich glaube, Sie sollten ihm sagen, daß Ihnen die Zukunft der Kathedrale genauso am Herzen liegt wie ihm, daß Sie nur tun, was Sie für richtig halten, um ihr Überleben zu sichern. Es wäre vielleicht wirksamer, wenn Sie das in einer Situation täten, die auf ihn nicht bedrohlich wirkt – Sie könnten ihn zum Beispiel zum Essen einladen und sich einfach mit ihm unterhalten. Dann käme das Thema fast von selbst zur Sprache, und es würde nicht so geplant erscheinen. Ich würde allerdings nicht zu lange warten – er kann seine Meinung jeden Moment ändern.«

»Aber Anne ist diese Woche in London. Ich bin nicht darauf eingerichtet, allein Gäste zu empfangen.«

»Ich glaube, das ist sogar günstig«, meinte der Kanonikus. »Laden Sie ihn zu einer einfachen Mahlzeit ein: etwas Brot und Käse vielleicht. Und wenn Sie Arthur wirklich eine Freude machen und ihn von Ihrer Aufrichtigkeit überzeugen wollen, kaufen Sie ihm eine Schachtel Crème de Menthe Turkish Delight.«

Der Dekan machte ein verdutztes Gesicht. »Crème de Menthe Turkish Delight?«

Lächelnd erklärte der Kanonikus: »Arthur liebt dieses Konfekt, er ißt es schachtelweise. Es ist seine größte Schwäche.«

»Aber wo in aller Welt soll ich das Zeug auftreiben?«

»Im Cathedral Shop. Victor und Bert haben es für ihn auf Lager.«

Der Dekan beschloß, zu tun, was getan werden mußte, und nickte energisch. »Also gut. Dann spreche ich am besten gleich heute abend mit dem Subdekan. Ich gehe sofort zu ihm und lade ihn ein, mit mir zu Abend zu essen.« Mittlerweile war er in der Sakristei fertig und eilte davon, in der Hoffnung, den Kanonikus zu erwischen, bevor er die Kathedrale verließ.

John Kingsley blieb noch einen Moment lang in der Sakristei. Die Augen auf das Kruzifix gerichtet, sprach er ein stummes Gebet. Dann sagte er laut, halb zu Gott, halb zu sich selbst: »Ich hoffe inständig, das Richtige getan zu haben.«

Arthur Brydges-ffrench hatte den ganzen Gottesdienst nahezu regungslos auf den Knien in seinem Chorstuhl verbracht; er war nicht einmal vorgetreten, um die Kommunion zu empfangen. Sein Innerstes war in Aufruhr, und er betete inbrünstig, Gott möge ihm ein Zeichen geben, ihm den Weg aus einer anscheinend aussichtslosen Situation weisen. Der Gottesdienst endete, ohne daß er es wahrnahm, während er weiter betete, gefühllos gegen die Schmerzen in seinen Knien.

»Arthur?« Der Dekan, der vor ihm stand, sprach ihn leise an; Kanonikus Brydges-ffrench, abrupt aus seinem Gebet gerissen, schrak heftig zusammen. Es war das erste Mal, fiel ihm auf, daß der Dekan ihn mit seinem Vornamen ansprach. War das das Zeichen, auf das er gewartet hatte?

»Ja, Herr Dekan?«

»Ich habe mich gefragt, ob Sie vielleicht Zeit hätten, mir heute abend beim Essen Gesellschaft zu leisten. Anne ist nicht da, deshalb wird es nichts Großartiges geben – nur eine einfache Mahlzeit für uns beide.«

Einen Moment lang blinzelte der ältere Mann verständnislos und befeuchtete mit der Zunge nervös seine Lippen. Er sagte nichts, deshalb fuhr der Dekan überstürzt fort, als wollte er auch sich selbst überzeugen: »Ich denke, es ist an der Zeit, daß wir miteinander reden, einander kennenlernen, versuchen, eine Verständigung zu finden.«

Kanonikus Brydges-ffrench, der auf einmal seine schmerzenden Knie spürte, ließ sich auf seine Fersen zurückfallen. Er stand auf, reckte sich mit einem leichten Stöhnen zu seiner vollen Größe empor und sah auf den Dekan herab. »Ja. In Ordnung«, stimmte er zu. »In Ordnung.«

»Dann also gegen acht?« Stuart Latimer mußte den Kopf zurücklegen, um dem Subdekan ins Gesicht zu sehen; er hatte das Gefühl, dadurch im Nachteil zu sein.

»Ich werde da sein.«

Heute, entschied Stuart Latimer, war der Tag, an dem er all die Kleinigkeiten, die an das Ende seiner Liste gerutscht waren, erledigen würde, all die notwendigen Übel, die er hinter sich bringen mußte, damit seine Pläne zum Tragen kommen konnten. Heute vormittag würde er Evelyn Marsden von seiner Absicht in Kenntnis setzen, ihre Miete zu erhöhen, und dann würde er Dorothy Unworth und Victor und Bert mitteilen, daß ihre Tage gezählt waren. Der Despot in ihm freute sich geradezu auf diese Konfrontationen, denn dabei würde fraglos er die Oberhand behalten.

Er hatte einen Brief an Evelyn Marsden vorbereitet, in dem er die vorgesehene Mieterhöhung bekanntgab, doch er hatte vor, den Brief persönlich abzugeben, damit er sehen konnte, was für ein Gesicht sie machte, wenn ihr aufging, daß sie ihr Zuhause verlieren würde.

Miss Marsden ließ sich ihre Überraschung nicht anmerken, als sie dem Dekan die Tür öffnete; er war nicht dafür bekannt, Besuche in der Gemeinde zu machen, weder allein noch mit seiner Frau. »Möchten Sie einen Kaffee?« bot sie an. »Ich habe gerade welchen gemacht.«

»Ja, sehr gern«, stimmte er zu und rieb seine Hände aneinander.

Sie führte ihn in den ersten Stock in ihr Wohnzimmer mit freiem Ausblick auf die Kathedrale, den Kirchplatz und vor allem auf den Eingang der Dekanei. Ihr Sessel stand beim Fenster. Als sie mit Blickrichtung auf den Kirchplatz ihren Platz einnahm, stand für den Dekan fest, daß sie einen Großteil ihrer Zeit wohl damit verbrachte, sein Kommen und Gehen im Auge zu behalten. In seinen Augen rechtfertigte das, was er zu tun beabsichtigte – neugierige alte Schnüfflerin, dachte er von oben herab.

Sie schenkte ihm eine Tasse Kaffee aus einer kleinen Filterkanne ein – Instantkaffee gab es bei Miss Marsden nicht – und lehnte sich zurück, um auf einen Hinweis für den Grund seines Besuchs zu warten. Der Kaffee, mußte der Dekan zugeben, schmeckte ausgesprochen gut, ebenso wie die selbstgebackenen Kekse, die sie ihm anbot. Er durfte zwar den Zweck seines Kommens nicht aus den Augen verlieren, aber vielleicht war ein wenig Konversation angebracht.

Auf der Suche nach Gesprächsstoff fiel sein Blick auf das Strickzeug neben ihrem Sessel. »Was machen Sie denn da?«

»Ach, das.« Sie lachte ein wenig verlegen, als sie die Stickerei hochhielt. »Das ist ein ärmelloser Pullover, für Arthur. Den kann er unter der Soutane tragen. Er ist nicht mehr der Jüngste, wissen Sie, und ich glaube, er spürt die Kälte stärker als früher. Der Winter steht bevor, und ...«

Der Dekan hatte wirklich keine Lust, über Arthur Brydgesffrench zu sprechen. »Sie stricken gern?«

»O ja. Ich finde es entspannend – und ich stricke schon so viele Jahre, daß ich es kann, ohne hinzuschauen.« Wie zum Beweis griff sie nach der schwarzen Wolle, und kurz darauf klapperten die dünnen Stricknadeln rhythmisch, obwohl ihre Augen unverwandt auf das Gesicht des Dekans geheftet blieben.

»Ein nützliches Talent«, bemerkte er wohlwollend. »Meine Frau hatte nie Lust, stricken zu lernen.«

»Beim Stricken kann ich mir Ihre Frau auch gar nicht vorstellen.« Sie sagte es humorvoll, in der Absicht, freundlich zu sein, rief dem Dekan aber nur in Erinnerung, daß diese Frau wahrscheinlich die Gewohnheit hatte, seiner Familie nachzuspionieren. Er schob eine Hand in seine Tasche und zog den Brief hervor.

»Ich habe hier einen Brief für Sie, Miss Marsden«, sagte er übergangslos. »Ich glaube, der Inhalt versteht sich von selbst, aber ich überbringe ihn persönlich, für den Fall, daß Sie Fragen haben.«

Sie legte ihr Strickzeug beiseite, nahm den Brief, öffnete ihn ohne erkennbare Unruhe und fing an zu lesen; der Dekan beobachtet, wie die Farbe aus ihrem Gesicht wich. Schließlich hob sie den Blick und starrte ihn fassungslos an. »Was hat das zu bedeuten?« fragte sie mit erstickter Stimme.

»Wie gesagt, ich denke, der Inhalt versteht sich von selbst. Bei der genannten Summe handelt es sich um Ihre neue Miete, von nächstem Jahr an.«

»Aber … aber das kann ich mir nicht leisten!«

Der Dekan machte ein angemessen ernstes Gesicht. »Es tut mir leid, das zu hören. In diesem Fall werde ich mich nach einem neuen Mieter umsehen müssen.«

Evelyn holte tief Luft. »Das ist ungeheuerlich! Ich lebe hier seit über dreißig Jahren, und meine Miete ist noch nie erhöht worden!«

»Genau das ist der Punkt, Miss Marsden. Ihre Miete wurde bewußt niedrig – viel zu niedrig – gehalten, seit Sie hier wohnen. Dieser Besitz muß jedoch rentabel gemacht werden – die Kathedrale ist kein Wohltätigkeitsverein, so leid es mir tut. Wenn Sie mir sagen, daß Sie sich die Mieterhöhung nicht leisten können …«

»Ich komme schon jetzt kaum zurecht!«

Er schüttelte mitfühlend den Kopf. »Dann sieht es so aus, als hätten wir keine Wahl. Sosehr wir die Tatsache bedauern mögen, Miss Marsden, wir müssen alle im Rahmen unseres Einkommens leben. Ich denke, Sie sollten sich glücklich schätzen, daß Sie in der Lage waren, so viele Jahre hier am Kirchplatz zu wohnen.«

Ihre Stimme bebte, als sie versuchte, das Ausmaß dessen, was passierte, zu erfassen. »Aber ich weiß nicht, wo ich sonst hin soll …«

»Das Ganze ist natürlich ein Schock für Sie«, sagte er mit salbungsvoller Miene. »Aber Sie haben ja einige Monate Zeit, um sich anderweitig umzuschauen. Ich bin sicher, wenn Sie Gelegenheit hatten, ruhiger zu werden und in aller Vernunft darüber nachzudenken, werden Sie bestimmt eine Lösung für Ihr kleines … Problem finden.«

Kurze Zeit später stand Evelyn Marsden vor Arthur Brydges-ffrenchs Haustür, kerzengerade aufgerichtet, um das Zittern in ihren Beinen auszugleichen. Sie holte tief Luft, bevor sie auf die Klingel drückte; das altmodische Bimbam ertönte für sie kaum hörbar irgendwo im Haus.

Nach einem Moment erschien der Subdekan. Er blinzelte leicht, als wäre er mit seinen Gedanken woanders. »Hallo, Evelyn.« Er brachte ein höfliches Lächeln zustande und sah erwartungsvoll auf ihre Hände; sie kam oft vorbei, um ihm ein kleines Zeichen ihrer Freundschaft zu bringen, einen Kuchen oder ein Glas Marmelade oder ein Paar selbstgestrickte Socken. Bei diesen Gelegenheiten hatte er sie nie hereingebeten, sondern ihre Mitbringsel an der Tür entgegengenommen.

Zu seiner Überraschung stellte er fest, daß sie mit leeren Händen kam und an ihm vorbei in die schwach erleuchtete Diele schaute. »Kann ich hereinkommen, Arthur? Ich muß mit dir reden.« Ihre Stimme war beherrscht, aber nur mit Mühe.

»Ja, natürlich.« Er trat beiseite, um sie ins Haus zu lassen.

Sie war schon seit einer ganzen Weile nicht mehr bei ihm im Haus gewesen, fiel ihr ein – vermutlich nicht mehr seit der Beerdigung seiner Mutter vor fast einem Jahr. Während der Herrschaft der Ehrfurcht gebietenden Mrs. Brydges-ffrench war Evelyn gelegentlich gebeten worden, den Tee mit jener Dame und ihrem Sohn zu nehmen, aber jetzt war sie diejenige, die Arthur einlud, wenn es überhaupt zu Einladungen kam. Die Veränderungen im Haus, seit sie zum letztenmal hier gewesen war, waren nicht zu übersehen; sämtliche Spuren von Mrs. Brydges-ffrenchs absolut makelloser Haushaltsführung waren getilgt, und die Räume wirkten ungepflegt, fast verkommen. Wie sehr es Gertrude Brydges-ffrench wohl schockieren würde zu wissen, dachte Evelyn, daß man jetzt seinen Namen in den Staub auf dem Dielentisch schreiben könnte.

Arthur Brydges-ffrench war unentschlossen, in welchen Raum er seinen Gast führen sollte. Schließlich ging er mit ihr in das Arbeitszimmer. Er setzte sich an seinen Schreibtisch und deutete auf einen Stuhl, aber sie blieb stehen und legte die Hände wie in unbewußtem Flehen zusammen.

»Der Dekan war heute morgen bei mir«, begann Evelyn mit mühsam beherrschter Stimme.

»Ja?« Jetzt ahnte er, worum es gehen könnte.

»Er hat mir einen Brief gegeben, in dem mir mitgeteilt wird, daß meine Miete nächstes Jahr auf eine absolut horrende Summe erhöht werden soll. Hast du davon gewußt?«

Der Subdekan senkte den Kopf und machte sich an einem unordentlichen Stapel Papieren zu schaffen. »Ja. Aber ich fürchte, da läßt sich rein gar nichts machen.«

»Kannst du nicht deinen Einfluß geltend machen, Arthur?« Ihre Stimme schwankte nur ein wenig. »Darüber muß doch sicher im Kapitel abgestimmt werden.«

Kanonikus Brydges-ffrench klang müde, und er beschirmte seine Augen mit einer Hand. »Ich habe alles getan, was in meiner Macht steht. Ich habe beim Dekan Protest erhoben, aber er hat mir keine Beachtung geschenkt. Es *wird* zwar eine Abstimmung im Kapitel geben, aber da Rupert uns demnächst verläßt und Philip anscheinend entschlossen ist, seinem Beispiel zu folgen, wird der Dekan gewinnen. Er wird eine Abstimmung nämlich dann durchführen, wenn er sicher sein kann, daß sie nach seinem Wunsch ausfällt.«

»Aber Arthur! Das bedeutet, daß ich den Close verlassen muß! Und ich weiß keinen anderen Ort, an den ich gehen könnte!«

»Es tut mir sehr leid, meine Liebe. Ich wünschte, es gäbe einen Ausweg, doch ich sehe keinen.«

Seine Stimme klang flach und unbewegt, aber das Mitgefühl, das hinter seinen Worten stand, gab Evelyn den Anstoß, den sie brauchte. Sie stand einen Moment lang ganz still da, um all ihren Mut zusammenzunehmen; die Knöchel an ihren gefalteten Händen traten weiß hervor. »Es gibt einen Ausweg«, sagte sie mit sehr ruhiger Stimme. »Ich könnte hier bei dir leben.«

Zuerst sah er nur verdattert aus, als hätte sie angekündigt, zum Zirkus zu gehen oder nach Australien auszuwandern. »Wovon in aller Welt redest du?«

»Ich könnte hier leben«, wiederholte sie, plötzlich befangen. Sie fuhr mit wachsender Qual fort: »Ich habe immer gewußt, daß es nicht möglich war, solange deine Mutter lebte. Aber ich hatte stets den Eindruck, daß du, wenn sie einmal nicht mehr … sein sollte … daß du … daß ich … daß wir vielleicht … heiraten würden.«

»Heiraten?« Sein Gesichtsausdruck und sein Tonfall verrieten äußerste Ungläubigkeit. »Aber das ist ja absurd!«

In diesem Augenblick wünschte Evelyn, der Boden unter ihren Füßen würde sich auftun und sie für immer verschwinden lassen. Sie wurde erst blaß, dann flammend rot und flüsterte gequält: »Es tut mir leid, Arthur. Ich dachte …«

Er starrte sie an. Nach einem Moment sagte er mit freundlicher Würde: »Hier scheint es irgendwie zu einem Mißverständnis gekommen zu sein. Etwas Derartiges steht selbstverständlich nicht zur Debatte. Doch die Schuld muß bei mir liegen. Falls ich irgend etwas getan habe, um dich in die Irre zu führen, Evelyn – und offensichtlich habe ich das –, möchte ich mich dafür aufrichtig entschuldigen.«

Bevor sie reagieren konnte, gab es einen gewaltigen Krach, und Todd Randall, der seit dem Anfang ihres Gesprächs hinter dem Sofa gesessen hatte, um einen Stapel Bücher zu sortieren, versuchte hervorzukriechen und stolperte dabei über einen weiteren Stapel. »Tut mir leid«, sagte er verlegen.

Evelyn Marsden, die sich zutiefst gedemütigt fühlte, ergriff die Flucht. »Es tut mir so leid, Arthur. Ich finde selbst hinaus«, murmelte sie im Gehen.

Todd betrachtete schuldbewußt das erschütterte Gesicht des Subdekans. »Es tut mir wirklich leid. Ich hätte mich früher bemerkbar machen sollen, aber mir war nicht klar ...«

»Es ist schon in Ordnung, Todd.« Kanonikus Brydges-ffrench zwang sich zu einem schwachen Lächeln. »Aber Miss Marsden ...«

Der junge Mann überlegte kurz. »Vielleicht wäre es besser, wenn ich ein paar Tage verschwinde, meinen Sie nicht? Wenn die Luft rein ist, schleiche ich mich in mein Zimmer, um ein paar Sachen zu holen. Ich kann nach London fahren.«

»Ja, vielleicht wäre das am besten«, stimmte der Subdekan zu.

Todd ging also und ließ Arthur Brydges-ffrench allein an seinem Schreibtisch zurück. Gedankenverloren öffnete er die Schachtel Turkish Delight, die immer in Reichweite war, und nahm eins der letzten Stücke heraus; nach wenigen Minuten war die Packung leer.

Kapitel 29

Ich will dem Herrn meine Gelübde erfüllen
offen vor seinem ganzen Volk,
in den Vorhöfen am Hause des Herrn,
in deiner Mitte, Jerusalem.
Halleluja!

Psalm 116,18–19

Teilweise von seinem Verlangen nach Turkish Delight getrieben, teilweise von dem unbestimmten Wunsch, aus dem Haus zu kommen und etwas frische Luft zu schnappen, machte sich Arthur Brydges-ffrench am frühen Nachmittag auf den Weg zum Cathedral Shop.

Als er aus dem Haus kam, blieb er einen Moment stehen, um die Kathedrale zu betrachten – seine Kathedrale, die einzige Leidenschaft seines Lebens. Es war ein unfreundlicher Novembertag, die Häuser waren in feuchtkalten Nebel gehüllt, der sich den ganzen Tag nicht aufgelöst hatte; die Kathedrale war im Dunst nur als riesiger, formloser Umriß zu erkennen, und die von ihm so geliebten Details wirkten verschwommen und unkenntlich. Er hastete an Judith Greenwood vorbei; sie begrüßte ihn mit einem Winken, aber er hielt den Kopf gesenkt und nahm es kaum zur Kenntnis.

Einen Moment später jedoch traf er Jeremy Bartlett, der in die entgegengesetzte Richtung ging, und Jeremy war nicht gewillt, ihn unbehelligt weitergehen zu lassen.

»Kanonikus Brydges-ffrench!«

Er zuckte erschrocken zusammen und zögerte kurz. »Oh. Hallo.«

Jeremy trat vor ihn und verstellte ihm den Weg. »Ich habe in der Kathedrale gerade Rupert Greenwood gesehen.«

»Ach?«

»Und er hat mir erzählt, daß Sie dem Dekan die Bücher mit den Abrechnungen für das Musikfestival gegeben haben.«

Der Kanonikus sah sich unsanft aus seinen Betrachtungen gerissen. »Äh … ja. Das stimmt.« Er räusperte sich entschuldigend.

»Warum zum Teufel haben Sie das gemacht?« Jeremy klang aufgebracht. »Ich habe Ihnen doch gesagt, Sie sollen ihn hinhalten!«

»Aber ich habe ihn ja hingehalten, solange es ging.« Trotz der kalten Luft kam der alte Mann ins Schwitzen, und er tastete nach seinem Taschentuch. »Er hat nicht lockergelassen.«

»Die Bilanzen waren noch nicht einmal abgeschlossen!«

Kanonikus Brydges-ffrench hüstelte, um seine Nervosität zu überspielen, und wandte schwach ein: »Das habe ich ihm gesagt. Und er sagte, er würde statt dessen die Bücher einsehen. Ich wußte wirklich nicht, wie ich …«

»Warum zum Teufel haben Sie sie ihm gegeben?« wollte der Architekt erbost wissen. »Noch dazu, ohne mir Bescheid zu sagen.«

Der Kanonikus kannte diese Seite Jeremy Bartletts nicht, und sie machte ihm angst. »Nun ja, ich hätte es Ihnen vielleicht sagen sollen. Aber es schien kein Grund zu bestehen, Sie in Unruhe zu versetzen …«

»Kein Grund! Mein Gott, Kanonikus, Sie sind ein verdammter alter Narr!« Jeremys Stimme war leise, aber sein Ton äußerst scharf. »Hat der Dekan zufällig schon einen Blick in die Bücher geworfen?«

»Das weiß ich nicht. Ich glaube nicht. Jedenfalls hat er nichts gesagt …«

Jeremy holte tief Luft. »Dann können Sie sicher sein, daß er sie noch nicht durchgesehen hat. Andernfalls hätten wir es schon mitbekommen. In diesen Büchern gibt es Löcher, durch die man mit einem Lastwagen fahren könnte. Das wissen Sie sehr wohl.«

»Ja. Richtig.« Der Subdekan sah über Jeremy hinweg, um seinem Blick auszuweichen.

Einen Moment lang war der Architekt still und dachte nach. »Sind die Bücher in der Dekanei?« fragte er plötzlich in beherrschterem Tonfall.

»Ich weiß nicht. Das heißt, ich nehme es an.«

Jeremys Zorn flammte wieder auf. »Ich kann einfach nicht fassen, wie Sie so dumm sein konnten!« fuhr er den anderen Mann an. »Und jetzt ...« Er brach ab, als Rowena ihre Haustür öffnete und auf sie zukam.

»Guten Tag, Rowena«, sagte der Kanonikus mit einem tiefen Seufzer der Erleichterung über seine Rettung.

»Arthur«, begann sie, aber der Subdekan setzte sich schon in Bewegung.

»Später, meine Liebe«, rief er ihr über die Schulter zu, während er in Richtung Cathedral Shop weitereilte.

Rowena sah Jeremy fragend an. »Was war denn los? Du hast ziemlich wütend geklungen.«

Er faßte sich schnell wieder und lächelte Rowena betont charmant an. »Oh, gar nichts. Du weißt doch, was für ein komischer alter Vogel er ist.«

Sie bemerkte, wie er die Hände zu Fäusten ballte, und war nicht überzeugt. »Ich glaube, du verheimlichst mir etwas«, sagte sie leichthin. »Ich dachte, wir hätten ein Abkommen.«

»Allerdings.« Sie gingen zusammen weiter in Richtung Dekanei. Jeremy hätte gern gewußt, wohin Rowena wollte, fragte aber nicht; sie trug eine Einkaufstasche, aber er konnte nicht erkennen, was darin war. Sie blieben vor Evelyn Marsdens Haus stehen, und Jeremy warf einen Blick auf das Fenster im ersten Stock. »Sie beobachtet uns, weißt du«, sagte er beiläufig.

»Armes altes Ding«, erwiderte Rowena. Ihr gespieltes Mitleid war leicht zu durchschauen. »Man muß sie bedauern – nichts Besseres zu tun zu haben, als anderen nachzuspionieren.«

»Und zu stricken«, fügte er hinzu und zog eine Augenbraue hoch. »Wie Madame Defarge vor der Guillotine. Na, wessen Kopf wird zuerst rollen – deiner oder meiner?«

»Oh, bitte!« Sie erschauerte übertrieben, und Jeremy lachte über ihre Reaktion. »Im Ernst, Jeremy«, fuhr sie fort. »Ich glaube, wir müssen uns unterhalten. Es gibt da ein paar Dinge …«

»Ja, natürlich«, sagte er. Aber er sah Rowena dabei nicht an; er spähte über ihre Schulter zur Dekanei und machte ein nachdenkliches Gesicht.

Als Arthur Brydges-ffrench den Cathedral Shop betrat, stellte er fest, daß Victor ausnahmsweise allein war.

Victor war außerdem ungewöhnlich still und begrüßte den Kanonikus mit einem auffallenden Mangel seiner üblichen Lebhaftigkeit. Da er immer wußte, aus welchem Grund der Geistliche kam, hatte er gewöhnlich einen Scherz von fragwürdigem Geschmack über die Freuden gewisser Türken auf Lager, die er gekannt hatte, doch heute sagte er nur: »Das übliche, Schätzchen?«

»Ja, bitte.«

»Sie haben Glück – meine letzte Schachtel«, bemerkte Victor und griff unter den Ladentisch. »In den letzten Tagen hat es geradezu einen Ansturm auf das Zeug gegeben. Ich habe gedacht, Sie wären gut versorgt, da ich annahm, alle würden es für Sie kaufen. Kein Mensch, der bei klarem Verstand ist, würde es sonst essen, Arthur, mein Lieber.«

Der Subdekan runzelte verwirrt die Stirn. »Aber niemand hat mir das Konfekt geschenkt. Sind Sie sicher, daß Bert den Bestand nicht einfach woanders verstaut hat, ohne Ihnen etwas zu sagen?«

»O nein. Ich sage Ihnen, es ist alles verkauft.« Er zählte es an den Fingern ab. »Samstag morgen kam Miss Marsden. Dann habe ich am Nachmittag eine Schachtel an Rowena Hunt verkauft, und später eine an diesen Architekten. Übrigens ein toller Typ«, fügte er mit einer Andeutung seines alten Zwinkerns hinzu.

»Seltsam ...«

»Und heute morgen habe ich dem Dekan eine Schachtel verkauft.« Jetzt machte Victor ein gequältes Gesicht und warf dem Kanonikus einen anklagenden Blick zu. »Er sagte, Sie kämen heute abend zum Essen und er wolle Sie überraschen.«

Der Kanonikus zog die Augenbrauen hoch. »Ja ...«

»Ich dachte, er hätte da irgend etwas mißverstanden«, sagte Victor steif. »Ich muß schon sagen, Arthur, ich hätte nie gedacht, daß Sie uns an diesen schrecklichen Menschen verkaufen würden.«

Der Subdekan zuckte zusammen. »Verkaufen? Wie kommen Sie auf die Idee?«

»Na, Sie gehen doch zum Essen zu ihm, oder? Heißt das nicht, daß Sie in sein Lager übergewechselt haben?«

»Er hat mich zum Abendessen eingeladen«, antwortete Kanonikus Brydges-ffrench zurückhaltend. »Von einem Seitenwechsel kann nicht die Rede sein.«

»Es gibt da so ein Gerücht ...« Victor zögerte. »Das Gerücht, daß Sie in den Ruhestand gehen wollen. Das stimmt doch nicht, oder?«

»Ich denke, Sie sollten es besser wissen, als zu glauben, was in der Gemeinde geredet wird«, gab der Kanonikus zurück. »Aber warum ...«

Victor konnte sich nicht länger beherrschen. »Er hat uns mitgeteilt, daß unser Mietvertrag nicht verlängert wird! Als er hier war, um das Turkish Delight zu kaufen!«

»Oh.«

»Bert … also, Bert war außer sich! Er mußte nach Hause gehen und Beruhigungsmittel nehmen, mein armer Liebling. Ich meine, das ist doch unerhört! Nach all den Jahren, die wir hier sind, nach allem, was wir getan haben.«

Der Subdekan schlug die Augen nieder. »Es tut mir leid, Victor.«

»Und Dorothy hat er auch gekündigt! Sie kam vorhin vorbei, um uns zu sagen, daß sie auch an die Luft gesetzt wird! Können Sie sich das vorstellen?«

»Eine schlimme Sache.«

»Dorothy schafft es vielleicht, sich zu wehren – schließlich hat sie die gesamte Mothers' Union der Diözese hinter sich. Die sind diesem mickrigen, elenden Schwein von Dekan mehr als gewachsen. Aber denken Sie an uns, Arthur! Bert ist von Natur aus sehr nervös, und mein Herz verträgt diese Art Belastung nicht. Es könnte für uns beide der Tod sein, so mir nichts, dir nichts auf die Straße geworfen zu werden.« Victor fixierte den Subdekan mit einem flehenden Ausdruck in den Augen, wie ein Waisenkind aus dem vorigen Jahrhundert, das im Schnee Streichhölzer verkauft. »Können Sie ihn nicht irgendwie aufhalten, Arthur? Irgend etwas unternehmen, um uns zu helfen, uns das Leben zu retten? Ich flehe Sie an! Schließlich sind wir doch Freunde, oder?«

Arthur Brydges-ffrench legte sein Geld auf den Tisch und griff nach der Schachtel Konfekt. »Es tut mir aufrichtig leid, Victor. Ich habe mich bereits bei der Kapitelversammlung für Sie eingesetzt; es gibt nichts, was ich noch tun könnte.« Da er sich nicht zutraute, noch mehr zu sagen, flüchtete er rasch nach draußen.

Er dachte daran, in die Kathedrale zu gehen, wollte aber nicht riskieren, jemanden zu treffen; ihm schwebte dabei vor, sich heimlich durch die Tür des Dekans hineinzustehlen. Er tastete in seiner Tasche nach den Schlüsseln, erinnerte sich aber verspätet daran, daß er sie am Vortag Jeremy Bartlett geliehen hatte, damit der Architekt die ausgestellten Entwürfe aus der Bibliothek holen konnte. Er hatte Todd gebeten, die Schlüssel wieder zu holen, aber die Ereignisse des Vormittags hatten diese Kleinigkeiten bis jetzt aus seinen Gedanken verdrängt – und aus Todds scheinbar auch. Außerdem hatte Arthur für den kurzen Ausflug keinen Mantel angezogen, und jetzt merkte er, wie kalt ihm war. Fröstelnd, die Schachtel Konfekt an seine magere Brust gedrückt, ging er nach Hause zurück.

Der Dekan hatte ihm also eine Schachtel Süßigkeiten gekauft. »Vom Starken kommt Süßes«, dachte er. Samsons Rätsel paßte irgendwie zu der Situation; der starke Dekan, der eine Schachtel Turkish Delight überbrachte, ein Friedensangebot. Der behaarte Dekan, behaart wie Samson. War sein Haar die Quelle seiner Kraft? Und würde er so enden wie Samson, indem er die Kathedrale über seinem eigenen Kopf einstürzen ließ, so wie Samson es in einem selbstlosen Opfer mit dem Haus seiner Feinde gemacht hatte? Das war in sich selbst ein Rätsel; plötzlich kam Arthur Brydges-ffrench eine Idee, und seine Schritte beschleunigten sich.

Als er zu Hause war, ging er direkt in sein Arbeitszimmer und fand unter einem Bücherstapel ein halbwegs sauberes Blatt Papier. Indem er den schweren goldenen Füller aufschraubte, mit dem er jeden Morgen das Kreuzworträtsel in der *Times* ausfüllte, setzte er sich an seinen Schreibtisch und fing an, in seiner krakeligen, fast unleserlichen Handschrift Notizen zu machen, wobei er nur kurz innehielt, um das Zellophanpapier von der neuen Packung Turkish Delight zu entfernen.

Kurze Zeit später überquerte Bert den Kirchplatz. Er huschte am Cathedral Shop vorbei und schaute vorsichtshalber über die Schulter, um sich zu vergewissern, daß er nicht von Victor gesehen worden war. Er war so auf Geheimhaltung bedacht, daß ihm die Frau auf dem Kirchplatz entging, bis sie praktisch mit ihm zusammenstieß. »Hallihallo, Kumpel«, begrüßte ihn Val Drewitt. »Wo steckt denn Ihre bessere Hälfte?«

Bert zuckte erschrocken und schuldbewußt zusammen. »Was soll denn das!« japste er. »Sie hätten mich beinahe zu Tode erschreckt!«

Val gluckste vergnügt in sich hinein. »Auf frischer Tat ertappt, was?« Sic musterte ihn neugierig. »Was haben Sie denn vor? Victor betrügen?«

Er blinzelte. »Wie meinen Sie?«

Sie gab ihm einen Stoß in die Rippen und stieß ein kräftiges Schnauben aus. »Wer ist es denn? Doch nicht der Dekan – ich glaube, er ist nicht Ihr Typ, oder?« Sie lachte schallend. »Und auch nicht diese Ziege Rowena Hunt – sie ist wohl auch nicht Ihr Fall!«

Bert lächelte dünn. »Ich habe keine Ahnung, wovon Sie reden.«

»Einen Moment. Lassen Sie mich überlegen.« Val lehnte sich vor und starrte ihm ins Gesicht. »Ich wette, es ist Rupert Greenwood. Er ist verheiratet, ich weiß, aber das hat doch nichts zu sagen, oder? Für einen glücklich verheirateten Mann schwärmt er ein bißchen zu sehr für seine Chorknaben, finden Sie nicht?« Sie zwinkerte übertrieben. »Keine Angst, ich werd's Victor nicht erzählen.«

»Aber Mrs. Drewitt …«

»Bitte nennen Sie mich Val! Wir sind doch Kumpel, stimmt's?« Sie hängte sich bei ihm ein. »Ich sag' Ihnen was, Bert. Ich hätte unheimlich Lust auf ein Glas Gin. Wie steht's mit Ihnen?«

»Sie haben Samstag die ganze Flasche ausgetrunken«, protestierte er.

»Ach, kommen Sie«, jammerte sie. »Wir können in den Schnapsladen gehen und dann zu mir. Kaufen Sie mir Gin, und ich erzähle Ihnen über die Leute in der Gemeinde Sachen, die Sie bestimmt noch nicht wissen. Sie mögen doch Klatsch, oder? Ich könnte Ihnen von Dingen berichten …«

»Das haben Sie Samstag auch versprochen«, erinnerte Bert sie. »Aber Sie waren betrunken, bevor Sie etwas erzählen konnten.«

Val kicherte. »Tja, stimmt. Doch diesmal werde ich die Ware liefern.« Sie sah mit einer vielsagenden Grimasse zu Evelyn Marsdens Wohnzimmerfenster im ersten Stock. »Glauben Sie mir, Freundchen, ich kriege mehr von allem mit, was hier läuft, als die vertrocknete alte Jungfer da oben.«

An diesem Abend, kurz vor sieben, klingelte Arthur Brydges-ffrench an John Kingsleys Tür.

»Arthur! Komm rein«, forderte der Kanonikus ihn auf, überrascht, den anderen zu sehen.

»Ich gehe zum Abendessen in die Dekanei«, sagte sein Freund abrupt. »Und ich wollte vorher mit dir sprechen.«

»Ja, natürlich.«

Der Subdekan hatte eine Schachtel Turkish Delight bei sich, die er auf den Flurtisch stellte. »Ich habe dir etwas mitgebracht, John. Etwas, das ich dir unbedingt geben wollte.«

»Danke, Arthur. Das ist sehr nett. Aber …«

»Falls … falls ich dem Dekan meinen Rücktritt anbiete, muß ich Malbury vielleicht sofort verlassen. Vielleicht sehen wir uns nicht mehr.«

»Oh, bestimmt nicht«, widersprach John Kingsley. »So brutal kann der Dekan nicht sein. Er wird dir Zeit genug geben, deine Angelegenheiten zu regeln.«

»Trotzdem.«

Obwohl Arthur das Wort »falls« gebraucht hatte, als er von seinem Rücktritt sprach, spürte Kanonikus Kingsley, daß ein Mann vor ihm stand, der sich endlich zu einem Entschluß durchgerungen hatte. Verschwunden waren die geradezu hysterischen Anfälle der letzten Zeit; er wirkte niedergeschlagen, aber gefaßt. »Möchtest du vielleicht einen Drink, bevor du in die Dekanei gehst?« bot er an.

»Nein, das nicht. Aber ich möchte, daß du mir die Beichte abnimmst, John.«

»Das ist doch sicher nicht nötig.«

Der Subdekan lächelte schwermütig. »Vielleicht nicht, aber ich würde mich besser fühlen. Du lehnst es doch nicht ab, oder?«

»Natürlich nicht. Was immer du willst, Arthur.«

Also wurde die Beichte abgelegt und Absolution erteilt. Kanonikus Brydges-ffrench machte sich zum Gehen bereit. »Ich möchte dich nur noch um einen Gefallen bitten, John.«

»Du weißt, daß ich alles tun würde, um dir zu helfen.« Kanonikus Kingsley legte seine Hand auf den Arm seines Freundes und Kollegen und bemerkte wie zufällig, daß der Ärmel der alten schwarzen Soutane bereits ausfranste.

Er seufzte. »Ich bin ein wenig in Sorge wegen heute abend, John. Der Dekan – nun ja, ich habe den Verdacht, daß er vor nichts haltmachen würde, um zu kriegen, was er will.«

»Wie meinst du das, Arthur?« Er sah den Subdekan forschend an.

»Ich weiß es selber nicht genau. Aber ich habe ein ungutes Gefühl. Die Einladung an sich ist schon so untypisch für den Mann. Ich fürchte, er führt etwas im Schilde.«

»Ich bin sicher, daß er den ehrlichen Versuch machen will, alles zu bereinigen«, versicherte John ihm. »Ich halte ihn für aufrichtig, wenn auch manchmal irrgeleitet.«

»Du glaubst im Zweifelsfall immer an das Gute im Menschen, nicht wahr, John?« Kanonikus Brydges-ffrench stieß ein etwas bitteres Lachen aus. »Ich glaube, das ist deine größte Schwäche. Du kannst dich einfach nicht zu der Überzeugung durchringen, daß die Menschen schlecht sein können.«

»Ich will es nicht gern glauben«, gab John Kingsley zu. »Das mag unrealistisch sein, aber in diesem Fall bin ich sicher …«

»Versprich mir eins«, unterbrach ihn der Subdekan. »Versprich mir, um zehn Uhr in der Dekanei anzurufen. Nur um dich zu vergewissern, daß alles in Ordnung ist.«

»Es scheint mir kaum …«

»Versprich es mir«, wiederholte Arthur eindringlich. »Bitte.«

»Ja«, antwortete John Kingsley mit leichtem Widerstreben. »Ja, ich werde es tun.«

»Danke, John. Nicht vergessen. Zehn Uhr.« Und damit machte sich Arthur Brydges-ffrench auf den Weg zur Dekanei.

Es war Punkt zehn; John Kingsley hörte die Kirchenturmuhr schlagen, als er die Nummer des Dekans wählte. Der Dekan hob nach mehrmaligem Läuten ab. »Stuart Latimer am Apparat.« Seine Stimme klang einigermaßen ungeduldig.

Kanonikus Kingsley kam sich ziemlich dumm vor; er wußte kaum, was er sagen sollte. »Oh, hallo, Herr Dekan. Hier ist John Kingsley. Ich … ich wollte nur mal hören, ob alles in Ordnung ist … mit Arthur, meine ich.«

Am anderen Ende sog der Dekan scharf den Atem ein. »Nun, um ehrlich zu sein, Arthur ist inzwischen reichlich … unangenehm geworden.«

»Was soll das heißen?«

»Zuerst war er ganz in Ordnung. Wir schienen uns recht gut zu verstehen und bei unserer Diskussion echte Fortschritte zu machen. Wir hatten ein nettes, zivilisiertes Abendessen, ohne Dolchstöße oder dergleichen. Aber erst vor ein paar Minuten sagte er plötzlich, daß er unter keinen Umständen bereit sei zurückzutreten. Er sagte, seiner Meinung nach versuchte ich, die Kathedrale zu zerstören, und er würde es sich nie verzeihen, wenn er sich für den leichten Weg entschiede und beiseite träte, um mir meinen Willen zu lassen. Er sagte, er würde niemals freiwillig gehen und ich könne ihn nicht zwingen.«

»Das verstehe ich nicht. Ich dachte ...«

»*Sie* dachten! *Ich* dachte!« Die Ratlosigkeit des Dekans schlug in Wut um. »Verdammt, John! Der Mann ist unmöglich! Es gibt einfach keine Möglichkeit, vernünftig mit ihm zu reden!«

»Wenn ich vielleicht noch einmal mit ihm spreche ...«

»Wozu soll das gut sein? Wir können beide auf ihn einreden, bis wir schwarz werden, ohne daß er uns die geringste Beachtung schenken wird.« Er lachte ironisch. »Nein, John, ich glaube allmählich, daß wir trotz all unserer Bemühungen mit Arthur Brydges-ffrench geschlagen sind, bis der Tod uns scheidet!«

*

Dennoch war John Kingsley, als er ungefähr eine Stunde später vom ohrenbetäubenden Geheul des Krankenwagens aus seinem unruhigen Schlaf gerissen wurde, nicht vorbereitet auf das, was passiert war. Seine Emotionen waren vielschichtig: Schock, Kummer und Schuldgefühle wegen seiner Beteiligung an den Ereignissen des Abends; schließlich war er es gewesen, der dieses Abendessen in der Dekanei vorgeschlagen hatte. Denn es war nur zu offensichtlich, was geschehen war, als Arthur Brydges-ffrench, dem Tode nah, auf einer Krankenbahre aus der Dekanei getragen wurde und kurz darauf Dekan Stuart Latimer, sehr klein zwischen den beiden kräftigen Polizisten, die ihn in ihre Mitte genommen hatten, auf das Revier gebracht wurde, um »die Polizei bei ihren Ermittlungen zu unterstützen«. Wie hatte das geschehen können? Wie hatte es je so weit kommen können? Mußte er sich selbst Vorwürfe machen? Das hatte John Kingsley nicht voraussehen können.

Kapitel 30

Sei mir nicht fern, denn die Not ist nahe,
und niemand ist da, der mir hilft.
Psalm 22,2

»Vergiftet!« David starrte Lucy ungläubig an. »Arthur Brydges-ffrench?«

»Das hast Daddy gesagt.« Auch Lucy war fassungslos.

Todd meldete sich zu Wort. »Er ist tot?« Todd war gestern am Spätnachmittag mit einem schmuddeligen roten Nylonrucksack auf dem Rücken unangemeldet bei ihnen aufgetaucht und hatte die Nacht auf der Bettcouch verbracht. Über die Gründe, warum er Malbury so überstürzt verlassen hatte, hatte er sich ausgeschwiegen.

Lucy nickte. »Ja, er ist tot. Er ist im Lauf der Nacht im Krankenhaus gestorben.« Sie setzte sich unvermittelt hin, wickelte eine Locke um ihren Finger und sah die beiden Männer über den Frühstückstisch hinweg an. Dann gab sie den Inhalt des Telefongesprächs mit ihrem Vater wieder. »Er war zum Abendessen in die Dekanei eingeladen. Bevor er ging, sagte er zu meinem Vater, er habe Angst, daß ihm etwas zustoßen könnte, aber Daddy glaubte ihm nicht. Nach dem Essen wurde Arthur schlecht, der Dekan rief einen Krankenwagen, doch im Krankenhaus starb Arthur dann. Alles, was man bis jetzt weiß, ist, daß Gift im Spiel war – man weiß nicht genau, welche Art Gift oder wie es verabreicht wurde, aber sie haben den Dekan zum Verhör mitgenommen.«

»Den Dekan?« japste David. »Lieber Gott! Die Polizei

nimmt doch wohl nicht an, daß der Dekan von Malbury Cathedral einen kaltblütigen Mord begangen hat?« Er hatte es kaum ausgesprochen, als ihm klar wurde, daß er den Dekan sehr wohl für fähig hielt, einen Mord zu begehen, wenn er ausreichend motiviert war, er war zielstrebig genug und noch dazu rücksichtslos und egoistisch. Die eigentliche Überraschung an diesem Mord, fand David, war, daß nicht der Dekan selbst das Opfer war – für diese Tatkonstellation hätte es eine große Zahl potentieller Verdächtiger gegeben.

»Soweit Daddy weiß, ist der Dekan jedoch noch nicht unter Anklage gestellt worden.«

»Dafür ist es auch ein bißchen zu früh«, meinte David.

Sie nickte. »Aber der Bischof war bei ihm, und Daddy will mich wieder anrufen, sobald er mehr weiß.« Lucy zögerte. Sie wußte, daß sie drauf und dran war, sich auf unsicheres Terrain zu begeben. »Er hat mich gebeten, mit dir zu sprechen, Liebling, ob du vielleicht ...«

»Nein«, sagte er entschieden. »Absolut nicht. Ich will damit nichts zu tun haben. Meine Firma würde es nie gestatten. Mit Strafrecht haben wir nichts zu tun.«

Sie beschloß, es einstweilen dabei zu belassen. »Na schön. Ich sage es ihm, wenn er wieder anruft.«

Seit seinem spontanen Ausruf hatte Todd Randall kein Wort mehr gesagt. Jetzt schüttelte er heftig den Kopf, als wollte er ihn klären. »Ich kann es nicht glauben«, sagte er. »Ich war gestern noch bei ihm. Er kann nicht tot sein.«

Doch der Subdekan war tot, und als nächstes rief Pat Willoughby deswegen an. Sie wechselte ein paar Worte mit Lucy und fragte dann: »Ist David da?«

Lucy zögerte kurz. »Ja.«

»Das dachte ich mir. Kann ich bitte mit ihm sprechen?«

David war in die Diele gekommen, machte aber ein

überraschtes Gesicht, als Lucy das Mundstück abdeckte und ihm den Hörer hinhielt. »Es ist Pat. Sie möchte mit dir reden.«

»Du hast ihr gesagt, daß ich hier bin?«

»Sie schien es vorauszusetzen.«

Er nahm ihr den Hörer mit deutlichem Widerwillen ab. »Hallo, Pat.«

»Guten Morgen, David«, ertönte ihre forsche Stimme durch die Leitung. »Ich hatte gehofft, Sie noch zu erwischen, bevor Sie zur Arbeit gehen.«

»Ich wollte gerade aufbrechen«, schwindelte David, der in Wahrheit nicht die Absicht hatte, das Haus zu verlassen, bevor seine Neugier bezüglich der unglaublichen Entwicklungen in Malbury gestillt war.

»George möchte wissen, wie bald Sie in Malbury sein können. Es sieht ganz danach aus, als würde der Dekan unter Anklage gestellt werden, und er muß so schnell wie möglich mit einem Anwalt sprechen.«

»Nein«, wiederholte David ebenso entschieden, wie gegenüber Lucy. »Darauf kann ich mich nicht einlassen, Pat. Sagen Sie Bischof George, er soll sich mit dem Schwiegervater des Dekans in Verbindung setzen. Ich bin sicher, dieser hat viele treu ergebene Anwälte an der Hand, und zwar genau die Spitzenleute, die der Dekan braucht.«

»Aber Sie kennen die näheren Umstände, und Sie kennen alle beteiligten Personen. George und ich sind uns einig, daß Sie mit Abstand der Beste für diesen Fall sind.«

»Kommt nicht in Frage, Pat. Meine Firma würde nie ihre Zustimmung geben. Fosdyke, Fosdyke und Galloway übernehmen keine Strafverteidigungen. Also wirklich, der alte Fosdyke, unser Seniorpartner, bekäme auf der Stelle einen Herzinfarkt, wenn ich so etwas auch nur andeuten würde.«

»Sprechen Sie etwa von Crispin Fosdyke?«

»*Sir* Crispin Fosdyke«, ergänzt David.

»Ich kenne ihn seit Jahren«, teilte ihm Pat mit beträchtlicher Genugtuung mit. »Er war mit meinem älteren Bruder auf der Schule und kam in den Ferien oft zu uns nach Hause. Fossi Fosdyke hatte einmal eine ausgesprochene Schwäche für mich, ob Sie es glauben oder nicht. Mit dem werde ich schon fertig, keine Angst.«

»Aber ...«, protestierte er schwach.

»Also, wann können Sie und Lucy hier sein?«

David versuchte es noch einmal. »Ich weiß wirklich nicht, Pat.« Selbst wenn er den Fall von sich aus gewollt hätte – und dessen war er sich keineswegs sicher – gab es andere Probleme, die ihn zögern ließen. Er dachte an die getrennten Schlafzimmer in John Kingsleys Haus und an die unerfreuliche Nähe von Jeremy Bartlett.

»Noch etwas«, sagte sie, als hätte sie seine Gedanken gelesen. »Ihr zwei müßt vielleicht eine ganze Weile in Malbury bleiben, und es ist im Grunde nicht fair, von Lucys Vater zu erwarten, daß er euch bewirtet. John hat euch beide liebend gern in der Nähe, das weiß ich, aber er ist es gewöhnt, allein zu leben. Ich bin sicher, es ist eine Belastung für ihn, für drei Personen sorgen zu müssen. Wir haben hier im Bischofspalast jedoch ein hübsches Gästezimmer, und ihr seid hiermit eingeladen, so lange wie nötig bei uns zu wohnen.« Das Angebot war in nette und taktvolle Worte gekleidet, doch der Inhalt war unmißverständlich.

David gab sich geschlagen. »Das ist lieb von Ihnen, Pat«, sagte er. »In Ordnung, wir kommen. Das heißt, wenn Sie tatsächlich die Sache mit Fosdyke regeln können.«

»Oh, das dürfte kein Problem sein.« Pat lachte leise. »Überlassen Sie das mir. Obwohl ich vielleicht auf eine kleine Erpressung zurückgreifen muß. Wissen Sie, mir sind da ein paar Dinge über Fossil Fosdyke bekannt, von denen er sicher nicht möchte, daß sein neuer Mitarbeiter sie erfährt. Wir sehen uns also demnächst?«

»So bald als möglich«, bestätigte David. Lucy sah ihn fragend an, als er mit einem amüsierten Lächeln den Hörer auflegte. »Fossil Fosdyke. Na so was.«

David ging nach oben, um zu packen, während Todd Lucy half, das Frühstücksgeschirr abzuwaschen. »Tja, das war für Sie ein kurzer Besuch in London«, sagte Lucy. »Ich hoffe, das macht Ihnen nichts aus.«

»Es wäre mir schon lieber, nicht gleich nach Malbury zurückfahren zu müssen«, erwiderte Todd. »Ich glaube, es wäre besser, wenn ich Evelyn eine Weile nicht sehen würde.«

»Was ist denn nur passiert?« fragte Lucy neugierig.

Der hochgewachsene Amerikaner machte ein betretenes Gesicht. »Die Details möchte ich Ihnen lieber nicht erzählen. Es hat bestimmt nichts mit dem zu tun, was … was hinterher geschehen ist. Aber Evelyn und Kanonikus Brydges-ffrench hatten eine Art … Szene. Und ich habe sie zufällig mit angehört – es war wirklich peinlich für mich und für sie. Deswegen glaube ich, daß sie mich im Moment nicht sehen will.« Er überlegte kurz. »Ich weiß nicht, was ich machen soll. Vielleicht fahre ich einfach ein paar Tage nach Cambridge und besuche Kirsty. Sie treibt bestimmt irgendwo ein Quartier für mich auf.«

»Das brauchen Sie nicht«, sagte Lucy. »Sie können hier bleiben, wenn Sie wollen, und ein Auge auf das Haus haben und Sophie füttern. Dann brauche ich sie nicht in die Tierpension zu bringen, während wir weg sind. Und Sie könnten in aller Ruhe London erkunden.« Wie auf Kommando tauchte die rotgetigerte Katze auf dem Küchentisch auf und steckte ihre Nase suchend in eine leere Müslischale.

»Ja, das ist eine tolle Idee. Wissen Sie, ich mag Tiere.« Todd kraulte Sophie hinter den Ohren und wurde mit einem Schnurren belohnt. »Wenn es Ihnen und David nichts ausmacht …« Dann setzte er sich abrupt an den Tisch, und sein Gesicht verzerrte sich vor Kummer. »Dann könnten wir miteinander telefonieren, und Sie können mir berichten, was genau passiert ist. Ich kann einfach nicht glauben, daß er tot ist. Ich sage es mir immer wieder, aber es dringt einfach nicht zu mir durch. Er war so ein netter Mann, Lucy – ein bißchen schrullig, aber harmlos. Er konnte keiner Fliege etwas zuleide tun. Wer sollte ihn nur töten wollen? Vielleicht war es einfach ein Unfall – vielleicht hat er aus Versehen etwas eingenommen, irgendwelche Tabletten oder so etwas. Wenn ich in Malbury geblieben wäre, wäre er vielleicht noch am Leben …«

Lucy legte tröstend einen Arm um die Schultern des jungen Mannes. »Das dürfen Sie nicht denken, Todd.«

Das Gästezimmer im Bischofspalast war großzügig und gut proportioniert und strahlte doch eine anheimelnde Wärme aus, von der buntgeblümten Tagesdecke auf dem Doppelbett und dem Stapel abgegriffener Bücher auf dem Nachttisch bis zu der Vase mit vollerblühten späten Rosen und grünen Zweigen aus dem Garten, die auf der Kommode stand. Die Aussicht war herrlich; das große Schiebefenster zeigte zu der südwestlichen Ecke der Kathedrale und dem erhaltenen Teil des mittelalterlichen Kreuzgangs.

»Ich hoffe, es gefällt euch«, sagte Pat, als sie die Tür aufstieß.

»Oh, Pat, es ist wunderschön«, erklärte Lucy.

»Perfekt«, fügte David aus tiefstem Herzen hinzu und fing Pats Blick auf; sie zwinkerte ihm schnell zu.

»Packt ruhig aus, wenn ihr wollt. Im Schrank sind Bügel, falls ihre eure Sachen aufhängen wollt. Ich gehe nach unten und setze Wasser auf. Kommt doch runter, wenn ihr euch hier eingerichtet habt. Wir haben viel zu bereden.«

»Danke, Pat«, sagte David. »Für alles.«

Als David und Lucy ein paar Minuten später in die Küche kamen, kochte das Wasser gerade. Pat goß den Tee auf, dann nahmen sie am Tisch Platz.

»So«, begann David. »Ich muß gestehen, als wir Sonntag abfuhren, hatte ich nicht erwartet, Dienstag wieder hier zu sein.«

Lucy machte sich Gedanken wegen ihres Vaters. »Weiß Daddy, daß wir gekommen sind?«

»Ja, ich habe ihm erzählt, daß ihr hier wohnen werdet. Ich habe einfach gesagt, wir hätten Platz genug für euch beide.« Pat lächelte trocken. »Das hat ihm eingeleuchtet. Er kommt heute abend zum Essen.«

»Na schön, wie sieht's aus?« wollte David wissen, der seine Neugier nicht länger bezähmen konnte. »Wann kann ich den Dekan sehen? Wird er immer noch bei der Polizei festgehalten? Ist er schon unter Anklage gestellt worden?«

»Halt, halt!« Pat lachte. »Eins nach dem anderen! Nein, er ist nicht unter Anklage gestellt worden. Ja, er wird noch festgehalten. Und Sie können ihn bald sehen.« Sie goß ein wenig Tee in ihre Tasse, um dessen Stärke zu prüfen, fand ihn aber noch zu schwach.

»Hat er darum gebeten, mich zu sehen?«

»Äh … nein. Nicht ganz. Also George war bei ihm«, erklärte Pat. »Gleich heute morgen. Und wie ich Ihnen am Telefon gesagt habe, sind George und ich uns einig, daß Sie der Beste für diesen Fall sind. Aber …«

»Will der Dekan mich nicht als Anwalt? Ich hätte mir eine lange Reise sparen können, wenn ich das gewußt hätte.«

»Es ist nicht so, daß er Sie nicht will«, warf Pat schnell ein. »Doch er sagt, er will mit keinem Anwalt sprechen, bevor er nicht seine Frau gesehen hat. Und sie ist noch nicht aus London zurück. Sie wird erst am Spätnachmittag erwartet.«

David seufzte. »Schön, ich denke, Sie können uns ruhig alles sagen, was Sie wissen. Lucy und ich arbeiten als Team, müssen Sie wissen«, fügte er hinzu. »Ich habe keine Geheimnisse vor ihr.«

»Das gefällt mir.« Pat nickte. »George und ich waren auch von jeher ein Team.«

»Was ich wirklich wissen möchte«, warf Lucy ein, »ist: Hat er es getan? Hat der Dekan tatsächlich Arthur Brydges-ffrench vergiftet?«

Pat zog die Augenbrauen hoch. »Ja, das ist die Frage, nicht wahr?«

»Hat er es getan?«

»Er sagt nein.« Sie testete wieder den Tee; jetzt war er fertig, und sie schenkte ein. »Er hat zu George gesagt, er habe Arthur nicht vergiftet und keine Ahnung, was passiert ist. Er sagte, sie hätten zu Abend gegessen: Dosensuppe, etwas Brot und Käse. Und er hatte eine Schachtel von diesem Turkish Delight gekauft, das Arthur so mochte. Der Dekan selbst aß nichts von dem Konfekt, sondern Obst; aber Arthur aß mehrere Stücke. Kurz darauf ging es Arthur furchtbar schlecht: Er verspürte Übelkeit und Schmerzen in der Brust. Der Dekan rief den Arzt an, der einen Krankenwagen schickte, doch als er eintraf, war es wohl schon zu spät. Arthur starb ein paar Stunden später im Krankenhaus.«

»Wie furchtbar«, sagte Lucy und runzelte die Stirn. »Armer Kanonikus Brydges-ffrench.«

»Und der arme Dekan«, fügte Pat hinzu. »Alle glauben, wollen glauben, daß er es war, wißt ihr. Ihr werdet euch hier in der Gemeinde nicht sonderlich beliebt machen, wenn ihr versucht, das Gegenteil zu beweisen.«

»Glauben *Sie*, daß er es getan hat?« fragte David hinterhältig.

Pat wählte ihre Worte sorgfältig. »Ich glaube, daß er dazu imstande wäre. Stuart Latimer ist kein netter Mensch. Aber wenn er George sagt, daß er es nicht war – und George ist sein geistlicher Oberherr –, dann muß ich ihm glauben. Das Problem daran ist nur, daß, wenn der *Dekan* Arthur Brydges-ffrench *nicht* getötet hat, es jemand *anders* gewesen sein muß. Und ich denke nur äußerst ungern daran, wohin uns dieser Gedankengang führen könnte.«

»Ja«, sagte David, »ich verstehe, was Sie meinen. Ich glaube allmählich, ich hätte meinem ursprünglichen Instinkt folgen und in London bleiben sollen.« In diesem Moment klingelte in der Diele das Telefon; Pat ging an den Apparat und kam kurz darauf wieder. »Es war Anne Latimer«, teilte sie David mit. »Sie möchte Sie in der Dekanei sehen. Sofort!«

Kapitel 31

Dem bedrückten Volk bringst du Heil,
doch die Blicke der Stolzen zwingst du nieder.
Psalm 18,28

David war Anne Latimer nur einmal kurz begegnet, bei der Amtseinsetzung ihres Mannes. Auf ihn hatte sie wie die typische kühle Blondine gewirkt, und dieser Eindruck war durch die Bemerkungen, die andere in der Gemeinde über sie machten, bestätigt worden; Jeremy Bartlett zum Beispiel nannte sie »Schneekönigin«. An diesem Bild änderte sich nichts, als sie ihm nun die Tür zur Dekanei öffnete; in arktisches Blau gekleidet, reichte sie ihm formell die Hand, und ihre Finger waren so kalt wie ihre blauen Augen. »Guten Abend, Mr. Middleton-Brown. Danke, daß Sie so prompt gekommen sind.«

Sie führte ihn in den Salon und bot ihm einen Drink an. Ihr Glas schien hellen Sherry zu enthalten, aber da David das Gefühl hatte, einen Whisky vertragen zu können, bat er um einen und hoffte, sich die Mißbilligung nur einzubilden, die er in ihren Augen zu sehen glaubte, als sie ihm seinen Drink reichte.

»Ich war bei meinem Mann«, begann sie mit ihrer schroffen Stimme. »Er wünscht, daß Sie ihn vertreten. Er hat in dieser Angelegenheit den Rat seines Bischofs angenommen.«

»Und Sie sind nicht einverstanden?« platzte er ohne zu überlegen heraus und bedauerte im nächsten Moment seine voreiligen Worte; obwohl er den Fall eigentlich nicht wollte, stellte er zu seiner Überraschung fest, daß er bei der Aussicht, ihn zu verlieren, enttäuscht war.

Sie warf ihm einen Blick zu, der sowohl als Anerkennung für seinen Scharfsinn wie auch als Tadel für seine Unverfrorenheit ausgelegt werden konnte. »Eigentlich nicht«, räumte sie ein. »Ich habe ihm gesagt, daß mein Vater einen passenden Anwalt finden könnte: aus London, mit einem guten Ruf als Strafverteidiger.« David sagte nichts; Anne Latimer musterte ihn einen Moment prüfend, bevor sie weitersprach. »Doch der Bischof scheint das Gefühl zu haben, daß Ihr Insider-Wissen über Malbury Cathedral und die Gemeindemitglieder Ihnen in diesem Fall einen Vorteil verschaffen. Mein Mann stimmt mit ihm überein. Ich habe mit meinem Vater gesprochen, und er ist bereit, diesen Standpunkt zu akzeptieren. Jetzt möchte ich von Ihnen wissen, ob Sie bereit sind, die Verteidigung meines Mannes zu übernehmen.«

Wollte er wirklich? »Sehr gern«, hörte David sich sagen.

»Unter einer Bedingung.« Anne Latimer nippte an ihrem Sherry und sah ihn über den Rand ihres Glases hinweg an. »Wenn der Fall zur Verhandlung kommt, würde mein Vater gern den Verteidiger aussuchen. Er hat schon jemanden im Auge, glaube ich – einen bekannten Kronanwalt.«

Obwohl ihn ihr offenkundiger Mangel an Vertrauen zu ihm traf, lächelte David. »Natürlich. Obwohl es vielleicht gar nicht so weit kommt, wenn ich meine Sache gut mache.«

Sie sah ihn mit einem Ausdruck an, der an Mitleid grenzte, und ihre kühle Stimme war voller Verachtung. »Seien Sie nicht albern. Selbstverständlich wird es zu einer Verhandlung kommen.«

David war verletzt, und sprach, ohne zuvor zu überlegen. »Soll das heißen, Sie glauben, daß er schuldig ist?«

»Was ich glaube, steht nicht zur Debatte.« Anne Latimer

begutachtete unbewegt einen blaßrosa Fingernagel. »Worauf es ankommt, ist, daß ich zu Stuart halten werde und daß Sie Ihr Bestes geben, um ihm zu helfen.«

*

Etwas später an diesem Abend, als David gerade auf dem Polizeirevier bei seinem neuen Klienten war, kam ein unerwarteter Besucher in das Haus des Bischofs. Pat bat Mike Drewitt in die Küche, als er erklärte: »Man hat mich wegen meiner Verbindung zur Kathedrale von diesem Fall abgezogen. Aber Bischof George hat mich gebeten, ihn ganz inoffiziell über die Ermittlungen auf dem laufenden zu halten, und ich dachte, Sie wüßten gern, was die Polizei bislang herausgefunden hat.«

»Es ist sehr nett von Ihnen, zu kommen«, sagte Pat. »Möchten Sie etwas zu trinken? Kaffee? Etwas Stärkeres?«

»Was Sie gerade dahaben.« Der Inspector begrüßte John Kingsley und den Bischof und schenkte Lucy ein besonderes Lächeln. Sie saßen am Küchentisch und tranken gerade Kaffee; Pat schenkte dem Inspector auch eine Tasse ein.

»Na, was haben Sie zu berichten?« fragte Bischof Willoughby. »Wir haben keinerlei Informationen bekommen, nur, daß Gift Arthur tötete.«

Mike Drewitt zog sich einen Stuhl heran und setzte sich zu ihnen. »Damit wir uns richtig verstehen, was ich jetzt sage, muß absolut vertraulich behandelt werden«, begann er. »Das Gift war in dem Konfekt, genauer gesagt *auf* dem Konfekt: Es war obendrauf wie eine Schicht Zuckerguß. Deshalb ist dem Dekan nichts passiert – er hat ja nichts davon gegessen.«

Alle dachten schweigend über diese Information nach, zu benommen, um sofort zu reagieren. Lucy faßte sich als erste. »Um was für eine Art Gift handelte es sich? Weiß man, woher es stammt?«

Drewitt nickte. »Es war Rattengift. Man hat einen leeren – oder beinahe leeren – Behälter gefunden.«

Pat hatte fast Angst zu fragen. »Wo wurde er gefunden?«

Mike zögerte einen Moment, bevor er erwiderte: »In Evelyn Marsdens Gartenschuppen. Sie behauptet natürlich, nichts damit getan zu haben, obwohl sie zugibt, daß er ihr gehört. Außerdem hätte jeder Kirchplatzbewohner an das Gift herankommen können, einschließlich des Dekans. Weder das Gartentor noch der Schuppen wird abgesperrt, und das Gift befand sich seit geraumer Zeit dort.«

Pat meldete sich zu Wort. »Könnte Arthur das Gift nicht selbst genommen haben, bevor er in die Dekanei ging?«

»Nein, es ist eindeutig mit dem Turkish Delight verabreicht worden«, erklärte der Polizeibeamte. »Und Arthur war mehrere Stunden in der Dekanei, bevor ihm schlecht wurde. Hätte er es vorher genommen, hätte es viel schneller gewirkt. Nein, als ich sagte, jeder hätte an das Gift herankommen können, dachte ich nicht an das Opfer.«

»Soll das heißen, daß … daß es noch andere Verdächtige gibt?« wollte Lucy wissen.

Drewitt strich sich nachdenklich über das Kinn. »Zur Zeit nicht. Sagen wir mal, man ist der Meinung, daß genügend Beweismaterial vorhanden ist, um den Dekan unter Anklage zu stellen.«

»Er wird also angeklagt?« warf der Bischof ein. »Wegen Mordes?«

Das Wort war zum erstenmal ausgesprochen worden. »Ja, noch heute abend. Morgen früh wird er dem Gericht in Shrewsbury vorgeführt. Kaution wird nicht gewährt werden. Nicht bei einer Mordanklage.«

John Kingsley seufzte. »Wie schrecklich.«

»Trotzdem danke, daß Sie uns informiert haben, Mike«, sagte der Bischof. »Wir sind froh, jetzt mehr zu wissen.«

»Ja«, fügte seine Frau hinzu. »Sie sind jederzeit willkommen, wenn Sie etwas Neues wissen.«

Der Polizeibeamte wirkte etwas verlegen. »Gern geschehen. Aber falls jemand fragt, Sie haben das nicht von mir gehört.«

»Er schwört, daß er es nicht war.« Es war Stunden später, und David und Lucy waren endlich allein im Gästezimmer, aber David war viel zu aufgedreht zum Schlafen. Er trat ans Fenster, zog den Vorhang beiseite und betrachtete die Kathedrale, eine dunkle Silhouette vor dem vom Mond schwach erhellten Nachthimmel.

Lucy stellte sich neben ihn. »Wie verhält er sich?«

Geistesabwesend legte David einen Arm um ihre Schultern. »Ungefähr so, wie man es von ihm erwarten kann: gereizt, ungnädig, sogar grob. Hinter dieser Fassade ist er natürlich außer sich vor Angst. Aber er schwört, daß er es nicht war.«

»Und du glaubst ihm?«

»Ich neige dazu, trotz allem, was gegen ihn spricht. Es ist jedoch interessant, daß ich den Eindruck habe, daß seine Frau ganz und gar nicht von seiner Unschuld überzeugt ist.«

»Hm.«

»Aber wenn er es nicht war«, überlegte David laut, »wer war es dann? Und warum tat er es? Ich meine, Arthur war ein harmloser alter Mann. Der Dekan war der einzige, der guten Grund hatte, seinen Tod zu wünschen. Seien wir doch realistisch: Eigentlich wäre der Dekan ein weit wahrscheinlicheres Opfer eines Mordanschlages als der arme alte Kanonikus Brydges-ffrench.«

Lucy kam ein völlig neuer Gedanke, und sie drehte sich zu ihm um. »Ist es möglich, daß das Gift gar nicht Arthur gegolten hat, daß jemand versucht hat, den Dekan umzubringen, und der Kanonikus irrtümlich getötet wurde?«

Er zog die Möglichkeit in Erwägung. »Aber warum«, fragte er schließlich, »wurde dann ausgerechnet das Konfekt vergiftet? Anscheinend wußte doch jeder, daß Kanonikus Brydges-ffrench der einzige Mensch in Malbury war, der Turkish Delight aß.«

»Du hast recht«, gab sie niedergeschlagen zu. »Auf die Art konnte der Mörder sichergehen, nur Arthur zu töten und niemanden sonst. Somit steht fest, daß er das vorgesehene Opfer war. Aber wer könnte es getan haben?«

»Es gibt da ein paar Dinge, die ich gern wüßte«, bemerkte David. »Angefangen damit, wer in letzter Zeit Turkish Delight gekauft hat.«

»Der Cathedral Shop ist der einzige Platz in Malbury, der es auf Lager hat, es sollte sich also leicht feststellen lassen.«

»Du bist brillant, meine Liebe!« David verstärkte den Druck seines Arms auf ihren Schultern. »Dann werde ich morgen gleich dort mit meinen Nachforschungen anfangen, wenn ich vom Gericht zurückkomme. Und anschließend unterhalte ich mich vielleicht ein bißchen mit Evelyn Marsden, um etwas über das Rattengift in ihrem Gartenschuppen zu erfahren.«

»Und ich rufe Todd an. Er weiß irgend etwas über Evelyn Marsden, wollte es mir aber nicht erzählen, doch möglicherweise ist es wichtig.« Lucy sah auf den Kreuzgang hinunter und erschauerte leicht.

»Ist dir kalt?« fragte er besorgt.

»Ein bißchen«, gab Lucy zu. »Und … na ja, mir ist gerade etwas eingefallen, was Jeremy mir erzählt hat: Angeblich spukt im Kreuzgang der Geist von Bruder Thomas.« David runzelte die Stirn und wollte sich dazu äußern, doch Lucy kam ihm zuvor. »Aber laß uns nicht die ganze Nacht hier herumstehen und reden, David, Liebster. Komm ins Bett.«

Seine finstere Miene wich einem Lächeln. »Falls du glaubst, mir ein Angebot zu machen, das ich nicht ablehnen kann«, murmelte er an ihr Ohr, während er den Vorhang zuzog, »könntest du recht haben.«

Kapitel 32

Ich liege wach, und ich klage
wie ein einsamer Vogel auf dem Dach.
Psalm 102,8

Daß Stuart Latimer dem Gericht in Shrewsbury vorgeführt wurde, war eine reine Formalität, die nur wenige Minuten dauerte. Er bestätigte, Reverend Stuart Latimer zu sein, wohnhaft in der Dekanei, am Kirchplatz von Malbury, Shropshire, und bekannte sich auf die Anklage, am 19. November Reverend Arthur Brydges-ffrenche ermordet zu haben, mit fester Stimme für nicht schuldig. Dennoch wurde eine Kaution abgelehnt, und er wurde bis zur Eröffnung des Verfahrens in Untersuchungshaft überstellt.

Verständlicherweise hatte der Fall im ganzen Land viel Staub aufgewirbelt; immerhin war Stuart Latimer ein prominenter Vertreter der Kirche, zwar nicht auf nationaler Ebene bekannt, aber auf jeden Fall in einer Position, die exponiert genug war, um in Verbindung mit einem so schweren Verbrechen wie Mord Aufsehen zu erregen. Daher sah sich David, als er den Gerichtssaal verließ, knisternden Mikrofonen gegenüber. Er gab einen kurzen Kommentar ab, der zwar wenig besagte, aber dennoch in den Abendnachrichten zu sehen sein würde, und flüchtete zurück nach Malbury.

Lucy und Pat erwarteten ihn in der Küche des Bischofspalastes. Pat kochte Kaffee, während David von den Ereignissen des Morgens berichtete. »Ich befürchte, der Fall wird in sämtlichen Zeitungen und im Fernsehen behandelt werden. Für die

Medien ist so etwas natürlich ein gefundenes Fressen, und man muß zugeben, daß es für einen Dekan eher ungewöhnlich ist, des Mordes bezichtigt zu werden. Es waren Dutzende Kameras am Gericht – ein Glück, daß ich eine Erklärung vorbereitet hatte.«

Lucys Gesicht leuchtete vor Stolz. »Soll das heißen, du wirst ein Fernsehstar?«

»Meine wenigen Sekunden des Ruhms«, gab er mit einem verhaltenen Lächeln zu.

»Alles schön und gut, aber was werden Sie jetzt tun?« fragte Pat, praktisch wie immer. »Lucy hat mir von dem Fall erzählt, in den ihr letztes Jahr verwickelt wart, und wie ihr es geschafft habt, genug Beweismaterial zu finden, so daß die Sache nie zur Verhandlung kam. Haben sie das auch jetzt vor? Ein bißchen auf eigene Faust zu ermitteln?«

»Na ja, ich habe an so etwas gedacht«, räumte David ein. »Wie Sie gestern gesagt haben: wenn Stuart Latimer Arthur Brydges-ffrench nicht vergiftet hat, muß es jemand anders aus der Gemeinde getan haben. Vielleicht kann ich mit ein paar Leuten reden und sehen, was dabei herauskommt. Falls Sie es nicht für einen Verstoß gegen die guten Sitten halten?«

»Ich denke, das ist eine ausgezeichnet Idee«, versicherte Pat ihm. »Sie kennen bereits alle, die auf dem Kathedralengelände leben, und Sie können mit den Leuten sprechen, ohne allzuviel Verdacht zu erregen. Wo fangen Sie an?«

»Ich dachte, im Cathedral Shop. Ich möchte feststellen, wer kürzlich Crème de menthe Turkish Delight gekauft hat.«

»Das habe ich bereits für dich erledigt«, sagte Lucy mit einem Lächeln. »Ich bin heute morgen, als du in Shrewsbury warst, in den Shop gegangen und habe mich mit Victoria und Albert unterhalten.«

»Und was haben sie gesagt?« Er drehte sich neugierig zu ihr um.

Sie schüttelte den Kopf. »Sie waren völlig erschüttert über Arthur Brydges-ffrenchs Tod. Sie mochten ihn wirklich. Victor war besonders deprimiert, weil er sich am Mittag vor Arthurs Tod nicht gerade im Guten von ihm getrennt hatte.«

»Was meinst du damit?«

»Na ja, anscheinend hatte der Dekan Victoria und Albert an jenem Morgen gesagt, daß er nicht die Absicht habe, die Pacht für ihren Laden zu verlängern. Und als später Kanonikus Brydges-ffrench kam, war Victor mehr oder weniger auf ihn losgegangen und hatte ihn beschuldigt, gemeinsame Sache mit dem Dekan zu machen. Er sagt, Kanonikus Brydges-ffrench sei sehr gekränkt gewesen, und jetzt liegt ihm die Sache auf der Seele.«

»Sehr interessant«, sagte David. »Vor allem die Tatsache, daß der Dekan sich gerade an diesem Morgen mit den beiden angelegt hat. Ich bin mir aber nicht sicher, ob es wirklich von Bedeutung ist. Was ist mit dem Konfekt? Konnten sie sich erinnern, wer es in letzter Zeit gekauft hat?«

Lucy lächelte. »Du kennst Victoria und Albert nicht sehr gut, wenn du so eine Frage auch nur stellen kannst. Natürlich konnten sie sich erinnern.« Wie Victor zählte auch sie die Käufer an ihren Fingern ab. »Evelyn Marsden kaufte eine Schachtel am Samstag morgen; Rowena und Jeremy kauften am Samstag nachmittag jeweils eine Schachtel. Am Montag morgen kaufte der Dekan seine Packung, und etwas später kam Kanonikus Brydges-ffrench, um seinen Vorrat aufzustocken. Das, sagt Victor, war ihre letzte Schachtel. Sie warten noch auf die neue Lieferung.«

»Obwohl sie sie jetzt natürlich nicht mehr brauchen«, warf Pat pragmatisch ein.

»Nein, natürlich nicht. Victor hatte Tränen in den Augen, als ich ihn darauf aufmerksam machte.«

David trommelte mit den Fingern auf den Küchentisch. »Ist euch eigentlich klar, was das bedeutet? Vorausgesetzt, die Polizei hat recht und das Gift wurde mit dem Turkish Delight verabreicht, muß es eine der genannten Personen gewesen sein, die ihn vergiftet hat!«

»Ich glaube, da gibt es eine Schwachstelle.« Lucy runzelte nachdenklich die Stirn. »Ich meine, selbst wenn jemand sein Turkish Delight mit dem Rattengift aus Miss Marsdens Gartenschuppen präpariert hat, wie konnte der Betreffende es verabreicht haben? Willst du andeuten, jemand wäre in die Dekanei eingebrochen oder auf normalem Weg hereingekommen, um die präparierte Schachtel mit der zu vertauschen, die der Dekan gekauft hatte?«

David rieb sich die Stirn. »Etwas so Konkretes wollte ich eigentlich nicht andeuten. So wie du es darstellst, klingt es ziemlich weit hergeholt, aber es ist dennoch eine Möglichkeit, denke ich. Ich habe das Gefühl, wenn ich herausfinden könnte, *wie* es gemacht wurde, wüßte ich auch, *wer* es war. Es muß eine dieser Personen gewesen sein. Oder«, fügte er hinzu, als ihm plötzlich eine Idee kam, »es könnten Victoria und Albert gewesen sein. Wir haben nur ihr Wort, daß sie alle Konfektschachteln verkauft haben. Sie könnten auch eine Packung zurückbehalten haben, zu eben diesem Zweck.«

»Du kannst unmöglich glauben, daß Victoria und Albert Kanonikus Brydges-ffrench ermordet haben!« protestierte Lucy.

»Na ja«, meinte David, »gänzlich ausschließen können wir sie nicht. Immerhin dachten sie, er habe sie an den Dekan verraten ...«

»Wie sieht Ihr nächster Schritt aus?« fragte Pat.

»Ich werde heute nachmittag Miss Marsden einen Besuch abstatten.«

Pat musterte ihn scharf. »Sie verdächtigen Evelyn?«

»Das habe ich nicht gesagt.« David zog die Augenbrauen hoch. »Aber es war immerhin *ihr* Rattengift. Und sie hat eine

Schachtel Turkish Delight gekauft. Deshalb denke ich, um ehrlich zu sein, daß ich sie ganz oben auf meine Liste setzen muß.«

»Sie hatte kein Motiv«, wandte Pat ein. »Sie mochte Arthur sehr.«

»Ich werde sie dennoch besuchen«, wiederholte David.

»Allein?« erkundigte sich Lucy.

»Ja, allein. Ich glaube, es ist besser so, findest du nicht? Und du rufst inzwischen Todd an – sagtest du nicht, daß er eventuell etwas weiß?«

Evelyn begrüßte David mit allen Anzeichen freundlichen Willkommens: Sie holte ihre silberne Teekanne und einen Teller mit selbstgebackenen Plätzchen hervor. Aber obwohl sie höflich war, wirkte sie irgendwie zerstreut. Sie nippte ein paarmal an ihrem Tee, setzte die Tasse ab und griff dann nach einem Knäuel schwarzer Wolle. Ihre Finger arbeiteten in rasendem Tempo, und die Nadeln klapperten, obwohl ihr Blick auf David gerichtet blieb.

Sein Vorrat an Gesprächsstoff war nahezu erschöpft, doch da er noch nicht bereit war, die Fragen anzusprechen, die er auf dem Herzen hatte, sah David aus dem Fenster. »Eine sehr schöne Aussicht haben Sie hier.«

»Ja, ein wundervoller Blick auf die Kathedrale«, stimmt Evelyn zu. Ihre Finger blieben im Takt, als sie auf den Kirchplatz hinunterschaute. »Ich finde es schön, sie direkt vor meinem Fenster zu haben, wissen Sie. Die meisten Menschen sehen in ihr nur ein Gebäude, aber für diejenigen unter uns, die schon seit Jahren mit ihr leben, ist sie so viel mehr als das. Sie ist in mancher Hinsicht eher wie ein Mensch, mit verschiedenen Stimmungen, je nach Jahreszeit, nach Wetter oder Tageszeit. Die Art und Weise, wie das Licht an einem Sommermorgen das Ostende streift – wirklich, es ist einfach zauberhaft. Und an einem nebligen Wintertag, wenn man sie kaum sehen kann …« Sie seufzte. »Es ist ein wunderschöner Ort zum Leben.« Aber Evelyn Marsdens Blick ruhte nicht auf der Kathedrale, wie David bemerkte; sie beobachtete statt dessen die Bewegungen einer hochgewachsenen Gestalt, die zielstrebig über den Kirchplatz an Evelyns Haus vorbei und zum Eingang der Dekanei ging: Pat, stellte David überrascht fest. Doch bevor er Zeit hatte, Pats unerwartetes Auftauchen zu verarbeiten, kam er zu einer plötzlichen Erkenntnis.

»Von hier aus können Sie sehen, wer in der Dekanei kommt und geht«, entschlüpfte ihm.

»Ja.«

Für David war sonnenklar, daß sie einen Großteil des Tages genau das tat. Er hatte keine Zeit, seine nächste Frage vorsichtig zu formulieren; er mußte die Antwort wissen. »Montag abend – haben Sie da auch hier am Fenster gesessen?«

»Ja.« Sie schien sich über seine Frage nicht zu wundern, sondern zeigte nur ein leichtes Aufflackern von Gefühl bei der Erwähnung jenes Abends.

»Und hinausgeschaut?«

»Ich habe gestrickt, wie meistens am Abend.« Sie machte eine Pause. »Ja, ich denke, man könnte sagen, daß ich hinausgeschaut habe. Nicht, um zu spionieren, wohlgemerkt«, fügte sie abwehrend hinzu. »Ich bin nicht neugierig. Ich bin nur daran interessiert, was in der Gemeinde vorgeht.«

»Ist irgend jemand in die Dekanei gegangen?«

Wieder dieses Aufflackern von Gefühl in ihren Augen. »Arthur Brydges-ffrench.« Sie schluckte schwer.

David beugte sich vor, außerstande, die Aufregung zu unterdrücken, die er empfand. »*Nur* Arthur Brydges-ffrench?«

»Ja, nur Arthur. Und der Dekan natürlich. Am Spätnachmittag ging er eine Weile aus – ich nehme an, zum Gottesdienst.«

»Sonst niemand? Denken Sie gut nach, Miss Marsden. Es könnte wichtig sein.«

Sie brauchte jedoch nicht lange zu überlegen. Sie erinnerte sich sehr gut; den Montagabend würde sie nicht so schnell vergessen. »Niemand sonst«, bekräftigte sie. »Ich war den ganzen Nachmittag und Abend am Fenster, bis … nun, bis der Rettungswagen kam.« Wieder schluckte sie mühsam und fuhr dann fort: »Todd … also, er war nicht da, deshalb bestand für mich kein Grund, ein Abendessen zuzuberciten. Und ich … ich war nicht richtig hungrig, deshalb blieb ich einfach den ganzen Tag hier, um zu stricken. Außer Arthur ist an diesem Abend niemand in die Dekanei gegangen. Das könnte ich beschwören. Wenn jemand gekommen wäre, hätte ich es gesehen.«

David beherrschte mit Mühe seine Aufregung; aus dem Fall war plötzlich das Geheimnis des abgeschlossenen Zimmers geworden. Es sei denn …, dachte er. Es sei denn, Miss Marsden war die Täterin. »Würde es Ihnen etwas ausmachen, wenn ich Ihnen noch ein, zwei Fragen stelle?«

Sie hatte ihre Fassung wiedergewonnen. »Ganz und gar nicht.« Ihre Finger flogen immer noch mit beachtlichem Tempo dahin.

»Sie haben Samstag morgen eine Schachtel Turkish Delight gekauft?«

Evelyn schien die Frage nicht merkwürdig zu finden; vielleicht hatte die Polizei schon in derselben Richtung ermittelt. »Das ist richtig. Ich versuche … habe immer versucht … eine Schachtel im Haus zu haben, für den Fall, daß Arthur käme. Er war Freitag abend zum Essen hier und aß den Rest der letzten Schachtel auf, die ich hatte, deshalb habe ich am Samstag eine neue gekauft.«

Eine offene Antwort, dachte David, und noch dazu plausibel. Hatte die Polizei sie befragt? Diesem Punkt nachzugehen könnte sie bezüglich des Zwecks seiner Fragen mißtrauisch machen, daher begnügte er sich mit einer anderen Frage, die relativ heikel war. »Hatte das Rattengift, das in Ihrem Gartenschuppen war, schon lange dort gestanden?«

Sie preßte die Lippen zusammen, indem sie sie über ihre vorstehenden Zähne zog. »Ja.«

»Wann ist es Ihnen zum letztenmal aufgefallen?«

»Oh, das ist schon ein paar Monate her. Ich hatte im letzten Winter – vielleicht war es auch im vorletzten Winter – ein paar Mäuse in meiner Küche.«

»Wäre es für jemand anders möglich gewesen, in Ihren Gartenschuppen zu kommen?«

»Ganz leicht. Er ist nicht abgesperrt, und das Gartentor auch nicht.«

Das Gartentor war von ihrem Fenster aus nicht zu sehen, fiel ihm auf, was bedeutete, daß jederzeit jemand unbeobachtet in den Garten hätte gelangen können. David entschied, daß er genug erfahren hatte; er hielt ihr mit einem liebenswürdigen Lächeln seine Teetasse hin. »Dürfte ich Sie noch um eine Tasse bitten?«

»Ja, natürlich, Mr. Middletown-Brown.« Sie ließ das Strickzeug auf ihren Schoß sinken und griff nach der Teekanne. »Darf ich Ihnen jetzt vielleicht eine Frage stellen?«

»Ja, selbstverständlich.«

»Was wird mit dem Dekan passieren? Wenn er des Mordes für schuldig befunden wird, meine ich?«

David geriet ein wenig aus der Fassung. »Nun ja, er wird für sehr lange Zeit ins Gefängnis gehen.«

»Gut.« Er fing ein Aufblitzen von Genugtuung in ihren Augen auf, bevor sie den Blick hastig auf ihre Strickerei senkte. »Stuart Latimer ist *kein* netter Mensch, Mr. Middleton-Brown«, fügte sie mit Nachdruck hinzu.

Kapitel 33

Ja, du wirst es sehen mit eigenen Augen,
wirst zuschauen, wie den Frevlern vergolten wird.
Psalm 91,8

Lucy war allein in der Küche, als David zurückkam; sie bereitete eine Nachspeise für das Abendessen zu. »Ich dachte, ich könnte mich ruhig nützlich machen, solange Pat unterwegs ist«, erklärte sie. »Bist du auf etwas Interessantes gestoßen?«

»O ja.« Als er Lucy küßte, kamen Kain und Abel getrottet, um ihn zu begrüßen; er bückte sich und gab jedem einen Klaps. »Kann ich helfen?«

»Du könntest etwas Zitronenschale reiben, während du mir erzählst, was du herausgefunden hast.«

»Also«, begann er, während er nach einer Zitrone griff, »was sie mir über das Rattengift erzählt hat, stimmt so ziemlich mit den Informationen von Inspector Drewitt überein. Im wesentlichen läuft es darauf hinaus, daß jeder in ihren Gartenschuppen hätte kommen können, praktisch jederzeit, einschließlich gestern.«

»Hätte sie das denn nicht gesehen?«

»Eben nicht. Darum geht es ja.« In seiner Aufregung warf er die Zitrone in die Luft und fing sie wieder auf. »Sieh mal, Miss Marsden war den ganzen Nachmittag und Abend an ihrem Fenster damit beschäftigt zu stricken und die Dekanei zu bespitzeln. Sie würden an diesem Wort natürlich Anstoß nehmen – sie behauptet, nicht neugierig, sondern nur interessiert zu sein –, aber falls sie die Wahrheit sagt, steht fest, daß außer Arthur Brydges-ffrench in diesem Zeitraum niemand die Dekanei betreten hat.«

»Dann ist also deine Theorie, daß irgend jemand irgendwie in die Dekanei gelangte und das Turkish Delight vertauschte …«

»Offensichtlich ein Schuß in den Ofen«, gab er zu.

»Du hast gesagt: ›Falls sie die Wahrheit sagt‹«, stellte Lucy fest. »Was hast du damit gemeint?«

»Begreifst du nicht, Liebes? Evelyn Marsden könnte es selbst gewesen sein! *Sie* könnte es gewesen sein, die sich in die Dekanei schlich, während der Dekan beim Gottesdienst war. Heißt es nicht immer, Gift wäre die Waffe einer Frau?«

»Ja, aber …«

»Wenn ich nur ein Motiv erkennen könnte! Ich kann mir beim besten Willen nicht vorstellen, welchen Grund sie gehabt haben könnte, Arthur Brydges-ffrench zu ermorden – den Dekan ja, sie scheint den allgemeinen Haß auf den Dekan zu teilen –, aber nicht Arthur Brydges-ffrench.«

»Es könnte ein Motiv geben«, sagte Lucy zögernd.

David ließ die Zitrone fallen. »Wie bitte? Was hast du herausbekommen?«

»Also, ich habe Todd endlich telefonisch erreicht. Und er hat mir etwas erzählt … wahrscheinlich ist es nicht von Bedeutung«, schwächte sie ab. »Er wollte es mir zunächst nicht erzählen. Er beharrte darauf, daß es nichts mit dem Mord zu tun habe. Und wahrscheinlich hat er recht. Aber trotzdem …«

»Sag schon!« forderte David sie auf.

»Er sagt, sie hätten … eine Szene gehabt, wie er es nennt – Evelyn Marsden und Arthur Brydges-ffrench am Montagmorgen. Todd hörte es zufällig mit an, und deshalb verließ er Malbury und wollte nicht so bald zurückfahren und Miss Marsden wiedersehen.«

»Aber was war denn los?«

»Sie kam zu Arthur Brydges-ffrench, um ihm zu berichten, daß der Dekan bei ihr gewesen sei und ihr mitgeteilt habe, daß ihre Miete auf eine Summe erhöht werden sollte, die sie beim besten Willen nicht aufbringen konnte. Im Grunde genommen wurde sie somit vor die Tür gesetzt.«

David stieß einen lautlosen Pfiff aus. »Guter Gott. Kein Wunder, daß sie den Dekan haßt.«

»Genau.«

»Und Arthur Brydges-ffrench? Was ist zwischen den beiden vorgefallen?«

»Anscheinend wollte sie ihn um Hilfe bitten. Sie dachte, er könnte innerhalb des Kapitels vielleicht etwas tun, um die Mieterhöhung zu verhindern. Er sagte, er habe bereits alles getan, was in seiner Macht stand.« Lucy zögerte und runzelte die Stirn. »Und dann ... na ja, Todd sagt, sie habe Kanonikus Brydges-ffrench mehr oder weniger einen Heiratsantrag gemacht. So etwa in der Art, daß sie immer geglaubt habe, es gäbe zwischen ihnen das stillschweigende Einverständnis, daß sie nach dem Tod seiner Mutter heiraten würden.«

»Und dann?« fragte er, obwohl er fürchtete, die Antwort zu wissen.

»Er wies sie glatt ab. Er entschuldigte sich dafür, sie unbewußt in die Irre geführt zu haben, sagte jedoch, daß es nicht in Frage käme.«

David war überrascht über das Mitleid, daß er unwillkürlich für den bedrängten alten Mann empfand. »Ja, natürlich war es ausgeschlossen. Er war nicht unbedingt der Typ, der für die Ehe geschaffen war, oder?«

Lucy, deren Sympathie der abgewiesenen Frau galt, war verärgert. »Also wirklich, David! Warum denn nicht? Sie hätten füreinander dasein können, und es hätte ihr Wohnungsproblem gelöst. Es hätte ihm wirklich nicht weh getan, ja zu sagen.«

Er zog in gespieltem Erstaunen die Augenbrauen hoch. »Ich traue meinen Ohren nicht – Lucy Kingsley als Verfechterin der Ehe? Da muß ein Irrtum vorliegen.«

»Ich spreche jetzt nicht von uns.« Sie starrte ihn erzürnt an. »Aber verstehst du das denn nicht? Die arme Frau – auf diese Art zurückgewiesen zu werden. Es muß sie tief getroffen haben.«

David legte melodramatisch eine Hand auf sein Herz und verdrehte die Augen. »Genauso wie es mich jedesmal ins Mark trifft, wenn du meine ehrenhaften Heiratsanträge ablehnst.«

Der Anblick war so komisch, daß Lucy unwillkürlich lachen mußte und ihre Gereiztheit sich in Luft auflöste. »Die Situation läßt sich kaum vergleichen, David, Liebster.«

Er wurde wieder ernst und setzte sich an den Tisch. »Du hast natürlich recht. Was das Motiv angeht: Die verschmähte Frau ist eines der ältesten Motive in der Geschichte der Menschheit, nicht wahr? Zorn über die Zurückweisung, Rache für den verletzten Stolz, oder wie auch immer man es erklären will. Ich fürchte, damit wird Evelyn Marsden zu einer potentiellen Verdächtigen.«

»Bestimmt nicht«, widersprach Lucy.

David griff zerstreut nach der Zitrone und warf sie von einer Hand in die andere, während er die Situation noch einmal überdachte. »Eine verschmähte Frau«, wiederholte er. »Sie beschließt den Mann zu ermorden, der sie zurückgewiesen hat, und sich gleichzeitig an dem anderen Mann, den sie mit gutem Grund haßt, zu rächen, indem sie ihm das Verbrechen in die Schuhe schiebt. Es könnte so gewesen sein, Lucy! Sie könnte den Mord so geplant haben, daß es so aussehen mußte, als hätte nur der Dekan die Tat begehen können.«

»Hältst du sie wirklich für so berechnend?«

»Nachdem ich sie heute erlebt habe … Ich weiß nicht, Lucy. Ich halte es nicht für ausgeschlossen. Sie wirkte so … na ja, so kalt, gefühllos. Sie saß einfach da und strickte ununterbrochen – wie Madame Defarge, dachte ich noch. Und es ist nur ein kleiner Schritt, sich auszumalen, wie sie neben der Guillotine sitzt, und sich vorstellen zu können, wie sie den Mann vergiftet, der sie gedemütigt hat. Wie gesagt, Gift ist die Waffe einer Frau. Und vergiß nicht, es war ihr Rattengift.«

Lucy seufzte. »Es ist möglich, nehme ich an, aber du hast mich nicht überzeugt. Ich würde gern selbst mit ihr reden – vielleicht ist dir irgend etwas entgangen.«

»Tu das«, forderte er sie auf. »Ich würde gern deine Meinung hören. Die Menschen neigen dazu, mit dir zu reden. Du könntest also etwas erfahren, das sie mir nicht erzählt hat.«

»Ich rede morgen mit ihr«, entschied Lucy. Vor dem Haus waren Geräusch zu hören, und die Hunde, die in einer Ecke geschlafen hatten, erhoben sich schwerfällig und wedelten erwartungsvoll mit dem Schwanz. Sie fügte rasch hinzu: »Und kein Wort davon zu Pat, versprich mir das. Sie wäre außer sich, wenn sie wußte, daß du Evelyn ernstlich verdächtigst. Laß mich zuerst mit Evelyn sprechen.«

»In Ordnung«, willigte er ein, als Pat, mit mehreren Einkaufstüten bepackt, die Küchentür aufstieß.

»Sie waren in der Dekanei.« David hatte nicht vorwurfsvoll klingen wollen, merkte aber, als er es sagte, daß es sich genau so anhörte.

»Ja«, sagte Pat milde und zog angesichts seines Tonfalls die Augenbrauen hoch. »Unter anderem, ich war auch einkaufen. Ich besuchte Anne Latimer, um zu sehen, ob ich irgendwie helfen kann.«

»Oh.«

»Wissen Sie«, erklärte sie, während sie die Tüten auf die

Anrichte stellte und sich bückte, um die Hunde zu streicheln, »ich dachte, sie könnte vielleicht ein bißchen Unterstützung brauchen. George sagte mir, daß sie heute morgen beim Frühgottesdienst in der Kathedrale war, ganz allein. Normalerweise geht sie an Wochentagen überhaupt nicht zum Gottesdienst.«

»Ich wußte nicht, daß du mit Mrs. Latimer befreundet bist«, sagte Lucy.

»Bin ich auch nicht, ganz und gar nicht.« Pat schüttelte den Kopf. »Unsere Wege haben sich noch nicht oft gekreuzt. Sie ist meist in London und geht, wie gesagt, nicht regelmäßig in die Kirche. Wir hatten die Latimers natürlich einmal zum Essen hier, aber am Ende des Abends hatte ich nicht das Gefühl, mehr von ihr zu wissen als zuvor. Sie gibt nicht viel preis, was über die Oberflächlichkeiten hinausgeht. Und alles, was sie von mir wissen wollte, war, wo ich mein Fleisch einkaufe! Aber ich dachte, es gehört sich einfach, sie zu besuchen und Hilfe anzubieten.«

David war neugierig. »Und was hat sie gesagt?«

Pat lachte beißend. »Daß sie meine Hilfe weder wünsche noch brauche und sehr gut allein zurechtkomme. Ich sagte ihr, daß ich sie gern zu den Gottesdiensten begleiten würde, einfach als eine Art moralischer Unterstützung; doch sie erwiderte, das sei nicht nötig – es sähe besser aus, wenn sie allein käme!«

»Aha!« David hatte so etwas im Zuge seiner Arbeit schon erlebt. »Die gramgebeugte Ehefrau, die sich angesichts von Schicksalsschlägen tapfer hält und ihren zu Unrecht beschuldigten Mann mit öffentlichen Gebeten unterstützt.« Sein Lächeln war zynisch.

»Das kann nicht stimmen«, widersprach Lucy.

»Ich fürchte, doch, meine Liebe«, bestätigte Pat. »Ihr Auftreten scheint gut durchdacht, vermutlich das Ergebnis von langen Beratungen mit ihrem Vater.«

»Aber es muß sie doch erschüttern, daß ihr Mann im Gefängnis ist!«

»Sehr erschüttert kam sie mir nicht vor. Im Gegenteil, als ich ihr mein Mitgefühl aussprach, sagte sie, Stuart sei selbst sein schlimmster Feind und vermutlich besser dort aufgehoben, wo er gerade ist, und daß es an der Zeit für ihn sei, etwas Demut zu lernen, und daß sein Aufenthalt im Gefängnis ihm eine heilsame Lehre sein könnte!«

Lucy schüttelte ungläubig den Kopf. »Je mehr ich über Mrs. Latimer hören, um so mehr bedaure ich den Dekan!«

An diesem Abend fand am Küchentisch kaum ein Austausch an Informationen und Meinungen statt. David hielt sich wegen seines Verdachts gegen Evelyn Marsden zurück; er hatte das Gefühl, daß es nicht nur Pat, sondern auch Lucys Vater und den Bischof aus der Fassung bringen würde, wenn er diesen Verdacht aussprach. Daher blieb das Hauptthema Davids Auftritt in den Abendnachrichten. »Sehe ich wirklich so aus?« stöhnte er. »Ist mein Haar wirklich schon so grau?«

»Sie sehen sehr distinguiert aus«, behauptete Pat überzeugt.

»Du warst großartig, Liebling«, fügte Lucy hinzu. »Ich bin so stolz auf dich.«

Nach dem Abendessen kam Jeremy vorbei, was eine Diskussion über Davids Nachforschungen ebenfalls erschwerte. Jeremy hatte David im Fernsehen gesehen, daraufhin in London angerufen, um sich bei Lucy nach Einzelheiten zu erkundigen, und bei dieser Gelegenheit von Todd erfahren, daß Lucy in Malbury war, gleich nebenan. Da hatte er der Versuchung, sie zu sehen, nicht widerstehen können.

Aber so lästig seine Anwesenheit David auch war, etwas, was Jeremy sagte, blieb David im Gedächtnis haften. »Ich stelle fest, daß ich in der Minderheit bin«, sagte dieser lachend.

»Ich muß so ungefähr der einzige Mensch in Malbury sein, der den Dekan auf freiem Fuß sehen will. Denn was wird ohne ihn aus den Plänen für das Cathedral Center? Und was wird aus mir?«

Kapitel 34

Da erhoben sich Berge und senkten sich Täler
an den Ort, den du für sie bestimmt hast.
Psalm 104,8

Als Lucy auf Evelyn Marsdens Haus zuging, konnte sie sie deutlich auf ihrem Beobachtungsposten am Fenster sehen; dabei fiel ihr eine Frage ein, die sie zum richtigen Zeitpunkt eventuell stellen könnte. Miss Marsden schien sie auch gesehen zu haben, denn sie war gleich an der Tür, als Lucy klingelte. Falls es Evelyn Marsden erstaunte, noch einen ungebetenen Gast zu haben, war sie zu höflich, um es auszusprechen. »Hallo, Miss Kingsley«, begrüßte sie sie.

»Ich kam gerade vorbei«, sagte Lucy, »und dachte, ich schaue kurz zu Ihnen rein, um Ihnen zu sagen, wie leid es mir um Kanonikus Brydges-ffrench tut. Es muß ein furchtbarer Schock für Sie gewesen sein. Ich weiß, wie nahe Sie einander standen.«

Evelyn Marsden zog den Atem ein. »Ja. Danke, Miss Kingsley. Wie lieb von Ihnen, an mich zu denken. Möchten Sie nicht hereinkommen und eine Tasse Tee mit mir trinken? Haben Sie etwas Zeit?«

»Das wäre sehr nett«, stimmte Lucy zu.

Während der Tee in der silbernen Kanne zog, wurden unvermeidliche Floskeln ausgetauscht, über das Wetter (kalt, aber was konnte man im November anderes erwarten?) und die Tatsache, daß die Tage kürzer wurden. Lucy, welche die Gemütsbewegungen hinter Evelyns beherrschter und sachlicher Fassade spürte, widerstrebe es, die Ereignisse vom Montag zur Sprache zu bringen. Als Evelyn nach der schwarzen Wolle griff und anfing zu stricken, nahm Lucy, wie der Dekan, ihre Tätigkeit zum Anlaß für ein neutrales Gesprächsthema.

»Sie stricken sehr schnell«, bemerkte sie, während sie Evelyns flinke Finger beobachtete.

»Ja. Ich ... ich will versuchen, das hier rasch zu vollenden.« Evelyns Stimme klang gepreßt.

»Was ist es? Ein Pullover?«

»Ein Pullunder.« Sie hielt ihre Strickerei hoch. »Für ... für Arthur.« Als ihr Lucys schockierter und verständnisloser Gesichtsausdruck auffiel, sprach Evelyn überstürzt weiter. »Ich habe letzte Woche damit angefangen, bevor ... vorher ... Und jetzt ... nun ja, es ist mein letztes Geschenk an ihn. Ich muß es zu Ende bringen, damit er es mit ins Grab nehmen kann.«

Lucy wußte nicht, was sie sagen sollte. »Oh. Was für eine nette Geste«, brachte sie schließlich betroffen heraus.

Eine einzelne Träne lief über Evelyns Wange und blieb an ihrem Kinn hängen. »Ich muß es tun, verstehen Sie? Für Arthur. Für all die Jahre ...« Sie schluckte, um ein Schluchzen zu unterdrücken; das Strickzeug sank auf ihren Schoß, und sie schlug die Hände vors Gesicht. »Es tut mir leid«, stieß sie hervor. »Bitte verzeihen Sie, Miss Kingsley. Es ist nur so, daß ...«

Lucy stand impulsiv auf und ging zu der älteren Frau, kniete sich neben sie und legte ihre Arme um sie. Diese unerwartete Geste von Anteilnahme erwies sich als zuviel für Evelyns Selbstbeherrschung; sie brach in herzzerreißendes Schluchzen aus und weinte zum erstenmal seit Arthur Brydges-ffrenchs Tod. Nach ein paar Minuten Schluchzen versuchte sie etwas zu sagen. »Keine Sorge«, tröstete Lucy sie. »Sie brauchen nichts zu sagen. Lassen Sie es einfach heraus.«

Also weinte Evelyn, bis das erste Aufwallen ihres Kummers abgeflaut war. »Ich habe ihn geliebt«, brachte sie heraus. »So viele Jahre habe ich ihn geliebt. Ich kann einfach nicht glauben, daß er tot ist. Und die Art, wie wir auseinander gegangen sind … wir hatten einen Wortwechsel. Das werde ich mir nie verzeihen.«

Lucy drückte ihre Schultern. »Wie schrecklich für Sie. Aber ich bin sicher, er hätte nicht gewollt, daß Sie so empfinden. Ich glaube, er hätte sich gewünscht, daß Sie sich an alles erinnern, was Sie im Lauf der Jahre geteilt haben.«

Evelyn löste sich von Lucy und sah sie forschend an; ihre Augen waren verschwollen vom Weinen, und ihr Gesicht, das auch unter den günstigsten Umständen nie hübsch war, war fleckig und unschön. »Aber meinen Sie …? Ich habe immer gedacht … gehofft … daß Arthur mich auch liebt. Auf seine Art, meine ich. Ich habe ihn so sehr geliebt, wissen Sie.« Ihre Stimme ging in ein leises Schluchzen über.

»Ich bin sicher, daß er das getan hat«, sagte Lucy überzeugt. »Ich glaube, daß er Sie auf seine Art geliebt hat. Männer können sich nicht immer so ausdrücken wie Frauen oder wie wir es gern hätten, aber das heißt nicht, daß keine Gefühle vorhanden sind. Ich bin sicher, daß Arthur Sie geliebt hat«, wiederholte sie.

Zum erstenmal war ein Funken Hoffnung in Evelyns tränennassen Augen zu erkennen. »Oh, wenn ich das nur glauben könnte! Ich denke, dann könnte ich die Vorstellung, ohne ihn weiterzuleben, besser ertragen.«

Um Gelegenheit für ein Gespräch unter vier Augen zu haben, boten Lucy und David etwas später am Nachmittag an, die Hunde auszuführen. Pat war einverstanden; vielleicht spürte sie, daß die beiden ein wenig Zeit für sich brauchten. Also machten sich Lucy und David auf den Weg, mit Gummistiefeln und Wetterjacken bekleidet und von zwei übermütigen Hunden energisch vorangezogen.

Als sie das offene Land erreichten, ließen sie die Hunde von der Leine und verschnauften ein bißchen, indem sie selbst langsamer weitergingen. Tiefe Schatten zogen sich in den Tälern zwischen den Hügeln zusammen, und die schrägen Strahlen der untergehenden Sonne erhellten Wenlock Edge, einige Meilen von ihnen entfernt. »Na?« fragte David. »Hast du etwas herausgefunden?«

Lucy behielt die Hunde im Auge, die ihre übliche Trägheit abgeschüttelt hatten und einander einen steilen Hügel hinaufjagten. »Evelyn Marsden kann Arthur Brydges-ffrench unmöglich ermordet haben«, verkündete sie schließlich.

»Warum nicht? Sie war allein und hat kein Alibi. Sie hatte ein Motiv, und es war ihr Rattengift, mit dem er vergiftet wurde.«

»Du verstehst mich nicht, David. Sie kann ihn nicht ermordet haben, weil sie ihn geliebt hat.«

»Geliebt?« echote er verständnislos.

»Ja, geliebt.« Sie lächelte. »Schon seit Jahren. Ich weiß, es ist kaum vorstellbar – er war kein besonders attraktives Exemplar seiner Gattung –, aber sie hat ihn sehr geliebt. Alle in der Gemeinde wußten, daß sie hoffte, ihn irgendwann zu heiraten, doch ich glaube, alle sind einfach davon ausgegangen, daß sie es auf Sicherheit und auf seine Stellung abgesehen hatte. Das mag natürlich auch eine Rolle gespielt haben. Trotzdem steht fest, daß sie ihn aufrichtig geliebt hat. Sie hätte ihn bestimmt nicht töten können.«

David gab seine Theorie nur ungern auf. »Nicht einmal, nachdem er sie zurückgewiesen hatte? Als er ihr klarmachte, daß er ihre Gefühle niemals erwidern würde?«

»Niemals ist eine lange Zeit.« Lucy nahm seine Hand und drückte sie. »Wie du selbst wissen solltest. Die Umstände verändern sich, die Menschen verändern sich. Und sie hat sich eingeredet, daß er sie auf seine Art doch geliebt hat. Vielleicht stimmt es – ich weiß es nicht. Auf jeden Fall ist es wichtig für sie, daran zu glauben.«

»Sie hat ihn also nicht umgebracht.«

»Nein.« Lucy klang entschieden, und ihre Gewißheit überzeugte ihn. »Die arme Frau – David, du hättest sie sehen sollen. Sie ist völlig gebrochen über seinen Tod.«

»Aber gestern wirkte sie so kalt, so distanziert. Als ob sein Tod ihr egal wäre.«

»Oh, Liebling, du verstehst wirklich nichts von Frauen. Sie hat versucht, sich in deiner Gegenwart nichts anmerken zu lassen. Doch sie brach total zusammen, als ich ein wenig Mitgefühl zeigte. Er war herzzerreißend.«

Sie gingen ein paar Minuten Hand in Hand schweigend weiter. »Wenn sie es nicht war«, sagte David schließlich, »wer war es dann?«

Lucy zuckte die Achseln. »Das möchte ich auch gern wissen …«

»Wenn niemand sonst in die Dekanei ging …«

»Darüber wollte ich auch noch sprechen«, sagte Lucy. »Es ist nicht ausgeschlossen, daß noch jemand die Dekanei betrat.«

»Was meinst du damit?« David wandte sich mit hochgezogenen Augenbrauen zu ihr um. »Miss Marsden hat ihren Fensterplatz nicht verlassen.«

»Natürlich hat sie das. Du glaubst doch nicht, daß sie zehn oder zwölf Stunden dort sitzen konnte, ohne … dem Ruf der Natur zu folgen?«

»Natürlich! Aber warum hat sie mir nicht gesagt …«

»Dir gegenüber würde Sie es natürlich nicht erwähnen. Ihr Zartgefühl würde ihr verbieten, so etwas anzusprechen. Vielleicht hat sie nicht einmal daran gedacht. Als ich sie jedoch fragte, sagte sie, sie sei ein paarmal zur Toilette gegangen.«

»Also hätte …«

»… jemand in die Dekanei gehen können, während sie nicht am Fenster war. Als ich auf ihr Haus zukam, fiel mir auf, daß sie dort am Fenster sehr gut zu sehen ist, sogar bei Tageslicht. Und im Dunkeln vor einer Lampe sitzend – und sie brauchte Licht, um stricken zu können –, wäre sie ganz deutlich zu sehen gewesen. Wenn jemand unbeobachtet in die Dekanei hätte gehen wollen, hätte der Betreffende nur zu warten brauchen, bis sie ihren Platz am Fenster verließ. Oder wenn jemand gerade vorbeikam und sie zufällig nicht am Fenster war, hätte er gewußt, daß er unbeobachtet war. Und ich denke, die meisten Leute in der Gemeinde wissen, daß sie dort sitzt und alles im Auge behält.«

»Aha.« David überdachte diese neue Information. »Wir sind also wieder am Ausgangspunkt gelandet.«

»Vielleicht.« Lucy zögerte. »Du sagst selbst, Gift sei die Waffe einer Frau. Na ja, darüber hab' ich nachgedacht. Ich habe mir Gedanken über Rowena Hunt gemacht. Wenn es hier eine Frau gibt, die fähig wäre, einen alten Mann zu vergiften, der ihr im Weg ist, dann Rowena.«

David runzelte die Stirn. »Ich weiß nicht, was du gegen Rowena hast«, protestierte er. »Zu mir war sie immer sehr nett.«

»Ja, das glaube ich gern.« Lucy versuchte, nicht zu verächtlich zu klingen. »Du bist ein Mann. Und Rowena ist ein Männertyp, wenn du verstehst, was ich meine. Sie behält ihren Charme ausschließlich Männern vor. Aber du mußt zugeben, David, daß sie völlig rücksichtslos ist. Sie gehört zu der Sorte Frau, die sich immer durchsetzen will und alles tun würde, um ihre Ziele zu erreichen – einschließlich Mord, wenn du mich fragst.«

Er machte ein eigensinniges Gesicht. »Du hast es einfach auf sie abgesehen, Lucy. Sie hatte keinen Grund, Kanonikus Brydges-ffrench zu töten.«

»Da bin ich mir nicht so sicher. Vergiß nicht, was mein Vater uns erzählt hat: Sie will das Refektorium und den Cathedral Shop übernehmen, und der Subdekan war in dieser Sache gegen sie, das heißt, eigentlich gegen den Dekan. Rowena könnte sich ausgerechnet haben, daß ohne Arthurs Einmischung für sie alles glatt über die Bühne gehen könnte. Und war sie nicht wegen ihrer Tochter wütend auf ihn? Weil er Kirsty geraten hatte, Theologie zu studieren, gegen den Wunsch ihrer Mutter?«

»Du übertreibst«, stellte David fest. »Ich habe Rowena heute nachmittag zufällig gesehen, und sie schien über den Tod des Subdekans genauso erschüttert zu sein wie alle anderen.«

»Du hast Rowena gesehen?« Jetzt war Lucy an der Reihe, die Augenbrauen hochzuziehen.

»In der Kathedrale. Ich war dort, um mich ein bißchen umzuschauen, während du bei Miss Marsden warst. Rowena war am Stand der Freunde der Kathedrale. Natürlich habe ich mit ihr gesprochen.«

»Du hast sie nicht zufällig gefragt, wo sie Montag abend war?«

»Doch, das habe ich«, gab er trotzig zurück. »Jedenfalls kam es mehr oder wenig zufällig zu Sprache. Ich habe sie gefragt, ob sie die Sirenen gehört habe.«

»Und was hat die schöne Rowena geantwortet?«

»Ehrlich gesagt, sie war nicht sehr mitteilsam«, gab er widerwillig zu. »Sie sagte, sie sei zu Hause gewesen, habe die Sirenen aber nicht gehört. Sie schien nicht darüber reden zu wollen. Sie war so ausweichend, daß ich einen Moment lang dachte, sie könnte etwas zu verbergen haben.«

Lucy machte ein befriedigtes Gesicht. »Einen Mord zum Beispiel? Oder vielleicht wollte sie einfach nicht, daß du weißt, daß sie Inspector Drewitt an seinem freien Abend in ihrem Schlafzimmer hatte und zu … beschäftigt war, um die Sirenen zu hören.«

»Lucy! Das kannst du nicht mit Sicherheit wissen!«

Sie lächelte. »Nein, aber ich kenne Rowena. Vergiß nicht«, fügte sie hinzu, »daß sie am Samstag eine Schachtel Turkish Delight gekauft hat. Warum hätte sie das tun sollen, wenn nicht mit irgendeinem dunklen Hintergedanken? Eine freundliche Regung entspricht nicht unbedingt ihrem Charakter.«

David blieb stehen und rief nach den Hunden. »Es wird dunkel, ich denke, wir kehren lieber um.« Plötzlich fiel ihm etwas ein, und er drehte sich zu Lucy um. »Wenn du das von Rowena behauptest«, sagte er hitzig, »warum nicht auch von deinem lieben Freund Jeremy? Auch er hat Turkish Delight gekauft, wie du weißt. Und er hatte genauso gute Gründe wie Rowena, Kanonikus Brydges-ffrench loswerden zu wollen: Der Subdekan war nicht gerade ein starker Befürworter des Cathedral Center. Nein, Lucy, ich lasse nicht gelten, was du über Rowena sagst. Wenn ich mein Geld auf jemanden setzen müßte, dann auf Jeremy Bartlett.«

An diesem Abend stattete Inspector Drewitt dem Haus des Bischofs erneut einen Besuch ab. Er fand alles fast wie beim letztenmal vor: Pat und George Willoughby saßen mit Lucy und John Kingsley um den Küchentisch, und diesmal war auch David da.

Pat begrüßte ihn und bot ihm einen Platz an dem gescheuerten Kieferntisch an. Wir wollten gerade unseren Pudding essen«, sagte sie zu ihm. »Sie leisten uns doch Gesellschaft, oder?«

»Ich sollte es nicht, aber ich tu's.« Der Polizeibeamte grinste und klopfte auf seine straffe Taille.

Der Bischof betrachtete mit einem reumütigen Augenzwinkern seinen eigenen drallen Bauch. »Ich verspreche Ihnen, es nicht Ihrer Frau zu sagen.«

»Kennen Sie David schon?« warf Lucy ein. »Meinen Freund David Middleton-Brown?«

»Nein, ich glaube, wir sind uns noch nicht direkt begegnet.« Drewitt streckte sein Hand aus. »Obwohl ich Sie schon von weitem hier in der Gegend gesehen habe. Soweit ich weiß, vertreten Sie den Dekan.«

»Das ist richtig.«

Pat servierte das Obstdessert. »Gibt's was Neues, Mike? Irgendwelche Fortschritte bei den Ermittlungen?«

Der Inspector warf einen unsicheren Blick auf David. »Ich sollte eigentlich nicht hier sein, wissen Sie. Aber solange Sie alle nicht vergessen, daß dieses Gespräch unter uns bleiben muß ...«

»Ja, natürlich«, warf David rasch ein. »Ich weiß jede Hilfe Ihrerseits zu schätzen, doch ich werde kein Wort weitersagen.«

Drewitt entspannte sich ein wenig. »Wohlgemerkt«, lachte er, »ich weiß nicht, warum ich etwas für den Dekan tun sollte. Der Mann ist ein Armleuchter.«

»Und ob«, stimmte David aus vollem Herzen zu. »Und das bleibt bitte auch unter uns.«

»Sehen Sie es eher als Hilfe für Malbury Cathedral«, schlug Pat vor.

»Ja. Es gefällt mir gar nicht, wenn die Kathedrale so viel schlechte Publicity bekommt«, erklärte der Polizeibeamte.

Pat bohrte wieder nach. »Haben Sie uns etwas zu sagen?«

»Ja, ein, zwei Dinge schon.«

Alle wandten sich zu ihm um und sahen ihn erwartungsvoll an; Drewitt aß etwas Pudding, nickte beifällig und fuhr fort: »Die Dekanei wurde natürlich gleich nach dem Mord durchsucht. Wir haben ein paar Sachen mitgenommen, um sie näher anzuschauen. Etwas hat uns Anlaß zum Nachdenken gegeben, was das Motiv angeht.«

»Was denn?« Pat ließ ihn nicht aus den Augen.

»Wir sind uns noch nicht sicher, wie oder ob es in den Fall hineinpaßt«, schwächte er ab. »Doch es könnte von Bedeutung sein. Es geht dabei um die Bücher für das Malbury-Musikfestival, die der Dekan in seinem Arbeitszimmer hatte. Einer unserer Männer, der sich ein bißchen mit Buchhaltung auskennt, hat sie sich angesehen, und er sagt, irgendwas stimmt darin nicht, obwohl er nicht genau sagen kann, was. Wir haben sie also einem Rechnungsprüfer gegeben, damit er sie genau unter die Lupe nimmt, deshalb werden wir erst in ein paar Tagen erfahren, wo das Problem liegt.«

»Sie glauben, jemand hat die Bücher frisiert?« fragte Pat in ihrer üblichen direkten Art.

»Na ja, möglich wär's. Alles, was ich sagen kann, ist, daß unser Mann es für möglich hält, daß irgendwann jemand in die Kasse gelangt hat. Jetzt hoffen wir, daß der Rechnungsprüfer herausfindet, wer es war, und daß dies ein wenig Licht auf den Vorfall wirft. Immerhin war das Festival Kanonikus Brydges-ffrenchs Baby, und wahrscheinlich hat er die Bücher geführt.«

»Und wenn der Dekan dahinterkam oder den Verdacht hatte, daß irgend etwas faul war …«, überlegte David laut.

»Sie könnten ihn fragen«, schlug Drewitt vor.

»Haben Sie Kanonikus Brydges-ffrenchs Haus auch durchsucht?« fragte Lucy.

»Ja, natürlich.«

»Irgend etwas Auffälliges?« wollte Pat wissen.

»Ich glaube nicht«, gab der Inspector zu, »obwohl wir natürlich noch auf etwas stoßen könnten. Auf dem Schreibtisch in seinem Arbeitszimmer stand eine offenen Schachtel Turkish Delight, aus der ein paar Stücke fehlten – keine große Überraschung. Überall stapelweise Bücher, die reinsten Fußfallen für unsere Leute. Berge von Papier auf dem Schreibtisch und auf dem Boden, aber nichts, das etwas mit dem Festival zu tun haben schien. Das Papier, das zuoberst lag – wahrscheinlich das letzte, woran er gearbeitet hat – war eine Art Liste mit Anmerkungen aus der Bibel. Notizen für eine Predigt, schätze ich.« Drewitt seufzte. »Armer alter Kerl. Diese Predigt wird er jetzt nie mehr halten.«

»Arthur war nie ein besonders inspirierter Prediger, fürchte ich«, warf der Bischof ohne ersichtlichen Zusammenhang ein.

John Kingsley sah ihn tadelnd an. »George, der Mann ist tot.«

Pat hatte jedoch das letzte Wort. »Das ändert nichts an der Tatsache, daß seine Predigten nicht besonders gut waren.«

Als Inspector Drewitt sich anschickte zu gehen, warf David ihm einen vorsichtigen Blick zu. »Stört es Sie, wenn ich Ihnen eine Frage stelle?«

»Schießen Sie los.«

»Ich nehme an, die Polizei hat jeden Kirchplatzanwohner hinsichtlich der Mordnacht befragt und die Aussagen zu Protokoll genommen. Könnte ich vielleicht erfahren, was dabei herausgekommen ist? Oder ganz offen gefragt: Wer hat ein Alibi und wer nicht?«

»Mal sehen, was sich machen läßt«, versprach der Inspector. »Ich komme morgen abend vorbei, wenn es Ihnen paßt.«

»Das wäre sehr nett«, antwortete David dankbar.

Nachdem der Polizeibeamte gegangen war, tranken sie alle eine Weile schweigend ihren Kaffee und dachten darüber nach, welche Schlußfolgerungen aus dem, was er ihnen erzählt hatte, zu ziehen waren.

Pat sprach als erste. »Ich weiß nicht, was ich glauben soll. Vielleicht hat der Dekan Arthur ja doch ermordet.«

Fast zum erstenmal an diesem Abend meldete sich John Kingsley zu Wort. »O nein, das glaube ich nicht.« Seine Stimme war sanft, aber bestimmt, und alle wandten sich zu ihm um.

»Warum denkst du das?« wollte Lucy wissen.

»Aufgrund dessen, was er am Telefon zu mir gesagt hat,

meine Liebe. Er sagte, daß Arthur Schwierigkeiten gemacht und unter keinen Umständen in einen Rücktritt habe einwilligen wollen. Obwohl wir alle so zuversichtlich gewesen waren, daß Arthur auf die Stimme der Vernunft hören würde.«

»Ich verstehe nicht …«, begann David.

»Ein Grund mehr für ihn, Arthur zu ermorden, würde ich meinen«, bemerkte der Bischof.

»Versteht ihr denn nicht? Wenn er die Absicht gehabt hätte, Arthur zu vergiften, oder ihn vielmehr bereits vergiftet hätte, hätte er das nie gesagt. Damit hat er ein Motiv, daß es nicht gegeben hätte, wenn Arthur sein Versprechen gehalten hätte und in aller Stille gegangen wäre. Der Dekan hätte mir nicht zu sagen brauchen, daß Arthur seine Meinung geändert hatte. Er hätte mich in dem Glauben lassen können, daß Arthur bereit war zurückzutreten, in der Gewißheit, daß Arthur sowieso sterben und seiner Aussage nicht widersprechen würde.« Der Kanonikus schüttelte den Kopf und nahm seine Brille ab, um über seinen Nasenrücken zu streichen. »Nein. So bequem es in mancher Hinsicht wäre, den Dekan für schuldig zu halten, mit diesem Telefongespräch hat er selbst seine Unschuld bewiesen.«

David wechselte einen Blick mit Lucy. Was ihr Vater gesagt hatte, traf unwiderlegbar zu. Seine Hochachtung vor John Kingsley wuchs.

Kapitel 35

Denn Gott zerschmettert das Haupt seiner Feinde,
den Kopf des Frevlers, der in Sünde dahinlebt.
Psalm 68,22

Am nächsten Morgen, Freitag – dem Tag, an dem die Story über den Mord in Malbury auf der Titelseite des Wochenblatts *Church Times* prangte – arrangierte David einen Besuch bei seinem Klienten im Gefängnis von Shrewsbury, ihr erstes Wiedersehen seit der Anhörung. Er mußte feststellen, daß sich Stuart Latimers Laune durch zwei Tage Inhaftierung nicht verbessert hatte; der Dekan trommelte mit seinen behaarten Fingern auf den Tisch im Vernehmungsraum und empfing David mit einem finsteren Blick. »Wie ich sehe, ist es Ihnen noch nicht gelungen, mich hier rauszuholen«, begrüßte er ihn.

»Sie sind erst zwei Tage hier.« David nahm seinem Klienten gegenüber Platz, wobei ihm auffiel, daß er trotz seiner Notlage um nichts schlechter aussah; er war sauber rasiert und gut gekleidet.

»Die längsten zwei Tage meines Lebens. Was meinen Sie, wie lange werde ich hier noch ausharren müssen?«

David war entschlossen, sich nicht von der Gereiztheit des Dekans aus der Ruhe bringen zu lassen. »So lange es erforderlich ist, Herr Dekan«, lautete seine milde Antwort. »Man behandelt Sie doch gut?«

Der Dekan lachte unfroh. »Man ist noch nicht dazu übergegangen, mir Daumenschrauben anzulegen, falls Sie das meinen. Aber das hier ist nicht gerade das Savoy. Das Essen ist einfach grauenhaft.«

»Wie Sie selbst sagen, es ist nicht das Savoy.«

»Na schön, haben Sie irgendwelche Fortschritte gemacht, um mich hier rauszuholen?« wollte Stuart Latimer wissen und fügte höhnisch hinzu: »Dafür zahle ich Ihnen doch ein beachtliches Honorar, oder?«

David runzelte die Stirn; seine Stimme war ruhig, aber bestimmt. »Herr Dekan, wenn Sie mit meiner Arbeit nicht zufrieden sind, steht es Ihnen frei, jemanden zu suchen, der mehr nach Ihrem Geschmack ist. Ich werde mich nicht von Ihnen schikanieren lassen. Sie können mich gern beleidigen – doch mit mir haben Sie immer noch am meisten Hoffnung, zu gegebener Zeit hier herauszukommen, und ich schlage vor, daran sollten Sie denken.«

Der Dekan verschränkte die Arme vor der Brust und hüllte sich in trotziges Schweigen.

Nach einem Moment fuhr David in normalem Tonfall fort: »Ich bin hier, um Sie etwas zu fragen. Es geht um die Bücher für das Musikfestival.«

»Was ist damit?«

David beschloß, so wenig wie möglich von dem preiszugeben, was er erfahren hatte, so daß er feststellen konnte, wieviel der Dekan wußte. »Ich habe von Kanonikus Kingsley gehört, daß Sie darum gebeten haben, Einblick in die Bücher zu nehmen, und daß Kanonikus Brydges-ffrench sie Ihnen daraufhin gegeben hat.«

»Ja, das stimmt. Aber was hat das mit dieser Angelegenheit zu tun?«

David wich einer Antwort aus, indem er eine weitere Frage stellte. »Sie haben die Bücher geprüft, nehme ich an?«

»Nein, das habe ich zufällig nicht. Ich hatte Wichtigeres zu tun, als meine Zeit damit zu vertrödeln, mich durch Brydges-ffrenchs fürchterliche, krakelige Handschrift zu quälen. Ich habe sie in mein Arbeitszimmer gelegt. Da müßten sie noch sein, falls Sie sie aus irgendeinem Grund brauchen.«

Er mußte wohl direkter vorgehen, stellte David fest. »Kanonikus Kingsley sagte, Sie seien sehr beharrlich gewesen, was die Einsicht in diese Bücher angeht. Haben Sie die Bücher verlangt, weil Sie den Verdacht hatten, sie könnten ... gewisse Unregelmäßigkeiten enthalten?«

»Lieber Himmel, nein.« Der Dekan machte eine wegwerfende Handbewegung. »Ich wußte, daß Brydges-ffrench halsstarrig und schwierig war, aber ich habe ihn nie verdächtigt, unredlich zu sein.«

»Warum waren Sie dann so beharrlich, was die Bücher anging?«

»Das sollte sogar Ihnen klar sein«, sagte er betont geringschätzig. »Um denen zu zeigen, wer der Boss ist, versteht sich.« Als er Davids Gesichtsausdruck sah, lehnte der Dekan sich plötzlich vor. »Sie wollen mir doch nicht erzählen, daß an den Büchern wirklich etwas faul war, oder?«

»Nun«, gab David zögernd zu, »es könnte sein. Die Polizei hält es für denkbar, daß jemand die Finger in der Kasse hatte. Sie sind sich noch nicht sicher, wer es war oder wie ...«

Der Dekan brach in bitteres Gelächter aus. »Das ist ein Witz!«

David war verwirrt. »Ich verstehe wirklich nicht, was daran so komisch ist.«

»Nicht?« Stuart Latimer legte seine Fingerspitzen aneinander und betrachtete eher sie als David. »Ich hatte die Bücher die ganze Zeit in meinem Arbeitszimmer. Die haben doch alle unter einer Decke gesteckt, verlassen Sie sich drauf. Brydges-ffrench, Thetford und Greenwood – wenn einer von ihnen an den Unregelmäßigkeiten beteiligt war, waren alle beteiligt. Jetzt ergibt es endlich einen Sinn, dieses ständige Getuschel.

Sie müssen vor Angst geschlottert haben, daß ich ihnen auf die Schliche komme. Das ist der größte Witz an der Sache: Ich hatte die Möglichkeit in der Hand, den ganzen unbrauchbaren Haufen loszuwerden, und habe es nicht einmal gemerkt!«

Inspector Drewitt hielt Wort. Er kam an diesem Abend wieder, setzte sich wie die Male zuvor an den Küchentisch des Bischofs und zückte ein kleines Notizbuch.

»Sie haben mich nach den Alibis gefragt«, wandte er sich an David und überflog seine Notizen. »Dazu gibt es im Grunde nicht viel zu sagen. Fast alle waren abends zu Hause, etwa seit dem Abendgottesdienst. Die Ehepaare können einander Alibis geben: die Greenwoods und Bischof George und Mrs. Willoughby.« Er lächelte die Willoughbys verlegen an, als wollte er sich dafür entschuldigen, daß sie überhaupt erwähnt wurden. »Claire Fairbrother hat an diesem Abend noch spät in der Klinik gearbeitet und war erst kurz nach neun daheim, deshalb war ihr Mann, Kanonikus Thetford, bis zu diesem Zeitpunkt allein zu Hause. Von denjenigen, die allein leben, hat keiner ein echtes Alibi. Das sind Sie, Kanonikus Kingsley« – wieder machte Drewitt ein entschuldigendes Gesicht –, »Miss Marsden, Mr. Bartlett und Mrs. Hunt. Todd Randall, der bei Miss Marsden in Untermiete wohnt, war in dieser Nacht nicht da.« Er klappte sein Notizbuch zu. »Ich weiß nicht, ob Ihnen das weiterhilft.«

»Vielen Dank, Inspector«, sagte David. »Ob es eine Hilfe ist, bleibt abzuwarten.«

»Sagen Sie«, warf Lucy mit Unschuldsmiene ein, »haben die Glockenläuter an diesem Abend geübt?«

»Nein, wir üben immer dienstags«, erklärte der Polizeibeamte.

»Sie waren an dem Abend also nicht auf dem Kathedralengelände?«

Er zögerte nicht einmal den Bruchteil einer Sekunde. »Nein,

ich hatte an dem Abend Dienst. Ich wurde natürlich später an den Tatort gerufen, aber wie gesagt, man hat mich anschließend von dem Fall abgezogen.«

Lucy und David wechselten einen überraschten Blick. Wenn Rowena Hunt nicht mit Mike Drewitt zusammengewesen war, lautete die stumme Frage in ihren Augen, was war es dann, das sie geheimhalten wollte?

»Gibt es neue Erkenntnisse in der Angelegenheit, die Sie gestern erwähnten – die Bilanzen des Musikfestivals?« wollte der Bischof wissen.

»Nur, daß unser Mann festgestellt hat, daß die Unregelmäßigkeiten irgend etwas mit dem Sanierungsfonds zu tun haben. Offensichtlich wurden ziemlich hohe Beträge transferiert.« Inspector Drewitt schien sich nicht ganz wohl in seiner Haut zu fühlen. »Ich hätte es wirklich nicht erwähnen dürfen, Bischof. Es ist alles ein bißchen problematisch, verstehen Sie, bis wir genau wissen, worum es geht, und was es mit diesem Mordfall zu tun hat.«

Dr. Willoughby strich über seinen Bart. »Ich verstehe.«

»Daher wäre es mir lieb, wenn Sie mit niemandem darüber sprechen würden«, fuhr Drewitt fort, wobei er David ansah. »Wir werden demnächst die anderen Zeichnungsberechtigten befragen müssen, Kanonikus Greenwood und Kanonikus Thetford, um festzustellen, was sie wissen.«

»Und Sie wollen nicht, daß wir Ihnen zuvorkommen und alles vermasseln«, bemerkte David trocken.

»So ist es.« Drewitt grinste. »Wenn es Ihnen also nichts ausmacht …«

»Es erschwert unsere Nachforschungen wirklich«, sagte David etwas später zu Lucy, als sie in ihrem Zimmer waren, »daß wir Rupert Greenwood oder Kanonikus Thetford nicht fragen können, was zum Teufel mit diesen Büchern los ist. Ich habe das

Gefühl, es könnte sehr wichtig sein.« Er ging zerstreut zum Fenster und betrachtete den dunklen Umriß der Kathedrale.

»Rowena Hunt hat kein Alibi«, bemerkte Lucy ausdruckslos, während sie ihre Schuhe abstreifte. »Ich denke, *das* könnte wichtig sein.«

Er drehte sich um und sah zu, wie sie sich auszog. Sie war sich nicht bewußt, daß sie beobachtet wurde, und ihre Bewegungen waren anmutig, ohne bewußt verführerisch wirken zu wollen, trotzdem war dieser Anblick für David immer wieder aus neue erregend. Er versuchte, sich auf das zu konzentrieren, was zur Diskussion stand. »Was ist mit Jeremy Bartlett?« erinnerte er sie. »Er scheint auch kein Alibi zu haben. Und Drewitt sagte, das fehlende Geld habe irgend etwas mit dem Sanierungsfonds zu tun. Sanierung, Lucy! Das deutet unmittelbar auf deinen Freund Jeremy hin, wenn du mich fragst. Ich bin sicher, er war es, der die Finger in der Kasse hatte, und es würde mich nicht überraschen, wenn er den Mord begangen hätte, um seine Spuren zu verwischen und sein nettes kleines Arrangement mit dem Dekan nicht zu gefährden.«

»Ich weiß nicht, warum dir soviel daran liegt, daß Jeremy schuldig ist, ob des Mordes oder einer anderen Sache. Ich frage mich, warum du ihn so sehr ablehnst.«

David wich einer direkten Antwort aus. »Ich traue ihm einfach nicht, das ist alles. Irgend etwas an ihm ist … nicht ganz astrein.«

»Das ist doch lächerlich«, sagte sie und schlang beide Arme um ihn.

Aber bevor David ihrem Charme völlig erlag, murmelte er: »Da war noch irgend etwas, und ich wünschte, ich könnte mich daran erinnern. Etwas, das mir jemand erzählt hat. Es fällt mir einfach nicht ein …«

Kapitel 36

Herr, am Morgen hörst du mein Rufen,
am Morgen rüst' ich das Opfer zu,
halte Ausschau nach dir.

Psalm 5,4

Als David am nächsten Morgen von den Schlägen der acht Kirchenglocken aufwachte, fiel ihm ein, was ihm die ganze Zeit keine Ruhe gelassen hatte.

»Lucy!« sagte er. »Die Glockenläuter!«

»Zum Kuckuck mit den Glockenläutern«, stöhnte sie und vergrub ihr Gesicht im Kissen. »Ist es nicht ein bißchen zu früh, um so einen Höllenlärm zu veranstalten?«

»Darum geht's jetzt nicht! Die Glockenläuter haben diese Bemerkung gemacht, an die ich mich gestern abend einfach nicht erinnern konnte.«

»Wieviel Uhr ist es?« Sie drehte sich um und blinzelte verschlafen auf den Wecker. »So früh, und das am Samstag morgen – die spinnen wohl!«

»Hör zu, Lucy«, beharrte David. »Todd hat es mir beim Frühstück erzählt, nach der Messe für Ivor Jones.«

»Hast du nicht gerade gesagt, es waren die Glockenläuter?«

»Todd hat mir erzählt, was die Glockenläuter gesagt haben. Er hat es zufällig mitbekommen«, erklärte er geduldig. »Auf Latimers Gartenparty. Als der Dekan sich wegen der Biertrinkerei aufregte und sagte, daß dies ein Skandal sei, meinte einer von ihnen, was in der Kathedrale vorgehe, sei der wahre Skandal.«

Lucy war nicht wach genug, um ihm zu folgen. »Das verstehe ich nicht. Was hat das …?«

»Sieh mal, der Dekan dachte, daß der Mann über den Organisten und die Chorknaben sprach, und deshalb hat er die Dinge gesagt, die Ivor Jones zum Selbstmord trieben. Aber wenn der Glockenläuter nun in Wirklichkeit den Skandal mit den frisierten Bilanzen meinte? Vielleicht wissen die Glockenläuter etwas darüber. Das ergibt doch einen Sinn, Lucy!« Er tastete auf dem Fußboden nach seinem Morgenmantel.

»Stehst du etwa schon auf?«

»Ja. Ich muß mit den Glockenläutern reden und in Erfahrung bringen, was sie wissen. Es hat noch niemand daran gedacht, sie zu befragen!«

»Geh noch nicht.« Sie legte bittend eine Hand auf seinen Arm. »Du hast noch Zeit genug.«

Die Versuchung war groß, aber nicht groß genug. »Tut mir leid, Liebes. Ich bin zu nichts zu gebrauchen, ehe ich nicht mehr weiß.«

Lucy seufzte. »Ach, mach doch, was du willst!« Sie zog sich die Bettdecke über den Kopf und hielt sich die Ohren zu, um das Läuten der Glocken nicht mehr hören zu müssen.

Pat war schon auf und in der Küche, als David allein nach unten kam. »Samstags gibt es bei uns immer ein üppiges warmes Frühstück«, verkündete sie. »George muß jeden Moment vom Frühgottesdienst zurückkommen.«

»Das Glockenläuten hat heute morgen schrecklich früh angefangen, nicht?«

»Sie fangen oft gleich nach dem Frühgottesdienst ein Wechselläuten an«, erklärte Pat. »Wenn alles klappt, dauert es ungefähr drei Stunden und zwanzig Minuten; und da Mike Drewitt häufig um zwölf seinen Dienst antritt, fangen sie früh an, damit er mitmachen kann. Er läutet die Tenorglocke, deshalb brauchen sie ihn. Wir am Kirchplatz sind daran gewöhnt – die meisten von uns müssen sowieso früh aufstehen.«

»Lucy war ein bißchen sauer«, gab er zu. »Ich glaube, sie hätte heute gern ausgeschlafen.«

»Arme Lucy«, schmunzelte Pat.

David wanderte rastlos durch die Küche. »Ich muß mit den Glockenläutern sprechen. Mir ist gerade etwas eingefallen, das wichtig sein könnte, und ich glaube, die Glockenläuter können mir vielleicht weiterhelfen.«

»Tja, falls sie nicht aus dem Takt kommen, sind sie in den nächsten Stunden nicht zu sprechen«, stellte Pat mit unwiderlegbarer Logik fest. »Sie können sich also ruhig setzen und frühstücken. Wie mögen Sie Ihre Rühreier, mein Lieber?«

David wartete am Fuß der Wendeltreppe im südlichen Querschiff; ein paar Minuten, nachdem die Glocken verstummt waren, kamen die Glockenläuter herunter. Inspector Drewitt, der sich beeilen mußte, um pünktlich seinen Dienst anzutreten, war der erste. »Ich habe leider keine Zeit«, begrüßte er David. »Ich muß zur Arbeit.«

»Wir sollten uns einmal unterhalten, Inspector – nur wir zwei.«

Drewitt blieb stehen und überlegte. »Na gut. Morgen abend? Wir könnten uns im Monk's Head auf einen Drink treffen, wenn Sie wollen.«

»Gern. Wieviel Uhr?«

»Acht?«

»Gut. Bis dann.«

Drewitt folgten mehrere junge Leute, die sich angeregt unterhielten; ihre Stimmen hallten an der Gewölbedecke des Querschiffs wider. »Ist einer von Ihnen der Leiter?« fragte David.

»Barry ist noch oben im Turm – er kommt bestimmt als letzter«, antwortete ein blasses Mädchen mit stacheligem Haar und einer Reihe silberner Ringe unterschiedlicher Größe in einem Ohr. »Sie können raufgehen, wenn Sie wollen«, schlug sie hilfsbereit vor.

David schluckte; große Höhen bereiteten ihm Unbehagen. »Nein, danke, ich warte lieber.« Es dauerte nur ein paar Minuten, bis die letzten erschienen: ein schmächtiges, zartes blondes Mädchen, ein untersetzter junger Mann mit einer markanten Nase und schließlich der große, langhaarige Barry Crabtree. David erinnerte sich, die drei auf der Gartenparty des Dekans gesehen zu haben.

Er trat vor. »Barry?«

Der große junge Mann drehte sich um. »Ja?«

David stellte sich vor und erklärte, daß er ein Freund der Willoughbys sei; er hatte sich beim Warten überlegt, daß er damit in der Gemeinde mehr erfahren würde, als wenn er zugab, der Anwalt des Dekans zu sein.

»Das ist meine Frau Liz«, stellte Barry vor, »und das ist mein Freund Neil.«

»Sind Sie in Eile? Ich würde Sie gern auf einen Drink einladen«, bot David an.

Barry und Neil sahen sich an. »Warum nicht?« meinte Barry.

»Zu einem Bier sag' ich nie nein«, fügte Neil mit einem zahnlückigen Grinsen hinzu.

Liz Crabtree schüttelte den Kopf. »Ich kann leider nicht. Ich habe Caroline, unsere Tochter«, erklärte sie David, »heute morgen bei Mrs. Greenwood gelassen und muß sie jetzt abholen.«

»Ach, komm schon, Liz«, drängte Barry. »Du weißt doch, wie gern Mrs. Greenwood Caroline bei sich hat. Es macht ihr bestimmt nichts aus, sie ein bißchen länger zu behalten.«

»Nein, das gehört sich nicht. Aber ihr zwei könnt ja gehen«, fügte sie hinzu. »Wir sehen uns dann zu Hause, Barry.«

»In den Monk's Head?« schlug David vor, indem er den einzigen Pub nannten, den er in Malbury kannte.

»In Ordnung«, stimmte Barry zu. »Wenn Sie zahlen. Das ist ein bißchen teurer als unsere Kneipe am anderen Ende der Stadt.«

Die beiden Glockenläuter zeigten ihm den Weg. David war außer auf dem Kathedralengelände kaum in der Stadt selbst gewesen. Malbury war zwar rein technisch dank der Kathedrale eine Stadt, in Wirklichkeit aber kaum mehr als ein Marktflecken, wenn auch sehr alt, mit malerisch wirkenden schiefen Fachwerkhäusern, die sich in den schmalen Straßen des Zentrums eng aneinanderdrängten. Rund um den Innenstadtbereich zog sich ein Ring solider viktorianischer Backsteinbauten, entstanden in den großen Tagen der Eisenbahn, zusammen mit etlichen Reihenhäusern von bescheideneren Ausmaßen, die für die Arbeiter der Brauerei gebaut worden waren.

Der Bauboom zwischen den Weltkriegen war an Malbury im großen und ganzen vorbeigegangen, so daß es nur wenige der Doppelhäuser aus jener Zeit gab; doch die jüngere Vergangenheit hatte die unvermeidlichen Errungenschaften gebracht, einschließlich einer unschönen Neubausiedlung am Stadtrand mit identischen, schachtelartigen Einfamilienhäusern, jedes davon auf einem winzigen, baumlosen Grundstück.

Der Monk's Head hingegen befand sich in der Nähe der Kathedrale, gegenüber der weiten Grünfläche, die das Kirchengelände von der Stadt trennte. Der Pub befand sich in einem weitläufigen Gebäude im Pseudo-Tudor-Stil und erhob den Anspruch, mehr als ein schlichter Pub zu sein; man bezeichnete ihn als Gasthaus, da es im Obergeschoß Übernachtungsmöglichkeiten gab, mehrere enge Zimmer ohne jeden modernen Komfort. Der Pub im Erdgeschoß jedoch entsprach mit seinen Eichenbohlen, Pferdegeschirren und einem offenen Kamin dem gängigen Bild.

Obwohl es nicht ihre Stammkneipe war, kannte man Barry und Neil in dem Lokal offensichtlich gut. Sie begrüßten den Barkeeper mit Namen, bestellten einen Runde Ploughman's Bitter und legten einen Tisch in der Nähe des Kaminfeuers in Beschlag. David bezahlte und holte die Getränke und brachte die überschäumenden, tropfenden Gläser an den Tisch.

»Vorsicht, Kumpel!« Neil grinste. »Das meiste davon wollte ich eigentlich trinken. Zum Wohl!« Er hob sein Glas und nahm einen kräftigen Schluck.

»Danke«, sagte Barry höflich.

David trank nur selten Bier, aber in diesem Fall hielt er es für eine gute Idee, sich wie seine Gäste an das hiesige Produkt zu halten. Das Bitter war erstaunlich süffig, stellte er fest, und sie waren bei ihrer zweiten Runde, bevor er Gelegenheit fand, zur Sache zu kommen.

Ich habe mich vor kurzem mit Todd Randall unterhalten«, begann er vorsichtig.

Barry nickte. »Der Typ aus den Staaten.«

»Netter Bursche«, warf Neil ein. »Barry hat versucht, ihn fürs Läuten zu interessieren.«

»Ohne Erfolg?«

»Oh, er war einige Male oben im Turm«, erklärte Barry. »Hat's versucht. Aber er hat das Timing nicht ganz hingekriegt und deshalb aufgegeben.«

»Er sagte, er habe nach der Amtseinsetzung des Dekans auf der Gartenparty eine Weile bei Ihnen am Tisch gesessen.«

»Stimmt«, bestätigte Barry. »Er hat sich zu uns gesetzt. Er und Kirsty Hunt.«

Neil grinste. »Schätze, er war eher an dem Bier als an unserer Gesellschaft interessiert.«

David nahm einen Schluck Bier und wählte seine Worte sorgfältig. »Er hat mir erzählt, daß der Dekan wegen des Biers eine Szene gemacht habe.«

Barry schnaubte abfällig. »Dieser überhebliche kleine Witzbold.«

»Aber Barry hat's ihm gegeben, stimmt's, Barry?« Neils Stimme klang triumphierend, und er sah seinen Freund bewundernd an.

»Na ja, so würde ich das nicht sagen.« Barry schwenkte das Bier in seinem Glas und gab sich bescheiden.

»Mensch, und ob!« Neil wandte sich eifrig David zu. »Er hat zum Dekan gesagt, daß nicht wir eine Schande seien, sondern daß es ein Skandal sei, was in der Kathedrale laufe!«

David hielt den Atem an und fragte dann so unbefangen wie möglich: »Was meinten Sie denn damit, Barry? Etwas Bestimmtes? Oder haben Sie das nur gesagt, um ihm eins auszuwischen?«

Der junge Glockenläuter musterte David einen Moment lang prüfend, bevor er antwortete: »Doch, doch es war schon ernst gemeint. Da geht irgendwas Komisches vor.«

»Etwas Komisches?«

»Ich meine das Gerüst, wissen Sie. Es wurde im Sommer aufgestellt, nach dem Musikfestival, im südlichen Querschiff rund um das Becket-Fenster und an der Außenfassade rund ums Fenster.« Barry leerte mit einem Zug sein Glas. »Und es blieb bis November stehen, bis kurz vor dem Patronatsfest. Doch in all den Monaten, in der ganzen verdammten Zeit ist nie was passiert. Keine Arbeiter waren dort, rein gar nichts wurde getan.«

»Sind Sie sicher?«

»Und ob. Wir konnten das äußere Gerüst auf dem Weg zum

Turm ziemlich gut sehen, und ich bin häufig im Turm. So gut wie jeden Tag. Dort waren nie Arbeiter«, wiederholte er. »Das Gerüst wurde aufgestellt, blieb monatelang stehen und wurde dann wieder abgebaut. Sonst ist nichts passiert. Finden Sie das vielleicht nicht ganz schön komisch?«

Kapitel 37

Herr, rette mein Leben vor Lügnern,
rette es vor falschen Zungen!
Psalm 120,2

Je länger David darüber nachdachte, desto mehr war er davon überzeugt, daß der Dombaumeister etwas mit dem Tod von Arthur Brydges-ffrench zu tun hatte. Aber um Lucy zufriedenzustellen, erklärte er sich einverstanden, Rowena Hunt einen Besuch zu machen und ihr wegen ihres mangelnden Alibis auf den Zahn zu fühlen.

Er ging am Sonntag nachmittag zu ihr. Rowena zog ihre feingeschnittenen Augenbrauen hoch, als sie David vor der Tür stehen sah; sie bat ihn höflich herein, verzichtete jedoch darauf, ihm etwas anzubieten.

Ihr Wohnzimmer war aufgeräumt und zeigte nichts von dem Durcheinander an Sonntagszeitungen, das er im Haus der Willoughbys zurückgelassen hatte; im Kamin brannte ein munteres Feuer. David fragte sich, ob sie jemanden erwartete.

Sie setzte sich und deutete auf einen Sessel. »Was kann ich für Sie tun, Mr. Middleton-Brown?« fragte sie und unterstrich mit ihrer Anrede, daß sie ihre Bekanntschaft nicht als nahe genug ansah, um einander beim Vornamen zu nennen.

David blieb stehen und kam sofort zur Sache. »Es tut mir leid, Sie behelligen zu müssen, Mrs. Hunt, aber es ist wirklich außerordentlich wichtig, daß ich mir ein vollständiges Bild von den Ereignissen am Montag abend machen kann. Deshalb wollte ich Sie noch einmal bitten, mir zu sagen, wo Sie waren und was Sie gemacht haben.«

Rowena runzelte unwillig die Stirn. »Das habe ich Ihnen bereits gesagt«, erwiderte sie. »Ich war den ganzen Abend hier im Haus. Ich bin nicht ausgegangen, und ich habe nichts gehört.«

»Was haben Sie denn gemacht?« wiederholte er.

»Das geht Sie nichts an«, brauste sie sofort auf, schwächte dann aber ihre Worte ab, indem sie mit einem gezwungenen Lächeln hinzufügte: »Ich weiß wirklich nicht, inwiefern das von Bedeutung ist.«

David entschied sich für Offenheit. »Es könnte wichtig sein, falls Sie … sagen wir, nicht allein waren?«

Ihr Lächeln verblaßte; ihr Mund wurde schmal. »Ich bin nicht bereit, näher auf diese Andeutung einzugehen«, sagte sie eisig und mit zusammengebissenen Zähnen. Sie stand auf. »Ich wiederhole: Das geht Sie nichts an. Sie haben kein Recht, mich das zu fragen. Und jetzt muß ich Sie wirklich bitten zu gehen, Mr. Middleton-Brown.«

Als David Rowenas Haus verließ, kam eine Frau von der anderen Seite des Kirchplatzes auf ihn zu. Sie taumelte auf unsicheren Beinen aus dem Schatten der Kathedrale heraus, und er trat höflich einen Schritt beiseite, um sie vorbeizulassen, doch sie blieb stehen und sprach ihn an. David hatte die Frau zwar noch nie gesehen, aber als sie den Mund aufmachte, war ihm in einem Aufblitzen von Intuition klar, wer sie sein mußte: Val Drewitt. Auf den ersten Blick war sie nicht der Typ Frau, den man in dieser seriösen Gegend der Gemeinde anzutreffen erwartete, aber Lucys Beschreibung von Inspector Drewitts Frau war derart präzise gewesen, daß er sie an ihren leicht verblühten Reizen sofort erkannte. Es überraschte ihn allerdings, daß sie keineswegs unattraktiv war, sondern auf eine wenn auch leicht ordinäre Art ziemlich sexy wirkte mit ihren üppigen Kurven, die sich unter dem glänzenden knallrosa Vinylmantel, den sie gegen die herbstliche Kälte trug, deutlich abzeichneten.

»Haben Sie Feuer, Schätzchen?« Sie hielt ihm eine lange Mentholzigarette hin.

»Nein, tut mir leid. Ich rauche nicht.«

»Ach, macht nichts.« Bei ihrem unbekümmerten Lachen verströmte sie eine kräftige Wolke Gin.

David ging weiter in Richtung Bischofspalast; zu seiner Überraschung schloß sie sich ihm an. »Sie sind also auch einer von denen, was?« bemerkte sie im Plauderton.

»Wie bitte?«

»Einer von den Typen dieser Hunt-Schlampe. Mit einem ist die nämlich nicht zufrieden, wissen Sie. Man sollte meinen, mein Mann würde ihr reichen. Er ist verdammt gut im Bett, auch wenn sie den Bastard mit mir teilen muß. Aber sie kann von keinem die Finger lassen, was? Ich beobachte manchmal ihr Haus, wenn ich glaube, daß Mike vielleicht zu ihr geht.« Sie lachte in sich hinein und schwatzte weiter, ohne Davids fassungsloses Schweigen zu beachten. »Mir erzählt er, er müsse zum Dienst, aber ich weiß, daß er sich bei jeder Gelegenheit für eine schnelle Nummer zu ihr schleicht. Ich muß ganz schön lachen, wenn ich sehe, wie er da reinstürmt und keine Ahnung hat, daß ich ihn beobachte. Doch manchmal erlebe ich auch eine Überraschung. Neulich abend zum Beispiel, als statt Mike ein anderer Mann aufgetaucht ist. Und heute waren Sie dran. Komisch. Ich hätte schwören können, daß Mike heute nachmittag hingeht.« Sie senkte vertraulich die Stimme. »Erzähl mal, Sportsfreund. Ganz unter uns, ist sie wirklich so gut?«

»Das … das weiß ich leider nicht«, murmelte David tödlich verlegen. »Und wenn Sie mich jetzt bitte entschuldigen würden.« Er beschleunigte seine Schritte und hatte sie bald abgehängt.

An diesem Abend war David vor Inspector Drewitt im Monk's Head. Er holte sich einen Whisky und suchte sich einen Platz in der Nähe des Feuers, wo er darüber nachdachte, was für ein schwieriges und heikles Gespräch vor ihm lag. Er gestand sich ein, daß Lucy recht hatte: Rowena Hunt hatte eindeutig etwas zu verbergen. Er mußte nun herausfinden, ob Drewitt wußte, was das war. Um das zu erreichen, mußte er dem Polizeibeamten das Geständnis entlocken, Rowenas Liebhaber zu sein, und dann …

»Hallo, David.« Inspector Drewitt schob seinen kräftigen Körper auf den Platz ihm gegenüber. »Tut mir leid, daß ich ein bißchen spät dran bin. Ich bin … aufgehalten worden.«

Wohl von Rowena, dachte David. »Was nehmen Sie? Ein Ploughman's?«

Drewitt beäugte Davids Drink. »Eigentlich bin ich mehr für Whisky, wenn es Ihnen nichts ausmacht.«

»In Ordnung. Einen doppelten?«

»Gern.«

David ging an die Theke und kam mit einem weiteren Whisky zurück. Eine Zeitlang tranken sie schweigend, wobei Drewitt sich fragte, warum David ihn sprechen wollte, und David sich für die Fragen stählte, die er stellen mußte. Obwohl die direkte Methode bei Rowena auf keinen nennenswerten Erfolg gestoßen war, entschied er letztlich, daß Drewitt, ein offener, geradliniger Mann, dafür empfänglich sein könnte. »Ich habe heute nachmittag Ihre Frau getroffen«, begann er.

»Val?« Drewitt wirkte weder besonders überrascht noch beunruhigt. »Ich wußte nicht, daß Sie sie kennen.«

»Ich kannte sie auch nicht. Nicht vor heute nachmittag, heißt das. Ich bin ihr auf dem Kirchplatz begegnet.« David starrte in sein Glas, um Drewitts Blick auszuweichen. »Sie sagte ein paar Sachen über … Sie und Rowena Hunt.« Er hob den Kopf rechtzeitig, um zu sehen, wie sich das Gesicht des Polizeibeamten rötete; einen Moment lang versteinerte sich dessen Miene, dann bemühte er sich, ein gleichgültiges Gesicht zu machen.

»Ach, wirklich?« Drewitt rang sich ein Lachen ab. »Es hat wohl wenig Sinn, es abzustreiten, obwohl es mir lieber wäre, wenn nicht die ganze Gemeinde davon erfährt. Nicht meinetwegen – Rowena zuliebe.«

»Natürlich.« Wieder senkte David den Blick.

»Darf ich Ihnen noch einen Drink holen?« bot Drewitt an.

»Gern.«

Als der Polizeibeamte zurückkam, fing er an zu reden; es war, als hätte er nur darauf gewartet, sich jemandem anzuvertrauen, und als hätte der Zufall David zu diesem Zweck geschickt. »Es fing im Sommer an«, sagte er. »Als das Musikfestival stattfand. Seitdem sehen wir uns bei Rowena, wann immer ich es schaffe, mir von der Arbeit ein bißchen Zeit abzuknapsen, oder nach dem Glockenläuten. Val erzähle ich meistens, daß ich Dienst habe.« Er lächelte. »Ich kann ihnen sagen, David, sie ist eine tolle Frau ...«

»Aber Ihre Frau ...«, David brach ab, weil er selbst nicht genau wußte, was er sagen sollte.

Drewitt stieß ein kurzes, zynisches Lachen aus. »Glauben Sie bloß nicht, daß Val ein Unschuldslamm ist, mein Freund.«

Das hatte David auch nicht angenommen, aber er wußte nicht recht, was er dazu sagen sollte. Also kam er zum Kern der Sache: »Waren Sie Montag abend bei Rowena?« fragte er rundheraus.

Der Polizeibeamte machte ein überraschtes Gesicht. »Nein«, antwortete er unumwunden. »Ich habe Ihnen doch gesagt, daß ich an dem Abend Dienst hatte. Und was man mir auch vorwerfen mag, Arbeit und Vergnügen vermische ich nie.«

»Ich weiß nicht recht, wie ich es sagen soll«, sagte David befangen, während er sein Glas hin und her schob und feuchte

Ringe auf dem Tisch hinterließ, »aber ich bin mit Mrs. Hunts Alibi für Montag abend nicht ganz zufrieden. Ich nahm an, daß Sie eventuell bei ihr waren und sie das nicht zugeben wollte.«

Drewitt starrte einen Moment ins Feuer. Er hob eine Hand, um über seinen gepflegten Schnauzbart zu streichen, und seine Stimme klang gedämpft, als er antwortete. »Ich bin darüber auch nicht besonders glücklich«, gab er leise zu. »Sie sagte dem Beamten, der sie befragte, daß sie den ganzen Abend zu Hause gewesen und nicht ausgegangen sei. Ich hatte jedoch gegen neun bei ihr angerufen, um zu fragen, ob ich gegen Mitternacht nach meinem Dienst, bei ihr vorbeikommen könnte.«

»Und was hat sie gesagt?« David traute sich kaum zu fragen, da er befürchtete, den Bann der durch den Whisky geförderten Vertraulichkeit zu brechen, die zwischen ihnen entstanden war.

»Das ist es ja, mein Freund. Gar nichts. Sie ging nicht ans Telefon.« Drewitt sah David an und schüttelte den Kopf, verletzt und ratlos. »Sie ist nicht an das verdammte Telefon gegangen«, wiederholte er. »Wo zum Teufel war sie?«

Kapitel 38

Herr, erfülle nicht die Wünsche des Frevlers, laß seine Pläne nicht gelingen!

Psalm 140,9

David ging in dieser Nacht so viel durch den Kopf, daß er kaum Schlaf fand. Er stand früh auf, fest entschlossen, noch einmal nach Shrewsbury zu fahren, um mit dem Dekan zu sprechen. Sobald es ging, rief er im Gefängnis an, um einen Termin für ein Gespräch mit seinem Klienten zu vereinbaren.

»Ich sehe ihn heute nachmittag, gleich nach dem Mittagessen«, teilte er Lucy und Pat mit, als er zu ihnen in die Küche kam, wo sie gerade frühstückten.

»Was willst du ihn denn noch fragen?« wollte Lucy wissen.

»Ich muß wissen, ob ich mit dieser Alibisache nicht völlig auf dem Holzweg bin, ob ich zuviel Gewicht auf die Tatsache lege, daß Rowena kein Alibi hat, und Jeremy augenscheinlich auch nicht.«

Lucy warf ihm über ihre Cornflakes hinweg einen Blick zu. »Du hast noch nicht einmal mit Jeremy gesprochen, obwohl er dein Verdächtiger Nummer eins ist, wie du mir ständig erzählst.«

»Alles zu seiner Zeit, Liebes. Du mußt zugeben, daß er ein gutes Motiv hat, falls er wirklich etwas mit dem Sanierungsfond gemauschelt hat und Brydges-ffrench dahintergekommen ist.«

»Und du vergiß nicht, daß Rowena etwas zu verbergen hat«, erinnerte Lucy ihn.

Pat runzelte verwirrt die Stirn. »Aber inwiefern hilft es Ihnen weiter, den Dekan zu sehen?«

David setzte sich und nahm sich eine Scheibe Toast. »Die Sache mit den Alibis ist vielleicht eine völlig falsche Fährte«, erklärte er. »Lucy hatte recht, als sie letzte Woche sagte, daß es nicht ausreicht, wenn jemand ein Motiv hat und kein Alibi – wichtig ist auch die Gelegenheit. Mir ist immer noch nicht klar, wie jemand anders als der Dekan das Turkish Delight hätte vergiften und dann austauschen können, selbst wenn derjenige in die Dekanei gelangte, ohne von Miss Marsden gesehen zu werden. Woher wußte der Täter, daß das Konfekt dort war? Und von welchem Zeitraum sprechen wir? Die Frage nach Alibis für diesen *Abend* könnte völlig irrelevant sein, wenn es in Wirklichkeit um die Zeitspanne zwischen dem Kauf des Konfekts geht und dem Zeitpunkt, als Kanonikus Brydges-ffrench etwas davon aß. Diese Punkte muß ich klären: Wer wußte, daß der Dekan Turkish Delight gekauft hatte, wo es aufbewahrt wurde und so weiter.«

Pat schenkte ihm eine Tasse Tee ein. »Und was ist mit der Zellophanhülle?« bemerkte sie.

»Genau! Wann hat er das Zellophan entfernt? Bevor Kanonikus Brydges-ffrench eintraf? Vor dem Essen?«

»Und es ist nicht nur eine Frage der Gelegenheit«, bemerkte Lucy, »sondern auch der örtlichen Gegebenheiten. Nimm zum Beispiel Jeremy: Obwohl er gleich neben der Dekanei wohnt, steht eine hohe Mauer zwischen seinem Haus und der Dekanei. Ich kann mir eigentlich nicht vorstellen, daß er über die Mauer geklettert ist. Um zur Dekanei zu kommen, muß er um das Westende der Kathedrale und über den ganzen Kirchplatz gehen. Bestimmt hätte ihn irgend jemand auf dem Kirchplatz gesehen, auch wenn Miss Marsden zufällig gerade nicht am Fenster saß.«

»Hätte er nicht durch die Kathedrale gehen können?«

meinte David, der nur ungern ein Argument zugunsten seines Lieblingsverdächtigen hören wollte.

Lucy schüttelte den Kopf. »Er hat keinen Schlüssel, das hat er mir selbst einmal erzählt.«

»Ich muß gestehen«, sagte David, »daß ich eine ganze Reihe von Fragen an Mr. Bartlett habe, wenn ich endlich mit ihm spreche.«

»Und wann wird das sein?« fragte Pat.

»Das hängt davon ab, was der Dekan sagt. Vielleicht schon heute abend.«

»Ich könnte mit ihm reden«, schlug Lucy vor.

David runzelte die Stirn. »Nein.«

»Aber ich kenne ihn besser als du. Vielleicht sagt er mir ...«

»Kommt nicht in Frage«, sagte er energisch. »Wenn er mit dem Sanierungsfonds irgendein Ding gedreht hat – und die Aussagen der Glockenläuter weisen eindeutig in diese Richtung –, dann ist er ein gefährlicher Mann, Lucy. Ob er nun einen Mord begangen hat oder nicht. Ich möchte nicht, daß du mit ihm allein bist.«

Pat, die den Verdacht hatte, daß das nicht der einzige Grund war, warum er etwas gegen ein Treffen der beiden hatte, wechselte taktvoll das Thema. »Ich habe ganz vergessen, dir zu sagen, Lucy, daß Judith Greenwood angerufen hat, bevor du nach unten gekommen bist. Sie wollte wissen, ob du vielleicht heute mit ihr Mittag essen willst.«

Lucy sah fragend zu David. »Geh ruhig, mein Liebes«, sagte er. »Ich besorge mir irgendwo auf dem Weg nach Shrewsbury ein Sandwich.«

Es war ein kalter, wolkenloser Tag, wie er gelegentlich im November vorkommt, wenn die feuchten Herbstnebel ohne Vorwarnung der schneidenden Kälte des Winters weichen. Lucy, die ihren Mantel eng um sich schlang, als sie von ihrem Mittagessen mit Judith kam, betrachtete im Sonnenlicht die

Kathedrale. Die Strebepfeiler warfen scharfkantige Schatten auf die Querschiffe, und der Reliefschmuck der Westfassade hob sich deutlich ab. Vor dem Eingang zum Haus des Bischofs blieb sie stehen, um einen Blick auf das südliche Querschiff zu werfen; das Becket-Fenster wurde von dem erhaltenen Kreuzgang verdeckt und war von hier aus nicht zu sehen. Auf einmal fiel Lucy ein, was Jeremy ihr vor mehreren Monaten erzählt hatte, an jenem ersten Abend, als er mit ihr eine Führung durch die Kathedrale gemacht hatte: Daß man den besten Blick auf das Becket-Fenster von seinem Schlafzimmer hätte.

Sie überlegte nicht lange, was sie dann tat – gegen jeden gesunden Menschenverstand und gegen Davids ausdrücklichen Wunsch. Sie holte tief Luft, straffte die Schultern und ging zu Jeremys Haus weiter.

Sein Gesicht leuchtete auf, als er sie sah. »Lucy! Komm rein!«

Bei der Herzlichkeit seiner Begrüßung verließ Lucy der Mut, aber sie unterdrückte den Impuls zu fliehen und zwang sich zu einem Lächeln. »Bist du beschäftigt?«

»Für dich habe ich immer Zeit, meine Liebe.« Er zog betont spöttisch eine Augenbraue hoch. »Ich habe gerade ein bißchen gearbeitet, doch das kann warten. Komm rein und trink einen Tee mit mir.«

»Ja, gern.«

»Was verschafft mir dieses unerwartete Vergnügen, wenn ich fragen darf?« wollte er wissen, während er beiseite trat, um sie in die Diele zu lassen.

Sie hatte kaum Zeit gehabt, sich einen glaubwürdigen Vorwand auszudenken, aber was sie jetzt sagte, klang durchaus plausibel. »Ich wollte mir anschauen, wie du mein Bild aufgehängt hast. Du weißt doch, als wir neulich darüber sprachen, hast du gesagt, du hättest es aus dem Wohnzimmer genommen. Die Eitelkeit der Künstlerin, fürchte ich – ich wollte mich überzeugen, daß es einen guten Platz bekommen hat.« Sie lächelte.

Jeremy blieb bei der Treppe stehen und sah sie forschend an. »Natürlich. Aber erinnerst du dich noch, daß ich dir erzählt habe, daß ich es in meinem Schlafzimmer aufgehängt habe? Eher ein Klischee, stimmt's? ›Kommst du mit rauf, um dir meine Bilder anzusehen‹?«

Lucy lachte; sie hoffte, daß es in Jeremys Ohren nicht so verkrampft klang wie in ihren eigenen. »Ich gehe davon aus, daß deine Absichten ehrenhaft sind.«

Seine Augenbrauen gingen in die Höhe, und er sagte scherzhaft: »Da wäre ich mir nicht so sicher, liebe Lucy. Du weißt ja, daß ich völlig verrückt nach dir bin.«

»Das Risiko werde ich wohl eingehen müssen.«

»Na schön.« Er führte sie die Treppe hinauf und in das großzügige, nach vorn gelegene Schlafzimmer.

Obwohl es ein luftiger, heller Raum mit großen Fenstern war, war es in Lucys Augen unverkennbar das Zimmer eines Mannes, ohne jede weibliche Note. Die Möbel waren massiv und dunkel, und was völlig fehlte, waren jene Dekorationsgegenstände, die Frauen gefielen. Selbst die Wände waren kahl, abgesehen von dem Bild, das an der Wand gegenüber dem Bett hing. Nicht zum erstenmal fragte Lucy sich, wie Jeremys verstorbene Frau gewesen war. Waren das hier ihre Möbel gewesen, im ehelichen Heim, oder hatte er alles weggegeben, was an ihr gemeinsames Leben erinnert hatte, und ganz neu angefangen? Es war unmöglich abzuschätzen.

Lucy unterdrückte eine Regung von Mitleid und überlegte rasch, wie sie ungehindert aus dem Fenster schauen könnte. Sie begutachtete den Standort des Bildes mit allen Anzeichen ernsthafter Überlegung. »Nein«, sagte sie schließlich. »Dort gefällt es mir nicht. Das Licht stimmt überhaupt nicht. Ich glaube, da drüben würde es viel besser aussehen, an dieser

Wand. Dann müßte es sich nicht gegen den Schatten des Schranks behaupten.«

Jeremys Blick folgte ihrem ausgestreckten Finger. »Ja, ich glaube, du hast recht. Schließlich bist du die Künstlerin«, fügte er respektvoll hinzu.

»Hast du einen Hammer?«

»Unten. Bin gleich wieder da.«

Sowie er zur Tür hinaus war, ging Lucy zum Fenster. Jeremy hatte recht; der Blick auf das Becket-Fenster war einmalig, vor allem bei Sonnenschein. Für ein Fenster, das nahezu achthundert Jahre alt war, war es in bemerkenswert gutem Zustand. Die steinerne Einfassung sah allerdings nicht so aus, als wäre in letzter Zeit etwas daran gemacht worden; es gab weder verräterische Unterschiede in der Farbe des Steins noch Anzeichen für Reparaturarbeitern. Lucy fiel ein, was die Glockenläuter David über das Gerüst erzählt hatten. Sie erinnerte sich noch an ein paar andere Sachen, und plötzlich fügten sich alle Teile zusammen: die Diskrepanzen im Sanierungsfonds, Bischof Georges Erklärung, daß Jeremy die Notwendigkeit von unumgänglichen Reparaturen an dem Fenster festgestellt habe, Jeremy, der den amerikanischen Touristen vor all den Monaten erzählt hatte, daß das Fenster vor zehn Jahren neu in Blei gefaßt und die steinerne Einfassung erneuert worden wäre, Todds Bemerkung bei der Abendmesse der Patronatsfeier, daß das Fenster genauso aussähe wie vor den dringend erforderlichen Reparaturen. Natürlich sah es genauso aus, sagte sich Lucy, nichts war daran gemacht worden. Das Fenster selbst legte ein stummes Zeugnis ab, nicht einen Tribut an die Kunstfertigkeit des Restaurators, sondern den unwiderlegbaren Beweis für Betrug. David hatte recht gehabt. Und wenn Jeremy kaltblütig diesen aufwendigen Plan ausgeheckt hatte, um seine Taschen mit Geld aus dem Fonds der Kathedrale zu füllen, wozu war er dann erst imstande, um sein doppeltes Spiel zu verschleiern? Ihr stockte der Atem, als sie an die Möglichkeit dachte.

Jeremy, einen Hammer in der Hand, blieb wie angewurzelt stehen, als er Lucy am Fenster stehen sah, ihr Haar ein flammender Glorienschein vor der Sonne. Alle seine Vorsätze, sich ihr behutsam zu nähern, lösten sich in Luft auf, als sich seine Brust vor Verlangen nach ihr zusammenkrampfte; ohne sich dessen bewußt zu sein, was er tat, durchquerte er mit wenigen Schritten das Zimmer, legte die Arme um sie und vergrub sein Gesicht in ihrem Haar. »Oh, Lucy«, stöhnte er, »wie schön du bist.«

Sie schnappte nach Luft und versuchte, sich aus seinen Armen zu winden, doch sein Griff war unerwartet fest. »Hab keine Angst«, murmelte er. »Ich will dich, Lucy. Ich kann dir mehr bieten, als David es je könnte. Warum gibst du mir nicht die Chance, es dir zu beweisen? Wird es nicht langsam Zeit, daß du aufhörst, mich auf Distanz zu halten?« Mit einer Hand tastete er nach ihren Brüsten, und sein Mund suchte fieberhaft nach ihrem.

In diesen wenigen Sekunden verwandelte sich Lucys unbestimmte Unruhe in blankes Entsetzen, Entsetzen über den Ausdruck in seinen Augen und auf seinem Gesicht, das ihrem so nahe war, Entsetzen über die Konsequenzen der Situation, in die sie sich begeben hatte. War dieser Mann ein Mörder? In diesem Augenblick war sie fast bereit, es zu glauben. Und Jeremys Hand auf ihrem Rücken, die sie eng an seine Brust preßte, hielt einen Hammer.

Kapitel 39

Rette mich, Herr, vor bösen Menschen,
vor gewalttätigen Leuten schütze mich!
Psalm 140,2

Lucy unterdrückte den Drang zu schreien, ein Impuls, der sich – wie sie instinktiv wußte – als katastrophal erweisen würde, und bewahrte unter Aufbietung all ihrer Willenskraft Ruhe. Sie drehte ihren Kopf ruckartig beiseite, wobei sich ihre Wange schmerzhaft an Jeremys Bart rieb. »Laß mich los, Jeremy«, sagte sie bestimmt. Sie war erstaunt und erleichtert, daß ihre Stimme so fest klang und nicht verriet, welche Angst sie hatte. »Sei nicht albern.«

Er war so verblüfft, daß er gehorchte; seine Arme sanken herab, und er trat einen Schritt zurück.

Sie beschloß, die Chance zu nutzen, solange er ebenso aus der Fassung war wie sie. Doch sie wußte, daß sie ein großes Risiko einging. »Das Fenster«, begann sie. »Das Becket-Fenster. Es waren daran gar keine Reparaturen erforderlich, stimmt's? Nichts ist daran gemacht worden.«

Jeremy starrte sie an. »Was meinst du?«

»Ich habe Augen im Kopf, Jeremy. Ich bin nicht dumm. In den letzten zehn Jahren ist nichts an dem Fenster gemacht worden. Ich habe gehört, wie du diesem amerikanischen Touristen im Sommer erzählt hast, daß vor zehn Jahren die Bleifassung und die Fensterlaibung erneuert wurden. Du kannst von mir nicht erwarten zu glauben, daß sich der Zustand seither so sehr verschlechtert hat.«

Sie sprach entschieden, fast aggressiv, doch dann überraschte sie Jeremys Reaktion beinahe genauso wie alles andere, was er getan hatte; er zuckte die Achseln und zog auf charakteristische Weise die Augenbrauen hoch. »Du hast gewonnen«, sagte er mit einem kurzen Auflachen und warf den Hammer auf das Bett.

»Aber warum, Jeremy? Du warst doch bestimmt nicht so knapp bei Kasse, daß du dir einen derart verzwickten Plan ausdenken mußtest, um dir von der Kathedrale Geld zu erschwindeln.«

Wieder lachte er, und jetzt schien er sich fast zu amüsieren. »Das denkst du also? Du glaubst wirklich, daß es darum ging?«

»Stimmt es denn nicht?« wollte sie wissen. »Was soll ich sonst glauben?«

Jeremy trat ans Fenster und starrte auf das Becket-Fenster. »Ich habe diesen Betrug angezettelt, um Arthur Brydges-ffrench aus der Klemme zu helfen«, erklärte er. »Das Malbury-Musikfestival war, wie nicht anders zu erwarten, ein finanzielles Desaster – die kostspieligen Programmhefte und all die anderen Unkosten, und dann praktisch keine Besucher. Brydges-ffrench war deshalb in echte Panik geraten, vor allem wegen des neuen Dekans. Deshalb heckten wir diesen kleinen Plan aus, um Geld vom Sanierungsfonds abzuzweigen und damit das Defizit zu kaschieren. Ich persönlich fand das ziemlich clever.« Er drehte sich mit einem selbstgefälligen Lächeln zu ihr um. »Es war meine Idee, die Reparatur des Fensters als Vorwand für eine Belastung des Fonds zu verwenden. Ich dachte nicht, daß irgend jemand Verdacht schöpfen könnte, schließlich wurde ein Gerüst aufgestellt und alles sah so aus, als wären Arbeiten im Gange. Immerhin ist das Becket-Fenster, wie alle so gern betonen, die größte Kostbarkeit der Kathedrale, und für seine Erhaltung werden daher keine Ausgaben gescheut. Ich konnte sogar Rowena dazu bringen, zehntausend

Pfund von den Freunden der Kathedrale lockerzumachen. Brydges-ffrench hatte sie zuvor hingegen abblitzen lassen, als er sie gebeten hatte, ihm aus seiner Notlage zu helfen.«

Lucy war sprachlos. Bevor ihr eine Erwiderung einfiel, klingelte es an der Tür, und der Bann war gebrochen. Das ist David, dachte sie, obwohl sie genau wußte, daß David in Shrewsbury war. Doch wer es auch sein mochte, sie war froh über die Unterbrechung; erleichtert folgte sie Jeremy die Treppe hinunter.

Der Besucher war Todd. Zunächst sah er Lucy nicht, da sie hinter Jeremy in der Diele stand. »Hallo, Jeremy«, sagte er in seiner üblichen offenen, freundlichen Art. »Ich habe gerade überlegt, ob Sie zufällig noch Kanonikus Brydges-ffrenchs Schlüssel haben. Ich hätte sie schon letzte Woche abholen sollen, habe aber nicht mehr daran gedacht.«

»Ja, sie müssen hier irgendwo sein. Kommen Sie doch rein; ich suche sie.« Jeremy trat an den Flurtisch und fing an, in dessen Schublade zu suchen.

»Todd! Ich wußte nicht, daß Sie wieder in Malbury sind!«

Todd war ebenso überrascht über Lucys Anblick wie sie über seinen. »Lucy! Ich bin erst vor ein paar Minuten angekommen. Ich habe es nicht mehr ausgehalten, so weit von den Geschehnissen entfernt zu sein, deshalb mußte ich zurückkommen.«

Jeremy hatte die Schlüssel gefunden und warf sie Todd achtlos zu; einen dicken Bund schwerer Schlüssel an einem massiven Ring. »Ich hätte sie schon eher zurückgegeben, aber Sie waren ja nicht da.«

»Danke.« Todd wandte sich zum Gehen.

»Ich komme mit, Todd«, sagte Lucy schnell und ging mit ihm hinaus. »Bis dann, Jeremy. Wir sehen uns.«

»Lucy …«, rief Jeremy ihr nach. »Ich finde, wir sollten uns unterhalten.«

»Nicht jetzt.«

Jeremy blieb in der Tür stehen und sah ihnen nach, deshalb sprachen Lucy und Todd mit gesenkten Stimmen. »Was ist denn los?« wollte Todd wissen.

»Das ist eine lange Geschichte. Wo wollen Sie jetzt hin?«

»Ich dachte, ich könnte zunächst in Kanonikus Brydgesffrenchs Haus unterkommen, aber dann fiel mir ein, daß ich die Schlüssel nicht hatte.«

»Gehen Sie doch mit zum Bischof«, drängte Lucy ihn. »Ich brauche unbedingt eine Tasse Tee, und es gibt so viel zu erzählen.«

»Okay.«

»Übrigens«, fragte Lucy mit strengem Stirnrunzeln, das nicht ganz ernst gemeint war, »was haben Sie mit Sophie gemacht? Haben Sie etwa meine arme Katze im Stich gelassen?«

Todd hatte den Anstand, ein beschämtes Gesicht zu machen. »Ich habe sie bei Ihrer Putzfrau gelassen. Sie hat gesagt, sie würde sich um sie kümmern. Ich hoffe, Sie sind mir nicht böse. Aber ich konnte einfach nicht länger wegbleiben.«

»Ich bin Ihnen überhaupt nicht böse. Im Gegenteil«, gestand Lucy, »ich kann Ihnen gar nicht sagen, wie froh ich bin, daß Sie genau in diesem Augenblick aufgetaucht sind!«

In Pats Küche angelangt, trat bei Lucy eine verspätete Reaktion auf den Schrecken ein, den sie erfahren hatte. Sie brach zitternd auf einem Stuhl zusammen und vergrub das Gesicht in den Händen. Tränen liefen ihr über die Wangen. Vielleicht wäre sie sogar hysterisch geworden, hätte Pat die Sache nicht – souverän wie immer – geklärt. Die Frau des Bischofs machte Lucy eine Tasse starken Tee und drückte sie in Lucys kraftlose Hände. »Na, na, mein Liebes. Nun sag schon: Was ist los?«

Lucy holte tief Luft und berührte ihre aufgerauhte Wange. »Versprich mir, daß du David nichts erzählst.«

»Na schön, wenn du willst.«

Stück für Stück erzählte Lucy mit stockender Stimme den Hergang ihres spontanen Besuchs bei Jeremy mitsamt den unvorhergesehenen Folgen. Todd war entsetzt; Pat reagierte mitfühlend, dachte aber praktisch wie immer. »Versteh doch, Liebes, du *mußt* es David sagen. Er muß erfahren, was du über das Fenster herausgefunden hast.«

»Ja, das ist mir klar. Aber ich könnte es nicht ertragen, wenn … wenn er auch den Rest erfährt. Er würde es mir nie verzeihen, daß ich dorthin gegangen bin und mich in so eine gefährliche Situation begeben habe, und er würde … also, nicht auszudenken, was er mit Jeremy machen würde.«

»Dann erzählst du ihm eben nur, was er deiner Meinung nach im Moment wissen muß. Doch irgendwann, denke ich, wirst du ihm alles erzählen müssen.«

»Ich hätte nicht hingehen dürfen. Es war dumm von mir«, warf Lucy sich vor. »Oh, Pat! Warum habe ich das nur gemacht?« Nicht einmal sich selbst gegenüber konnte sie das Entsetzen vor dem, was hätte geschehen können, in Worte fassen.

Ihre ältere Freundin nahm sie fest in die Arme. »Was passiert ist, ist passiert. So unerfreulich es gewesen sein mag, du bist nicht ernsthaft zu Schaden gekommen. Und wenigstens wissen wir jetzt über das Fenster Bescheid.«

Als David am späten Nachmittag zurückkam, war für Todd schon ein Arrangement getroffen worden: Er würde bei den Willoughbys bleiben. Pat wollte von seiner Idee, in das leerstehende Haus des Subdekans zu ziehen, nichts wissen. Da er außerdem zugegeben hatte, nicht sehr erpicht darauf zu sein, wieder sein Zimmer bei Miss Marsden zu beziehen, sprach alles für Pats Vorschlag. Kain und Abel waren außer sich vor Begeisterung über den neuen Bewohner und schoben ihre großen feuchten Nasen unter Todds Hand, um sich ihre Streicheleinheiten zu holen.

David hielt sich jedoch kaum damit auf, Todds Gegenwart zu registrieren, geschweige denn, nach den näheren Umständen, die Todd zurück nach Malbury geführt hatten, oder den sich daraus ergebenden Konsequenzen zu fragen.

»Es könnte möglich sein«, verkündete er aufgeregt, »daß jemand anders das Turkish Delight vergiftet hat!«

»Und wie?« fragte Lucy, die mittlerweile ihr inneres Gleichgewicht wiedergefunden hatte.

David setzte sich und ließ sich von Pat eine Tasse Tee einschenken. »Ich habe den Dekan danach gefragt. Er war nicht sehr geneigt zu kooperieren, aber ich machte ihm klar, daß dies unsere einzige Chance sein könnte, ihn freizubekommen. Deshalb dachte er nach und erinnerte sich, daß er nach dem Abendgottesdienst mit Jeremy gesprochen und dabei auch das Turkish Delight erwähnt hat.«

»Daß er welches gekauft hatte?« wollte Todd wissen. Lucy und Pat hatten ihn auf den neuesten Stand der Ermittlungen gebracht; er war daher imstande, sich an der Diskussion zu beteiligen.

»Ja, und daß er Kanonikus Brydges-ffrench zum Abendessen eingeladen hatte und danach das Turkish Delight anbieten wollte.«

»Jeremy wußte es also«, sagte Pat nachdenklich und sah Lucy an.

»Was ist mit Rowena?« fragte Lucy, die nicht gewillt war, ihre Hauptverdächtige auszuklammern. »Hat der Dekan ihr das auch erzählt? Hast du ihn gefragt?«

»Hab' ich – und er hat es ihr nicht gesagt. Doch er hält es für möglich, daß sie seine Unterhaltung mit Jeremy mitgehört hat«, gab David zu. »Sie stand in der Nähe. Also kommt sie noch als Verdächtige in Frage.«

Todds Fragen bewiesen, daß er die Feinheiten der Situation erfaßt hatte. »Wann hat der Dekan die Schachtel geöffnet? Und wohin hat er sie anschließend gestellt?«

David lächelte beifällig. »Er hat die Schachtel direkt nach Kanonikus Brydges-ffrenchs Ankunft aufgemacht. Er hatte zwar beabsichtigt, mit dem Konfekt bis nach dem Essen zu warten, aber um die erste Verlegenheit zu überwinden, beschloß er, Arthur sofort ein Stück anzubieten, um eine freundlichere Atmosphäre zu schaffen. Deshalb entfernte er die Zellophanhülle und bot dem Kanonikus das Konfekt an. Doch Brydges-ffrench sagte, er würde lieber bis nach dem Essen warten, deshalb ließ der Dekan die Schachtel in der Eingangshalle, wo sie blieb, bis sie mit dem Essen fertig waren, kurz vor zehn. Lucys Vater rief um zehn an«, fügte er hinzu, »und der Dekan gibt an, die Schachtel erst ein paar Minuten zuvor ins Eßzimmer gebracht zu haben.«

»Das heißt«, faßte Pat zusammen, »daß wir den Zeitraum einengen können, in dem jemand anders als der Dekan das Konfekt vergiften konnte. Wenn Arthur um acht Uhr kam und John um zehn anrief, bleibt der Zeitraum von knapp zwei Stunden, in dem das passiert sein könnte.«

»Jeremy hatte ausreichend Informationen über das Treffen. Was ich allerdings nicht begreife«, gab David zu, »ist, wie er sowohl in das Haus, als auch bis zur Dekanei kommen konnte, ohne gesehen zu werden. Wie Lucy sagt, hätte er über den ganzen Kirchplatz gehen müssen.«

»Die Schlüssel!« Todds Augen leuchteten vor Aufregung. »Jeremy hatte Kanonikus Brydges-ffrenchs Schlüssel!« Er zog den schweren Bund aus seiner Jeanstasche und ließ ihn mit einem kräftigen Scheppern auf den Tisch fallen. »Ich habe sie erst heute nachmittag von ihm zurückbekommen! Der Kanonikus hatte sie ihm Sonntag gegeben, damit Jeremy seine Entwürfe aus der Bibliothek holen konnte. Ich hätte sie Montag holen sollen, aber bei allem, was passiert ist, hatte ich es bis heute nachmittag total vergessen.« Er hob die Schlüssel hoch und ließ sie mit triumphierender Geste hin und her baumeln. »Es ist ein kompletter Satz«, erklärte er. »Hier ist auch der Schlüssel zur Dekanei. Der Subdekan besaß ihn, weil er vor Stuart Latimers Ernennung ja als Dekan fungiert hatte. Das ist der Schlüssel zur Tür des Dekans, und hier ist der für die Tür im südlichen Querschiff. Jeremy hätte also die Kathedrale durch das südliche Querschiff betreten können – der Eingang befindet sich im Kreuzgang, gleich neben seinem Haus – und durch die Tür des Dekans verlassen können, direkt gegenüber der Dekanei.«

»Lucy hat etwas herausgefunden, das ein wenig Licht auf Jeremys Motiv wirft«, sagte Pat. Lucy warf ihr einen warnenden Blick zu, aber Pat fuhr gelassen fort: »Sie hat Jeremy heute zufällig getroffen, und er hat etwas ziemlich Erstaunliches über das Becket-Fenster zugegeben.«

Lucy, die eine Locke um ihren Finger schlang und David nicht ins Gesicht sah, berichtete von Jeremys Machenschaften, um den finanziellen Verlust der Festspiele zu vertuschen.

»Das hat Jeremy dir tatsächlich erzählt?« Die Ungläubigkeit in Davids Stimme spiegelte sich auf seinem Gesicht wider.

Lucy sah ihn endlich an. »Ja. Aber das meiste hatte ich mir schon zusammengereimt. Ich erinnerte mich an das, was du von den Glockenläutern über das Gerüst erfahren hattest, und an einige andere Ereignisse und mir wurde klar, daß an dem Fenster nichts gemacht worden war. Ich sagte es ihm auf den Kopf zu, und er gab es zu. Er nannte mir auch den Grund – daß er nicht zu seinem eigenen Vorteil gehandelt habe, sondern um Arthur Brydges-ffrench aus der Patsche zu helfen.«

David konnte ein kurzes Triumphgefühl darüber, daß er sich bei der Einschätzung von Jeremys Charakter nicht getäuscht hatte, kaum unterdrücken. »Ich habe dir ja gesagt, daß Jeremy kein vertrauenswürdiger Mensch ist«, verkündete er selbstgefällig. Lucys Reaktion überraschte ihn: Sie nickte lediglich und wandte den Blick ab.

»Du hattest recht«, sagte sie leise.

David kaute nachdenklich an seinem Daumennagel. »Aber inwiefern ist das für sein Mordmotiv von Bedeutung? Wenn er sich wirklich nicht selbst mit den Geldern des Fonds bereichert hat und Brydges-ffrench ohnehin darüber Bescheid wußte …«

»Verstehst du das denn nicht?« unterbrach ihn Lucy. »Darauf kommt es im Grunde nicht an. Es war ein Betrug, bei dem *nicht* entscheidend war, daß Arthur Brydges-ffrench davon wußte, sondern daß der *Dekan* nicht davon wußte. Jeremy hatte sehr viel zu verlieren.«

»Genau. Wenn Kanonikus Brydges-ffrench nun gedroht hatte, den Dekan darüber zu informieren?« mutmaßte Todd. »Arthur hatte dem Dekan die Bücher geben müssen, und möglicherweise glaubte er, der Dekan würde sowieso hinter den Schwindel kommen und es wäre besser für ihn, wenn er dem Dekan sagte, daß der Betrug Jeremys Idee war.«

»Der Dekan wäre darüber ganz und gar nicht entzückt gewesen, und Jeremy hätte seinen Status als zuverlässiger Partner verloren«, meinte Pat. »Und höchstwahrscheinlich auch den Auftrag für das Cathedral Center.«

»Außerdem hätte das zu einem öffentlichen Skandal geführt«, fügte Lucy hinzu.

»So gesehen«, sagte David, »hatte er kein schlechtes Motiv.« Er sah lächelnd in die Runde. »Freunde, ich glaube, wir könnten da auf etwas gestoßen sein.«

Bevor Lucy an diesem Abend einschlief, stellte sie fest, daß sie trotz des Widerwillens, den sie jetzt gegenüber Jeremy empfand, ihn nicht für einen Mörder hielt. Irgend etwas paßte nicht ins Bild, auch wenn sie nicht sagen konnte, was. Und dann blieb immer noch Rowena, deren Motiv Lucys Meinung nach genauso gut war wie das von Jeremy. Hinzu kamen ihr fehlendes Alibi und ihre mangelnde Bereitschaft, darüber zu sprechen. Plötzlich fiel Lucy ein, was Jeremy gesagt hatte: Rowena hatte für die vermeintliche Reparatur des Fensters zehntausend Pfund aus dem Fonds der Freunde der Kathedrale beigesteuert. War sie etwa eine bereitwillige Partnerin bei dem Betrug und der Vertuschung gewesen? Lucy beschloß, Rowena mit diesen Fragen zu konfrontieren, gleich am nächsten Tag. David würde die Notwendigkeit dieses Schrittes vielleicht nicht einsehen und ihr Vorgehen wahrscheinlich nicht billigen, doch David würde davon erst hinterher erfahren. Wenn sie ihm nicht sagte, was sie vorhatte, konnte er sie nicht daran hindern.

Kapitel 40

... die wie Trunkene wankten und schwankten,
am Ende waren mit all ihrer Weisheit, ...
Psalm 107,27

Am nächsten Morgen, als David noch in der Küche war und mit Pat und Todd plauderte, verließ Lucy leise das Haus und schlüpfte in die Kathedrale, wo sie direkt zum Stand der Freunde der Kathedrale im südlichen Seitenschiff ging. Sie hatte ein schlechtes Gewissen, weil sie einen solchen Schritt unternahm, ohne sich vorher mit David zu beraten, sagte sich aber, daß er so überzeugt von Jeremys Schuld war, daß er ihre Bedenken wegen Rowena beiseite schieben würde.

Zu Lucys Überraschung war Rowena nicht an ihrem Platz; statt dessen wurde der Stand von einer ältlichen ehrenamtlichen Mitarbeiterin betreut, die Lucy mißtrauisch beäugte, als diese sich nach Mrs. Hunt erkundigte. »Sie ist nicht hier«, sagte die Frau.

»Ja, das sehe ich. Wissen Sie, ob sie zu Hause ist? Ich bin Kanonikus Kingsleys Tochter«, fügte sie mit einem, wie sie hoffte, gewinnenden Lächeln hinzu.

Sie wußte, wie beliebt ihr Vater in der Gemeinde war, und baute darauf, von ihrer verwandtschaftlichen Beziehung zu profitieren.

Ihre List hatte Erfolg: Die Frau taute spürbar auf. »Oh, der Kanonikus! So ein netter Mann!« Sie wurde gesprächiger. »Ich glaube, Mrs. Hunt ist zu Hause. Sie hat mich heute morgen angerufen, um mir zu sagen, daß sie sich nicht wohl fühle, und um mich zu bitten, ob ich wohl bis Mittag ein Auge auf den Stand haben könnte.«

»O je. Trotzdem, herzlichen Dank für Ihre Hilfe.«

Lucy verließ die Kathedrale und ging über den Kirchplatz auf Rowenas Haus zu; da sie sich nun schon entschlossen hatte, sich Mrs. Hunt vorzuknöpfen, würde sie sich nicht von deren Unpäßlichkeit abhalten lassen. Als sie am Cathedral Shop vorbeikam, beschloß sie, sich dort nach einer Kleinigkeit umzuschauen, die sie Rowena als Aufmerksamkeit mitbringen konnte.

Victor und Bert gaben sich beide entzückt, Lucy zu sehen. »Meine Liebe!« strahlte Victor. »Wir haben Sie ja seit Tagen nicht gesehen!«

»Obwohl es uns natürlich eher wie Wochen vorkommt«, fügte Bert in dem Versuch, galant zu sein, hinzu.

»Was können wir für Sie tun, Lucy, Darling? Oder wollten Sie uns nur besuchen?«

»Ich habe gehört, daß Mrs. Hunt sich nicht wohl fühlt, und dachte, ich bringe ihr eine kleine Aufmerksamkeit.«

Victor warf theatralisch die Hände in die Höhe. »Oh, Sie sind ein Engel der Barmherzigkeit! Wenn es mir das nächste Mal schlechtgeht, kommen Sie dann auch, um mir über die fiebrige Stirn zu streichen?«

»Ich bin überzeugt, daß Bert sehr gut für Sie sorgen kann. Mrs. Hunt jedoch lebt allein«, erinnerte sie ihn.

Bert belohnte sie mit einem dankbaren Grinsen, während Victor eine ausgedehnte Version seines gurgelnden Lachens zum besten gab. »Sie mag vielleicht allein leben, meine Liebe«, sagte er verschmitzt, nachdem er sich beruhigt hatte, »aber ich glaube nicht, daß sie oft einsam ist, wenn Sie verstehen, was ich meine.«

Sie legten ihr ein paar Mitbringsel vor, und Lucy entschied sich schließlich für einen Strauß getrockneter Blumen als geringstes Übel.

»Lassen Sie sich bald mal wieder sehen, Lucy, Liebes«, rief Victor ihr nach, als sie den Laden verließ.

Als Lucy die Klingel betätigte, rechnete sie fest damit, daß es eine Weile dauern würde, bis die Kranke aus ihrem Schlafzimmer nach unten kam. Aber Rowena erschien fast sofort. Der hoffnungsvolle Blick, mit dem sie die Tür öffnete, wich jedoch augenblicklich einem Ausdruck von Argwohn und Ablehnung. Lucy überraschte es nicht, daß Rowena sie weit weniger enthusiastisch begrüßte, als Victor und Bert es getan hatten. Sie hatte sich nie des Eindrucks erwehren können, daß Rowena nicht viel für sie übrig hatte. Vielleicht, dachte sie, war ihr Besuch hier reine Zeitverschwendung und Rowena würde ihr sowieso nichts sagen? Wenn sie David schon nicht entgegengekommen war, wieso sollte sie dann ausgerechnet ihr gegenüber offener sein?

Lucy lächelte und hielt Rowena die getrockneten Blumen hin. »Die Frau am Stand der Freunde der Kathedrale hat mir gesagt, daß Sie sich nicht wohl fühlen, deshalb habe ich Ihnen dies hier mitgebracht.«

Rowena nahm ihr den Strauß ab und zögerte einen Moment. »Kommen Sie doch herein, bitte.«

Als Lucy ins Haus trat, hatte sie Gelegenheit, Rowena genauer zu mustern. Sie sah gar nicht gut aus: ihre Augen waren rot, geschwollen und mit Mascara verschmiert; auch ihre Nase war gerötet. Der unverkennbare Geruch von Gin umwehte sie, und prompt fragte sie: »Haben Sie Lust, einen Drink mit mir zu nehmen?«

Auf dem Wohnzimmertisch, auf den Rowena achtlos die getrockneten Blumen fallen ließ, stand eine halbleere Flasche Gin. Da Lucy ihre Gastgeberin nicht vor den Kopf stoßen wollte, indem sie die Einladung ablehnte und dadurch den Eindruck erweckte, Anstoß an deren morgendlichen Trinkgewohnheiten zu nehmen, nickte sie. »Bitte mit viel Tonic.« Sie nahm auf dem Sessel Platz, den Rowena ihr anbot, und nahm einen winzig kleinen Schluck von dem Drink, den Rowena mit unsicherer Hand eingeschenkt hatte. Noch war sie unschlüssig, wie sie vorgehen sollte; Rowenas Verhalten wie auch ihr Aussehen unterschieden sich kraß von Lucys früheren Begegnungen mit ihr.

Nach einigen Minuten unbehaglichen Schweigens beschloß Lucy, ihren Plan auszuführen. »Wenn es Ihnen nichts ausmacht, Mrs. Hunt, würde ich Ihnen gern ein, zwei Fragen stellen«, sagte sie mit einem Lächeln.

»Ob es mir etwas ausmacht, hängt von den Fragen ab, Miss Kingsley.« Rowenas Stimme war gereizt, und sie machte sich nicht die Mühe, Lucys Lächeln zu erwidern. »Falls es um Montag abend geht, können Sie sich Ihren Atem sparen. Ich habe Ihrem Freund Mr. Middleton-Brown bereits alles mitgeteilt, was ich zu diesem Punkt zu sagen habe.«

»Nein, darum geht es nicht. Es geht um die Reparaturen am Becket-Fenster. Soweit ich weiß, haben die Freunde der Kathedrale das Projekt mit einem hohen Betrag unterstützt.«

Rowena entspannte sich leicht. »Ja, das stimmt. Angesichts der Bedeutung des Fensters hatten wir das Gefühl, etwas beitragen zu müssen. Und da wir bei dem Blumenfest im August finanziell recht gut abgeschnitten haben, konnten wir es uns leisten, großzügig zu sein.«

»Wenn Sie sagen ›wir‹, Mrs.Hunt, heißt das dann im Grunde ›ich‹?« fragte Lucy, die nur Klarheit wollte, ohne bösen Hintergedanken.

Rowena runzelte die Stirn und brauste auf: »Wenn Sie unbedingt pedantisch sein wollen, ja, *ich* habe diese Entscheidung getroffen, obwohl ich mich natürlich mit meinem Komitee beraten habe. Es handelte sich ja um einen hohen Betrag.«

»Zehntausend Pfund, nicht wahr?«

Rowena nahm einen großen Schluck Gin, bevor sie antwortete. »Ich weiß nicht, von wem Sie das haben oder was Sie das angeht, aber es ist korrekt.« Sie leerte ihr Glas, und Lucy hatte den Eindruck, daß die Aggressivität aus Rowena ebenso rapide und vollständig entwich wie der Gin aus ihrem Glas. Mit einem Seufzer beugte sie sich vor, um ihr Glas mit Gin aufzufüllen.

Erst jetzt wurde Lucy klar, daß es unmöglich war, Rowena zu fragen, ob sie über Jeremys Betrug im Bilde war, ohne die Ermittlungen Davids oder sogar der Polizei zu behindern. Rowena war ohnehin nicht in der Verfassung, Fragen zu beantworten. Eine Tatsache hatte sie zumindest bestätigt; vielleicht, dachte Lucy, sollte sie das Gespräch nun besser abbrechen und Rowena ihrem Gin überlassen.

Sie stellte ihr noch volles Glas ab und stand auf. »Vielen Dank für Ihre Hilfe und für den Drink. Ich werde jetzt gehen.«

»Nein!« Rowenas spontaner Ausruf überraschte sie beide. »Ich meine«, fügte sie fast flehend hinzu, »es wäre schön, wenn Sie bleiben könnten. Ich wäre froh über etwas Gesellschaft.«

Lucy wußte kaum, was sie sagen sollte; sie setzte sich wieder. »Geht es Ihnen auch wirklich gut?« fragte sie mit einem vorsichtigen Lächeln.

Rowena antwortete nicht, aber eine einzelne Träne lief ihr über das Gesicht, und gleich darauf strömten die Tränen unaufhaltsam. Sie hob hilflos eine Hand, um sie wegzuwischen; diese Geste wirkte untypisch für sie und irgendwie rührend.

Wie sie es schon vor ein paar Tagen bei Evelyn Marsden getan hatte, stand Lucy impulsiv auf, ging zu Rowena und legte einen Arm um ihre hängenden Schultern. »Gibt es etwas, worüber Sie mit mir reden möchten?«

Rowena schüttelte den Kopf, und ihre Stimme zitterte, als sie sprach. »Nein. Das kann ich nicht.« Sie suchte in ihrer Tasche nach einem Taschentuch. Lucy griff nach einer Schachtel Kleenex und reichte sie ihr. Bald wurde aus dem Tränenstrom eine Tränenflut. »Es tut mir leid«, schluchzte sie. »Ich wollte nicht … ich kann einfach nicht dagegen an.«

»Soll ich Ihnen nach oben helfen? Etwas Ruhe würde Ihnen vielleicht guttun.« Lucy hatte ein Nein erwartet, aber zu ihrer Überraschung nickte Rowena zustimmend. Ihr die Treppe hinauf zu helfen, erwies sich als schwieriger, als Lucy angenommen hatte; Rowenas Beine schienen den Willen oder die Kraft verloren zu haben, sich zu bewegen, so daß Lucy sie mehr oder minder die Treppe hinauf und in ihr Schlafzimmer schieben mußte.

Das Zimmer war ausgesprochen feminin gestaltet, mit zierlichen Möbeln, einer Spitzendecke auf dem Bett und Blumenaquarellen an den Wänden. Der schwere Duft von Teerosen überdeckte sogar den Gingeruch; auf der Kommode standen neben diversen Tiegeln mit Cremes und Lotionen silbergerahmte Fotos, auf dem Frisiertisch erlesene Verschönerungsmittel. Als Lucy Rowena zu einem Sessel brachte, blieb ihr Blick an dem Spiegel des Frisiertischs hängen. Keine Frage, dort hingen die Schultersstücke einer Polizeiuniform, dieselben, die Inspector Michael Drewitt getragen hatte, als Lucy ihn letztes Mal gesehen hatte. Auf einmal wußte sie intuitiv, was los war.

Es würde Rowena guttun, darüber zu reden, sagte Lucy sich. Außerdem spukte der uneingestandene Gedanke in ihrem Hinterkopf, daß Rowena in ihrem momentanen Zustand von Trunkenheit und seelischer Zerrüttung unabsichtlich einen wichtigen Hinweis liefern könnte. »Warum erzählen Sie mir nicht, was Sie so bedrückt?« schlug die begütigend vor. »Es hat etwas mit Inspector Drewitt zu tun, nicht wahr?«

Rowena zuckte zusammen. »Sie wissen Bescheid über … mich und Mike?«

Lucy war sich zwar nicht sicher, ob es die Dinge besser oder schlechter machte, aber sie nickte. »Sie meinen, alle in der

Gemeinde reden über mich?« Rowena stieß ein bitteres Lachen aus. »Das hat mir gerade noch gefehlt.«

»Nein, natürlich nicht«, beeilte sich Lucy zu versichern. »Ich habe es nur irgendwie … vermutet, das ist alles. Warum erzählen Sie mir nicht davon? Es hilft Ihnen bestimmt, darüber zu reden.«

Rowena stieß einen zittrigen Seufzer aus. »Er war heute morgen hier – um mir zu sagen, daß es aus ist.« Die Worte laut auszusprechen wirkte befreiend; ein paar Minuten lang schluchzte sie hemmungslos. Lucy, die klug genug war, sie jetzt nicht zu drängen, begnügte sich, ihr tröstend die Hand zu drücken. Nach kurzem Schniefen fuhr Rowena fort. »Es ist wegen Mikes Frau. Sie ist dahintergekommen. Und sie hat zu ihm gesagt, wenn er sich weiterhin mit mir träfe, würde sie Ärger machen und zu seinen Vorgesetzten gehen. Sie würde ihnen sagen, daß er in seiner Dienstzeit bei mir gewesen wäre. Das ist aber eine Lüge von diesem gemeinen Miststück! Doch sie würden es wahrscheinlich glauben, und Mike bekäme einen Verweis, vielleicht würde er sogar seinen Job verlieren. Das könne er nicht riskieren, hat er gesagt. Und jetzt ist es aus. Als es vorhin an der Tür klingelte, dachte ich, er hätte vielleicht seine Meinung geändert und wäre zurückgekommen … Aber Sie waren es nur; Mike wird nicht zurückkommen. Ich habe ihn für immer verloren.« Sie schüttelte Lucys Hand ab, stand auf und trat an ihren Frisiertisch, um ihr verschwollenes Gesicht im Spiegel zu betrachten. »Schauen Sie mich an. Ich bin nicht mehr jung. Was wird nun aus mir?«

Erst jetzt sagte Lucy etwas, mit einer, wie sie hoffte, beruhigenden und überzeugenden Stimme. »Es gibt noch andere Männer. Sie sind eine sehr schöne Frau, Rowena, und auch andere Mütter haben nette Söhne.«

»Für Sie ist es verdammt leicht, so daherzureden«, gab Rowena erbittert zurück. »Sie sind jünger als ich, und Sie haben einen Mann! Aber wen gibt es hier schon für mich – in diesem verdammten Nest? Nichts als einen Haufen vertrockneter alter Pfaffen!«

»Und Jeremy«, sagte Lucy. Es schien ihr eine logische Bemerkung zu sein, und Rowenas Reaktion traf sie völlig unvorbereitet. Rowena brach in nahezu hysterisches Gelächter aus und schien sich kaum beruhigen zu können.

»Jeremy!« schleuderte sie verächtlich hervor, als sie Lucys Blick im Spiegel begegnete. »Der ist auch nicht besser als die anderen.«

»Was meinen Sie damit? Er ist ...«

Rowena drehte sich zu Lucy um und sah sie herausfordernd an. »Es gibt keinen Grund, warum Sie es nun nicht wissen sollten. Jetzt habe ich Mike ja nicht mehr.« Sie holte tief Luft und redete weiter, in kurzen, abgehackten Sätzen: »Letzte Woche. Er war zum Abendessen hier. Wir hatten zu reden ... ein paar Dinge über ... ein par Dinge eben ... wegen der Kathedrale. Er hatte Arthurs Schlüssel. Er kam durch die Kathedrale, niemand hat ihn gesehen. Niemand wußte, daß er hier war. Wie aßen. Wir redeten. Wir verstanden uns besser als je zuvor. Er erzählte mir, wie einsam er seit dem Tod seiner Frau sei. Er tat mir leid. Und er gefiel mir ganz gut. Und deshalb ... na ja, wir landeten hier oben. Im Bett. Aber er ... also, er konnte nicht. Überhaupt nicht. Wir probierten es stundenlang, aber er konnte einfach nicht, verdammt! Gott, es war so demütigend!« Mit einer dramatischen Geste schlug sie die Hände vor dem Gesicht zusammen. »So etwas ist mir noch nie passiert!«

Lucy starrte Rowena an, als ihr allmählich ein Licht aufging. »Das war letzten Montag, stimmt's?« flüsterte sie.

»Natürlich war es an dem verdammten Montag! Warum, glauben Sie, wollte ich der Polizei oder ihrem Freund David nicht sagen, was ich an dem Abend gemacht habe? Mike hätte es erfahren, und ich hätte ihn verloren. Aber jetzt ... jetzt ist alles egal. Ich habe ihn ohnehin verloren.« Sie rang mit einem Aufschluchzen nach Luft.

Die Fragen mußten trotzdem gestellt werden. »Um welche Zeit war er hier? Wann ist er gekommen und wann wieder gegangen?«

Rowena gab teilnahmslos die Antworten, die nicht nur ihr selbst, sondern auch Jeremy ein hieb- und stichfestes Alibi lieferten. »Er kam gegen halb acht. Wir müssen gerade im Bett gewesen sein, als die Sirenen heulten. Wir haben nichts gehört. Und er ging kurz nach Mitternacht. Wir waren also den ganzen Abend zusammen.«

Kapitel 41

Der Herr hat mich herausgerissen aus all meiner Not,
und mein Auge kann auf meine Feinde herabsehn.

Psalm 54,9

David, Todd und Pat saßen rund um den Küchentisch und tranken gerade Kaffee, als Lucy zurückkam. »Wo hast du bloß gesteckt, Lucy?« wollte David wissen, wobei sein Ton eher Sorge als Gereiztheit verriet. »Ich habe dich überall im Haus gesucht. Du hattest nicht erwähnt, daß du weg wolltest.«

»Tut mir leid, als ich ging, wußte ich nicht, daß es so lange dauern würde. Ich war bei Rowena.«

»Rowena?« David runzelte die Stirn. »Aber Rowena hat nichts mit dem Mord zu tun. Hör mal, Liebes«, fuhr er eifrig fort, »wir haben uns gerade unterhalten. »Wenn Jeremy …«

»Nein.« Lucy war wie erschlagen von ihrem neuen Wissen. Ihre Stimme war ausdruckslos, aber sie übertönte seine, und alle sahen zu ihr. »Es wird dir nicht gefallen, was ich zu sagen haben, aber Jeremy war es nicht. Rowena war es auch nicht. Keiner von beiden kann es gewesen sein; sie waren zusammen, als es passierte.« Sie erzählte ihnen, was sie gerade erfahren hatte, wobei sie aus Rücksicht auf Rowena die Umstände verschwieg, die Rowena dazu gebracht hatten, sich ihr anzuvertrauen.

»Lieber Gott«, brach David das benommene Schweigen, das folgte. »Rowena … und Jeremy? Aber warum hat sie dir davon erzählt und mir nicht? Und der Polizei auch nicht?«

»Ist doch egal. Sie hat es mir gesagt, nur darauf kommt es

an. Weder sie noch Jeremy können daher etwas mit dem Mord zu tun haben.«

»Außer sie haben gemeinsame Sache gemacht«, meinte Todd. »Wie wäre es damit?«

Pat schüttelte den Kopf. »Nein, das glaube ich nicht.«

»Aber das bedeutet, daß keine Verdächtigen mehr übrig bleiben«, stellte Todd ratlos fest. »Nur der Dekan.«

»Wir haben auch schon an Victoria und Albert gedacht«, fiel David ein. »Sie hätten eine Schachtel Turkish Delight behalten und es verschweigen können.«

Lucy erhob Protest. »Das kann ich mir nicht vorstellen. Nicht Victoria und Albert – sie sind völlig harmlos.«

»Und wer«, fragte David, ohne eine Antwort zu erwarten, »soll es dann gewesen sein?«

Noch einmal gingen sie alles durch, was sie über den Fall wußten, zum einen Todd zuliebe, zum anderen in der Hoffnung, irgendein Detail, das sie bis jetzt übersehen hatten, würde noch Licht ins Dunkel bringen. Die Diskussion dauerte auch während des Lunches an und zog sich bis in den Nachmittag hinein; sie klärten Todd über Inspector Drewitts Rolle als inoffiziellen Informanten auf und erzählten ihm, was sie aus dieser äußerst nützlichen Quelle über den Stand der polizeilichen Ermittlungen erfahren hatten.

»Kanonikus Brydges-ffrenchs Haus wurde also durchsucht, genauso wie die Dekanei?« fragte Todd.

»Ja«, sagte Pat. »Mike sagte, sie hätten in Arthurs Haus nichts gefunden außer einer angebrochenen Packung Turkish Delight und einem Blatt Papier mit Notizen für eine Predigt, an der er anscheinend kurz vor seinem Tod gearbeitet hat.«

»Notizen für eine Predigt?« Todd runzelte die Stirn. »Aber Kanonikus Brydges-ffrench machte sich nie Notizen für seine Predigten. Er schrieb sie immer gleich auf, in Tinte, und änderte nie ein Wort daran. Ich habe oft gesehen, wie er mit einem Blatt Papier an seinem Schreibtisch oder in seinem Sessel saß und drauflos kritzelte. Er machte sich vorher nie Notizen«, wiederholte Todd mit Nachdruck.

Pat zog die Augenbrauen hoch. »Aber was ...«, begann David.

»Hat die Polizei das Papier mitgenommen?« fragte Lucy.

»Ich glaube nicht«, erwiderte Pat. »Man schien es nicht für wichtig zu halten.«

»Gehen wir doch rüber und schauen nach«, schlug Todd aufgeregt vor. »Ich habe die Schlüssel noch. Wir können gleich gehen.«

Pat zögerte. »Ich bin nicht sicher, ob die Polizei darüber sehr erfreut wäre.«

»Sie braucht es nicht zu erfahren«, konterte David. »Kommen Sie, Todd, gehen wir.« Der junge Mann ließ sich nicht zweimal bitten; er sprang auf und ging den Schlüsselbund holen.

»Ich komme auch mit«, verkündete Lucy.

»Ich bleibe hier«, sagte Pat. »Seht zu, daß ihr schnell wieder da seid.«

Das Haus wirkte muffig und vernachlässigt, obwohl sein Besitzer erst einige Tage tot war. Weder David noch Lucy waren je hier gewesen, daher führte Todd sie durch die dämmrige Diele in das Arbeitszimmer.

Die Vorhänge waren zugezogen, und im Zimmer war es genauso dunkel wie in der Diele. Todd, der die potentiellen Fußfallen kannte, die unvorsichtige Eindringlinge erwarteten – nämlich die zahllosen Bücherstapel, die auf dem Boden verstreut waren –, knipste das Deckenlicht an und bahnte sich durch die Bücherhaufen einen Weg zum Schreibtisch, während David und Lucy in der Tür stehenblieben. »Also, irgendwas stimmt hier nicht«, murmelte er und runzelte verwirrt die Stirn. »Ich glaube nicht, daß die Bücher da sind, wo sie waren. Die Stapel sind zu ordentlich. Der Subdekan selbst wußte zwar immer, wo alles war, aber es war ein Chaos.«

David ertappte sich dabei, ebenfalls zu flüstern, eine natürliche Reaktion darauf, ohne Erlaubnis in dem stillen und staubigen Haus eines Toten zu sein. »Was ist mit dem Schreibtisch?«

Todd studierte ihn gründlich. Die Schachtel mit Turkish Delight stand deutlich sichtbar auf der einen Seite, und auf der anderen entdeckte er zu seiner Überraschung einen braunen Umschlag, der in Arthur Brydges-ffrenchs krakeliger Handschrift an ihn adressiert war. Mitten auf dem Tisch steckte in einer alten ledergebundenen Bibel das Blatt Papier mit den vermeintlichen Notizen für eine Predigt. »Hier liegt ein Umschlag mit meinem Namen drauf«, verkündete er. »Was kann das bloß sein?«

»Nehmen Sie ihn mit«, schlug Lucy leise vor. »Ich glaube, wir sollten nicht länger bleiben.« Sie fröstelte.

David legte schützend einen Arm um sie. »Ja, kommen Sie, Todd. Gehen wir. Nehmen Sie die Schachtel Turkish Delight und die Notizen auch mit.«

»Sie stecken in einer Bibel«, teilte Todd ihm mit.

»Na schön, dann nehmen Sie die auch.«

Todd griff sich die Sachen und ging vorsichtig zur Tür zurück. Sie verließen hastig das Haus, schlossen hinter sich ab und eilten über den Kirchplatz zurück in die anheimelnde Wärme von Pats Küche.

»Na, was habt **ihr** gefunden?« fragte sie sofort.

Todd legte die Sachen auf den Tisch. »Hier ist seine Bibel mit den Notizen. Und das Turkish Delight haben wir auch mitgebracht.«

»Und er hat etwas für Todd hinterlassen«, ergänzte Lucy.

»Was denn?« wollte Pat wissen.

»Ich weiß es nicht.« Alle erwarteten, daß er den Umschlag aufreißen würde, um es herauszufinden, aber er schien davor zurückzuschrecken. »Trinken wir erst einen Tee«, schlug er vor. »Dann mache ich den Umschlag auf.«

Während das Teewasser erhitzt wurde, saßen sie schweigend da und betrachteten die Gegenstände aus Arthurs Arbeitszimmer, die nebeneinander auf dem Tisch lagen. Plötzlich klingelte es an der Tür; Pat ging hin, um zu öffnen, und alle übrigen zuckten schuldbewußt zusammen, als sie mit Inspector Drewitt in die Küche zurückkam.

»Der Inspector möchte uns bei einer Tasse Tee Gesellschaft leisten«, verkündete Pat.

Todd, der Drewitts neugierigem Blick auf den Tisch folgte, fühlte sich bemüßigt, eine Erklärung abzugeben. »Wir … äh, wir waren in Kanonikus Brydges-ffrenchs Haus und haben ein paar Sachen geholt.«

Drewitt schien sich über ihre betretenen Mienen zu amüsieren. »Schon in Ordnung. Unsere Untersuchungen dort sind beendet, wie ich letzte Woche schon sagte. In dem Haus war nichts von besonderem Interesse für uns.«

Pat öffnete die Schachtel Turkish Delight und schaute hinein. »Sie ist halb leer«, stellte sie fest. »Und das beschichtete Deckblatt scheint zu fehlen.«

»Er hat es wohl weggeworfen«, sagte Drewitt leichthin. »Oder vielleicht war das Fehlen ein Herstellungsfehler des Erzeugers. Die Schachtel in der Dekanei hatte zwei Deckblätter. Ich nehme an, das beweist, daß diese Maschinen ständig Fehler machen.«

Nachdem der Tee lange genug gezogen hatte, schenkte Pat davon ein; während die anderen ihren Tee nahmen, griff Todd nach dem Umschlag und untersuchte ihn, indem er mit einem Finger behutsam seinen Namen auf der Vorderseite nachzog. »Es ist wie eine Art letzte Nachricht an mich«, erklärte er leise.

»Ich habe fast Angst, den Umschlag zu öffnen. Ich verstehe nicht, was das zu bedeuten hat.«

»Machen Sie schon«, drängte David. Todd schlitzte den Umschlag mit einem Messer auf, das Pat ihm gegeben hatte, und spähte vorsichtig hinein. Dann schüttelte er den Inhalt auf den Tisch. Es war kein Brief, auch keine Notiz, nur ein kleines Buch.

Lucy sprach das Offensichtliche aus. »Ein Buch?«

Es war in Leder gebunden und trug keinen Titel; Todd schlug es auf und las den Titel vor. »*Sir Walter Raleighs Empfehlungen an seinen Sohn und an die Nachwelt.«* Er sah die anderen verwirrt an. »Das verstehe ich nicht.«

»Anscheinend ein Geschenk«, sagte Pat. »Etwas, das Sie von ihm haben sollten, weil er Sie sehr mochte.«

»Aber warum hat er es gerade an dem Tag auf seinen Schreibtisch gelegt? Es ist fast, als hätte er gewußt ...«

»Er wollte doch in den Ruhestand gehen. Vielleicht dachte er, er wäre schon nicht mehr in Malbury, wenn Sie zurückkommen, und wollte es zurücklassen, damit Sie es später erhalten«, meinte Lucy.

David fiel ein Streifen Papier auf, als Todd das Buch in seinen Händen umdrehte. »Ist das ein Lesezeichen?«

Der junge Mann öffnete das Buch an der Stelle, an der sich das Lesezeichen befand und las laut vor: »›Diene GOTT, laß ihn den Ratgeber all deiner Handlungen sein, vertraue auf ihn in all deinem Streben, das Früchte tragen wird oder nicht, reihe ihn in deinen Gebeten, mag er auch zürnen und all deine Reichtümer und Mühen wie Regentropfen auf sandigen Grund fallen lassen. Nimm meinen aus langen Erfahrungen erworbenen Rat und meine väterlichen Anweisungen tief in deinem Herzen auf, und möge GOTT dich auf all deinen Wegen führen und dein Herz mit seiner Gnade erfüllen.‹ Was soll das bedeuten? Er hat keinen Brief oder etwas in der Art beigelegt.«

»Aber das hier.« David griff nach der Bibel und zog das

Blatt Papier heraus. »Samson«, las er, »›Vom Starken kommt Süßes. Buch der Richter 14,14. Richter 16,29 bis 30‹, sagt Ihnen das etwas, Todd?«

»Lassen Sie mal sehen.« Todd studierte das Papier einen Moment lang. »Das sind keine Predigtnotizen«, stellte er fest. »Wie gesagt, das hat er nie gemacht. Nein, ich glaube, es ist eine Art Wortspiel – oder ein Rätsel.«

»Ein Wortspiel?« echote David mit wachsender Erregung. »Ein Rätsel?«

Pat demonstrierte das Wissen, das sie als jahrelange Leiterin der Sonntagsschule erworben hatte. »Ist das nicht Samsons Rätsel? ›Von dem Fresser kommt Speise, und von dem Starken kommt Süßes‹?«

»Ja, natürlich!« bestätigte David und schlug den ersten Hinweis in der Bibel nach.

Todd betrachtete noch einmal die Liste. »Sieht aus wie Hinweise für ein Kreuzworträtsel oder so etwas. Sie wissen ja, wie sehr sich Kanonikus Brydges-ffrench für knifflige Kreuzworträtsel begeistern konnte. Er hat sich manchmal mit solchen Sachen beschäftigt, nur zum Spaß.«

»Lesen Sie vor, was auf der Liste steht«, befahl David. »Ich bin überzeugt, es hat eine Bedeutung. Vielleicht hat es etwas mit der Entscheidung zu tun, die er treffen wollte: ob er sein Amt aufgeben sollte oder nicht.«

»Na ja, sieht so aus, als wären es zwei Teile«, meinte Todd. »Unter Samson und den zwei Kapiteln aus dem Buch der Richter steht Abraham und Isaak, Genesis 22,7 und 8. Dann ein Absatz, und dann steht da Matthäus 7,6, Amos 6,12, Psalm 109,20 bis 30 und zum Schluß Psalm 109,8.«

»Eine Mischung aus Stellen des Alten und des Neuen Testaments«, bemerkte Pat. »Was haben sie gemeinsam?«

»Zwei Teile«, sagte David. »Pro und Kontra? Zurücktreten oder nicht?«

In diesem Moment streckte der Bischof seinen Kopf zur Küchentür herein. »Besteht die Aussicht auf eine Tasse Tee, meine Liebe?« erkundigte er sich mit mildem Tadel bei seiner Frau.

Pat drehte sich bestürzt zu ihm um. »George! Tut mir leid – ich hatte völlig vergessen, daß du im Arbeitszimmer bist! Willst du dich nicht zu uns setzen?«

Da ihm immer noch ein nahezu unbekannter Aspekt der albigensischen Häresie im Kopf herumspukte, fiel Dr. Willoughby erst jetzt auf, daß seine Küche voller Leute war. »Oh! Na gut. Ich denke, das bin ich meinen Gästen schuldig.«

»Bischof George«, warf David ein, bevor er sich setzten konnte, »haben Sie zufällig ein paar überzählige Bibeln herumliegen, die wir benutzen können?«

Für den Bischof war eine Bibelstunde am Küchentisch bei einer Tasse Tee eine normale Beschäftigung, die nicht weiter aus dem Rahmen fiel. »Ja, natürlich. Sie sind im Arbeitszimmer. Soll ich sie holen? Wie viele brauchen Sie?«

David rechnete schnell. »Fünf, bitte.«

Als der Bischof mit einem Armvoll Bibeln zurückkam, erklärte David seine Vorgehensweise. »Wenn sich jeder eine nimmt und jeweils eine Textstelle nachschlägt und vorliest, dauert es nicht so lange.« Alle waren einverstanden, und jeder am Tisch bekam eine Stelle zugewiesen. David las als erster vor, aus Arthur Brydges-ffrenchs Bibel. »Es ist noch eine Passage über Samson«, verkündete er. »Es geht um das Ende seines Lebens, als er das Haus zum Einstürzen bringt, um die Philister zu töten, obwohl er weiß, daß er selbst auch sterben wird. Richter 16,29 und 30: ›Dann packte Samson die beiden Mittelsäulen, von denen das Haus getragen wurde, und stemmte sich gegen sie, gegen die eine mit der rechten Hand und gegen die andere mit der linken. Er sagte: So mag ich denn zusammen mit den Philistern sterben. Er streckte sich mit aller Kraft, und das Haus stürzte über den Fürsten und über allen Leute, die darin waren, zusammen. So war die Zahl derer, die er bei seinem Tod tötete, größer als die, die er während seines Lebens getötet hatte.‹«

Pat war als nächste dran. »Bei mir geht es um Abraham und die Opferung Isaaks«, sagte sie. »Ihr kennt ja alle die Geschichte: Gott verlangt von Abraham, seinen Sohn zu opfern, und Abraham willigt ein, weil er auf Gott vertraut. ›Nach einer Weile sagte Isaak zu seinem Vater Abraham: Vater! Er antwortete: Ja, mein Sohn! Dann sagte Isaak: Hier ist Feuer und Holz. Wo aber ist das Lamm für das Brandopfer? Abraham entgegnete: Gott wird sich das Opferlamm aussuchen, mein Sohn. Und beide gingen miteinander weiter.‹ Meiner Meinung nach geht es darum«, fügte sie hinzu, »daß beide Textstellen von einem Opfer handeln. David könnte recht haben. Vielleicht hat ihn das veranlaßt, ein Opfer zu bringen, indem er zurücktrat. Was hast du, Lucy?«

»Es geht um die Perlen, die vor die Säue geworfen werden. Matthäus 7,8: ›Gebt das Heilige nicht den Hunden, und werft eure Perlen nicht den Schweinen vor, denn sie könnten sie mit ihren Füßen zertreten und sich umwenden und euch zerreißen.‹ Ob das wohl eine Anspielung auf den Dekan ist?«

David und Pat nickten beide. »Es könnte sein«, bestätigte Pat. »Ich habe für ihn schlimmere Bezeichnungen als Schwein gehört, und zwar nicht allzu weit von diesem Raum entfernt.«

»Meine Textstelle ist etwas obskurer«, meldete sich Mike Drewitt. »Amos 6,12: ›Rennen denn Pferde über die Felsen, oder pflügt man mit Ochsen das Meer? Ihr aber habt das Recht in Gift verwandelt und die Frucht der Gerechtigkeit in bitteren Wermut.‹«

Als das Wort *Gift* fiel, zogen alle am Tisch den Atem ein und wandten sich Todd zu, um zu hören, was als nächstes kam.

»Es ist eine ziemlich lange Passage«, sagte er. »Psalm 109,

die Verse 20 bis 30. Ich lese ein paar der Verse vor, um einen allgemeinen Eindruck zu vermitteln. ›So lohne der Herr es denen, die mich verklagen, und denen, die Böses gegen mich reden … Denn ich bin arm und gebeugt, mir bebt das Herz in der Brust. Wie ein flüchtiger Schatten schwinde ich dahin … Ich wurde für sie zum Spott und zum Hohn, sie schütteln den Kopf, wenn sie mich sehen … Meine Ankläger sollen sich bedecken mit Schmach, wie in einen Mantel sich in Schande hüllen.‹«

David runzelte die Stirn. »Ich fürchte, das ergibt nicht viel Sinn. Bischof George, Sie sind als letzter dran.«

Dr. Willoughby grinste vergnügt. »Mein Text ist kurz, wenn auch sein Inhalt nicht sehr freundlich. Psalm 109,8: ›Nur gering sei die Zahl seiner Tage, sein Amt soll ein andrer erhalten.‹«

Diesmal sahen sie sich alle an, und keiner mußte laut sagen, was unausgesprochen im Raum hing: Arthur Brydges-ffrench mochte dieses Schicksal dem Dekan gewünscht haben, aber statt dessen hatte es ihn selbst ereilt.

»Allmählich ergibt es einen Sinn«, sagte David langsam, nachdem er einen Moment nachgedacht hatte. »Ich glaube, jetzt weiß ich endlich, was passiert ist, aber ich will verdammt sein, wenn ich weiß, wie! Und ich weiß auch nicht, wie ich es ohne den Hauch eines Indizes beweisen kann.« Er hob Kanonikus Brydges-ffrenchs Bibel hoch und schüttelte sie behutsam über dem Tisch aus. »Ich dachte, er hätte vielleicht eine Notiz hinterlassen, irgendwo zwischen den Seiten«, erklärte er. »Aber es sieht nicht so aus.«

»Genau so etwas würde ihm ähnlich sehen«, pflichtete Todd bei. »Ein Rätsel zum anderen führen zu lassen. Vielleicht sollten wir noch einmal in sein Arbeitszimmer gehen und sämtliche Bücher durchsehen.«

Mike Drewitt lachte. »Meinen Sie etwa, daran hat die Polizei nicht gedacht? Glauben Sie mir, das ist gemacht worden – gehört alles zur Routine.«

»Deshalb waren die Bücher also anders gestapelt«, stellte Todd enttäuscht fest. Pat, die Davids Behauptung, er wüßte, was passiert war, neugierig gemacht hatte, wandte sich zu ihm um. »Wollen Sie uns nicht sagen, was Sie wissen?«

David schüttelte den Kopf. »Noch nicht. Wie gesagt, es ist nur so ein Gefühl – ich habe keinerlei Beweise. Warum erzählen Sie mir nicht alle, was Sie denken – vielleicht bringt das die Sache in Bewegung, und wir kommen auf den Punkt.«

Bevor sie Gelegenheit hatten, über die Bedeutung der Passagen zu diskutieren, traf John Kingsley auf der Suche nach seiner Tochter ein. Er war etwas überrascht, so viele Leute beim Studium der Bibel um den Tisch versammelt zu sehen. Als der Bischof noch einen Stuhl holen ging und Pat aufstand, um den Kessel neu zu füllen, entdeckte der Kanonikus die Schachtel Turkish Delight auf dem Tisch. »Wo um Himmels willen kommt die denn her?« fragte er.

»Es ist die Schachtel, die Kanonikus Brydges-ffrench auf seinem Schreibtisch hatte, als … bevor er starb«, erklärte Todd. »Wir haben sie mitgenommen, um zu überprüfen, ob etwas daran nicht stimmt, aber es ist eine ganz normale, halbleere Schachtel Turkish Delight.«

Kanonikus Kingsley war einen Moment lang ganz still. »Mir ist gerade etwas eingefallen«, sagte er. »Etwas, das ich seit vergangenem Montag völlig vergessen hatte.« Die Aufmerksamkeit aller war geweckt, und sie wandten sich zu ihm um. »Als Arthur bei mir war, kurz bevor er in die Dekanei ging, gab er mir eine Schachtel Turkish Delight. Eine etwas merkwürdige Geste, fand ich: Er wollte unbedingt, daß ich sie habe, daran kann ich mich noch erinnern.«

»Was haben Sie damit gemacht?« fragte David eifrig. »Wo ist die Schachtel jetzt?«

Der Kanonikus zog die Stirn in Falten bei dem Versuch, sich daran zu erinnern; so viel war seit jenem Abend passiert. »Ich habe sie nicht aufgemacht. Ich glaube, ich habe sie auf die Flurkommode gestellt«, sagte er schließlich. »Soll ich nachschauen gehen? Glauben Sie, es könnte wichtig sein?«

David nickte lebhaft. »Das könnte genau das Beweisstück sein, das uns noch fehlt.«

»Ich gehe, Daddy«, erbot sich Lucy.

»Na gut, mein Liebes. Wenn du meinst.«

Sie war nur ein paar Minuten weg, aber den anderen, die am Küchentisch auf sie warteten, kam es wie eine Ewigkeit vor. »Wenn wir nun die Büchse der Joanna Southcott öffnen«, scherzte der Bischof, um die Stimmung mit etwas Humor aufzulockern, »muß ich dann herumtelefonieren und noch ein paar Bischöfe kommen lassen?«

Lucy war außer Atem, als sie zurückkam. Sie blickte auf den Deckel der Schachtel, während sie in die Küche trat. »Da steht etwas drauf«, bemerkte sie und zeigte auf ein winziges Zeichen auf dem Deckel. Alle umringten sie, um es mit zusammengekniffenen Augen zu studieren.

»Sieht für mich wie ein weiterer Bezug auf die Heilige Schrift aus, und zwar in Arthurs Handschrift«, fügte Pat hinzu. »Was heißt es? Todd, Sie haben junge Augen – Sie sollten es entziffern können, auch wenn es sehr klein geschrieben ist.«

Todd studierte es sorgfältig. »Hebräer 11,4, glaube ich«, sagte er.

David blätterte in der Bibel zum Neuen Testament weiter. »Hier steht: ›Aufgrund des Glaubens brachte Abel Gott ein besseres Opfer dar als Kain; durch diesen Glauben erhielt er das Zeugnis, daß er gerecht war, da Gott es bei seinen Opfergaben bezeugte, und durch den Glauben redet Abel noch, obwohl er tot ist.‹« Er hob den Blick und begegnete sechs Augenpaaren in unterschiedlichen Stadien des Verstehens.

»Lieber Gott! Das ist es. Ich glaube, Arthur Brydges-ffrench ist kurz davor, uns unseren Beweis zu liefern.«

John Kingsley als Empfänger der Schachtel war es, der den Deckel schließlich öffnete. In der Schachtel befand sich kein Konfekt, sondern ein kleiner goldener Kelch, wie er für Hauskommunionen verwendet wird. Behutsam nahm Kingsley den Kelch heraus, um ihn allen zu zeigen; ein dünner Streifen Papier fiel heraus und flatterte zu Boden.

Todd bückte sich und hob ihn auf. »Ich glaube, das hier muß der letzte Hinweis sein«, sagte er.

»Noch ein Bibelzitat?« vermutete Pat.

»Ja. Matthäus 46,42.«

David hatte das Gefühl, unglaublich unbeholfen und langsam zu sein, als er die Seiten umschlug; unter den Blicken der anderen kam es ihm vor, er würde die Stelle nie finden. »›Dann ging er zum zweitenmal weg und betete: mein Vater, wenn dieser Kelch an mir nicht vorübergehen kann, ohne daß ich ihn trinke, geschehe dein Wille.‹ Guter Gott!«

»›Dieser Kelch‹«, wiederholte John Kingsley. »Heißt das …«

»Einen Moment noch«, sagte David leise. »Das ist noch nicht alles. Hier steht noch etwas am Rand, auf derselben Seite.«

»In Arthurs Handschrift?« fragte Pat.

»Ja.« David drehte die Bibel und sah sich die Notiz genau an, bevor er die Worte in der winzigen, enggedrängten Handschrift laut vorlas. »›Thomas Becket nahm den Märtyrertod auf sich, um seinen Prinzipien treu zu bleiben und die Kirche vor dem Zugriff eines schlechten Königs zu bewahren. Bruder Thomas gab sein Leben hin aus Liebe zu diesem Ort, auch im Kampf gegen einen schlechten Menschen. Ich folge ihnen nach. Gott ruft mich auf, mein Leben zu geben, um diese Kathedrale, die ich seit vielen Jahren liebe, vor einem Mann zu retten, der sie zerstören würde. Irgendwann sollten meine Hinweise euch an diese Stelle führen, und ihr werdet wissen, daß ich es für unumgänglich hielt, mir das Leben zu nehmen. Aber es war auch unumgänglich für ihn, seinen guten Namen zu verlieren und zu leiden. Ich bete darum, daß mein Opfer nicht umsonst war und Malbury Cathedral gerettet wird.‹«

Einen langen Augenblick herrschte fassungsloses Schweigen.

»Guter Gott«, sagte David schließlich. »Guter Gott.«

Drewitt stand auf und wandte sich respektvoll an David. »Haben Sie eine Ahnung, wie es passiert ist?«

David machte ein nachdenkliches Gesicht. »Ich glaube schon, ja.«

»Dann können Sie es mir vielleicht auf dem Weg zum Revier erklären.«

»Wir gehen jetzt? Sie und ich? Warum die Eile?«

»Wegen des Dekans – die Anklage gegen ihn muß fallengelassen werden.« Drewitt schüttelte den Kopf und stieß einen Seufzer aus, einen Seufzer der Ratlosigkeit und des Bedauerns. »Sie sind sein Anwalt, und ich bin sicher, Sie würden mir als erster sagen, daß man uns wegen ungerechtfertigter Inhaftierung belangen kann, wenn der kleine Mistkerl nicht unverzüglich aus dem Gefängnis kommt.«

David lachte und setzte sich wieder. »Ganz unter uns, mein Freund, der Dekan kann noch ein paar Minuten warten. Ich glaube, wir können alle noch eine Tasse Tee vertragen!«

Epilog

Vergilt ihnen, wie es das Werk ihrer Hände verdient. Wende ihr Tun auf sie selbst zurück!

Psalm 28,4

Weihnachten in Malbury; überall in der Stadt funkelten Lichter in Tannenbäumen, quietschten Kinder vor Entzücken und wurden große Mengen Essen vertilgt. Die Strahlen der tiefstehenden Mittagssonne fielen auf die Kathedrale und tauchte sie vor dem leuchtend blauen frostigen Himmel in einen hellen Schein.

In der Dekanei begingen die Latimers ihr erstes Weihnachtsfest in Malbury. Christopher und Stephen, die beiden Söhne des Hauses, hatten natürlich Ferien, deshalb ging es in der Dekanei etwas lebhafter als sonst zu. Jeremy Bartlett war zum Mittagessen eingeladen worden und war mit dem Dekan in ein angeregtes Gespräch über ihre Pläne für das Cathedral Center vertieft. Der unglückselige Zwischenfall der Festnahme und Inhaftierung des Dekans wurde mit keinem Wort erwähnt, obwohl er unausgesprochen in jeder knappen Geste und in jedem mißbilligenden Blick der auffallend schweigsamen Anne Latimer mitschwang.

Todd war nicht in Evelyn Marsdens Haus zurückgekehrt, doch sie war trotzdem nicht allein; ihr Heim war Schauplatz ungewohnter Heiterkeit, als sie Victor und Bert mit einem köstlichen und liebevoll zubereiteten Mahl bewirtete.

Die drei roten Backsteinhäuser am Ostende der Kathedrale standen mittlerweile alle leer, das Haus des Subdekans, das

Haus des Organisten, und jetzt auch das Haus des Kantors, da Rupert und Judith Greenwood kurz vor Weihnachten von Malbury nach London übergesiedelt waren. Am anderen Ende des Kirchplatzes jedoch gab es Anzeichen für Leben und Treiben – nicht im Hause des Kanonikus für Missionsfragen, wo die Thetfords allein und in aller Stille ihren festlichen Nußrostbraten verzehrten, sondern in Rowena Hunts Haus. Rowena hatte die Glockenläuter eingeladen, nach dem Frühgottesdienst auf einen Drink zu ihr zu kommen, in der stillen Hoffnung, Mike Drewitt, mit dem sie sich wieder versöhnt hatte, würde noch bleiben, wenn die anderen nach Hause an ihren Mittagstisch gingen.

Das Weihnachtsmahl bei den Willoughbys war von jeher ein geselliges Ereignis nach guter alter Tradition und mit allem, was dazugehörte. Knallbonbons, Truthahn und ein brennender Weihnachtspudding. Eine zusätzliche festliche Note war der Champagner, ein Geschenk von David.

Die zwei Hunde warteten geduldig und hoffnungsvoll unter dem Tisch auf Truthahnreste, während das Ehepaar Willoughby mit fünf Gästen bei Tisch saß: David und Lucy, John Kingsley, Todd Randall und die Sekretärin des Bischofs. Olivia Ashleigh. Nachdem alle ihre Knallbonbons aufgerissen, die witzigen Sprüche vorgelesen und ihre Papierkronen aufgesetzt hatten, wurden lebhafte Gespräche geführt, in Gang gehalten von Pat, die den festen Vorsatz gefaßt hatte, daß an diesem Tag nichts an die tragischen Ereignisse der vergangenen Monate erinnern sollte. Doch mit dem Trinkspruch auf ›abwesende Freunde‹ rückten genau diese Ereignisse wieder in den Vordergrund; vielleicht war es unvermeidlich, daß darüber gesprochen wurde.

Olivia war als einzige in der Runde an jenem Tag vor vier Wochen nicht in Pats Küche gewesen, als das Geheimnis um Arthur Brydges-ffrenchs Tod aufgeklärt wurde. Verständlicherweise brannte sie darauf, von den anderen nun Einzelheiten zu erfahren, vor allem von David, und als sie das Thema anschnitt, erhob Pat keine Einwände.

»Armer alter Kanonikus Brydges-ffrench«, sagte Olivia und schüttelte den Kopf. »Ein schrecklicher Gedanke, daß er so unglücklich war, daß ihm Selbstmord als einziger Ausweg erschien.«

David drehte sich zu ihr um. »Oh, es hat weit mehr dahintergesteckt! Sein Selbstmord war mehr als die Flucht vor einer unerträglichen Situation. Es war sein Versuch, die Situation zu ändern. Mit seinem Tod hat er versucht, eine Lebensweise zu erhalten, die er geliebt hatte, auf die einzige Art, die ihm möglich erschien. Er hatte einen Punkt erreicht, an dem er sich selbst eingeredet hatte, daß es keine andere Möglichkeit gebe, Malbury Cathedral zu retten, als sein eigenes Leben zu opfern.«

»Aber wie konnte er nur glauben, sein Tod würde das bewirken?«

»Indem er den Dekan in Mordverdacht brachte, den Mann, den Arthur Brydges-ffrench für alles, was die Kathedrale bedrohte, verantwortlich machte«, erklärte David. »Er hatte alles so arrangiert, daß der Verdacht unweigerlich auf den Dekan fallen mußte, und er wußte, daß, selbst wenn sich der Dekan davon reinwaschen konnte – was ihm irgendwann gelingen mußte –, etwas von dem Schmutz hängenbleiben würde.«

»Ihr wißt ja, wie die Menschen sind«, fügte Pat hinzu. »Kein Rauch ohne Feuer, sagen sie. Die Leute neigen immer dazu, das Schlimmste anzunehmen, besonders von jemandem, der so unbeliebt ist wie Stuart Latimer.«

»Zumindest würde Latimer gedemütigt werden, dachte sich der Subdekan«, fuhr David fort. »Und er würde – wie Pat bereits sagte – allein aufgrund seiner Verhaftung in Verruf kommen, ganz gleich, ob sich diese letztlich als ungerechtfertigt herausstellen würde.«

»Aber wie in aller Welt hat er diesen Plan eigentlich umgesetzt? Er hat die Polizei zum Narren gehalten, und alle anderen auch. Warum hat die Polizei nie an Selbstmord gedacht?«

David lächelte trocken. »Warum hat keiner von uns daran gedacht? Eine derartige Handlungsweise entsprach ganz und gar seinem Charakter. Aber nach Ivor Jones' Tod hatte Kanonikus Kingsley eine Predigt gehalten, die nahelegte, daß Selbstmord unter gewissen Umständen gerechtfertigt sein könnte.«

»Ganz so habe ich es nicht dargestellt«, warf John Kingsley abwehrend ein. »Ich habe nur gesagt, daß es uns nicht zustehe, ein Urteil über eine solche Tat zu fällen. Ich empfinde immer noch so, aber ich fühle mich auch schuldig – vielleicht hat die Predigt Arthur tatsächlich in gewisser Weise beeinflußt.«

Lucy griff nach der Hand ihres Vaters. »Daddy, das ist genug«, sagte sie streng.

»Und wir haben auch deshalb nicht an Selbstmord gedacht«, fuhr David fort, »weil es laut Polizei unmöglich war. Es hieß, er hätte das Gift nicht zu sich nehmen können, bevor er in der Dekanei war. Also hätte der Zeitpunkt nicht gestimmt, und außerdem war in der Packung Turkish Delight in der Dekanei eindeutig Gift. Die Polizei hat schließlich auch nichts gefunden – keine Giftspuren an seiner Kleidung oder irgendeinen Behälter –, was darauf hindeutete, daß er Gift bei sich gehabt hätte. Zudem argumentierte die Polizei, daß der Subdekan, wenn er Selbstmord hätte begehen wollen, dies viel einfacher und direkter hätte machen können. Sie konnten nicht ahnen, daß es Arthur vor allem darauf ankam, den Dekan zu belasten und seinen Tod nach Mord aussehen zu lassen.«

»Ich bin vielleicht begriffsstutzig«, lachte Olivia, »aber erklären Sie mir doch bitte, wie er es gemacht hat: Wie hat er das Gift in das Konfekt bekommen?«

»Da hat David wirklich clever kombiniert«, sagte Lucy voller Stolz.

Er schüttelte bescheiden den Kopf. »Überhaupt nicht. Ich hörte nur zufällig etwas, das mich auf eine Idee brachte. Es war schlau von Arthur Brydges-ffrench, so etwas auszudenken. Ich habe einfach nur zwei und zwei zusammengezählt und vier herausbekommen.«

»Eigentlich«, fügte Lucy hinzu, »hast du zwei und null zusammengezählt und zwei herausbekommen.«

»Es waren die Deckblätter«, erklärte David. »ich hörte, wie Pat bemerkte, daß in der Schachtel Turkish Delight von Kanonikus Brydges-ffrenchs Schreibtisch die Innenfolie fehle, und dann sagte Drewitt, in der Schachtel aus der Dekanei seien zwei Folien gewesen. Erst danach wurde mir klar, wie Brydges-ffrench es gemacht hatte. Er trug das Gift auf der Innenfolie seiner eigenen Schachtel in die Dekanei. Er hatte dafür gesorgt, daß Kanonikus Kingsley um zehn anrief, und als der Dekan aus dem Zimmer ging, um den Anruf entgegenzunehmen, konnte Arthur einfach die vergiftete Folie auf das Konfekt in der Schachtel des Dekans legen und die zweite Innenfolie in den Deckel schieben.«

»Sehr schlau angestellt«, fand Pat. »Und David fiel schließlich die Bedeutung der zweiten Folie auf. Niemand sonst, einschließlich der Polizei, hat sich etwas dabei gedacht. Und jetzt«, fuhr sie resolut fort, »finde ich, wir sollten uns ein Gesprächsthema suchen, das der Weihnachtszeit etwas mehr entspricht.«

»Darf ich noch eine Frage stellen?« bat Todd, der bis zu diesem Moment sehr still gewesen war.

Pat nickte. »Nur zu.«

»Was wird jetzt aus dem Dekan? Ich weiß, daß seine Unschuld erwiesen und er wieder in der Dekanei ist, aber er kann doch sicher nicht einfach hier in Malbury weitermachen, als wäre nichts gewesen.«

Der Bischof ließ ein tiefes Glucksen vernehmen. »Gute Frage, junger Mann.« Er warf einen Blick auf Pat. »Meine Frau ist der Meinung – und ich muß zugeben, daß sie in solchen Angelegenheiten meistens recht hat –, daß Latimer in Kürze das einzig Richtige tun und sich um eine weitere Beförderung bemühen wird.«

»Mit etwas Glück«, fügte sie lächelnd hinzu, »kommt er in ein nettes, abgelegenes Bistum irgendwo in den Kolonien – so werden diese Dinge jedenfalls normalerweise gehandhabt.«

»Es hängt wohl eher davon ab, was aus seinen Plänen für das Cathedral Center wird, denke ich«, warf John Kingsley ein. »Ohne Arthurs und Ruperts Stimmen im Kapitel wird es in den nächsten Monaten zu drastischen Veränderungen kommen, und wenn Latimer seine eigenen Leute als Kantor und als Subdekan einsetzen kann, wird er vielleicht bleiben und dieses Projekt durchziehen wollen.« Er machte eine Pause. »Ehrlich gesagt, ich habe schon daran gedacht, in den Ruhestand zu gehen«, gestand er mit einem entschuldigenden Blick zum Bischof. »Die letzten Monate waren ein bißchen zuviel für einen Mann in meinen Jahren.«

»Unsinn!« dröhnte George Willoughby energisch. »Du bist jünger als ich, John Kingsley, und ich habe nicht vor, meinen Platz zu räumen! Nein, du mußt bleiben! Was auch passiert, das Kapitel wird einen Mann mit deiner Erfahrung und Klugheit brauchen. *Ich* brauche dich, John. Eins kann ich dir sagen, von einem Ruhestand deinerseits will ich noch eine ganze Reihe von Jahren nichts hören!«

Kanonikus John Kingsley gab sich mit einem stummen Neigen des Kopfes geschlagen.

»Apropos Cathedral Center«, sagte Olivia. »Glauben Sie, es wird überhaupt noch geplant?«

Der Bischof nickte. »Bei meiner letzten Unterhaltung mit dem Dekan schien er entschlossen, den Bau durchzufechten.«

David räusperte sich. »Ich fürchte«, sagte er mit ruhiger, aber autoritärer Stimme, »das wird nicht möglich sein.«

Alle wandten sich zu ihm um. »In den letzten Wochen habe ich ein paar Nachforschungen angestellt«, verriet er. »Als ich Pat auf dem Patronatsfest traf, sagte sie etwas, das mich auf eine Idee brachte. Sie sagte, ein Teil der Abteikirche habe den Mönchen gehört, der andere Teil der Stadt. Bei der Auflösung der Klöster, erzählte sie mir, hätten die Bewohner der Stadt ihren Teil der Kirche abgerissen, wodurch die Grünfläche am Westende entstanden ist.« Er sah Pat fragend an.

Sie nickte. »Genau. Aber ich verstehe nicht ...«

»Ich habe ein paar Rechtsfragen abgeklärt. Dabei ist folgendes herausgekommen: Wenn dieser Teil der Kirche der Stadt gehört hat, dann auch der Grund, auf dem sie stand – und so ist es bis zum heutigen Tag geblieben. Die Kathedrale darf auf dem freien Land nicht bauen«, schloß er triumphierend, »weil es ihr nicht gehört. Dieser Grund und Boden gehört der Stadt Malbury, und ich kann mir nicht vorstellen, daß man ihn dem Dekan übergibt, damit er seine Baulust befriedigen kann.«

»Na, damit ist alles klar«, verkündete Pat sofort. »Latimer verläßt Malbury bestimmt, wenn er das Center nicht bauen kann.«

»Und Jeremy Bartlett?« fragte der Bischof. »Er wird bestimmt nicht begeistert sein.«

David lächelte freundlich. »Ich weiß.«

»Ich nehme an, ich werde es ihm sagen müssen«, sagte Dr. Willoughby, während er nachdenklich über seinen Bart strich.

»Nein«, sagte David, »ich würde es ihm gern selbst sagen.«

Er sah zu Lucy, dachte an die zahlreichen Demütigungen, die er durch Jeremy erlitten hatte, und gestand sich leicht beschämt ein, daß er diesen Augenblick genießen würde.

Nach dem Essen war es Zeit, die Geschenke auszupacken. Lucy saß still auf dem Sofa, als die vielen Päckchen verteilt, geöffnet und bejubelt wurden, und nahm nur mit halbem Herzen am Geschehen teil. Der Moment rückte näher, erkannte sie, indem ihr eine Entscheidung abverlangt werden würde.

Letzte Nacht, als sie von der Mitternachtsmesse in der Kathedrale zurückkamen, hatte David sie unter dem Mistelzweig festgehalten und ausgiebig geküßt, bevor er eine kleine Schachtel hervorgeholt hatte. »Dein Weihnachtsgeschenk«, hatte er gesagt. »Willst du es jetzt aufmachen oder bis morgen warten?« Sie hatte beschlossen zu warten, um die Entscheidung aufzuschieben. Denn sie war sicher, daß es ein Ring war und David eine Antwort von ihr erwartete.

Die ganze Nacht hatte sie wach gelegen und sich wie schon so oft mit dem Thema Ehe auseinandergesetzt. Diesmal war sie allerdings zu einem ganz anderen Schluß gekommen als früher. In den letzten Wochen, in denen sie versucht hatte zu analysieren, warum sie sich stets zu völlig unmöglichen Männern hingezogen fühlte, hatte sie ein paar schmerzliche Wahrheiten über sich selbst gelernt. Denn sie hatte sich in gewisser Weise auch von Jeremy angezogen gefühlt, gestand sie sich endlich ein, zu einem Mann, der sich in vielerlei Hinsicht durchaus mit ihrem Exmann vergleichen ließ: Beides oberflächlich charmante Männer mit sorgfältig verborgenen Schattenseiten. Obwohl sie David gegenüber bestritten hatte, an Jeremy interessiert zu sein, hatte sie ihn aus irgendeinem Grund faszinierend gefunden, bis die Umstände bewiesen, wie sehr sie sich in ihm getäuscht hatte. Aber die ganze Zeit war es David gewesen, den sie geliebt hatte, und nie hatten seine Anständigkeit und seine Stärke, die frei von jeder Überheblichkeit war, anziehender auf sie gewirkt als jetzt. David war freundlich und liebenswert; er war integer, und er hatte ein gutes Herz. David liebte sie hingebungsvoll, und sie liebte ihn; sie konnte sich nicht vorstellen, daß sich daran je etwas ändern würde. Wenn er sie fragen würde, ob sie ihn heiraten wolle, vor all den Menschen, die ihnen nahestanden, würde sie ja sagen.

Und jetzt wartete sie mit einer Mischung aus freudiger Erregung und Unsicherheit auf den großen Moment. Die kleine Schachtel war praktisch das letzte Stück unter dem Weihnachtsbaum, als David sie ihr brachte. »Mit all meiner Liebe«, sagte er, als er die Schachtel in ihre Hand drückte.

Todd verrenkte sich in argloser Neugier den Hals. »Ich wette, es ist ein Ring«, prophezeite er, als Lucys Finger sich mit dem Geschenkpapier abmühten. »Ein Verlobungsring. Ist es ein Ring?«

Lucy hatte die Schachtel endlich geöffnet. Es war eine kostbare, kunstvoll gearbeitete Brosche aus Gold und Amethysten. »Nein«, sagte sie mechanisch »Es ist kein Ring.«

Leider entging David die Enttäuschung in ihrer Stimme. »Keine Chance«, lachte er. Den anderen erklärte er: »Ich kann mich nicht erinnern, wie oft ich diese Frau gebeten habe, mich zu heiraten, und wie oft sie mir einen Korb gegeben hat. Ich hatte das Gefühl, ein weiteres Nein nicht verkraften zu können – nicht bei unserem ersten gemeinsamen Weihnachten.« Er drehte sich zu Lucy um und fragte mit rührendem Eifer: »Gefällt sie dir, Liebes? Ich habe sie extra für dich anfertigen lassen.«

»Ja, natürlich. Sie ist wunderschön – ich bin begeistert.« Sie schluckte tapfer ihren Kummer und lächelte ihn an, als er die Brosche an ihrem Kragen befestigte. »Aber das hättest du nicht tun sollen, Liebling. Sie muß ein Vermögen gekostet haben.«

David erwiderte ihr Lächeln. »Stimmt. Doch deswegen brauchst du dir keine Sorgen zu machen – bei der gesalzenen Rechnung, die ich dem Dekan schicken werde, bleibt mir sogar noch ein bißchen Kleingeld für passende Ohrringe übrig!«

Als Dr. George Barnabas, die Pathologin am Londoner Royal Eastern Hospital, nach einem längeren Urlaub an den Seziertisch zurückkehrt, herrscht auf der Säuglingsstation helle Aufregung: Innerhalb von fünf Monaten sind drei Neugeborene dem Krippentod erlegen. Dr. Barnabas will diese identischen Todesfälle nicht als Zufall abtun. Der gleichen Meinung scheint auch ein Unbekannter zu sein, der an einem der Autopsieberichte eine ominöse Nachricht hinterläßt, die die Diagnose „Krippentod" in Frage stellt. Doch der engagierten jungen Ärztin gelingt es zunächst nicht, Hinweise auf eine andere Todesursache zu entdecken. Als schließlich ein viertes Kind auf mysteriöse Weise ums Leben kommt und sich die Wut der Angehörigen gegen einen dunkelhäutigen Kollegen richtet, ist Dr. Barnabas gezwungen, alle Register ihrer Kunst zu ziehen …

ISBN 3-404-14281-0

BASTEI
LÜBBE

Gleich zwei psychopathische Serienkiller halten die Welt in Atem: Gary Soneji, seit seiner frühsten Kindheit fasziniert von »Jahrhundertverbrechen«, die er durch Intelligenz und Raffinesse noch zu übertreffen versucht, und der geheimnisvolle »Mr. Smith«, ein skrupelloser Mörder, dessen blutige Spur sich ohne erkennbares Muster durch Europa und die USA zieht. Beide Killer sehen in Alex Cross, Polizeipsychologe in Washington, DC, mit Sinn für Familie, Freunde und Musik, den einzig adäquaten Gegner in ihrem tödlichen Katz-und-Maus-Spiel. Und so beginnt Alex Cross' gefährlichster Fall, vor allem als Soneji schwört, ihn und seine Familie zu töten ...

»Die Story gleicht einer Fahrt mit einer Achterbahn, deren Bremsen versagen!«

Chicago Tribune

»Garantie: Spannung bis zur letzten Seite.«

Kölner Express

ISBN 3-404-14342-6

BASTEI
LÜBBE

Statt Ruhe und Friede herrscht in Bramford zur Zeit Baustellenlärm, und statt einer zarten Romanze findet Meredith Mitchell eine Leiche, halb einbetoniert in der Baugrube. Inspektor Markby stellt Nachforschungen an, doch der Tote bleibt ein Rätsel, und die Farmer der umliegenden Gehöfte hüllen sich in Schweigen. Hier ist jemand mit diplomatischem Geschick gefragt, jemand wie Meredith. Bald schon merkt sie, daß sie mit ihren Fragen in ein Wespennest sticht. In der Scheune der Familie Winthrop macht sie schließlich eine erstaunliche Entdeckung – und bringt sich selbst in höchste Gefahr …

ISBN 3-404-14375-2

BASTEI
LÜBBE

Mitchell und Markbys zweiter Fall

Meredtih Mitchell kehrt nach turbulenten Zeiten in das idyllische Bamford zurück, um sich dort von ihren Einsätzen im diplomatischen Dienst zu erholen. Ein unerwartet freundliches Willkommen bereiten ihr Chefinspektor Markby, der offensichtlich gerne an Vergangenes anknüpfen möchte, sowie ihre neue Nachbarin Harriet – ein beeindruckend streitbarer Rotschopf. Doch kaum, daß sie sich kennengelernt haben, wird Harriet Opfer eines Unfalls bei der traditionellen Bamforder Weihnachtsjagd. Meredith selbst ist Zeugin eines Sabotageaktes, der für ihre neue Freundin tödlich endet. Unfall oder Mord? Das inzwischen eingespielte Team Markby und Mitchell bekommt einen neuen Fall beschert ...

ISBN 3-404-14321-3

BASTEI
LÜBBE